The Duke I Once Knew
by Olivia Drake

おとなりの公爵と

オリヴィア・ドレイク
岸川由美[訳]

ライムブックス

THE DUKE I ONCE KNEW
by Olivia Drake

おとなりの公爵と

主要登場人物

アビゲイル（アビー）・リントン……リントン家の末娘
マックスウェル（マックス）・ブライス……ロスウェル公爵
グウェンドリン（グウェン）・ブライス……マックスの妹
ヴァレリー・パーキンス……アビーの姪
ロザリンド・パーキンス……ヴァレリーの母親。アビーの姉
クリフォード・リントン……アビーの長兄
ジェイムズ・リントン……アビーの次兄
レディ・デズモンド（エリーズ）……未亡人
ペティボーン……マックスの友人
アンブローズ……マックスの友人
ミセス・サリー・チャーマーズ……マックスの友人
レディ・ヘスター……マックスのおば
ミス・ヘリントン……元家庭教師

1

わたしの人生を勝手に決めるのをやめてくれなければ、悲鳴をあげてしまいそう。親族一同が集まっている、いまこの場所で。

胸にこみあげた怒りにはっとして、アビーことアビゲイル・リントンは深く息を吸い込み、怒りを散らそうとした。かけがえのない家族に対して腹を立てるなんて、わたしらしくもない。精神病院から逃げ出した患者みたいに、悲鳴をあげそうになるのもそうだ。それも、幼い甥っ子を腕に抱いているときに。

開け放たれた窓のそばに立ち、アビーはフレディをそっと揺すった。かわいらしい小さな顔を見ていると、気持ちが落ち着く。午前中の洗礼式で冷水を額にかけられてからずっとむずかっていたのが、ようやく眠ってくれた。

ふたりずついる兄と姉、そして彼らの伴侶たちとともに、アビーは居間に集まり、洗礼式を祝っていた。新生児の父親、次兄のジェイムズは村の教会の牧師をしている。牧師館では手狭なため、式のあと、一同は二キロほど離れたリントン家の屋敷へと場所を移していた。

昨年の秋に高齢の両親が死去し、リントン・ハウスは長兄のクリフォードが受け継いだ。

　五人きょうだいの中で一番年下のアビーは、兄や姉たちと近況を報告し合うのを楽しんでいた。甥や姪たちに囲まれるのもうれしかった。美しい夏の午後に外で遊ぶ年少の子らの笑い声をいとしみ、一七歳になる姪のヴァレリーがピアノを弾くそばに年長の子らが集まるさまに微笑みを浮かべていた。

　アビーは家族のぬくもりに包まれていた。少なくとも、彼女自身の今後のことへ話題が移るまでは。

「もちろん、アビーにはこのまま生家に残ってもらう」暖炉の前から、クリフォードがきっぱりと言った。五〇代前半で丸々とした体つきの長兄は、家長としてこの集まりの進行役を務めていた。「うちの子どもたちはみんな結婚したことだし、ルシールには話し相手《コンパニオン》が必要だ」

「ええ」肉づきのいい彼の妻は銀製のティーポットを持ちあげ、夫のために紅茶をいれ直した。「この屋敷を相続してから、あなたはお仕事がたいそう増えましたもの。あなたがお留守のあいだ、おしゃべりできる相手がいるのはうれしいわ」

　アビーの次姉のロザリンドが音をたててティーカップを置いた。四〇歳になってもなお少女のような体つきを保っているものの、リントン家特有の赤銅色の髪には銀色のものが交じっている。「いいえ、アビーにはわたしと一緒にケントへ来てもらわないと。わたしはアビーが頼りなのよ！」

「それはなぜだ？」クリフォードがいらだたしげに尋ねた。

「うちのヴァレリーは社交界デビューを間近に控えているのよ。あの子の活発さはご存じでしょう」ロザリンドは娘をいとおしげに眺めた。ストロベリーブロンドの髪をした美しい少女はピアノに向かい、年長のいとこたちと戯れている。「あの子は社交界で引っ張りだこになるわ。それをきちんと監督するには、ふたりがかりじゃないと」

「あなたったら、いまはまだ八月じゃないの」ケーキ皿をじっくり吟味していた長姉のメアリーが、顔をあげてロザリンドに言った。「どんなに早くても、ロンドンへ出発するのは二月でしょう」

「だけど衣装の準備があるわ！　ダンスとお辞儀の練習も！」

「そんなの、たいしたことじゃありません」メアリーは一蹴した。「それより、わ、わたくしのほうがよほどアビーの助けを必要としているわ。ジョージとキャロラインがイタリア旅行へ行くあいだ、孫たちを預かることになっているのよ。元気いっぱいの双子の坊やたちの面倒を見きれる乳母がいないんですって。そうだったわよね、ロナルド？」

「うん？　なんだって？」ロザリンドの夫、ピーターと一緒に競馬新聞の最新号を読んでいた禿《は》げ頭の夫が視線をあげた。「ああ、なんであれきみの言うとおりだ」

「ほらね」メアリーは尊大なそぶりで自分のきょうだいを見渡した。「アビーはサフォークでこそ必要とされているわ。なんといっても、わたくしは準男爵の妻なのよ。三歳児を追いかけまわすなんて、そんなみっともないことができるものですか」

「あら、ばかばかしい！」ロザリンドは手を払うしぐさをした。「爵位があるからって、わたしたちより偉いわけじゃないし、わたしの希望よりお姉さまのそれが優先されるわけでもないわ」

クリフォードが顔をしかめた。「なんにせよ、メアリーが正しい。おまえは春まではアビーを必要としていないだろう。それにメアリーだって、何もアビーを引っ張っていかなくても、別の乳母を数カ月雇えばすむことじゃないか。そもそも、ここはアビーの家だ。彼女はこのまま、ここにとどまるのがいいだろう」

「別の乳母を雇えですって！」メアリーは信じられないといった表情だ。気のいい性格ながら、金銭のこととなると、たちまち締まり屋の一面が現れる。「どれだけかかるか考えてごらんなさい――」

「わたしも兄さんに賛成です」ジェイムズが声をあげた。牧師服をまとった細身の体からは穏やかさが漂い、それが信者を導くのにもひと役買っている。「申し訳ありません。しかし、わたしたちには姉上たちが抱えているよりも、もっと大きな必要性があるのです。こうして新たに家族が増えると、アビーが村のすぐそばにいてくれるのは実にありがたい。上の三人の子どもたちの世話と、牧師の妻としての務めのあいだで、ダフネは息を継ぐ暇もないほどなのですよ」

「本当に大変ですわ」ダフネは美しい顔を象牙の扇で物憂げにあおいだ。「すっかり参ってしまいそうなときもありますの。アビーの助けは天からの贈り物です。愛情をこめてお世話をしてくれるおばさまがいて、フレディは幸せな子ですわね」

母親の声にむずむずと体を動かして目を覚ましそうになる赤ん坊を、アビーは行ったり来たりしてあやした。必要とされているのだから感謝しなくては、と自分に言い聞かせる。家族から手伝いを求められていることをありがたいと思わなくてはいけない。いつだって身を寄せられる家がどこかにあることを感謝しなくては。

なのに、これまで感じたことのない憤りがアビーの胸を締めつけた。

兄と姉たちはわたしの今後の話をしているのに、まるで姿が見えないかのように、わたしの意向を尋ねてさえくれない。

いらいらするのは誕生日が近いせいだろう。あと二週間で、わたしは三〇歳になる。三〇歳！ 自分の夫、自分の子どもと呼べる者もいないまま、そんな年齢を迎えるのだ。

アビーは母親が四〇代なかばにして思いがけず身ごもった子どもで、すぐ上のジェイムズとさえ七つも年が離れている。兄や姉たちが結婚し、それぞれの家庭を築くあいだ、年を取った両親の世話はアビーに任せられた。母は落馬の後遺症で体が不自由になり、まだ少女だったアビーは、ロンドンの社交界で大勢の紳士たちから求愛されているべきときに、ここハンプシャーにとどまらざるをえなくなった。中世史を研究して執筆活動をしていた父も、調べ物にはアビーの力を頼るようになっていた。両親の世話に明け暮れているあいだに、彼女の二〇代は過ぎ去った。そして一年足らず前、両親はふたりして流感にかかった。

両親の死は青天の霹靂《へきれき》だった。生まれてからずっと一緒に暮らしてきたのだ。葬儀後、アビーは何カ月も悲嘆に暮れたが、今日はおめでたい日なので、喪服から淡い灰色の服へ着替えてきた。ほかのきょうだいは何週間も前から鮮やかな色合いの衣服を着ているけれど、彼らはアビーみたいに両親と深い結びつきを持っていたわけではない。

アビーが自分を犠牲にしてきたことだって、きちんと理解してくれてはいない。

恨んでいるわけではなかった。ええ、恨んだりするものですか！　父と母のことは心から愛していた。ふたりの世話を重荷に感じたことはなかった。けれどいま、こうして残りの人生について考えると、取り乱しそうになるほどの不安を感じる。

これがわたしの未来？　自分の家と呼べる場所はないまま、親戚の家を行ったり来たりし続けるの？　白髪の老女になったときには、姪や甥たちは誰がわたしを引き取るかで口論するのかしら？

赤ん坊のやわらかな頬に指先を滑らせて、アビーは胸にずきりと痛みを覚えた。わたしの人生は過ぎ去ってしまった。若き日のロマンティックな夢は灰と化した。わたしはオールドミスなのだ。結婚生活も、母親となる喜びも、もう永遠に知ることはない。

求婚されたことなら何度かあった。一度などはごく最近だ。昨年の春、農場を経営しているミスター・バブコックから結婚を申し込まれたけれど、丁重にお断りした。にもかかわらず、彼は一年間の喪が明けたら、もう一度求婚すると言ってくれた。

ミスター・バブコックの申し出を受け入れたら、どんな人生が待っているのだろう？　彼は立派な男性だ。堅実で社会的地位もあるが、結婚すれば、彼の口やかましい母親と厳格なカルバン主義者の父親と同居することになる。わたしは本当にそこまでせっぱ詰まっているの？　アビーは自問した。牛と羊にしか興味のない相手と結婚するほどに？　ミスター・バブコックはわたしの血を、ほんの少しでさえ燃えあがらせることもできない。親戚のあいだをたらいまわしにされるのを避けたいがために、何日も、何カ月も、何年も退屈な相手と暮らすなんて耐えられる？

心に根ざす抵抗心が、思いきって足を踏み出すことをためらわせた。一方で、これからの一生をただ働きの使用人として、親族のために費やすのも気が進まない。

ほかにも答えがあるのでは？

ちょうどその日の朝、村に住む親友から興味深い噂話を聞いていた。教会での洗礼式の最中にリジー・ペントウォーターがアビーの耳にささやきかけ、そのとき頭の片隅にとある考えが忍び込んだ。それは魅力的で大胆な考えであり、きょうだいたちからは確実に大反対される考えだった。

アビーはおくるみにくるまれた赤ん坊を抱えたまま、客間の出入り口へ向かった。ひとりになって考えよう。これからのことをじっくり思案するのだ。

「アビー！　わたしの坊やをどこへ連れていくの？」

アビーは振り返って義姉と向き合った。洗礼を受けた赤ん坊の母親として、ダフネは中央の椅子を与えられてゆったりと座っている。彼女の父親は村で衣料品店を営んでおり、ダフネは牧師の妻でありながら、服飾雑誌『ラ・ベル・アサンブレ』のイラストから出てきたみたいにつねに着飾っていた。今日は桜貝色をしたインド産のモスリンが華奢な体を包み、黒い巻き毛は金の櫛《くし》飾りで留められている。

「子ども部屋よ」アビーはピアノの音と子どもたちの笑い声にかき消されないよう声を張りあげた。「ここはうるさくて、赤ちゃんが目を覚ましてしまうわ」

「まあ、坊やはここにいなきゃ。なんといっても、今日はみなさん、その子のためにお集まりなのよ。それをどうして二階へ連れていくの?」ダフネは夫に向かってにっこりした。「あなたからも言ってちょうだい、ジェイムズ」

「赤ん坊には昼寝が必要だよ」そう言いながらも、妻を見つめるジェイムズの顔つきは見るやわらいだ。「とはいえ、たしかに今日は特別だから、ここにいてもいいとしよう」

「では、ご自分で抱っこしてはどうかしら」アビーは言った。

前に進み出て、寝ている子どもを次兄の腕に押しつける。ジェイムズの茶色い目が大きく見開かれた。彼は愛情深い父親ではあるものの、大方の男性と同様、子どもの世話はつねに女性に任せきりだ。

黒い牧師服に包まれた腕で、ジェイムズはこわごわと赤ん坊を抱えた。「いや……これはよくないだろう。フレディが目を覚ましたらどうするんだ? 大泣きするかもしれないぞ!」繊細な衣装をまとった妻にすがるような視線を向けるが、ダフネには赤ん坊を受け取る気はないようだ。ジェイムズは妹に目を戻した。「やはりこの子はおまえが抱っこしておいてくれないか?」

「いやです」

無意識のうちに言葉が口から滑り出た。兄に赤ん坊を押しつけたのも、頭で考えたことではない。ぶしつけなふるまいはアビーらしくなかった。家族の頼みを拒絶するのも。なのに撤回の言葉が口から出てこない。

全員が啞然《あぜん》としてアビーを見つめていた。クリフォードはティーカップを口元へ持ちあげたまま、かたまっている。ルシールはケーキの皿を握りしめていた。ロザリンドの眉は吊りあがっている。ジェイムズとダフネは、アビーが汚い言葉でも吐いたかのように、そっくり同じ不快げな表情を浮かべていた。ロナルドとピーターさえも、競馬新聞から顔をあげていた。

全員が仰天している。アビーはなぜか突然おかしくてたまらなくなり、懸命に笑いをのみ込んだ。いまの状況は少しもおかしくないのに。ただ、これまでずっと、家族に何かを頼まれるたびにおとなしく従い続けてきた。

はじめて拒絶の言葉を口にして、心が解放された気分だ。

メアリーがふんと息を吐いた。「アビゲイル・ジェイン・リントン！ なんという無作法な物言いですか。赤ん坊を受け取って、すぐに謝りなさい」

返事をする代わりに、アビーは腕を組んでみせた。幾世代ものリントン家の人々に踏まれてすり切れた葉ぼたん柄の絨毯《じゅうたん》に、室内履きの底がくっついたかのように動くのを拒絶する。いま謝ったら、自分の意見を言う勇気は二度と振り絞れないかもしれない、と内なる声がささやいた。

「まあまあ」ロザリンドが陽気な声をあげた。「子守のように扱われたら、アビーだって反抗したくなるわ。だから、わたしと一緒にわが家へ来るほうがこの子のためでもあるのよ。ふたりでヴァレリーの衣装を考え、紳士録に目を通して花婿にふさわしい独身男性のリストを作れば、アビーにとってすばらしい息抜きになるわ」

「それについてはすでに結論が出ている」クリフォードが断言した。「ジェイムズもわたしも彼女を必要としているのだ。アビーはこれからしばらくここにいる」

「お父さまとお母さまが亡くなってからというもの、お兄さま方はアビーを独占してるじゃないの」ロザリンドが言い返した。「お姉さまやわたしだって、アビーがいれば助かるとは考えたこともないんでしょう。アビーはケントの屋敷にわたしを訪ねてきたことさえないのよ！」

「もういい」クリフォードは片手を払った。「話し合うことはない。アビーはここに残る」

「いいえ」アビーは口を開いた。「わたしはここには残りません」

ふたたび全員の視線が彼女に注がれた。口論しているうちに、アビーがそこにいることはまたもや忘れられたらしい。わたしって、用があるとき以外は背景に溶け込んでしまう壁の花なの？　それとも親戚のあいだで使いまわされる日用品？　一番大きな声で文句を言った人に使用権が渡るの？

みんなのこと――血を分けたきょうだいとその伴侶、そして彼らの子どもたち――は心から愛している。これまでずっと家族はわたしの全世界であり、すべての中心だった。けれど、息が詰まるような彼らの要求から、そろそろ自由になるときだ。みんなに理解してもらわなければ。わたしだって、自分の道を歩みたいのだと。せめてしばらくのあいだ、家族の干渉が及ばないところで、ささやかながらも人生を謳歌してみたい。

もうすぐ三〇になるのに、家から三〇キロ以上離れたことは一度もない。古びた壁紙が貼られ、端の欠けた磁器製の犬の置物がアビーの記憶にあるかぎり炉棚にのっている、この古い屋敷以外の場所で暮らしたことは一度もなかった。

クリフォードがわずかに当惑の色を浮かべてアビーを眺めた。「おまえがいきなり反抗的な態度を取るとはどういうことだ？　わたしたちと暮らすのがそんなにいやなのか？」

「それは違うわ！」アビーは言った。「そんなふうに取らないで――」

「ほかにどう考えろというんだ？　おまえはわたしの屋敷とわたしの保護のもとから、逃れたがっているようじゃないか」

長兄の射抜くような視線にさらされて、アビーはひるみそうになった。年の差のために、クリフォードとはつねづね隔たりがあった。彼がルシールと結婚したのはアビーが生まれる前の年だ。五三歳という年齢は、アビーの父親であってもおかしくない。

でも、兄の言いなりになるわけにはいかない。

「わたしがすることは、わたしが自分で決めるべきよ」アビーはきっぱりと言った。「ほかの誰にも決める権利はない。なのに、ここにいる誰も、わたしの今後について、わたしの意見をきこうとはしなかったわ」

ルシールが両手をもみ合わせて、夫からアビーへと視線を戻した。「頭痛がするんじゃないの、アビー？　お天気がころころ変わるせいではないかしら。肌寒いかと思えば、太陽がかんかんに照るでしょう。二階へ行って横になったほうがいいのではなくて？」

「ありがとう。でも、わたしは元気そのものよ。自分のこれからについて、わたしからもひとこと言わせてほしかっただけ」

ロザリンドは勢いよく立ちあがると、アビーの腕を取り、クリフォードに向かって得意げな笑みを浮かべた。「ほら、ごらんなさい。わたしたちの妹はあれこれ命令されたくないんですって。どうしたいかは自分で決めさせておあげなさいな。アビーだって、わたしと一緒にケントで休日を楽しみたいのよ」

アビーは腕をほどいた。「それはお姉さまの選択で、わたしの選択ではないわ。それにわたしが決めたのは、住み込みの家庭教師の職に応募することよ。ロスウェル・コートでレディ・グウェンドリン・ブライスの家庭教師を募集しているの」

つかのま、ピアノの音色と、開いた窓の外で目隠し遊びをする子どもたちの騒々しい声だけが響いた。そのあと大人たちの声がいっせいにあがった。

「住み込みの家庭教師？」クリフォードが驚いた声を出す。「そんな突拍子もないことを、いったいどうして思いついた？　おまえには家族という居場所があるだろう！」

「なんてことを言いだすの」ルシールは顔に泥を塗られたかのような口ぶりだ。「生活のために働くなんて許されません。ご近所になんと思われるかわかっているの？」

「あなたには社交シーズンの経験がないでしょう」メアリーがそっけなく言った。「レディ・グウェンドリンは社交界デビューが近いお年頃のはずよ。公爵の妹さんが宮廷でお目見えする支度があなたにできるの？」

それはアビー自身も疑問に思っていた。でも、その問題はいったん棚にあげよう。「レディ・グウェンドリンは一五歳になったばかりよ。社交界にデビューするまで、まだ三年あるわ」

「そのことはさておき」ロザリンドの茶色い瞳は好奇心に輝いている。「ロスウェル公爵がお屋敷にお戻りになっていることを、わたしに教えようとは誰も思わなかったの？　ここのお隣なんですもの、明日にでもヴァレリーを連れてご挨拶にうかがわなくちゃ。なんといっても、公爵はイングランドで最も人気の高い花婿候補なんですからね！」

「イングランドで最も悪名高い放蕩者《ほうとうもの》でもある」クリフォードは吐き捨てるように言い、うろうろと歩きまわった。「女遊び、拳闘、賭け事——あの男は悪徳の達人だ。ロンドンでの噂を聞けば、おまえたちは耳を疑うだろう！　わたしの妹の誰であれ、あの男の屋敷に近づくことは断じて許さん」

「公爵はお屋敷にはいらっしゃらないわ」アビーは指摘した。「お兄さまもご存じのように、何年もお留守のままよ」

正確には一五年。現公爵の母親が亡くなり、先代公爵が家族とともに去ってから、戻らずじまいだ。レディ・グウェンドリンを出産後、公爵夫人は産褥熱《さんじょくねつ》で落命したのだった。

広大な公爵領はリントン家の土地と隣接し、その大邸宅はここハンプシャーの農村地帯のほかの屋敷を圧倒する。悪名が高かろうがなんだろうが、ロスウェルが自分の屋敷へ戻ってくれば、村とその周辺の人々は興奮することだろう。

アビー以外は。彼女に言わせれば、ロスウェル公爵マックスウェル・ブライスのように下劣な人間に、この近辺をふたたび汚《けが》される必要はない。

ロザリンドは椅子に腰をおろした。「よくわからないわ。公爵もいないのに、どうして妹さんがひとりでお住まいなの？」

「数年前から住んでいらっしゃるのよ」ルシールがみんなに紅茶のおかわりを注いでまわりながら言った。「公爵のおばさまに当たるレディ・ヘスターは土いじりがお好きでね」

「それなら、レディ・ヘスターがその子の面倒を見ればいいだろう」クリフォードが腹立たしげに声を荒らげた。「アビーが公爵邸で働く理由は何ひとつない！」

ジェイムズの腕の中で赤ん坊がむずかりだした。「声を小さくしてください」ジェイムズがささやく。「怒鳴る必要はないんですから」

「レディ・グウェンドリンには家庭教師がいるのではなかった？」ダフネがひそひそと尋ねた。「たしか名前はミス・ヘリントンよ。日曜の礼拝に出席しているのを見かけたわ」

アビーは何度か挨拶を交わしたことがあるだけだが、ミス・ヘリントンは家庭教師としては驚くほど若く、美しい女性だった。「ミス・ヘリントンはご家族が病気にかかって急に辞めることになったと、リジー・ペントウォーターが教えてくれたわ。わたしはその後任として申し込むつもりよ」

ルシールがティーポットを置いた。「だけど、どうしてなの？　この家であなたに居心地の悪い思いをさせてしまったかしら？　たしかに独身の女性は肩身が狭いものでしょうね。でも、あなたにはここをわが家だと思ってほしいの」

「そう、アビーの居場所はここだ」クリフォードは言い張った。「わたしの妹が仕事につくなどあってはならない。わたしが困窮し、生活費を稼がせるために妹を働きに出したと、世間に噂されるじゃないか」

「間違いなく、不愉快な噂をあれこれされるでしょうね」メアリーはアビーをじろりと見た。「噂や中傷でリントンの家名を傷つけるのはいかがなものかしら。わたしたち一族は没落寸前だとささやかれるんですよ」

ロザリンドがぱっと目を見開いた。「まあ、それは考えていなかったわ。悪い噂が立ったりしたら、ヴァレリーがいいお相手と結ばれる機会が台なしになってしまうわね。貧乏な親戚がいる娘との結婚なんて、誰だっていやがるもの！」

「そんなことより、アビー、おまえはわたしたちの大事な妹なんだよ」ジェイムズは不機嫌そうに体をよじる息子を寝かしつけようと、ぎこちない動作であやしながら言った。「ここに残りなさい。わたしたちにはおまえが必要なのだ」

まるでアビーのひとり立ちが大きな悲しみと深刻な破滅をみんなにもたらすかのように、

全員の視線が彼女に注がれる。赤ん坊までがそうだと言わんばかりに泣き声を張りあげた。

一瞬、アビーの決意はぐらついた。自分の人生を生きたいからと、家族に背を向けるのはひどく身勝手に思えた。間違いだったと謝り、家族の望むとおりにするのはとても簡単だろう。見慣れた壁の外へ出て、もっと人生を謳歌したいという思いを抑え込むのも。

だが、自分がいいように利用されているのもわかっていた。

きょうだいたちが反対する理由にたいした根拠はない。紳士階級とはいえ、取るに足りないリントン家の噂話がロンドンまで伝わることはないし、姪の花婿探しに影響が出るとも思えなかった。そうではなく、兄や姉たちがアビーを引き止めるのは、自分たちの都合からだ。

「ごめんなさい」アビーは決然と言った。「みんなのことは愛しているわ。でも、もう心を決めているの。これからロスウェル・コートへ行って、レディ・ヘスターと話してきます」

向きを変えて、客間をあとにした。

赤ん坊の金切り声が、カチカチと音をたてる置き時計と年代物の傘立てが隅に置いてある玄関広間までアビーのあとをついてきた。家族の誰かに引き止められるのをなかば覚悟していたが、急いで追ってくる者はいなかった。どうせ採用されないだろうと、高をくくっているのだろう。

そうなる恐れはある。けれどアビーが心配しているのは、社交界での経験が不足していることではなかった。

新しい家庭教師を雇うに当たり、レディ・ヘスターがロスウェル公爵の許可を求めようとすることのほうが心配だ。公爵には連絡しないよう、どうにか説き伏せなければ、とアビーは考えた。彼がわたしを不採用にするのは火を見るよりも明らかなのだから。公爵邸以外に適当な働き先があれば、わたしも喜んでそちらを選んでいる。

アビーは壁にかけてある麦わらのボンネットを持ちあげ、ブルーのリボンを顎の下で結んだ。かつて、ここまで大胆な一歩を踏み出したことはない。家族の世話係という役目を放棄したことも、自分でお金を稼ぎたいという欲求に従ったことも。生まれ育った家を出るのは、わくわくするのと同時に恐ろしくもあった。

だがアビーの家族は、彼女が抱える本当の不安を知るべくもなかった。一五年前、アビーとマックスウェル・ブライスが人目を忍んで恋仲にあったことを、みんなは知らない。彼がアビーを捨てて、ロンドンでの快楽を選んだことも。

ロスウェル公爵を眺めている者たちが、彼から幾ばくかでも緊張の気配を感じ取ることはないだろう。旅行用馬車が進むにつれて、彼の不安がふくらむのを察知することもないはずだ。むしろ、マックスことマックスウェル・ブライスは、貴族的な倦怠《けんたい》感をその身にまとっているかのように見えた。

2

罪へと身を落とすかのごとく、マックスは豪華な青いクッションにゆったりと体を沈めた。薄く開かれた目は、雨が窓を叩くのを見つめている。深い赤紫色のモーニングコートとつややかな金色のベスト、鹿革のズボンに磨かれた黒のヘシアンブーツというでたちで、糊《のり》のきいた首巻き《クラヴァット》に挿された真珠の飾りピンがきらりと光っていた。襟にかかる黒髪は女性の願望をくすぐるよう巧みに乱され、ベッドで隣に横たわる彼に見つめられて目覚めてみたいと思わせる。

もっとも、いま彼の隣にいる女性は、欲望よりも不満をくすぶらせている様子だ。

「そんなに場所を取ることはないでしょう?」レディ・デズモンドことエリーズは三人目の乗客に文句をつけた。「その巨大な足がわたしのドレスの裾を踏んでいるわ」

反対の座席には、紳士のまねごとをして派手に飾り立てた大男が座っていた。格子柄のコートはオレンジと茶色という悪趣味な組み合わせで、角張った顎の下にはライムグリーンの襟飾りが結ばれ、巨大な体に合わせて特別に仕立てられたズボンも同色だった。剃りあげられた大きな頭の上に、帽子が粋な角度でのっている。醜い切り傷のある頬と斜視の青い目、それに曲がった鼻が、荒々しい顔立ちを特徴づけていた。

ゴライアスは唇をめくってにやりとし、昨年、乱闘の際に前歯を一本へし折られてできた隙間をむき出しにした。両足を馬車の扉に寄せて、エリーズの繊細なモスリンのドレスから引き離す。「すまないな、マイ・レディ。でっかい足だって、おふくろからもいつもぶつくさ言われてたよ」

「これからは二度と踏まないようにしてちょうだい」エリーズは淡い黄色のドレスを引っ張って、邪魔者から遠ざけた。「やっぱりあなたは、ほかの使用人たちと一緒に荷馬車のほうに乗るべきだったのよ」

「いや、それは違う！　おれは使用人じゃない！　おれはイングランドのチャンピオンだ、そうだとも！」

雨に濡れた景色を眺めて物思いにふけっていたマックスは、自分が支援しているボクサーをかばって口を開いた。「そのとおりだ。だからこそ、この雨で風邪を引かれては困る。ウルフマンとの試合には万全の状態でのぞんでくれ」

「ぶっつぶしてやりますよ」ゴライアスは丸々とした拳を振りまわして誓った。「全財産をおれに賭けてくださ い、閣下」

「期待しているぞ。賭けのためにも勝ってもらわなければな」

「試合があるのは今週末でしょう」エリーズが不満げな声をあげた。「夏場にちょっと雨がぱらついたぐらいで、この人が風邪を引くとは思えないわ」

「それでもゴライアスには、このままこの馬車に乗ってもらう。彼と同乗するのがいやなら、ほかの者たちと一緒にペティボーンの馬車に乗ってはどうかな」天井を叩いて御者に停車の合図を送ろうとするかのように、マックスは象牙の杖に手を伸ばした。

エリーズの蔑みに満ちた渋面が、愛想のいい笑顔へと瞬時に変わった。「もちろんそんな必要はないわ！　わたしはほかの誰でもなく、あなたのおそばにいたいんですもの」

マックスはブーツを履いた足の下に杖を戻した。彼は自分の決断に異議を唱えられるのをよしとする男ではなかった。誰であれ、女性からの命令に従うこともない。他人からの干渉は、もう長いこと受けていなかった。正直なところ、エリーズを誘惑するという意図がなければ、自分の馬車に乗せることもなかっただろう。

どれほど魅惑的な肉体の持ち主であろうと、女性よりもプロボクサーのほうが価値がある。

エリーズが手袋に覆われた華奢な手をマックスの腕にのせた。「機嫌を悪くなさらないで、閣下」彼女はささやいた。「あなたとふたりきりでお話ができないのが、じれったかっただけなの……」

彼女の思わせぶりなそぶりに血潮がざわめいた。金色のやわらかな巻き毛に縁取られた厚みのある薄紅色の唇と緑がかった金色の瞳から、砂時計を思わせる大きな胸とくびれたウエストまで、エリーズは実に魅惑的だ。その美貌は、すねやすい性格を補って余りあるとマックスは判断した。結局のところ、愛人とは少しばかり不機嫌そうにふるまうものだ。男に宝石などをねだる女の手口を、彼は知り尽くしていた。

いや、興が冷めるのは、エリーズが寝室での秘め事以上のものをこちらに求めていることだ。この元女優は舞台に出ていたところを高齢の準男爵に見そめられ、新婚旅行先で心臓発作により早々と夫を失った。

そして今度は公爵夫人の座を狙っている。

マックスには祭壇まで誘導されるつもりはみじんもなかった。後継者となるにふさわしい実直ないとこがいるおかげで、嫡男をもうける義務はなく、やれ結婚しろとせきたてる年長の親戚もいない。三一歳になる彼は、すこぶる快適な独身生活を送っている。妻を持つと、男は弱く、みじめになるだけなのは、自身の父親を見て知っていた。

だから、一生独身で通すと昔から決めているのだ。

いいや、とマックスは振り返った。まだ少年だった頃、ごく短いあいだ、その考えが揺らいだことがあった。幸いにも、彼はロンドンへ逃れ、掃いて捨てるほどいる美しい娘たちや蠱惑《こわく》的なオペラ歌手を相手に傷ついた心を慰めた。青くさかったあの頃と比べて、いまの彼は女性について多くを学んでいる。男をじらしてもてあそぶエリーズとの駆け引きぐらい、お手のものだ。

マックスは子羊革の手袋に包まれた彼女の手のひらを、親指でそっとこすった。「我慢することだ、マイ・レディ。もう少しすれば、好きなだけふたりきりになれる」

エリーズはさらに体を寄せて、彼の上腕に胸を押しつけた。ゴライアスにちらりと目をやってささやく。「待ちきれませんわ、公爵閣下。ふたりきりになったら、何をなさるおつもり？」

「わたしの望みはよくご存じのはずだ」彼女の瞳を見つめ、指に口づけする。「こちらの我慢にも限界があることを、どうか心に留めてほしい」

「まあ！」エリーズがあえぐような声を出した。「楽しむ時間は丸々一週間あるわ。ロスウェル・コートで過ごすのが待ちきれない。計画が変更されて、あなたもお喜びでしょう？」

滞在先を思い出したとたんに気持ちがすっと冷め、マックスは彼女の手を放した。「四〇キロも余計に馬車を走らせなければならないんだ、喜ぶ気にはなれない」

「それだけの距離を旅しても、その内装の見事さが世に知られているロスウェル・コートに滞在できるのはうれしいわ。それに試合会場からも近いんでしょう」

マックスは歯を食いしばった。それについては反論できない。

「なんにしても」エリーズはぺちゃくちゃとしゃべり続けている。「ペティボーン卿の屋敷に滞在するのはとうてい無理だったわ。使用人がみんな、はしかにかかってしまったんですもの。恐ろしく感染しやすい病気なんですって！　頭からつま先まで発疹《ほっしん》に覆われるなんて、おお、いやだ！」

「ああ。わたしのチャンピオンも発熱とかゆみには負けただろう」

「おれは試合を休んだことは一度もない」ゴライアスは胸を張った。「負けたこともだ」

エリーズは話に入ってこないでちょうだいとばかりに大男をにらみつけてから、熱っぽいまなざしをマックスへと戻した。「いやだわ、わかっていらっしゃるんでしょう。わたしは自分のことを話していたのよ。もしわたしがベッドから出られなくなることがあれば、それは醜いぶつぶつのせいではなくて……ほかの理由からだわ」

別の状況なら、誘いかけるような彼女の言葉に欲望を刺激されたことだろう。ベッドへの前奏曲となる言葉の戯れは楽しいものだ。だが、いまは違う。今日のマックスはいらいらしていた。

「その話はあとにしよう」ぶっきらぼうに言う。

エリーズの指が、彼の袖を縁取る細い襞《ひだ》をまさぐった。「だったら、ロスウェル・コートについて聞かせてくださらない？　お客さまを迎えることはめったにないと耳にしているわ」

「田舎へ行くより、ロンドンで楽しむほうがいい」

「だけど、そこでお育ちになったのよね？　懐かしい思い出話があるはずよ。ロスウェル公爵邸はイングランド一の豪邸と評判だわ。本当にそれほど立派なお屋敷なら、これまで一度もお友だちを招いたことがないのはどうして？」

「まだ未成年の妹が、おばとともに暮らしているからだ」

「大きなお屋敷なら、客と顔を合わせないようにすることだってできるはずよ。翼や居室が無数にあるのではなくて?」

「あと三〇分で到着する。屋敷に関しては自分の目で見て評価すればいい。いまはおしゃべりはもうじゅうぶんだ」

マックスは険しい視線でエリーズを見据えた。それは目下の者や、彼の私生活に立ち入ろうとする者を黙らせるのに使うまなざしだった。

エリーズは自分の手を膝へ戻した。わずかに唇をとがらせているが、出すぎたまねをするのは危険だと気づいたらしく、もう口を開かなかった。

マックスは雨に濡れた馬車の窓へ視線を移した。地面に開いた穴をよけて車体が大きく揺れたはずみに緊張感が戻ってきたが、彼はそれをくつろいだ姿勢の下に隠した。唐突に計画変更を余儀なくされ、心の準備をする時間はまったくなかった。その日、数名の友人たちとともにペティボーンの屋敷に到着してみると、使用人全員がはしかに罹患《りかん》したことが判明した。代替となる宿泊場所が急遽《きゅうきょ》必要になったものの、これから一週間、全員が快適に暮らせるほど大きな宿屋は近辺になかった。

加えて、ゴライアスには野次馬たちの目にさらされずにトレーニングができる場所が必要だった。対戦相手に練習風景を盗み見されて、弱点を探られる危険を冒すわけにはいかない。

それらの条件に適した場所はロスウェル・コートしかなかった。そう提案したのはペティボーンで、アンブローズ・フッド卿も彼に賛同し、エリーズとミセス・チャーマーズは公爵邸を見られる機会に舞いあがった。そこで異を唱えるのは道理にかなわなかっただろう。マックスには合理的な男だという自負があった。感傷のせいで判断を曇らせることは許されない。感情に決断を左右されるのは気骨のない者だけだ。

にもかかわらず、彼はいますぐ馬首をめぐらせて引き返せと御者に命じたいのをこらえなければならなかった。一〇年前、邸内の礼拝堂に父を埋葬するために一夜だけ戻ったのを除けば、ロスウェル・コートに滞在するのは実に一五年ぶりだ。子ども時代の忌まわしい記憶に満ちた場所は、ずっと避け続けてきた。

そのあいだ、マックスは都会であまたの快楽に身をゆだねた。田舎が恋しくなったときは、ほかに所有している三つの別邸から選ぶことができた。お気に入りはオックスフォード近くのザ・ライディングスで、毎年クリスマスにはおばのヘスターと妹のグウェンも彼とそこで合流する。

妹のことを思い返し、マックスのいらだちはいくらかやわらいだ。手紙は交わしているものの、イースターのときに最後に会ってから数カ月が経っている。グウェンは元気にしているだろうか？　先週、家庭教師に突然辞められたばかりだから、なおさら心配だ。ボクシングの試合が終わってロンドンへ戻るまでは、後任の面接はしないことに決めていた。数週間は妹を勉強から解放してやろう。

馬車が丘陵を下り、宝石をちりばめた首飾りのように川沿いに広がるロスコモンの村が見えてきた。マックスは毅然《きぜん》とした見た目に反して、心臓が飛び出しそうになっていた。あの木立も、あの小山も、あの谷も、あの曲がり角も、すべて記憶に刻まれている。少年の頃はあの森を歩きまわったものだ。馬車を飛びおりたいという衝動を抑え込まなければ、森を駆け抜け、あの場所へとまっしぐらに走ってしまいそうだ……。

いいや。二度と小川のほとりへは行くものか。あそこを思い返しただけで、埋もれたままにすべき思い出が胸を締めつける。

馬車が角を曲がると、見覚えのある村の光景が目に飛び込んできた。木々のあいだから突き出た聖ヨハネ・バプティスト教会の尖塔《せんとう》に、立ち並ぶ藁葺《わらぶ》き屋根のコテージ、川にかかった石造りのアーチ橋。ほどなく馬車は速度をゆるめると、穏やかな足取りで本通りに入り、薬店に鍛冶屋、肉屋の前を通り過ぎた。まるで時が止まっていたかのように、彼の記憶にあるままの町並み。

通行人たちが足を止めてこちらを眺めていた。店の者たちが、黄金色に輝くイチゴの葉の紋章がドアを彩る黒い馬車を見物しに、戸口から出てくる。元気いっぱいの子どもたちは馬車を横から見あげるようにして追いかけ、わいわい騒ぐ声が石畳を走る車輪の音に交じった。

彼らはわたしの領民、わたしが世話をすべき者たちだ。そんな思いが不意にマックスの胸を突いた。いいや、くだらない。いまは現代ではないか。封建制度が敷かれていた中世ではないのだ。

「ずいぶんひなびた場所だこと」エリーズが窓から外をのぞいて言った。「ごらんになって、なんて小さな衣料品店かしら。それにその隣の雑貨店も。田舎の人たちって、こんな何もないところでよく暮らせるわね」

彼女の言葉はほとんど耳に入らなかった。それほどまでにマックスの気持ちは張りつめていた。痛みを伴う思いが胸を満たす。それは故郷へ帰ってきたという奇妙な実感だった。まるでここが自分の居場所であるかのように。

そんな感慨を、マックスはいらいらと頭から締め出した。このハンプシャーの片田舎は、もはやわたしの故郷ではない。はるか昔、少年から大人へ変わったときに、わたしはここを去った。農園と牧草地の日々の運営は管理人が行っている。わたしにとって、領地は街での暮らしを支える収入源でしかない。それどころか、ほかの地所が大いに利益をあげているため、ここの収入は必要ですらなかった。父の遺言に土地の処分を禁じる条項がなければ、売り払っていたところだ。

そう自分に言い聞かせながらも、馬車が村を抜け、公爵邸入り口を示す石造りの門番小屋へ近づくと、マックスは平静を装うのが難しくなってくるのを感じた。

3

「雨はほとんどやんでいるわ、ミス・リントン。今日、馬で出かけるのはやっぱりだめ？」

レディ・グウェンドリンは窓辺にたたずみ、かわいらしい鼻をガラスにくっつけた。居間の壁にはミントグリーンの化粧板が貼られ、繊細な花と鳥をあしらった白いロココ調の漆喰《しっくい》がそれを縁取っている。縞《しま》織りの白いシルクのカーテンは房のついた金色の飾り紐で結ばれ、灰色の暗い空をあらわにしていた。

優美な窓を背景に、公爵の妹は若き淑女のかくあるべき姿を描いた一幅の絵のようだった。しなやかでほっそりとした体つき。淡いブルーのモスリンのドレスは、小さな袖が肩口をそっと包んでいる。栗色の巻き毛はうなじのところで、手編みのレースのリボンで束ねられていた。

この一週間で、アビーは自分の教え子が素直でおとなしく、勉強熱心であることがわかった。あまりに行儀がよく、家庭教師として賃金をもらうのは気が引けるほどだ。レディ・グウェンドリンにささやかな欠点があるとすれば、馬に目がないことだった。自由な時間はすべて、馬を写生するか、馬の雑誌を読むか、厩舎《きゅうしゃ》を訪れるかして過ごしている。午後の授業が終わると、馬丁をひとり伴って馬で遠出をするのが彼女の日課だった。

アビーは少女の隣へ足を踏み出し、屋敷の裏手に広がる手入れの行き届いた庭園を見渡した。ロスウェル・コートは低い丘の上に立っており、庭はひとつの大きな区画から次の区画へと、幅の広い階段で下るようになっている。石畳の散歩道と幾何学的に配されたピンクと黄色のバラ園がこの庭の見所だが、ほかにもさまざまな種類の低木が花を咲かせていた。人魚像のある噴水が中央を飾り、真紅のバラが伝うアーチの下には腰かけて花々を楽しめる石造りのベンチがあるものの、今日はしとしと降り続ける雨がすべてを濡らしていた。

庭園の先にある、ゆるやかに傾斜した緑地は霧でかすんでいた。ブナとオークの木立の隙間から、青色の湖と、岸辺に立つギリシア神殿風あずまやの屋根がかすかに見える。領地に収入をもたらす数々の農場は、ここからは目につかない場所にあった。

とある記憶がアビーの胸を波立たせた。公爵領に隣接するリントン家の狭い敷地脇の森で母が落馬したのも、ちょうどこんな雨の日だった。骨折した腰が完治することはなく、以後、母は一番年下で、唯一未婚だった娘の介助に頼るようになった。あの頃アビーは一六歳、いまのレディ・グウェンドリンとさほど変わらぬ年だった。教え子があんな恐ろしい事故に遭うのを想像し、アビーはぞくりと体を震わせた。

「乗馬はまたにしましょう」アビーは言った。「草が濡れているし、道だってぬかるんでいるわ」

「手綱を引いて、ピクシーをお散歩させるだけでもだめかしら？　湖まで行ったら、すぐに引き返しても？」

レディ・グウェンドリンから何かをお願いされるのはこれがはじめてだ。いつもは口答えなしに指示に従う。

すっかりしょげている少女の肩に、アビーは腕を滑らせた。「残念だけれど、風邪を引いてしまうわ。ほかにも悪いことが起きるかもしれない。あなたに何かあったら、わたしは一生自分を許せないでしょう」

少女はぎこちなく微笑した。肩を抱いたのは――ごく一瞬だろうと――使用人の身には行きすぎたふるまいだ。けれど、それはつまらないしきたりだとアビーは感じた。レディ・グウェンドリンが愛情に飢えているのは明らかではないか。彼女はアビーのように、大勢の姪や甥、その他の親戚たちに抱きしめられることに慣れていない。この広大な屋敷に、ほぼひとりきりで住んでいるも同然だ。使用人を除けば、話し相手は年老いたおばしかおらず、そのレディ・ヘスターはほとんどの時間を庭や植物をいじることに費やしている。

悪名高きロスウェル公爵が、妹とおばを訪問することなどないのは言うまでもない。放蕩者はロンドンで遊び暮らすのに忙しいのだろう。

忌まわしい物思いにふけるのがいやで、アビーは口を開いた。「さあ、作文を書く時間よ。書き終わったら、厩舎へピクシーを見に行ってもかまわないわ」

レディ・グウェンドリンは窓のそばの書き物机へと急いだ。腰をおろして羽根ペンに手を伸ばし、銀製のインク壺《つぼ》の上でペンを持つ手を止める。「何について書けばいいの？」

まだ気落ちしている様子だから、ここは簡単な課題にしてあげよう。「馬で領地内をめぐるときに見聞きした物事について書いてはどうかしら。農家についてもね」

「でも、農家へは行ったことがないわ」

「領民のお宅を訪ねたことはないの？」

少女は首を横に振った。「ミス・ヘリントンが行くのは緑地だけだったもの」

農家を訪問するのも教育のひとつなのに、とアビーは思った。いつの日か嫁いだら、夫の領地に暮らす者たちみんなに目を配るのはレディ・グウェンドリンの役目となる。「それなら、なんでもいいから乗馬中に見たものについて詳細に書きなさい。先ほど教えた名詞と形容詞を使うことを忘れないように。少なくとも五枚は書いてね」

「ピクシーのことを書いてもいいかしら？　厩舎の様子も含めて」

レディ・グウェンドリンの紫がかったグレーの瞳が輝くのを目にして、アビーはぼやけた窓から過去をのぞくかのような奇妙な感覚を抱いた。より繊細でやわらかさがあるものの、少女の面立ちは兄のそれを女性的にしたものだ。

心を乱す思いを振り払い、アビーは言った。「ええ、いいわ。わたしはそのあいだに図書室を見て、歴史の授業で使う、ローマ帝国支配下の古代ブリテンに関する本を探してくるわね」

少女がインク壺にペンを浸して書きはじめると、アビーは部屋を出て、はずむような足取りで長い廊下を進んだ。レディ・グウェンドリンは自分の殻から出はじめている。それを見るのはうれしい。わたしの教え子には探究心がある。あとはほんの少し背中を押してあげればいい。きっと彼女の役に立てるだろう。

角を曲がって次の廊下に入ると、金箔《きんぱく》と大理石、そして高い天井を飾るフレスコ画の華麗さに思わず目を奪われた。そびえるような柱が並び、壁には貝殻型の燭台《しょくだい》がついていて、胸像がのった台がいくつも置かれている。次々と通り過ぎる部屋は、いまではめったに使われることもない見事な調度品でいっぱいだ。屋敷の間取りを覚えるのには、ほぼ一週間かかった。

ここでの初日に、レディ・グウェンドリンが邸内を案内してくれた。ロスウェル・コートは少女の祖父に当たる第八代公爵によって建設された。午前中いっぱいを費やし、アルコーヴ付きの客間に居住区画、居間、陳列室を見てまわった。客用の寝室だけで何十もあり、家具には白い布がかけられていた。舞踏室は唖然とするほど広く、リントン・ハウスが丸ごとおさまるに違いなかった。

先代公爵の時代、とりわけ貴族たちがロンドンの暑さを逃れてくる夏期には、頻繁にパーティーが催されていた。アビーはそれを森の中のよく見える場所から、こっそり眺めるのが好きだった。兄の古い望遠鏡を持ち出し、庭園をそぞろ歩く紳士淑女に見とれたものだ。そしていつの日か、公爵邸に入る機会はないものかしらと夢見ていた。

その願いはかなえられたわけだ。公爵家の若き子息と親しくしていた夢見がちな少女が想像していた状況とは違うけれど。でも、ここでの暮らしを楽しむつもりでいるときに、過去に浸ったところで仕方がない。

一週間前、荷物を取りに戻ると、アビーの家族は動揺した。荷造りをするあいだじゅう、兄と姉たちから泣きつかれ、叱られた。中でも長兄のクリフォードは批判的で、かんかんになっていたが、公爵邸行きを禁じることはできなかった。

なんといっても、アビーは三〇歳を目前に控える、れっきとした大人なのだ。

家族の反対を思い返すと、喉にこみあげてくるものがあった。家族の中ではいつも世話役であり、仲裁役だったから、反抗するのは気まずい思いがした。いまも家族のことが気になってならない。フレディの夜泣きはおさまっただろうか。長兄が痛風の薬をのみ忘れないよう、義姉はちゃんと言ってくれただろうか。次兄はわたしの代わりに説教を筆記する人を誰か見つけただろうか。家族のことは深く愛しているけれど、これまで自分の生活のすべてだった閉ざされた世界の外を見たくてたまらなかった。その気持ちを、彼らが理解してくれたらいいのに。

アビーは裏手の階段を下った。あたりはしんと静まり、大理石の階段を踏む自分の足音が聞こえるだけだ。先ほど従僕からことづけを受け取り、図書室へ行く前にひとつ寄り道をするところがあった。

温室へ入ると、豊かな壌土のにおいが彼女を包み込んだ。小雨がガラス張りの丸天井を叩き、背の高いヤシの木の葉が天井のガラスに触れている。今日のように肌寒い日には、焼けた石炭をいぶし壺に入れて、この広々とした室内を屋敷のほかの部屋よりあたたかく保っているのがはっきりと感じ取れた。密林さながらに生い茂る異国の植物が、心地よい香りで大気を満たしている。

熱帯の楽園の隅に茶色い人影がかがみ込んでいた。調子はずれの歌を口ずさんで土を掘り返している女性のもとへ、アビーは向かった。「お呼びでしょうか、レディ・ヘスター」

丸々とした女性が膝をついたまま体を振り向け、タオルに集められた土がスレート張りの床に落ちた。白髪交じりの乱れた巻き毛の上には、あずき色のターバンが斜めにのっかっている。「あなたは?」

アビーは膝を折ってお辞儀をした。「新任の家庭教師です、マイ・レディ」

「ああ! リントン家のお嬢さんのひとりだったわね、覚えていますとも」

年配の婦人が立ちあがろうとするのに、アビーは手を貸した。「はい、一番年下のアビーと申します」

「ええ、ええ! あなたのお母さまとわたしは同じ年に社交界へデビューしたんですよ。マーガレットは結婚したけれど、わたしはしなかった。ほんと、よかったこと。草木のお世話をするほうが、夫の相手をするよりはるかにましですもの!」レディ・ヘスターはころころと笑い、汚れた手袋から土を払おうとした。「先週あなたがいらしたときは、神さまがおつかわしになったのだと思ったわ。グウェンの相手をどうしようかと弱りきっていたところだったのよ。ミス・ヘリントンときたら、いきなり辞めていなくなるなんて!」

「仕方なかったのでしょう、ご家族から一大事だと連絡があったそうですから」

「一大事だかどうだか！　彼女はね、恋人と駆け落ちしたのではないかと思うの。だって、マーブル柄の表紙のゴシック小説をいつも熱心に読みふけっていて——誰かから、しょっちゅう手紙を受け取っていたのよ！」

「おそらくご親戚からでしょう」

「まあ、わたしはそうは思わないわ。あれは恋する女性の顔つきでしたよ。最後の数週間、あの人は目をきらきらさせて、呆《ほう》けたみたいな笑みを浮かべていたもの」しゃべりながら、レディ・ヘスターは鮮やかな紫色の花の茎をそっと撫でた。「これはこの温室で一番美しい花なのよ。あなたの感想を聞かせてちょうだい」

「きれいですね」アビーはうわの空で応えた。ミス・ヘリントンの離職について耳にしたばかりのことに、まだ少し面食らっていた。「アツモリソウですか？」

「そんなありふれた花ではありませんよ！　これはマレーシアの密林で採取されたデンドロビュームという蘭なの。花を咲かせるのに丸一年かかったのよ。苗を買うときは、ロンドンの〈ロディジーズ園芸店〉をお勧めするわ」

「はい、マイ・レディ」差し出がましい口をきくのはためらわれたが、アビーは時間を気にして促した。「何かわたしにご用がおありなのではありませんか？」

「そうだったかしら？　ええと、何か言うことがあった気はするけれど」眉根を寄せて、レディ・ヘスターは手袋をした手で白いリネンのエプロンをこすり、茶色い筋をつけた。「ああ、もう、忘れてしまったわ。きっとたいしたことではなかったのよ。そのうち思い出すでしょう!」

「ひょっとして、レディ・グウェンドリンの勉強に関することでしょうか?」

「いいえ、まさか。そういうことはすべてあなたにお任せするわ。わたし、難しいことには少しも興味が持てなくて。わたしのタオルを見かけなかったかしら?」

老婦人はきょろきょろとあたりを見まわしている。アビーは床に落ちていたタオルを拾いあげた。「ここにあります」

「まあ、ありがとう、ミス・リントン。あなたがわたしたちのもとへ来てくれて本当によかったわ。ところで、一五年前にここであなたを見かけたことがあるのは話したかしら?」

「ここですか、マイ・レディ? お屋敷の中へ通されたことは一度もありませんが」

「屋敷の外ですよ。コーデリアの葬儀の日、庭でバラの手入れをしていたら、森の入り口であなたがわたしの甥と落ち合うところを見かけたの。あの子は母親を亡くして打ちひしがれていて、あなたはあの子の手を取ってしゃべりかけていた。やさしくて心のあたたかそうなお嬢さんだと思ったものよ」

レディ・ヘスターは背を向けると、大事な蘭の世話を始めた。ふたたび始まった鼻歌が会話の終了を告げる。

アビーはのろのろと温室をあとにした。マックスと一緒にいるところを見られていたのを知って、動揺していた。森の入り口で会ったのは一回きりで、いつもは公爵家の嫡男が平民の娘と親しくするのを快く思わない人たちの批判的な目を避けて、小川のほとりの秘密の場所で待ち合わせをするようにしていたのだ。

けれど、あれから何年も経っているのに、いまさらなんだというの?

わたしには、もうなんの関係もないことよ。

葬儀の翌日、マックスが家族とともにあわただしく屋敷を発《た》ったのち、アビーは彼の本性を徐々に理解した。ロンドンでのたがはずれたような彼の放蕩ぶりが、ここハンプシャーにまで伝わってきたからだ。彼の艶聞は噂好きな住人たちに話の種を提供した。彼が犯した罪はあまりに多く、少年の頃、ひと夏をともに過ごした少女のことを彼が覚えているのかさえ怪しかった。

とはいえ、アビーは家庭教師の面接を受けた際、手紙で公爵に相談する必要はないとレディ・ヘスターを説得するのを忘れなかった。相手は草木の世話に戻ることしか頭になかったため、地元ですぐれた評判を誇る家柄の女性を家庭教師に迎えることに公爵も異存はないでしょうと喜んで同意した。害のない隠蔽工作よ、とアビーは自分を納得させた。どのみちロスウェル公爵は、妹の家庭教師の名前など知ろうともしないだろう。

それでも面倒事は避けるにかぎる。

そう確信して、アビーは別の廊下を進んで図書室へ向かった。広々とした部屋に足を踏み入れ、書物のにおいをうっとりと吸い込む。ワインレッドの壁と大きな書き物机が男性的な内装を特徴づけていた。いくつも並ぶマホガニー材のテーブルは、湾曲した脚の先で鳥の鉤《かぎ》爪《づめ》が球をつかむデザインだ。彫刻の施された台座の上には地球儀がのっている。

革張りの椅子の上で体を丸め、本を読めたらどんなにいいだろう。でも急がなければ、レディ・グウェンドリンが心配する。

数千冊もの蔵書の中から目当ての本が見つかるか心配だったが、注意して棚を調べてみると、蔵書はテーマごとに整理されていた。植物学、哲学、数学、伝記、外国語、詩、それに文学に当てられた区画がある。

歴史の本は部屋の一番隅で見つかった。目の高さの位置には、アビーがよく知っている本がずらりと並んでいる。ヒュームの『イングランドの歴史』全一三巻もすべてそろっていた。古代史は下の棚にあった。

雨のために室内は暗く、革に型押しの細工が施された背表紙を見るには、しゃがまなければならなかった。ああ、ここだわ。ウェルギリウスに、キケロ、ギボン著の『ローマ帝国衰亡史』。中でも新しい全集があるのを見つけて、アビーは興奮した。『イングランド史　ローマ人の侵攻からヘンリー八世の即位まで』ああ、お父さまに読ませてあげたかった！

一巻目を引っ張り出したとき、話し声が外の廊下を近づいてくるのに気がついた。最初はとくに注意を払わなかった。これだけ大きな屋敷ともなれば、使用人たちは埃や汚れを相手に終わりなき戦いを繰り広げる。それについての愚痴は、家政婦のミセス・ジェフリーズからたっぷりと聞かされていた。正直者のこの女性は牧師の妹が屋敷へ来ることを歓迎し、紅茶と料理人お手製のプラムケーキをふるまって、気さくにおしゃべりをしてくれた。

アビーはここで一緒に働く人たちと、努めて仲よくするようにしていた。紳士階級の出ではあっても、自分より低い生まれの人たちに大きな顔をするのは彼女の性分ではない。彼らの話に耳を傾け、彼らの暮らしについて学び、彼らの喜びと悲しみを分かち合うのが好きだった。たいていの人は、誰かに黙って話を聞いてほしがるものだ。

話し声がさらに大きくなった。男性がひとり、それに女性がひとり。

ふたりは図書室へ入ってきた。ドアが閉まる音にアビーはほっとした。使用人なら、仕事中にドアは閉めない。その男女の会話には奇妙な点がふたつあることに、すぐさま気がついた。戯れるような声音と、上流階級の洗練されたしゃべり方。

「みなさんを撒《ま》けたかしら？」女性の声、高音で明るい響きだ。「ああ、ダーリン、ようやくふたりきりになれたようね」

「そのようだ。客人たちをほったらかしにして、主《あるじ》が姿を消すのは行儀がいいとはとうてい言えないが」

「それなら、客人のひとりだけでもたっぷりもてなしてはいかが？」

深みのある笑い声が響いた。「レディの仰せとあらば喜んで」

あの声は。

体の芯からガタガタと震えそうになった。あの甘いバリトンの声は知っている。その声は葬ったはずの過去からよみがえったかのようだった。世間知らずだった若い頃に、何度も夢で聞いた声。

マックス。

いいえ。彼のはずはない。単純にありえない話だ。一〇年前、父親を埋葬するためにごく短いあいだ戻ってきたのを別とすれば、この一五年間、彼はこの屋敷に足を踏み入れていない。それに近々彼の訪問があるとは誰も言っていなかった。そんな珍しい出来事があるなら、レディ・グウェンドリンとレディ・ヘスターはそわそわと浮き立っていたはずだ。

頭の中が混乱し、心臓は激しく打ち、息が切れてめまいがした。わたしの思い違いよ。使用人同士の会話を聞き誤ったに違いない。数年ぶりにマックスのことを思い返したばかりだったから、彼の声に聞こえてしまっただけ。

それにしても……。

しゃがんだまま体をひねってみたものの、大きなテーブルが視界をさえぎっていた。アビーはそろそろと頭をあげて、テーブルの端からのぞいた。

図書室の反対側で、ひと組の男女が情熱的な抱擁を交わしている。なんてあでやかな女性だろう。金色の巻き毛、淡い黄色のドレスに包まれた体は美しい曲線を描いている。彼女は白い両腕を二匹の毒蛇のように男性の首に絡ませていた。男性の豊かな黒髪は誘いかけるように乱れている。顔は反対側を向いており、深い赤紫色の上着に包まれた分厚い両肩と、たくましい脚に張りつく鹿革のズボン、それに黒のブーツしか見えない。

つかのま、アビーはほっとした。彼じゃない。わたしの思い出の中の少年とは別人だ。あそこにいる男性ははるかにたくましく、自信に満ちて、男性的で力強い。わたしのマックスはひょろりとして、体の動きはぎこちなかった。

男性がわずかに向きを変えた。女性の背中を片手で支え、そばにあるテーブルの上に仰向けに横たわらせる。彼女の上に覆いかぶさり、破廉恥なほど深くくれた襟ぐりからのぞく豊満な胸を指先でなぞった。男性がからかうような声音で何かささやくと、女性は彼の胸をいたずらっぽく叩いた。

その瞬間、男性の横顔がはっきりと見えた。希望はたちまち現実に揺さぶられ、砕け散った。あの端整な面立ちは、どこにいても彼だとわかる。

マックス。

本当に彼があそこにいる。

アビーはへなへなと体を沈めた。またも体に震えが走る。テーブルに隠れた薄暗い角にいて本当に助かった。彼に見つかってはまずい、それも頭が大混乱しているときに。

家族や使用人への連絡もなしに、マックスはいったいなんの用があって戻ってきたの？

その答えは重要じゃない。重要なのは、彼が戻ってきたということだ。しかも愛人のひとりを連れて。いいえ、ひとりだけではないのかもしれない。さっきの話からすると、ほかにも客がいるようだ。たくさんの女性たちがハーレムのごとく彼にかしずいて媚《こ》びへつらうさまが、アビーの頭に浮かんだ。

ぶるりと頭を振って、不快な光景を追い払った。たしかなことがひとつある。長い歳月のあいだに、マックスは見た目も中身もすっかり変わった。最初、彼だとわからなかったのも無理はない。マックスの姿を見るのは、彼が一六、わたしが一五のとき以来なのだ。

いいえ、マックスではない。

いまの彼はロスウェル公爵。わたしが大好きだった少年はもういない。本当は最初からいなかったのかもしれない。彼のぬくもりもやさしさも偽物だった。あの遠い夏の日、彼はうぶな娘を練習台にしたのだろう。ロンドンで彼を待つ、華やかな恋の駆け引きの予行練習として。

甘いささやき声とキスの音が恥ずかしくて、いたたまれない。あのふたりはいつになったらやめるの？　誰がいつなんどき図書室へ入ってくるかもわからないのに！　情事にふけるなら、上階の寝室へ行くぐらいの慎みを持つべきでしょう。

けれどもちろん、ロスウェルは慎みのかけらも持っていないのだろう。自分も一度は彼の魅力にだまされたことを思い返し、アビーは身をすくめた。

もう一度、テーブルの端からのぞき見て、彼女は目を丸くした。

公爵の片手は愛人のドレスの裾へもぐり込み、足首を撫であげて見えなくなった。女性が身をよじり、小さな笑い声をあげて逃げようとするのを、彼は自分の体で押さえつけ、ふざけて抵抗する彼女の口をキスでふさいだ。

アビーはふたたびしゃがみ込んだ。胸が高鳴り、ほてりが体の内側から肌を熱くする。何も驚くことではない。ロスウェルは自堕落な放蕩者として名をはせている。近隣の人々が噂する彼の不埒《ふらち》な所行の数々は、もう何年も耳にしていた。だが、根も葉もない噂話を小耳にはさむのと、彼の堕落ぶりを目の当たりにするのはまったく別だ。

そのうえ情事の現場に居合わせて、身動きが取れなくなってしまった。いったいどうすればいいの？

お取り込み中のところすみません、と自ら進み出ようか。でもそれだと、自分は新任の家庭教師ですと名乗らなければならなくなる。ミス・アビゲイル・リントンのことを公爵がきれいさっぱり忘れているかは確信がなかった。万が一覚えていたら、まず間違いなくその場で首にされるだろう。彼はわたしとなんの関わりも持ちたくないのだから。

アビーは意気消沈した。首になってしまったら、外の世界でのささやかな冒険は幕切れとなる。もちろん、どこか別の場所で仕事を探すこともできるけれど、前の職場であっという間に解雇されたわたしを誰が雇うだろう？　そうなると、あとはしぶしぶ兄の屋敷へ戻るしかない。そして未婚のおばとしてありふれた一生を再開し、老いてしわしわになったら、わたしの意向などおかまいなしに親戚の家をたらいまわしにされるのだ。

考えただけでも息が詰まりそう。

とはいえ、公爵と愛人がキスとささやきを交わしている場で、ずっとしゃがんでいるわけにもいかない。彼らの親密な行為が激しさを増したらどうするの？　いまここで、ことに及んだら？

そのおぞましい可能性がアビーを行動へと駆り立てた。こっそり図書室から抜け出そう。

それしか望みはない。

アビーは手と膝を床につき、テーブルのあいだを縫うようにして絨毯の上を這った。長いスカートに邪魔されながら、カタツムリ並みの速度でのろのろと前進する。木立みたいに並ぶ椅子の脚越しに、ロスウェルの黒いブーツが見えた。部屋の向こう側であがるなまめかしい物音から判断するに、彼は少なくともこちらに気づくどころではなさそうだ。それでも念のため、ふたりから大きく距離を取るようにした。

頭の中でせわしなく計画をめぐらせる。ドアまでたどり着き、廊下へ抜け出すことさえできれば、あとは大丈夫だろう。レディ・グウエンドリンには、公爵の前で新しい家庭教師の話をしないように言い聞かせよう。レディ・ヘスターはどうする？　口をつぐんでいるよう、彼女を説き伏せられるだろうか？　本当のことを打ち明けて協力してもらうとか？　公爵がロスウェル・コートを去るまで、姿を見られずにいられるかしら？

彼はいつまで滞在するつもり？

頭を悩ませている最中も、ふたりの戯れる声がもれ聞こえた。

「閣下、いけませんわ、そんなことをして！　いたずら坊やね！」

「わたしが坊やだったのは遠い昔だ。ごらんに入れようか？」

「あら、だめよ。そんなことをして……ああ、そこ、そこよ！」

恥ずかしさにアビーは顔をしかめた。ドアへと這って近づきながら、ふたりのほうをにらみつける。ロスウェルの脚がふわふわしたドレスの生地に押しつけられているのが、かろうじて見えた。なんてあきれた放蕩者なの！　彼は最低の嘘つきで、ろくでなしの王さまだ。これほど堕落した男は、かつてこの世に生まれたことはない――。

彼をなじるのに忙しくて自分が進む方向を見ていなかったため、アビーは大理石の台座に強く腰をぶつけた、思わず小さな悲鳴をもらし、あわてて口を押さえる。と同時に、頭上でかすかな物音がした。

台座にのっていた地球儀がぐらりと傾く。ぎょっとする彼女の目の前で、地球儀は音をたてて床に落ちた。球体が転がり、椅子やテーブルの脚をまっすぐ通り抜け、ロスウェルのかかとにぶつかった。

「なんだこれは――」

身を潜めたまま凍りつき、アビーはテーブルの脚越しに彼のブーツが動くのを凝視した。球体が転がるのを男性の大きな手が止める。地球儀が勝手に落ちただけだと思ってほしかったが、はかない望みは瞬時に消えた。

鋭い足音を決然と響かせ、ロスウェルがまっすぐこちらへ向かってきた。気がつくと、彼のつややかな黒革のブーツはほんの数センチ先にある。それを見つめて、アビーは頭の中が真っ白になった。

「何者だ？」彼が詰問する。「ここで何をしていた？」

アビーは少しだけ顎をあげた。顔は横に向けたままだ。相手の記憶を刺激しないよう、真正面から見られるのは避けたほうがいい。ふだんの声を聞かれるのも。「ただの使用人です」彼女はぼそぼそと言った。「自分の仕事をしていました」

「もっと大きな声を出せ！　ここにいたなら、なぜすぐに出てこなかった？」

その命令口調がアビーの冷静な判断力を切り刻んだ。「こっそり退室しようとしていたんです」かっとなって言い返す。「逢い引きされているところをお邪魔するのは賢明ではありませんでしょう」言葉を切り、使用人らしい口調に戻ってつけ加えた。「申し訳ございません、閣下」

威圧感に満ちたロスウェルの視線を感じた。目をあげて顔をにらみ返し、こちらは彼のことをどう思っているか、はっきり言ってやりたい。

でも、それは無分別のきわみだ。

目にも留まらぬすばやさで、ロスウェルの両手がアビーの上腕をつかんで立ちあがらせた。気がつくと、彼女は冬空にも似たグレーの瞳を見あげていた。放蕩の日々は彼の表情を険しくさせ、口の横にうっすらとしわを刻んでいたが、男性的な面立ちはかつてよりも魅力的だ。前より背が伸びてたくましくなり、胸板の厚みは増し、肩幅は広くなっている。

ロスウェルにはまだ、アビーの息を喉につかえさせる力があった。悔しいことに。それどころか、尊大に指をパチンと鳴らすだけで、彼女を解雇する権限を持っているのだ。それを思いとどまらせる方法はないかと頭を絞っていると、冷ややかな彼の目の中で何かがひらめいた。

「アビー?」

4

マックスはみぞおちに拳を食らったような衝撃を感じた。アビゲイル・リントンの姿を見るのは一五年ぶりだった。彼女へ宛てた手紙をすべて無視されて以来だ。いくつかのことが立て続けに目に留まった。年はもう三〇近いはずで、娘らしい若々しさは失われている。だが、肌はまだなめらかでしみひとつなく、繊細な骨格の大人の顔に変わったことで品位が漂っている。かつてはリボンで結ばれていたシナモン色の長い髪は、上品なオールドミスにふさわしく、ピンできつく留められてレースのキャップに覆われていた。瞳は……昔と変わらない鮮やかなサファイアブルー。彼はこの瞳にだまされ、一度は心を捧げたのだった。

なぜアビーがわたしの図書室に隠れているんだ？　彼女についてちらりとでも考えることがあるとしたら、村で見かけるものと思ったくらいだろう。おそらく夫か、たくさんの子どもといるところを。断じて、この屋敷の中でではない。

アビーがぐいと腕を引いた。まだ握りしめていたことに気づき、マックスは手をゆるめて彼女を放した。

彼女は用心深いまなざしで、二、三歩あとずさりした。「わたしはミス・リントンです」マックスの親しげな呼び方を正す。「レディ・グウェンドリンの新しい家庭教師として、閣下のおばさまに雇われました。ご存じでないかもしれませんが、ミス・ヘリントンは急遽ここを離れなければなりませんでしたので」

ミス・リントン？　彼女が結婚していないことにマックスは驚いた。結婚に向いている女性がいるとしたら、それはアビーだ。だがもちろん、ほかのことに関して、マックスは彼女を見誤っていた。アビーが本性をあらわにしたのは、彼が去ったあとのことだ。

軽蔑の念がにじむアビーの声に、マックスはいらだった。「そのことはむろん知っている。妹の幸せはわたしにとって何よりも重要なことだ。だが、わたしは代わりの者を雇う許可をおばに与えていない」

腕に触れられるのを感じ、顔を向けるとエリーズがマックスの隣に立っていた。「これはどういうことですの、閣下？　使用人が好き勝手にのぞき見をするなんて、とんでもないわ」

この肉感的な未亡人のことを完全に忘れていた。金色の巻き毛は乱れ、唇はキスでバラ色に染まり、油断のない瞳には好奇心がのぞいている。ついさっきまで、マックスは夢中になって彼女を誘惑していた。あと一歩で愛人になるよう口説き落とせるところだったのだ。しかし、ふたりきりではなかったとわかり、熱はすっかり冷めてしまった。

「のぞき見はしていません」アビーが冷ややかに言った。「わたしは低い棚にある本を探して腰をかがめていました。そのせいで、おふたりはわたしに気がつかなかったのです。わたしは公爵閣下がお戻りになることも知りませんでした」

「こそこそ逃げようとしていたくせに」エリーズは言い張った。「階下《した》へ行って、ほかの使用人たちに噂を広めるつもりだったに違いないわ」憤慨した顔を傾けてマックスを見あげる。「このままにはできないでしょう、ロスウェル。即刻、首にすべきよ」

「ここはわたしに任せてもらえないか、レディ・デズモンド。ミス・リントンとふたりで話をしたい」

「わたしだって当事者だわ、ダーリン。だから席をはずす必要はないはずよ。しつけのなっていない使用人の扱いなら心得ているし」

「それはわかるが、ふたりきりにしてくれ」腕にしがみつかれるのにいらだち、マックスはエリーズを出入り口へと導いてドアを開けた。「左へ進むんだ。玄関広間は廊下の先になる。従僕にミセス・ジェフリーズを呼んでこさせてくれ。きみの部屋まで案内してくれるだろう」

エリーズがけげんそうに眉根を寄せてアビーを眺めた。それからマックスへ視線を戻す。さっき、思わずアビーを名前で呼んでしまったことに気づかれたのだろう。ふたりの過去の関係を怪しんでいるに違いない。だが孔雀《くじゃく》ほどでも良識があれば、彼の私生活を詮索はしまい。

エリーズの唇が反論するかのようにふたたび開いた。そこで思い直したらしく、膝を曲げてお辞儀する。「ではまたのちほど、閣下」

廊下を歩き去りながら、エリーズは蠱惑的に腰を振った。マックスの目を楽しませるためなのはわかっていたが、いまは彼女の誘惑に関心はなかった。彼はドアを閉め、アビーを振り返った。

ミス・リントンだ、と自分に言い聞かせる。いまも親しい間柄であるかのように、アビーと呼ぶべきではなかった。こんな間違いは二度と犯すまい——少なくとも会話の中では。自分の頭の中では別だと、マックスは苦々しい思いで認めた。彼女の名前は、あまりにも深く記憶に染み込んでいる。

アビーはたたずんで待っていた。その表情は落ち着き払い、伸ばした両手を重ねている。簡素な灰色のドレスが、やわらかな体の曲線に寄り添っていた。自然と漂う気品は、子馬のように元気だった一五歳の頃にはなかったものだ。だが彼女が浮かべる険しい表情は、不品行を目撃し、厳しい叱責を与えようと待ち構えている家庭教師のそれだと認めざるをえなかった。

どこまで聞かれた？　それにどこまで見られた？

マックスは地球儀を拾いあげると台座へ歩み寄り、もとに戻した。気まずさを覚え、その感情は羞恥心だと気づいた。アビーに情事を見られたからといって、何を気にすることがある？

マックスは歯を食いしばった。かまうものか。こちらが謝る必要はない。のぞき見していたのは彼女のほうだ。

「それで」彼は冷たい口調で言った。「きみはわたしの妹に教える資格があると考えているわけだ。当然、家庭教師の経験はあるんだろうな？」

彼女はまばたきもせずにマックスを見つめていた。笑みを向けることも、こちらの機嫌を取ろうとすることもない。「いいえ、ありません。最近まで、両親の世話に専念していましたから。ですが、父のもとで何年も勉強しています。覚えていらっしゃるかと思いますが、わたしの父は歴史学者でした」

「〝でした〟？」

「昨年の秋、母とともに流感で亡くなりました」

アビーの両親は、その他すべての村人たちと同様に見かけたことしかなかった。だが、彼女はいつも両親について愛情をこめて語り、家庭での愉快な出来事を話していたものだ。家族仲がいいのをうらやんだことを覚えている。それはあらがいがたい彼女の魅力の一部分だった。アビーはマックスが持っていないものすべてを、愛情と笑いでいっぱいの世界を持っているかに見えた。

「それは残念だった」彼はそっけなくお悔やみを述べた。「その後、暮らし向きが悪くなったというわけか」

「いいえ、兄のクリフォードの監督のもと、わが家は以前よりも繁栄しています。ただ……わたしは自分のやり方で収入を得たかったんです」

マックスは疑わしげに眉をあげた。淑女が家を出て仕事を探すのは、最悪の状況においてのみだ。家庭で虐げられたのか？　家族にこき使われたか？　彼女の父親は娘が自立できるようなすべを残さなかったのか？

押し殺されたアビーの表情からは何もわからない。マックスは不意に、彼女の何がこれほど根本から変わったのかに気がついた。アビーの顔からはやさしさが消えていた。屈託のないあたたかさと、少女の無邪気さがなくなっている。いまの彼女が身につけている冷ややかな物腰は、この屋敷を取り仕切る公爵夫人のものだ。

もっとも、アビーは公爵夫人ではない。そうなることも永遠にない。はるか昔に彼女はマックスの求愛をはねつけ、そのことに彼は深く感謝していた。アビーはいまではそれを後悔しているのか？　自分も公爵家の栄光にあずかれたかもしれないのに、雇われの身に落ちたことを悔やんでいるのか？

どうであれ、こちらには関わりのないことだ。視界から彼女が消えさえしてくれればいい。

「仕事はどこかよそで探していただこう、ミス・リントン。いまこのときをもって、家庭教師の任を解く」

アビーの目が大きく見開かれた。「理由はわたしたちの過去ですか？　それについては絶対に口外しません。なかったこととしてふるまいます」

「過去は関係ない」

「わたしがのぞき見をしていたせいなら、あれは意図してやったことではありません。お戻りになるとご連絡をいただいていたら、お邪魔にならないよう注意していました」

「知らせならおばに送った……ばかばかしい、わたしが弁解する必要はない」

「レディ・ヘスターとは、つい先ほどお話ししたばかりです。あなたが近々戻られるようなことは何も……」アビーが視線をそらし、考え込みながらつぶやいた。「ああ！　何を言うのか忘れたとおっしゃっていたのは、そのことだったのかしら。きっとそうだわ！」鮮やかなブルーのまなざしが彼へと戻る。「それはさておき、レディ・グウェンドリンがお住まいの場所に愛人を同伴されるのはいかがなものでしょうか、閣下。不適切な行為と言わざるをえません――それに無責任ですわ」

「きみに指図される筋合いはない！」

「いいえ、誰かが申しあげなければ。純真な若い淑女を、ああいう方々と関わらせるのはもってのほかです」

よりによってアビーに戒められ、マックスはいらだった。しかも、正確にはまだ愛人でもないエリーズを卑しむべき人種のように形容されるとは。だが、あんな場面を見られたあとでは弁明もしにくい。

アビーがグウェンを守ろうとするのをとがめるわけにもいかないだろう。いくぶん素行の怪しい悪友たちに妹とおばを引き合わせるのは、たしかにもってのほかだ。一行をロスウェル・コートへ招くのをしぶった理由は、まさにそれだった。選択肢がほかにあり、ボクシングの試合が迫っておらず、人目につかない練習場所をゴライアスが必要としていなければ、一行にはいますぐ荷造りをさせている。

「わたしから提案があります、閣下」

アビーを見つめるマックスの視線は鋭くなった。彼女の言葉に体が反応し、熱い欲望の炎が噴きあがる。さまざまな想像が脳裏を駆けめぐるが、どれひとつとして道徳的でも良俗的でもない。この女性なら、そのすべてにおぞけをふるうことだろう。「なんだ?」

「お客さまがこのお屋敷にいらっしゃるあいだ、レディ・グウェンドリンには付き添い役《シャペロン》が必要ですが、レディ・ヘスターは園芸にかかりきりです。ロンドンの斡旋《あっせん》所にわたしの後任を派遣させる時間はないことですし、とりあえずいまはわたしを残されるのが賢明ではないでしょうか」

アビーは両手をきつく握りしめて立っている。力をこめるあまり、繊細な拳が青白くなるほどに。彼女にとって、ここでの家庭教師の職はきわめて大切らしい。なぜだろう?

わたしには関係のないことだ、とマックスは思った。いまはアビーの暮らしになんの興味もない。しかし、彼女の言うことには一理ある。ただちに彼女を追い出すのは浅はかだろう。ひとけのない廊下でグウェンがアンブローズやペティボーンと遭遇する危険は冒せない。

「いいだろう」マックスはぶっきらぼうに言った。「これから一週間はここにとどまることを認めよう。だがわたしが去るときに合わせて、きみの務めは終了する。それでかまわないな?」

「承知いたしました」

「レディ・グウェンドリンに伝えてくれ。三〇分後、わたしのほうから彼女の部屋へ行くと」

「すぐにお伝えします、公爵閣下」

アビーは視線をさげて慎み深くお辞儀をしたが、その目に安堵《あんど》の色が浮かぶのを彼は見逃さなかった。いらだちながらも当惑し、マックスは立ち去る彼女の背中を見つめた。アビーはなぜ自ら使用人として働きたがるのだ？　一五年前、彼の手紙に返事を出していれば、ロスウェル・コートの女主人になっていたかもしれないと思って、ほぞを嚙みそうなものなのに。

しかし、アビーはかつての親しい間柄を利用しようとも、愛想よく謝って仲直りをしようともしなかった。ふたりの過去への言及は一度きりで、絶対に他言しないと宣言するためだった。

かつてマックスをないがしろにしたことを思い出されてはまずいと悟ったのだろう。こちらには好都合だ。アビー・リントンは、本人にとって何が最善かがわかっていれば、彼に関わろうとはしないはず。あんな図々しい物言いはやめて、おとなしくしていることだ。

だが次の瞬間、彼女はマックスの期待を見事に裏切った。ドアのところで足を止め、彼をちらりと振り返る。「ところで、妹さんはわたしが図書室へ行ったのをご存じでした。わたしを探しに来られて、閣下が愛人と一緒にいるところを見られていたらどうされたんです？　ご忠告申しあげますわ、このお屋敷にいるあいだはお慎みください！」

レディ・グウェンドリンに公爵の到着を知らせると、アビーは彼が来る前にその場を離れられるよう口実を告げた。少女はそれにはうわの空で、もうすぐ兄に会えると心を躍らせている。アビーはメイドを呼び、ドレスでいっぱいのレディ・グウェンドリンの衣装戸棚の中から久しぶりの再会にふさわしい一着を選ぶよう指示して退室した。

きょうだいが会うのはイースター以来らしい。騒々しい大家族と親族の長期滞在に慣れているアビーには奇妙に思えた。ロスウェルには成人前の妹の相手をする時間はないようだ。あまたの悪徳が、彼をロンドンにつなぎ止めているのだろう。

アビーは使用人用の狭い階段を下った。ロスウェル・コートにいるあいだは行いを慎むよう忠告したとき、彼は非常に不愉快そうだった。炎さえも凍りつきそうな顔つきをして。アビーは一週間の任期を取り消される前に、急いで図書室を去ったのだった。

危険は冒したけれど、声をあげたことは後悔していない。レディ・グウェンドリンのために礼節をわきまえてもらう必要がある。それには誰かが彼をたしなめなくては！

大の大人相手に、ましてや公爵に厳しいことを言うのが自分らしくないのはわかっていた。ふだんは家族同士のいさかいの仲裁役なのだ。けれど、あの魅惑的な美女、レディ・デズモンドと体を絡ませるロスウェルの姿が脳裏に焼きついて離れない。

彼女は未亡人なの？　それとも結婚の誓いに背く人妻？

いずれにせよ、あんな女性と関わりを持つなんて、彼の変わりようには失望した。アビーが大好きだった、やさしくて不器用な少年はもういない。男盛りのいま、ロスウェルは快楽のみを求める救いようのない放蕩者になっていた。

はっきりしたことがひとつある。彼と再会したことで、長らく忘れ去っていた心の傷は完全に癒えた。いまでは一五年前に彼に捨てられて本当によかったと思える。ロスウェルがどれほどハンサムだろうと、ささやかな冒険にあこがれる気持ちがわたしの心にどれほどあろうと、女たらしの放蕩者は自分の人生に存在しないほうがいい。

新任家庭教師の正体がロスウェルにばれたことも、かえってよかった。これで彼に見つかるのを恐れる必要はなくなった。解雇はされたけれど、少なくともいますぐ荷物をまとめずにすんだ。あと一週間は、このロスウェル・コートでの生活を楽しめる。もう一週間、自分でお金を稼いで家族から自立できる。今後に関して新たな計画を思いつかなければ、その後は家に戻ることになるだろう。それまで、ロスウェルと彼の取り巻きをできるだけ避ければ。でも彼がここにいるからといって、わたしが萎縮することはない。

気分がすっかり明るくなり、アビーは長い廊下の端まで行くと、使用人用の区画へ続くドアを開けた。今日は厨房《ちゅうぼう》でお茶をいただこう。ロスウェルがレディ・グウェンドリンとの面会を終えるのを待つあいだ、使用人たちがおしゃべりの相手になってくれるだろう。

ところが、大騒ぎする声がアビーの耳に飛び込んできた。何やら言い争っているらしい。騒ぎのほうへと急いで、食器室と食器洗い場を通り過ぎ、厨房へ入った。

巨大な室内には高い丸天井と、雄牛を丸ごとあぶれる巨大なかまどがあった。石造りの壁に取りつけられた棚には、ぴかぴかの銅鍋が何十もさがっている。部屋の奥行きと同じ長さのテーブルでは若いメイドがふたり、ニンジンとカブの山の前に座って皮をむくのも忘れ、執事のフィンチリーと家政婦のミセス・ジェフリーズ、それに料理人のミセス・ビーチが激しく言い合っているのを呆然《ぼうぜん》と見ていた。

年寄りのフィンチリーは節くれ立った指を振っている。彼はロスウェル・コートの一番の古顔で、現公爵の祖父に当たる第八代公爵の時代に靴磨きとして雇われ、そこからいまの地位にまでのぼりつめた。

「あれはどんちゃん騒ぎが好きな、ろくな連中ではない」うんざりした顔で宣言する。「女とふざけて遊ぶ低俗な伊達《だて》男どもだ。さっそくトランプを用意しろと仰せだよ。いいか、これから数日は賭け事と乱痴気騒ぎになる。公爵がお止めにならないかぎりは！」

「旦那さまのせいじゃありませんったら」ミセス・ジェフリーズはすっかり憤慨している。「あの女に丸め込まれたんですよ。どういう女かはひと目でわかったわ。旦那さまにはべたべたと甘く、使用人には容赦ないんですから。公爵夫人であるかのように、わたしに命令してくるんですよ。あの女が大淫婦バビロンでしかないのは一目瞭然だっていうのに！」

「食卓に出されるものが気に入らないなら、食べなきゃいいのよ」ミセス・ビーチは太い腰のうしろに両手をまわして紐をほどくと、エプロンを石畳の床に投げつけた。「あたしはフランス料理なんて作ったことはないし、いますぐ作りはじめる気もないからね！」

アビーは急いで進み出た。「いったい何があったんです？　ミセス・ビーチ、まさか本気で仕事を放り出すわけではありませんよね！」

三人は場所を空けて、アビーを輪の中へ迎え入れた。生まれの違いを鼻にかけてお高くとまったりしないことは、一週間前にこの屋敷へ移ってきたときにはっきり示しておいた。何を威張ることがあるだろう？　ここにいるのは、アビーがよちよち歩きをしていたときから知っている地元の者たちだ。教会ではともに賛美歌を歌い、彼らの家族が病気や寝たきりになったら見舞いを持っていき、祭りや慈善バザーでは肩を並べて働いた。

ミセス・ビーチは丸々とした腰に両手を当てた。「ほかにどうすりゃいいっていうんですか、ミス・アビー！　一週間分のメニューはできあがっていて、食料庫には食材がすべてそろってる。それを全部捨てて、たったいまミセス・ジェフリーズからあたしの手に渡されたレシピで、しゃれ込んだ料理を作れって言われてもね！」テーブルから紙束をつかみあげ、乱暴に振る。「どれも旦那さまの好物だってレディ・デズモンドは言い張ってるけど、あたしは知ってるんだ。旦那さまがお好きなのは、焼いて塩こしょうしただけのお肉とジャガイモだってね！」

「それはロンドンへ行く前のことでしょう。その点は考えに入れるべきだわ」アビーは慎重に指摘した。「きっと一五年間で好みが変わったのよ」

「そうかもしれませんが」ミセス・ジェフリーズは高い鼻をふんと鳴らした。「妙ちきりんな新しいレシピを使って、いきなり七品の晩餐を用意しろだなんて、旦那さまがそんなことをおっしゃるとは思えません。しかも料理人を手伝うメイドはふたりだけなのに！」

「今夜だけ、洗濯係と酪農係のメイドに食材の下ごしらえを手伝ってもらってはどうかしら？」アビーは提案した。「そして明日になったら、領内の農家から、少しのあいだお手伝いに来てもらえる人を探しましょう。臨時収入を喜ぶ奥さんたちに何人か心当たりがあるわ」

「そうするしかありませんね」家政婦はぼやいた。「でもね、それだけじゃないんですよ、ミス・アビー。レシピはフランス語で書かれているんです！」

「おそらくカエルかカタツムリの煮込みだな」フィンチリーが腹立たしげな声で言う。「そんな料理がふさわしいのは謀反人や裏切り者だ、立派なイングランド人の口に合うものか。もっとも、この雨のあとだ、どちらも屋敷の庭で調達できるだろう」

「その必要はないと思うわ」アビーは笑みを隠して言った。「それにフランス語なら勉強しているから、よければわたしが訳しましょう」

ミセス・ビーチの丸い顔には頑固そうなしわが刻まれたままだ。「どうせ生クリームとかハーブとか入れた、やたらにこってりした料理さ。旦那さまから直接命じられたのなら別だけど、なんでメニューを変えなきゃいけないんだか。レディ・デズモンドはここの女主人じゃないんだよ」

「いやですよ、縁起でもない！」ミセス・ジェフリーズは痩せた顔をエプロンであおいだ。大きな鍵束がじゃらじゃらと音をたてる。「あの人がどういう女性かはすぐにわかりましたよ。旦那さまの愛人でしょう。あからさまな物言いを許してちょうだい、ミス・アビー。あの人、旦那さまの居室に近い部屋がいいなんて言ってきたんですよ、図々しいにもほどがあるわ。彼女のほうから旦那さまを押し倒したと聞いても、わたしは少しも驚きませんね！」

彼らがレディ・デズモンドをさんざんにけなすのを聞くのは悪い気分ではなかった。こちらも図書室で目撃した破廉恥な光景を、詳しく話して聞かせたいところだ。それに、ロスウエルにはなんの非もないという彼らの思い込みを正してやりたい。だが、アビーは噂を広める立場ではなかった——幼い頃から知っている、主人に対する彼らの忠誠心を損なうべき立場でもない。

「ミセス・ビーチ、みんなの知恵を合わせれば妥協策が見つかるんじゃないかしら。あなたのおいしい料理がなかったら、レディ・ヘスターとレディ・グウェンドリンがおなかをすかせてしまうわ。ほら、エプロンを拾って。おいしいお茶を飲みながら、みんなで相談しましょう」

料理人はぶつぶつ言いながらもアビーの指示に従った。ミセス・ジェフリーズが声をあげる。「まあ、大変。わたしはもう行かなくては。部屋係のメイドに、寝室のシーツの交換と空気の入れ換えをさせていたんだったわ。罪人たちの群れに襲われていないか確かめてこないと！」

フィンチリーにも果たすべき務めがあった。腰の曲がった老執事はドアへと足を引きずり、そこで振り返ると予言めいた口調で言った。「レディ・グウェンをひとりで厩舎へ行かせてはなりませんぞ、ミス・アビー。あそこには巨大な怪物が寝泊まりしている」

どういう意味か尋ねる前に、フィンチリーはいなくなった。ミセス・ビーチが知っているのは、公爵が連れてきた供人たちの中に正真正銘の巨人がいるということだけだった。裏口からその巨人の姿を見かけた料理人は、即座にバタンとドアを閉じて、鍵をかけたそうだ。寝てるあいだに屋敷のみんなは殺されるよ、と料理人がぼやくのを聞きながら、そんな恐ろしげな男をロスウェルはなぜ連れてきたのだろうかとアビーは首をひねった。賭け事で借金を抱え、取り立て屋を追い払うのに用心棒をつけているのだとしても驚きはしない。

公爵のことは頭から追い出し、アビーはテーブルについてレシピの翻訳に取りかかった。母が年を取ってからは、しばしば料理人と一緒に毎日の献立を考えたものだ。どうすればロンドンの客人たちの洗練された好みに合うようメニューを変えられるか、アビーはミセス・ビーチとともに知恵を絞った。紅茶をいただき、ミセス・ビーチが焼いたスグリのタルトをかじりながら、料理人自身のレシピに手を加えて、もっとしゃれた料理に変える方法を話し合う。簡素なグレイビーソースの代わりにクリームソースを添え、ジャガイモ《ポム・ド・テール》にはマッシュルームの薄切りを加えて、バターを入れて蒸し煮《ブレゼ》する。ミセス・ビーチのお得意はパイなので、その日の晩餐のメニューにはチキンとタマネギを詰めたひと口パイ《ブーシェ・ア・ラ・レーヌ》を出すことにした。つけ合わせのニンジンとカブは、厨房のメイドたちがすでに皮むきに取りかかっている。

アビーは一時間足らずでミセス・ビーチを取りなし、あなたの腕を振るえるめったにない機会よ、と納得させた。料理人が元気を取り戻して立ちあがり、やってきた追加のメイド三人に指示を出すのを眺めながら、アビーは心の中で祈った。余計なくちばしを入れてくるレディ・デズモンドがこの結果に満足して、使用人たちを悩ませるのをやめてくれますように。危機を回避できたのは本当によかった。おなかをすかせた客たちを残し、料理人が出ていったら大変なことになっていた。もっとも、いきなり取り巻きたちを連れてきたロスウェルには自業自得だっただろう。彼が本当にレディ・ヘスターへ知らせを届けていたとしても、数時間程度では必要な準備を整えるのにとても足りない。

でも、身勝手な放蕩者に何を期待できる？

アビーはティーカップに残っていた紅茶を喉へ流し込んだ。階上に戻って、レディ・グウエンドリンを野蛮人の群れから守る時間だ。公爵はもう妹の部屋を出たはずだから、顔を合わせる心配はない。

人の気配がして、アビーは視線を厨房の出入り口へ向けた。ロスウェル公爵がつかつかと入ってくるのを見て、彼女は目を見開いた。

5

アビーはぬるい紅茶でむせそうになった。公爵は廊下を曲がる場所を間違えて入ってきたに違いない。それ以外に、彼が使用人用の区画に足を踏み入れる理由は想像がつかなかった。

厨房内は調理作業で大忙しだったため、公爵はかまどのそばで長椅子に腰かけているアビーに気づかなかった。彼の注意は部屋の反対側へ向けられていた。そこでは手伝いに駆り出された洗濯係と酪農係のメイドたちが甲高い声を響かせておしゃべりをし、ナイフをひらめかせて野菜を切ったりむいたりしている。鍋がぐつぐつと煮え、ミセス・ビーチはこんろのそばで忙しく立ち働きながら、指示を飛ばしていた。

ここにいることに気づかれなくてよかった、とアビーはひそかに思った。イヴニング用の衣服に身を包んだロスウェルの姿から目を離せないのだから。彼は旅装を解いて、ミッドナイトブルーの上着に白いシルクのベスト、黒のパンタロンに着替えていた。すべて見事な仕立てで、彼の筋肉質の体を一段と際立たせている。それでいて、丹念に櫛を入れられた髪から、模様が施された革靴のつま先まで、気取ったところはかけらもなかった。金の印章指輪を別とすれば、身につけている宝飾品はクラヴァットの上できらめく真珠の飾りピンひとつだけだ。彼の洗練されたいでたちに、アビーは自分の灰色のドレスとキャップの野暮ったさを意識せずにはいられなかった。

公爵が華やかな雄の孔雀だとしたら、わたしは地味な雌の孔雀だ。

もちろん、彼の関心を引くことにはなんの興味もないけれど。魅力的な紳士の前で自分をよく見せたいと願うのは、女性の自然な反応にすぎない。何年も前、くだんの紳士はわたしをすげなく拒絶して、もっと華やかな女性たちを選んだのだからなおさらだ。

幸い、ロスウェルはアビーがいるほうへはちらりとも視線を向けず、ミセス・ビーチのもとへまっすぐ進んだ。料理人は小麦粉の中にバターを切り入れ、クリームケーキを焼く準備をしている。背を向けていたため、どっしりとした体の横から手が伸びてボウルの中のイチゴをひとつ取るまで、彼女は公爵に気づかなかった。

料理人はさっとうしろを向き、木製のスプーンを振りあげた。「盗み食いかい！　ただじゃおかない――おやまあ！」まじまじとロスウェルを見る。パン生地のような顔いっぱいに笑みが広がり、ミセス・ビーチはひょいとお辞儀をした。「マックスさま！　ああ、旦那さまとお呼びしなけりゃいけませんね」

公爵は腰をかがめ、小麦粉のついた彼女の頰に大きな音をたててキスをした。「変わっていないな、ビーチー。きみがまだここにいるよう願っていたよ。だが謝らなければいけないようだ、わたしのせいで大変な迷惑をかけたね」

「いやだ、たいしたことじゃありませんよ。平気です！　あたしが唯一気をもんでいたのは、旦那さまがわが家を何年もお留守になさっていたことのほうです」

アビーは目をしばたたいた。ほんの少し前、エプロンを投げ捨てて出ていくと脅した癇癪《かんしゃく》持ちの料理人とは、まるで別人だ。それに……〝ビーチー〟ですって？

「きみの料理が恋しかった」ロスウェルはイチゴを口に放り込んだ。「よく作ってくれたラズベリーのお菓子はなんだったかな？」

「ジャム・ローリー・ポーリーですよ。すぐにお作りしましょうか？」

「明日でかまわない。いまはずいぶん忙しそうだからね。ほかになんでもいいから腹ぺこの男に与えられるものはないかな？」

料理人は低い笑い声を腹の底から響かせた。「旦那さまの大食いは昔っからですよ、ええ、本当に」

ミセス・ビーチが食料庫の中へ姿を消すと、ロスウェルはイチゴをさらにいくつか失敬し、もぐもぐと食べながら厨房内をうろついた。こんろの上で湯気を立てる銅鍋をのぞき込み、おいしそうなにおいを吸い込む。彼が会釈を送るとメイドたちは真っ赤になり、それからふたたびおしゃべりを始めた。ロスウェルの視線がいきなりテーブルの端へと滑り、アビーで止まった。

踏み出した足が途中でかたまる。くつろいだ表情は消え、魅力的な笑みも一瞬で消えた。黒い眉がすっとあがる。

ここでアビーを見つけて彼が不愉快に感じているのは、これ以上ないほど明白だった。

彼女の心臓が早鐘を打ちはじめた。立ちあがってお辞儀をし、退室して自分の務めに戻らなければ。雇い主の反感を買うわけにはいかない。そうわかっていても、頭が発する指示に両脚が従えないかのようだ。肺が締めつけられて息ができず、めまいがした。彼が悪魔みたいにハンサムでさえなければ……。

ふたりの視線は長いこと絡み合い、公爵が冷ややかに会釈した。

彼が何か言おうとするかに見えたとき、ミセス・ビーチが片手にミートパイを、反対の手に円形のチーズを持ち、さらに曲げた腕にパンをはさんで食料庫から飛び出してきた。アビーが座っているそばに食べ物を置くと、パンをスライスしてバターを塗りながらにぎやかにしゃべりだした。「旦那さまもいまじゃロンドンっ子だ、あっちにはしゃれた料理がたくさんあるんでしょう。でもね、おいしい田舎料理に勝るものはないって、あたしはいつも言ってるんですよ」

「ミセス・ビーチが言おうとしているのは」アビーは声を取り戻して説明した。「あなたがお好きだというフランス料理の数々のレシピを、レディ・デズモンドがわざわざ渡してくださったということです」

「レディ・デズモンドが?」ロスウェルの目が一瞬すっと細くなった。彼は口の片端をあげ、ミセス・ビーチに笑みを向けた。「メニューを変える必要はない。ミセス・ビーチが作るものは、なんだっておいしいに決まっている。本心を言えば、ロンドンの屋敷へ移るようミセス・ビーチを説得できるなら、フランス人の料理人はただちに首にするところだ」

最高の褒め言葉に顔を赤くして、料理人はミートパイを気前よく切り分けると、小さな男の子の世話をするみたいに皿の上に全部用意してやった。「あたしがいなくなったら義父が寂しがるでしょうからね、あたしはここにいるのがいいんですよ」公爵のために紅茶を注いで椅子を引く。「さあさあ、おかけになって。晩餐が入らなくなったと、あたしを責めないでくださいね！」

「明日の朝食に糖蜜のタルトを作ってくれれば、なんだって許すよ」

ミセス・ビーチに微笑む公爵の姿を目にして、彼は自分の家族よりも使用人たちと仲がよかったのかもしれない、とアビーは思った。先ほどの言い合いの最中に、料理人と執事、家政婦が彼の肩を持ったのも無理はないのだろう。幼少の頃からロスウェルを知っている使用人たちには、彼の不品行にも揺るがない忠誠心があるのだ。彼らがロスウェルに見ているのは一五年前の少年の姿で、堕落した大人の男ではない。

公爵が向かいの椅子に腰をおろすと、ふと彼のにおいがした。スパイシーで男性的、そして胸が苦しくなるほど懐かしいにおい。突然、あたたかな夏の日の記憶が鮮やかによみがえった。草むらに彼と並んで寝転がり、雲を見あげて、日々の暮らしについて他愛ない話をした。アビーは家族について話すのがほとんどだったが、彼の話はすべてロスウェル・コートの使用人たちのことだった。

自分の両親のことは一度も話そうとしなかった。いまになって思えば、あのとき彼に家族のことを話すよう促すべきだったのだろう。

長い時間が流れたあとで、ふたたびロスウェルのそばに座っているのは妙に現実離れした感じがする。わたしが知っていたやさしい少年の面影は、いまもまだ彼の中に隠れているのだろうか？　彼が世間に見せている都会的な魅力の陰に潜んでいるの？　それとも彼は単にミセス・ビーチ――そして疑うことを知らない少女だった、かつてのアビー――みたいに、だまされやすい人の扱い方を心得ているだけ？

答えはどうだっていい。一週間後には、ふたりの道は分かれて二度と交わることはない。公爵はロンドンへ戻り、わたしはふたたびきょうだいとその子どもたちの世話役になる。

ミセス・ビーチは晩餐の準備へと戻り、アビーは重苦しさを振り払おうと口を開いた。「糖蜜のタルトにジャム・ローリー・ポーリーですか？　男子生徒みたいに甘い物がお好きのようですね、閣下」

「放蕩者でも、幼い頃の思い出は懐かしいものだ」公爵はスティルトンチーズをフォークで切り分けると、彼女へ差し出した。「ひと口どうだ、ミス・リントン？」

その問いかけには官能的な意味が隠されているかのようだった。アビーは胸の先端が張りつめ、両脚から力が抜けるのを感じた。彼のグレーの瞳が輝くのを見て、心がざわめく。幼い頃に見慣れた容貌は、いまや成熟した魅力をたたえている。自分は大人になったロスウェルに惹かれているのかもしれないと考えるだけで、胸が苦しくなった。

アビーは立ちあがった。「ありがとうございます、でも結構です。レディ・グウェンドリンのもとへ戻ってもよろしいでしょうか？」

「いいや、だめだ」フォークを振って、彼は言い添えた。「座ってくれ。きみに立ちあがられると、紳士としてこちらも立ちあがらねばならない。わたしはまだ食べていたいんだ」

自尊心と格闘した末に、アビーはふたたび腰をおろした。そうするしかない。使用人として、公爵から下された命令には従わなくてはならないのだ。とはいえ彼といると居心地が悪く、アビーは背筋を伸ばして体をこわばらせた。「わたしは妹さんのもとにいるべきではないですか？　わたしがこのお屋敷にいるのは、悪い影響から彼女をお守りするためなのですよ？」

「きみが戻るまで部屋の外には出ないよう、わたしからグウェンに言ってある」ロスウェルはミートパイをひと口かじってから続けた。「言っておくが、もともと妹には少しのあいだ勉強を休ませるつもりだった。ミス・ヘリントンの後任をすぐに雇わなかったのはそのためだ」

「お休みですか？」アビーはテーブルの下で両手を握りしめた。「お言葉を返すようですが、レディ・グウェンドリンにどうやって時間を過ごさせるおつもりでしょう？　勉強で忙しくしているほうが、閣下の……お客さまを避けるにはいいのではありませんか？」

「言葉を返すようだが、ミス・リントン、妹の時間の過ごし方を考えるのはきみの役目だ。わたしの役目ではない。もっとも、妹が乗馬に出る許可は与えた。午前中、わたしの……客が起きてくる前であればかまわない」

嘲るようなロスウェルの口調がアビーの神経を逆撫でした。都会で身につけた悪癖なのだろう。以前の彼は皮肉など言わなかった。「あんな状況で乗馬をしてもいいとお考えだとは驚きました」

「あんな状況？」

「厩舎には恐ろしい野蛮人が寝泊まりしていると聞いています。見た人が巨人だと言っていました」

「ああ、ゴライアスのことか。心配しなくていい、彼なら午前中は別の場所で忙しくしている」

平然と食事を続けるロスウェルに、アビーはむっとした。「その男性は何者なんです？閣下の用心棒ですか？　それなら必要ないでしょう。借金の取り立て屋ぐらい、公爵閣下のひとにらみで追い払えるはずですもの」

ロスウェルが片眉をあげ、まさにそのひとにらみを彼女に向けてきた。皿や鍋がぶつかる音やメイドたちのおしゃべりをよそに、ふたりのあいだで静寂が広がる。やがて彼がくすりと笑ったので、アビーは驚いた。

「きみの鋭い舌があれば、どんな危険からでもグウェンを守るのにじゅうぶんだろう。ゴライアスに関して言うと、本当の名前はハロルド・ジョーンズ、イングランドのボクシング・チャンピオンだ。わたしは彼の後援者として、週末に控えているとても大事な試合に向け、彼がきちんとトレーニングできるようにしなければならない」

「ボクシング！」素手での殴り合いに関してアビーが知っていることといえば、長年、見たちや村の男たちの話をもれ聞いて拾い集めた情報だけだ。「違法な試合ではないんですか？」

公爵は広い肩をすくめてみせた。「秩序が保たれているかぎり、当局は目をつぶっている」

「彼らに鼻薬をかがせるかぎり、でしょう。それで大金が絡んだ賭けも行われるのでしょうね」

「ああ、みんなそう考えているようだ」アビーのきまじめな反応を面白がるように、ロスウエルは冷笑を浮かべた。「しかしこれはゴライアスと、アメリカの開拓地からやってきたウルフマンとの記念すべき試合でもある。われわれイングランド人が、アメリカ人《ヤンキー》を叩きのめす機会になるだろう」

不道徳なことだとわかっていても、アビーは興味を引かれるのを感じた。こっそり観客に交じって殴り合いを観戦し、イングランドの勝利に歓喜するのは冒険ではないかしら？　そんな途方もない考えを頭から振り払う。「こちらに滞在しているみなさまも、ボクシングをねたに賭博をしにいらしているわけですね」

「ミス・リントン、きみはいつもわたしに関して最悪の意見を持っているようだ」ロスウェルは言葉を切って紅茶を味わった。カップを置いて続ける。「しかし、今回はきみの考えているとおりだと白状しよう」

皮肉のにじむロスウェルのしぐさには、少年の頃よりはるかに洗練された魅力がある。彼が女性たちの寵愛《ちょうあい》の的となるのも理解できた、アビー自身、その魅力に引きつけられるのを感じるほどだ。でも、彼の洗練された物腰に心の平静を失ってはいけない。

「うかがってもいいでしょうか。お客さまはどのような方々なのですか？」

「未亡人がふたりに紳士がふたりだ。レディ・デズモンドのほかは、ミセス・チャーマーズ、ペティボーン伯爵、それにアンブローズ・フッド卿」ロスウェルはリネンのナプキンで口をぬぐった。「だが、きみはそこまで警戒しなくていい。彼らはグウェンを脅かすほど非常識ではない。ロンドンでは、よほどのやかまし屋でないかぎり、どこの客間も彼らを歓迎する」

アビーは半信半疑のままだった。「それでも、わたしはレディ・グウェンドリンを彼らから遠ざけておくよう努めます」

「彼らは起き出すのが遅い。明日の朝は九時までに妹と厩舎へ行ってくれ」

「もちろん、妹さんを厩舎まで送ります」

公爵の視線が鋭くなった。「きみも馬に乗るんだろう？」

「いいえ、わたしは乗馬はしません」

「なんだって？　きみほど馬を乗りまわす子どもは見たことがなかったぞ」

縮こまる必要はないわ、とアビーは自分に言い聞かせた。彼に見据えられただけでしょう。

「一五年前に母が落馬して、腰の骨を折りました。完全には治らずじまいで、わたしは母の世話でとても忙しくなりました。母はわたしが馬に乗るのをひどく心配するようになり……それでわたしは乗馬をやめたんです」

「一五年前？　その出来事は記憶にないな」

「秋に起きたことです。閣下がここを去って数カ月後に」

当時のアビーは、ロスウェルの突然の出発と手紙を書く約束を彼が破ったことで、すでに深く落ち込んでいた。落馬事故で、彼女の不幸はまたひとつ増えた。アビーが出した手紙への返事はなく、彼の愛の誓いは嘘だったという事実を直視するしかなかった。

いまのロスウェルの顔つきには、ふたりが分かち合った過去の名残を蔑むような険しさがあった。「ミス・ヘリントンは、乗馬の際にはつねにグウェンに同行した。わたしの妹はおとなしいかもしれないが、たまに分別なしに馬を駆けさせることがある」

「レディ・グウェンドリンも幼い頃は向こう見ずなことをされたかもしれませんが、いまではずいぶん大人になられました。それに必ず馬丁を伴っています。ドーキンスはとても信頼できるんです」

「では、先任の家庭教師より自分が劣ることを認めるんだな」

アビーは彼の挑発に乗るまいとした。「新しい家庭教師を雇うおつもりはなかったのでしょう？　でしたら、どのみち馬丁しか同行する者はいなかったことになります。それに、ミス・ヘリントンは必要なことをすべて教えていたわけではありません」

「というと？」

「貧者や病人の訪問はレディの義務です。なのにレディ・グウェンドリンは、一度も訪ねたことがないとおっしゃっています」

「勉強に忙しかったんだろう」

「すべての若いレディは教育の一環として慈善活動に関わるべきです。想像してみてください、寝たきりの領民がお見舞いをどれほど喜ぶことか。貧しい家族が、食料の入ったバスケットとレディからのやさしい言葉をどれほど歓迎することか」

「妹を病人のいる家へ行かせるなど、わたしは許さない」

「流行病の患者がいる家は避ければいいんです。レディ・グウェンドリンの時間の過ごし方を考える役目を仰せつかったことですし、明日は領民のお宅を何軒か訪問することを提案します」

公爵は鋭いグレーの瞳でしばらくアビーを見据えたあと、そっけなくうなずいた。「それなら午後に行くがいい。きみが優秀なミス・ヘリントンに匹敵する家庭教師かどうか拝見しよう」

あくまで前任者を支持するロスウェルの態度に、アビーはいらだちを覚えた。まるで彼はあの女性に個人的な関心があったかのようだ。ふたりは深い仲だったの？ 美しい家庭教師はレディ・グウェンドリンに同行して、イースターやクリスマスには彼を訪問していたのかしら？ ふたりに関係があったとしたら、それはとんでもなく不道徳な行為だ。

アビーは体を引き、思わず小声でつぶやいた。「ええ、彼女は優秀すぎて、愛人と駆け落ちしたんですものね」

公爵の眉が威圧するようにぐっとさがった。「誰からそう聞いた？」

「レディ・ヘスターはそうお考えです」

「噂を広めているのか、ミス・リントン？　そのような中傷は、ほかの者の前では繰り返さないでもらおう――とりわけ、わたしの妹の前では」彼の激したまなざしがアビーを貫いた。「いくら心ないきみでもやりすぎだ」

公爵は急に立ちあがり、厨房から出ていった。

ロスウェルの非難を浴びて、アビーは駆け落ちのことを口にしたのを後悔した。どうして言ってしまったの？　若く美しいミス・ヘリントンと比べられている気がしたから？　あんなふうに彼を怒らせるべきではなかった。

〝いくら心ないきみでもやりすぎだ〟

吐き出されたロスウェルの言葉が頭の中でこだまする。〝心ない〟とはどういう意味？　彼を好きだった以外、わたしがいったい何をしたというの？　不当な攻撃にアビーは動揺した。

厨房で働くメイドたちの好奇心に満ちた視線を意識し、アビーはテーブルから離れると、廊下に出て使用人用の階段へ向かった。公爵の表情には冷たさしかなく、そのまなざしは険しかった――まるでふたりが別れたのは彼女のせいであるかのように。どうすれば、自分を傷ついた側だと見なせるのだろう？　去ったのは彼のほうで、二度と戻ることはなかったのに。わたしが心をこめて書いた手紙をしりぞけ、返事をくれなかったのに。

答えはわからないけれど、ひとつはっきりしていることがある。わたしのマックスはもう存在しない。いまの彼はロスウェルであり、彼には良心もない。かつてわたしに結婚を誓ったやさしい少年は、跡形もなく消えてしまったのだ。

おばへの挨拶のため、マックスはいらいらした気分で温室へ直行した。彼女は壁際で調子はずれの鼻歌を口ずさんでいた。丸々とした体を折って、金属製のじょうろに蛇口から水を入れている。レディ・ヘスターは丸顔をしわしわにして微笑み、じょうろをおろした。

「まあ、マックスウェル！　本当にあなたなの？」

緊張がわずかにほぐれ、マックスは身をかがめておばの頬にキスをした。おばはときに、実の母よりも母親に近い存在だった。「ええ、わたしです。今朝、急ぎの使いを出しましたが、来訪の知らせは届きましたか？」

おばはフクロウのように大きな目をしばたたいた。「ええ、ええ、そうだったわね。連絡があったのに、ばたばたしてグウェンに伝えるのを忘れていたわ！」

「妹にはもう会ってきました。いきなり友人たちを連れてきて申し訳ありません。仕方がなかったんです」

マックスはペティボーンの屋敷ではしかが流行っていたことを説明し、ゴライアスを見ても驚かないように伝えたあと、気になる問題について切り出した。「グウェンに新しい家庭教師をつけたそうですね」

「ミス・ヘリントンが辞めたあと、マーガレット・リントンの末娘を雇ったんですよ。しっかりした明るい方で、とても親切で心があたたかいの」

マックスは歯を食いしばり、声を荒らげそうになるのをこらえた。昔、彼とアビーのあいだに何があったかをおばは知らない。知っていれば、アビーの性格を見誤っていることを告げるのだが。思い出の詰まったこの屋敷に戻ってくるだけでも気が重かったのに、振り返るたびにアビーの顔を見るはめになるとは考えもしなかった。厨房で彼女がテーブルについているのを見たときは、心臓の鼓動が一拍飛んだ。

〝いくら心ないいきみでもやりすぎだ〟

周知の冷静さに反して、マックスはアビーの前で口を閉ざしていることができなかった。愚か者め！　手紙を無視されたのは何年も前のことなのに、いまだに傷を引きずっていると彼女に思われるではないか。

それは事実からほど遠い。

「ミス・リントンには辞めてもらうと通告しました」そっけなく言う。「週末には出ていくでしょう」

「出ていくですって？」ヘスターの青い目が驚きに丸くなった。「理由は？」

「グウェンは社交界に詳しい女性にデビューの支度をしてもらわなければなりません。それに勉強から少し解放してやりたい。一週間前にお送りした手紙で、すべて説明しましたよ」

おばは納得しかねる様子で園芸用の手袋を引っ張った。「ええ、それは覚えていますよ。でもね、アビゲイルは家族も同然なの。わたしは彼女の母親と一緒に社交界デビューしたのよ。それにわたしがグウェンの相手をすることになるわ。ほかにやることがたくさんあるっていうのに」

「そのことは心配なさらないでください」マックスはおばの肩をそっと叩いた。「来週ロンドンに戻ったら、斡旋所に連絡して、もっといい家庭教師を派遣させます」

子どもの頃、彼がいたずらをしたときのように、おばは非難がましい目を向けてきた。

「どうしてそんなことをするの！　アビゲイル・リントンはまさにグウェンが必要としている、やさしくて愛情深いコンパニオンじゃありませんか。それは誰よりもあなたがよく知っているはずよ！」

「なんですって？」

おばは内緒話をするみたいに体を寄せた。「あなたのお母さまの葬儀があった日の午後、アビゲイルは森の入り口であなたを待っていたでしょう。そして、あなたが一番必要としていたときに、手を握って慰めを与えてくれた。忘れたとは言わせませんよ！」

マックスは呆然と立ち尽くした。一緒にいるところをおばに見られていたとは。しかも一五年間、おばはそれをひとことも言わなかった。

世界が闇に包まれたあの日へと、心が引き戻されていく。礼拝堂での葬儀が終わり、会葬者のあとをのろのろと歩いて屋敷へ戻った。それから芝地を横切り、アビーが待っている場所へ駆けていった。彼女の腕の中にあたたかな安らぎを求めたときの、胸が締めつけられるようなあの苦しさは、いまも覚えている……。

足を引きずる音が、一瞬にしてマックスを現在へ引き戻した。振り返ると、腰の曲がった人影が生い茂る緑の中を進んできた。フィンチリーがぎくしゃくとお辞儀をする。「書状でございます、閣下。わたくしからお渡しするのがよろしいかと思いまして」

だが、執事は銀のトレイの上にある折りたたまれた紙片を差し出そうとはしなかった。秘密があるかのように、白髪交じりの頭をドアへと傾ける。「お差し支えなければ、すぐにいらしてください」

マックスが簡潔にいとまを告げると、おばはふたたびじょうろを持ちあげて植物に傾けた。彼は大股で歩み去り、フィンチリーのもとへ行った。執事はいつ殺人犯が飛び出してくるかと警戒するかのように、廊下をきょろきょろ見まわしている。

「いったいどうしたんだ？　なぜこんな芝居がかったことを？」

フィンチリーはうなずき、折りたたまれた紙片を示すだけだ。

マックスはトレイの上から乱暴に手紙を取りあげた。封を破いて短い文章に目を走らせ、顔をしかめる。こういう事態になるとは予期していなかった。村で馬車が目撃されたあと、公爵の帰還の知らせはまたたく間に広まったようだ。

顔をあげると、フィンチリーがじっとこちらを見ていた。「これを持ってきた者を見たんだな？」

「ヴェールをかぶったレディです、閣下。使用人たちがお茶を飲んでいるあいだに、わたくしの部屋のドアをノックしました。人目につかない時間をよく心得ているのですよ。わたくしは一瞬たりともだまされませんでしたが。あれは逐電したミス・ヘリントンです！」

誹謗《ひぼう》の言葉をマックスは無視した。「ほかには誰も彼女の姿を見ていないな？」

「見ておりません、閣下。ですが、お尋ねしてもよろしいでしょうか？　いきなり屋敷から姿を消しておきながら、彼女はなぜ戻って――」

「質問はなしだ」マックスはコートの内ポケットに手紙をしまった。「彼女と会ったことは誰にも話すな」

6

翌朝、九時になる少し前に、アビーはレディ・グウェンドリンとともにサンザシの木が並ぶ砂利敷きの小道を散歩した。少女はうれしそうに足をはずませている。空は昨日の午後の雨に洗われ、雲ひとつないまぶしい朝を迎えた。黄金色に輝く日の光の筋が、まだいくつかある水たまりを乾かしている。

厩舎棟は屋敷から離れた、人目につかない場所にあった。まさに裕福な田園生活を絵に描いたような光景で、輝く白色の縁取りを施された巨大な赤い厩舎に、れんが造りの馬車の車庫、ほかにも付属の建物があり、小さな放牧地では馬丁たちが馬を運動させている。

厩舎の開いた扉が近づくと、レディ・グウェンドリンはこらえきれないとばかりに言った。

「先に行ってもいいかしら、ミス・リントン？」

アビーは微笑んだ。「もちろんよ」

ほっそりとした体に清楚《せいそ》な青い乗馬服をまとった少女は、中へと駆けだした。それから首をめぐらせて呼びかける。「先生もいらして！　ブリムストーンがいるわ！」

地獄の炎《ブリムストーン》？

アビーはまぶしい陽光のもとから薄暗い屋内に足を踏み入れ、目を慣らそうとまばたきをした。レディ・グウェンドリンは、ドーキンスという名前のがに股の馬丁が鞍《くら》を取りつけている葦毛《あしげ》の小型の牝馬《ひんば》、ピクシーの前を走って通り過ぎ、長い通路の真ん中にある馬房へ直行した。下半分しかない扉から、大きな黒馬が頭を突き出している。少女はぴんと立った耳を撫で、つややかな首をとんとんと叩いてやった。

アビーは馬房へ近づき、じゅうぶんな距離を空けて立ち止まった。鼓動が速くなり、手のひらが汗ばむのを感じるが、落ち着いた声音を保った。「この馬がブリムストーンなのね」

「美しいでしょう？　兄の馬なの。だけど、レディが乗るには危ないって兄は言うのよ」レディ・グウェンドリンはポケットの中へ手を入れた。「先生もブリムストーンにお砂糖をあげません？」

「わたしは結構よ。どうぞあなたがやってちょうだい」

「先生ったら、おかしい」レディ・グウェンドリンはくすくす笑った。馬は手袋に覆われた手のひらに鼻先をこすりつけ、砂糖のかたまりを食べている。「ブリムストーンは怖くないわ、わたしが保証します」

「ええ、わかっているわ」

いつの間にかふくらんでしまった馬への恐怖心は、おかしいを通り越してばかげていた。歩きだしたときから馬に乗っていたのに、自分でもよく理解できない。それに落馬したのはわたしではなく母だ。ところが、人生が永遠に変わった一五年前のあの恐ろしい秋の日、なぜか心におびえが根づいてしまった。

レディ・グウェンドリンは葦毛の牝馬へ引き返し、すぐに挨拶しなかった埋め合わせにたっぷり撫でてやっている。牝馬は砂糖の分け前にあずかったあと、馬丁に引かれて踏み台へ移動した。グウェンドリンが横鞍に座り、スカートを整える。

数分後、手を振るアビーに見送られて少女は湖へと続く小道へ馬を進め、栗色の馬にまたがるドーキンスがあとに続いた。

アビーはロスウェルに言われた嫌味のせいで、その必要はないとはいえ、レディ・グウェンドリンのお供をしないことにささやかなうしろめたさを感じた。家庭教師をする資格はないと言われたようで、ひどく不愉快だった。

昨日は厨房での会話が頭から離れず、夜半まで延々と寝返りを打ち続けた。彼の非難の不当さ、言葉の厳しさを、何度も何度も反芻《はんすう》した。

〝いくら心ないいきみでもやりすぎだ〟

あれ以上に意味不明で、見当違いな言葉はない。どうしてわたしを非難するの？　まるでふたりの別れはわたしのせいであるかのように。去ったのはロスウェルのほうだ。彼はわたしの手紙に一度も返事をよこさず、母親の葬儀が執り行われた午後に立てた誓いを守ることはなかった。

アビーは森の入り口で何時間も待ち、マックスの姿がちらりとでも見えないかと立派な屋敷に目を凝らしていた。葬儀に招かれたのは近親者だけで、彼女はがっかりした。ようやく芝生を走ってきた彼は、見たことがないほど弱々しく見えた。

アビーは彼の冷たい両手を取り、つま先立ちになって頬にキスをした。「マックス、すごくつらかったでしょうね。わたしもあなたのそばにいられたらよかったのに」

「いいんだ。行こう、人に見られる」

ふたりで手をつないで森に入り、秘密の場所へ向かった。さらさらと流れる小川のほとりは岩の陰になっている。彼がようやくまた口を開いたのは、そこへたどり着いてからだった。

「明日になったら、父上はぼくとグウェンを連れてロンドンへ出発する」

「ロンドンへ？　次はいつ会えるの？」

「わからない。たぶんクリスマス休暇かな。学校も休学させられるから、寮を抜け出して会いに来ることもできない」

マックスはあまりに悄然《しょうぜん》としており、アビーは両腕を広げて彼を抱きしめた。「たくさん手紙を書くわ、約束する！」

「ぼくを愛してると言ってくれ、アビー」マックスは彼女の髪に顔をうずめ、荒々しくささやいた。「聞かせてほしいんだ」

「あなたを愛してるわ、マックス。これからもずっと」

「成人したら、すぐにきみと結婚する。ぼくを待っていてくれるかい？」

「ええ！　もちろんよ」舞いあがりそうなほどうれしい一方、彼を気づかって問い返した。

「でも、あなたの気持ちはたしかなの？　つらい思いをしたばかりでしょう。お母さまを亡くした悲しみのせいで――」

「自分の気持ちぐらいわかってる！　お願いだ……ぼくに悲しみを忘れさせてくれ」

アビーを草の上に横たわらせ、マックスはわれを忘れたようにキスをした。押しつけられる唇に、彼がこれからの人生をともに送りたがっていることに、アビーは陶然とした。悲嘆に暮れるマックスを慰めたくて、あふれんばかりの愛情に満たされた。彼はそれまでアビーが知らなかった大胆なキスを浴びせた。胸とヒップをまさぐられ、彼女の体を深い興奮が駆け抜ける。考えることも、息をすることさえもできなかった。マックス。わたしが全身全霊で愛する人……。

不意に、新たな感覚に襲われてアビーはびくりとした。彼の片手がスカートの下へもぐり込み、秘められた部分を探っている。禁じられた歓びが体の中ではじける……。

彼女はマックスを押し返した。「いや！　やめて！」

「お願いだ、アビー。ぼくにはきみが必要なんだ」

抱きすくめようとする彼を身をねじってかわし、アビーは草の上に体を起こすと、乱れ打つ心臓のあたりを手で押さえた。マックスも起きあがり、少し体を引き離して彼女を見つめている。その表情はまごつき、どうしようもなくみじめそうだった。アビーはどきどきしながらも彼を心配した。マックスは悲しみに向き合うのではなく、忘れようとしているのだ。

「お母さまが亡くなってつらいのはわかるわ。だけどこんなことをするのは――」

「何も知らないくせにあれこれ言わないでくれ！」

「だったら話して、マックス。あなたは傷ついているのよ。胸の中に封じ込めておくより、話したほうがいいわ」

「母上は死んだ。ほかに言うことはない」

つっけんどんな物言いに、アビーはかっとなった。「あるに決まってるでしょう、自分だってわかっているくせに！　いつも自分の家族のことを話そうとしないのはどうしてなの？」

「話したって意味がないからだ」

「話してくれないと、わたしはあなたの痛みを癒すことができないわ」

マックスはいきなり立ちあがった。「いいさ。慰めならどこかよそで探す！」

くるりと背を向けて、彼は森の中へ走り去った。アビーはどうすればいいかわからず、あとを追わなかった……。

そばの放牧地で馬がいななき、アビーは現実に引き戻された。馬丁がこちらをいぶかしげに眺めているのに気づいて小道を歩きだし、馬車の車庫を通り過ぎる。日差しの中を散歩すれば、心にかかった雲も晴れるかもしれない。

だが、遠いあの日の出来事はアビーの胸に焼きついていた。激しい抱擁を思い返すと赤面するが、少なくとも彼女は分別を保ち、最後の一線を越えることを拒絶した。短い口論のあと、ロスウェルは〝慰めならどこかよそで探す〟と言い捨てて、実際そのとおりにした。ロンドンへ去った彼は自由奔放な暮らしを送り、その後はなんの音沙汰もなかった。

昨日までは。

森でのことや結婚の約束について知っているのはふたりだけだ。家族と友人にはこの一五年間、秘密にしてきた。公爵の嫡男と森で密会し、彼から求婚されて、誘惑に屈するところだったと知ったら、アビーの両親は衝撃を受けたことだろう。

ところがマックス——ロスウェルだ——は図々しくも、自分の過ちをアビーのせいにしてきた。いかに放蕩三昧だったとはいえ、せめて少しくらい恥じ入るべきなのでは？　彼女が送ったたくさんの手紙を無視したことを。成人したら結婚するという約束を破ったことを。ロスウェルの父親はその頃には亡くなっていたから、彼が好きな相手と結婚するのを止める者はいなかった。

ふたりの関係はひと夏の遊びのような恋でしかなかったのだと気づいたとき、アビーは深く傷ついたのだった。

けれど、あの出来事は過去のもの。どうしてロスウェルが事実をねじ曲げるのかはわからないが、アビーは少なくともひとつの結論にたどり着いていた。わたしはほかの人に対して、あんなひどいふるまいは絶対にしない、と。

だから、ミス・ヘリントンの噂話をしたことはロスウェルに謝らなければ。前任者を中傷するなんて意地が悪かった、相手は弁解もできないのに。おそらくレディ・ヘスターの思い違いで、ミス・ヘリントンは家族の事情で辞めたのだろう。機会がありしだい公爵に謝罪しようとアビーは決意した。彼の無礼さにいらだっていたとはいえ、人の悪口を言うなんてわたしらしくない。

男たちの声がアビーの注意をとらえた。野次を飛ばす声に、立て続けにあがる鈍い物音。なんの騒ぎかと彼女は車庫の裏へまわり、そこでぎょっとして立ち止まった。

目の前には、これ以上ないほど衝撃的な光景が広がっていた。

厩舎の裏にある小さな放牧地で、ふたりの男が拳で殴り合っている。片方は禿げ頭で、傷だらけの顔をした大男。相手をしているのはロスウェル公爵だ。

どちらも上半身は裸だった。むき出しの胴体に汗が光り、ふたりはにらみ合ってじりじりと横へまわった。手には詰め物入りのグローヴをつけ、ときおり拳がひゅっと空を切って叩き込まれる。攻撃の合間に互いの口からののしりの言葉が飛び交っていた。

大男はきっと、イングランドのボクシング・チャンピオン、ゴライアスだろう。試合のためにトレーニングをさせると言っていたけれど、まさか公爵自らスパーリングの相手をするとは夢にも思わなかった。

引き返しなさい、とアビーは自分に命じた。これは明らかに女性が見るべきものではない。わざわざ屋敷からは見えない裏手で練習しているのだ。ほかに近くにいるのは厩舎で働く数名の若者と、放牧地の片隅から観察している、平民の服装をしたがっしりした体格の男だけだった。

けれども足が動かなかった。ふたりから目をそらすことができない。

これほど肉体が激しく躍動するのを見るのは生まれてはじめてだ。いまこの瞬間まで、男性の上半身は、書物の挿し絵に描かれている古代ギリシアやローマの彫像でちらりと目にしたことがあるだけだった。でも生身の男性と比べると、しょせんあれは無難な絵でしかなかった。

アビーの視線はロスウェルの肉体美に釘づけになった。むき出しの胸板は厚い筋肉に覆われ、彼が拳を繰り出すと、背中と肩の筋肉が力強く波打つ。長身でたくましいものの、巨人のごとき相手ほどの破壊力はない。もっとも、足の動きはロスウェルのほうがすばやく、ゴライアスからの連打の合間にパンチを叩き込んでいる。どうやらロスウェルは相手をたきつけて力を引き出すことに専念しているらしい。右へ左へと動いて攻撃をかわし、鋭いまなざしは巨人から決して離れない。

大男の拳が次々と襲いかかり、アビーは自分の喉元を両手で押さえた。ロスウェルの顎を拳がかすめ、彼女は悲鳴とともに思わず放牧地へ足を踏み出した。そこで彼の集中力が乱れた。

ロスウェルの視線がそれたところを、ゴライアスが腹に拳をめり込ませる。強烈な一撃に、ロスウェルは腕を振ってよろよろとあとずさりした。地面に倒れ、顔を泥にうずめて動かない。

「マックス！」

自分の行動の適切さを考えるよりも先に、アビーは飛び出していた。ひどいけがをしたの？　単に意識を失っただけ？　腹部への強打で命を落とすことはあるの？

ぞっとするような可能性が次から次へと頭に浮かぶ。開いた門扉から放牧地へ駆け込むと、ロスウェルが肘をついて身を起こすのが見えた。彼は地面の上で背中を丸め、息を吸い込もうとあえいでいる。

ゴライアスがそれを見おろし、声をたてて笑った。「カウントはおれが取るんですか、閣下？　ワン……ツー……スリー……」

公爵は両手でぐいと体を押しあげて立ちあがった。「見事なノックアウトパンチだ」苦しげに息を継いで言う。「だがうぬぼれずに、おまえもこれを教訓にしろ。決して目をそらすな。とりわけ女性に視線を向けるのは禁物だ」

そこではじめてアビーをにらみつけた。「いったいここで何をしている？」

返事はさせずに、グローヴをした手を彼女の背中に添え、門扉へと促す。アビーはロスウェルに心を奪われて、威圧的な態度もほとんど気に留めなかった。荒々しい呼吸、陽光のもとで輝くブロンズ色の胸筋。男性的なにおいは不快に感じるはずなのに、その胸に顔をうずめたいとはしたない欲望をかきたてる。

これほど強く男性を意識したことはなかった。彼が倒れたときにけがをしているのに気づき、放牧地を出たところでアビーは尋ねた。「ハンカチはお持ちですか？」

ロスウェルは顎を動かし、そばの杭《くい》に引っかけてある服を示した。「上着の中だ」

アビーは内ポケットを探って折りたたまれたリネンを見つけると、彼のもとへ引き返し、手を伸ばして口の端ににじむ血をぬぐった。

ロスウェルがさっと身を引く。「何をしている？」

「けがをされています」

「たいしたことはない」

彼は苦々しげな顔でグローヴを取って地面に放り、アビーの手からハンカチを奪った。口の片側をそっと押さえ、頬についた泥も落とす。ぶしつけだとわかっていても、彼女はロスウェルを凝視せずにはいられなかった。ロスウェルの性格に関するアビーの評価がいかに低かろうと、彼の肉体は男性として完璧だと認めざるをえない。たしかに、彼はもはやアビーの覚えているひょろりとした少年ではない。いまのロスウェルの体には、見るだけで彼女の脚を萎えさせ、胸を高鳴らせる力がある。

どぎまぎしているのを隠すため、アビーは分厚い詰め物が入った革製のグローヴを拾いあげた。「素手で殴り合うのだと思っていました」

「トレーニング中はそれでゴライアスをけがから守るんだ」

ロスウェルは汚れたハンカチを脇へ放ると、柵の支柱からシャツをつかみ取り、頭からかぶった。黒い髪がはらりと乱れる。それから彼は両手を腰に当て、射抜くような目をアビーに据えた。

「いいか、ミス・リントン。きみはわたしの質問に答えていない。なぜここにいる？」

厳しい口調がアビーの頬を叩く。冷静さにしがみついて、彼女はグローヴをロスウェルに手渡した。「妹さんが馬でお出かけになったところなので、散歩をすることにしたんです。ボクシングのトレーニングをしているところへ来たのは本当に偶然です」

「すぐに背を向けて立ち去るべきだったな。たいていのレディはそうしたはずだ」

ロスウェルの見事な上半身から目が離せなかったのを認めるわけにはいかない。彼がシャツを着たのは残念だということも。アビーは赤く染まった頰を隠すため、うつむいてお辞儀をした。「驚きのあまり呆然としてしまいました。お許しください、閣下」

彼はつかのま黙り込んだ。アビーは冷たい視線がつららのごとく胸に突き刺さるのを感じた。やがてロスウェルがうなるように言った。「ここへは二度と来ないように」

彼はきびすを返し、もう片方のグローヴを拾いあげて、イングランド・チャンピオンのほうへ戻っていった。ゴライアスは放牧地の中央で、軽快なステップを踏んで仮想の敵へ拳を繰り出している。

厩舎の若者たちは戸口から感嘆のまなざしでそれを眺めていた。

アビーは急いで道を引き返した。ロスウェルの冷淡な態度に、胸の中で渦巻く困惑がいっそう広がっていく。彼とのあいだには、できるかぎり距離を置くしかない。

散歩はやめにして、通用口から入って屋敷へ戻り、階段をすばやく駆けあがった。あてもなく部屋を通り抜けていると、いつの間にか細長い絵画展示室にいた。風格のある部屋には歴代公爵の肖像画が飾られ、背の高い窓からの自然光に照らされている。揺れ動く気持ちを抱えたアビーにはおあつらえ向きに、ひとけがなかった。

金箔張りの長椅子を覆う詰め物入りの青いブロケード織りに腰を沈め、手のひらに顎をのせた。マックスのことはもう何年も考えていなかったのに、いとも簡単に心の平穏を乱されるなんてばかげている！　かつてふたりが分かち合ったものは、恋のまねごとにすぎないのだ。彼との別れには、とうの昔に自分の中で折り合いをつけている。そして常識的な人生を送ることに幸福を見いだしていた。

それなら何がわたしの心をかき乱すのだろう？　どうして初恋に胸を震わせる女学生のような気持ちになるの？

アビーは深呼吸を繰り返した。それはロスウェルの魅力に稲妻のごとく直撃されたせいだと結論づける。上半身をむき出しにした彼の姿を思い返すと、いまも脈が速まった。彼は非友好的で節操がなく、少女だったアビーの心を打ち砕いたかもしれないが、女性の琴線に触れる力を持っているのだ。

その力に負けてはならない。

長い歳月をかけて、平常心を培ってきた。アビーの穏やかさは家族や親戚にも貢献している。肘をすりむいたとき、姪や甥が真っ先に駆け寄るのは彼女のもとだ。姉たちの相談に耳を傾け、兄たちの代わりに寝たきりの領民を訪問するのもアビーだった。冷静な性格のおかげで、家庭教師の仕事にもすんなりとなじめた。ところが二四時間もしないうちに、完璧に秩序の保たれた彼女の暮らしはめちゃくちゃにされた。

ロスウェルのせいで。

彼のそばにいると、はじめて恋をした少女みたいに気持ちが落ち着かなくなる。そわそわと彼を意識して、うぶな娘だった頃に心が立ち戻ってしまう。そんな幼さからは、とうに卒業したはずなのに。救いようのない放蕩者に胸を焦がすことほど、無分別で浅はかな行為はない。

何より、わたしの年齢でロマンティックな空想におぼれるなんて滑稽でしかない。なんといっても三〇になる手前だ。女性にとって大きな人生の節目はすぐ先に迫り、それを超えたら一生独身で過ごすことは、ほぼ確定する。

ミスター・バブコックを励まして、もう一度求婚させれば別だけれど。

アビーは真剣に思案した。この前の春、あの農場経営者は彼女の喪が明けたら改めてもう一度求婚すると言っていた。ミスター・バブコックならしっかりした夫となり、違法な賭け試合の開催などではなく、羊の飼育のように実用的な事柄に関心を持つだろう。彼の両親は口やかましく、独善的かもしれないけれど、気難しい人たちをなだめるこつなら身につけている。

再会したロスウェルに心を惑わされるのは、青春の最後のあえぎでしかない。こんなくだらない迷いはすぐ過去のものになる。次の日曜日、教会からの帰りにミスター・バブコックに話しかけ、求婚を受け入れるつもりがあることをさりげなく伝えよう。

それでアビーの将来ははっきりと確定する。不届きなロスウェル公爵のことなど、もう考える必要はない。

平常心を取り戻すと、アビーは長椅子から立ちあがり、そばの窓へと歩み寄って広大な緑の芝生を見渡した。湖を囲む木々越しにギリシア風神殿の白い大理石がきらめく。丘陵の向こうには小麦やライ麦が実る領民の農地が広がり、さらにその先には青みがかった草地性丘陵地帯(ダウンランド)の形がかすかに認められた。ここなら、厩舎から湖へくねくねと続く小道が一望できる。レディ・グウェンドリンの帰りを待つのにちょうどいい場所だ。

時間つぶしに室内をぶらぶらと歩き、ときおり足を止めて肖像画を鑑賞した。糊のきいた襞襟を着用した、いかめしい紳士。赤い上着姿の男性は狩猟に出かけるところらしく、ブーツを履いた足元で猟犬たちが走りまわっている。ロスウェル家の祖先はみな誇り高き貴族然として、妻子を伴っている絵もあれば、白いアーミン毛皮付きのマントとイチゴの葉の紋章が飾られた黄金の小冠をつけた盛装姿の肖像画もあった。

比較的最近のものらしき絵に、アビーははっと動きを止めた。これはマックスだ。庭園で母親の横に座っている。ふたりのうしろには、尊大な表情の第九代公爵がたたずんでいた。グレーの目は冷ややかで、その顔に笑みはない。公爵の手は妻の肩に置かれていた。金糸を思わせる豊かな髪と、繊細な美しさを持つ公爵夫人は、おくるみに包まれた赤ん坊を腕に抱いている……レディ・グウェンドリンだ。

この絵はアビーがマックスと出会った夏に描かれたものに違いない。写生があるから屋敷へ戻らなければならないと、小川のほとりで彼がぼやいていたのを覚えている。公爵夫妻は遠くからちらりと見たことしかなく、どんな人たちか教えて、とアビーはせがんだものだ。だがいつものように、マックスは両親について話すのを拒絶した。

マックスは彼女を引き寄せた。あたたかな唇が彼女の額に押し当てられる。「たいして話すことはないよ。ぼくはここできみといるほうがずっと幸せなんだ、アビー」

絵の中の彼を見ていると、気持ちが揺れるのをふたたび感じた。ここにはわたしが覚えているマックスがいる。一六歳のまま、油絵の具で保存された彼の姿が。あの頃の彼は針金みたいに痩せていて、急に伸びた身長に体が追いつかないかのような不格好さがあり、それが絵の中のだらしない撫で肩にうまくとらえられていた。

家族についてきかれると、暗い顔になって質問をはぐらかすのが唯一の欠点だったけれど、かつてのマックスは本当に気さくで楽しい少年だった。彼とは心が通じ合っているとアビーは信じていた。なのになぜ、わたしが思いのたけをつづった手紙に一度も返事をくれなかったのだろう？

その答えはわかっている。最後に会ったとき、アビーはマックスに求められて拒絶した。だから彼はもっと洗練された女性たちへ興味を移したのだ。何年も経つのに、彼の別れの言葉が胸を焼く。〝慰めならどこかよそで探す〟

話し声がアビーの物思いを破った。急いで振り返った彼女は、ふた組の男女が絵画展示室に入ってくるのを目にした。

7

談笑しながら、ふたりの紳士とふたりの淑女はアビーのほうへまっすぐ進んできた。賭け試合を観戦に来た客人に違いない。アビーは愛想のいい表情を繕った。気づかれないうちに退室するには手遅れだし、ロスウェルの友人たちに強い興味を覚えてもいた。

ロンドンの社交シーズンを楽しんだことは一度もないけれど、家族と親戚から拾い集めた情報で、都会の洗練された輝きは見ればそれとわかる。実姉たちに義理の姉たち、それに姪たちは装いについて何時間でもおしゃべりし、アビーに色や生地の意見を求め、衣装はどの組み合わせが一番かと話し合い、最新の流行が紹介されている婦人向け雑誌を読みふけっていた。ロスウェルが連れてきた客たちは、そうした雑誌に掲載されている色刷りのスタイル画からそのまま抜け出てきたかのようだ、とアビーは思った。

四人のうち、彼女にわかるのはひとりだけ——ロスウェルの目下の愛人、レディ・デズモンドだ。金髪の美女は純真な少女を演じる女優のごとく、はかなげなピンク色のドレスに身を包み、紳士に腕を取られて滑るように歩いてくる。不愉快そうに引き結ばれたバラのつぼみを思わせる唇だけが、えも言われぬ美しさを損なっていた。

「あら、ミス・アビゲイル・リントンじゃない。こんなところにおひとりでいるとは意外ね」

アビーは膝を折ってお辞儀をした。「おはようございます、マイ・レディ」

「レディ・グウェンドリンはどこにいるの？」アビーが答える前に、レディ・デズモンドはエスコート役の男性に顔を向けた。「アンブローズ、こちらは家庭教師よ。生徒のそばにはいないで、いつもあちこちうろついているようね。昨日はロスウェルに屋敷を案内してもらっているときに出くわしたわ」

公爵に屋敷を案内してもらっていたですって！　自分のスカートの下へ彼を案内していたと言うほうが正しそう。その考えに思わず笑い声をあげそうになったが、それはアビーの身分にそぐわない行為だった。

レディ・デズモンドのかたわらにいる紳士は、きれいに整えられた薄茶色の髪から、磨きあげられた黒のヘシアンブーツにいたるまで垢抜《あかぬ》けていた。ビスケット色のシルクのベストからは懐中時計の金鎖が垂れ、寸分の狂いもなくぴったりと体を包む緑色の上着は、着込むのに従者の手伝いが必要だったのは間違いない。

「アンブローズ・フッド卿です、ご用の際にはなんなりとお申しつけを」彼は軽く会釈をしながらアビーを観察した。「美しいお名前だ、ミス・アビゲイル。あなたのきれいな瞳によく似合っている」

彼はアビーに微笑みかけ、さりげなく彼女の手を握った。この男性が女性を口説き慣れているのもわからないほど、アビーは田舎者ではなかった。「はじめまして、閣下」そう言って、手を引っ込める。「お目にかかれて光栄に存じます」

「それは使用人を指す名前でしょう」ほんのいっときでもアンブローズの注意が自分からそれたことに明らかに憤慨して、レディ・デズモンドが言った。「わたしは自分のメイドをアビゲイルと呼んでいるわ」

「アビゲイルが〝侍女〟という意味を持つようになったのは、人気のあった古い戯曲『横柄な淑女』に由来すると、父から聞いています」アビーは言った。

「あらそう。で、あなたの父親は何者なの？」

「何者だった、です」アビーは訂正した。「父はイングランド史の研究者で、昨年亡くなりました。こちらのお屋敷に隣接するリントン・ハウスを所有し、いまはわたしの長兄がそこを受け継いでいます」

レディ・デズモンドの眉間にしわが刻まれる。「土地持ちの紳士階級ですって？」

救貧院育ちでないのを残念がるような顔つきだ。昨日、図書室でみだらな場面を見られたから、わたしのことがいとわしいのだろう、とアビーは思った。だけど、まだほかにも何かありそうだ。公爵とのかつての間柄を悟られただろうか？　まさかわたしを恋敵と見なしているの？

それはあまりにばかげた考えだった。ロスウェルはアビーを気にもかけていないし、若さと完璧な美貌を誇るレディ・デズモンドと、地味な灰色の服を着たオールドミスの家庭教師では月とすっぽんだろう。

「でも、それならどうしてお兄さんと暮らさないの？」レディ・デズモンドが続けた。「働く必要なんて――」

「エリーズったら、おやめなさいな。立ち入ったことをあれこれきかなくてもいいじゃない」もうひとりのレディが割って入った。「ミス・リントン、自己紹介させていただくわね。わたしはミセス・チャーマーズ。ミセス・サリー・チャーマーズよ。生まれたときにつけられた名前はどうすることもできないわ。わたしみたいに平凡な名前だと、お客としてここにいるのではなく、バターをかき混ぜたり、ベッドを整えたりしていそうでしょう」

ミセス・チャーマーズはぬくもりのある茶色い瞳をきらめかせた。生き生きとした所作、やわらかな黒髪、真紅のモスリンのドレスをまとったその姿からは、大胆かつ洗練された上品さが漂う。

彼女の連れがざらついた笑い声をたてた。「それは見物だな」悠然と言う。「サリーの魅力的なお尻がマットレスの上で突き出されているところか」

無礼な言葉を面白がり、一同はどっと笑った。それにはミセス・チャーマーズも含まれており、彼女は閉じた扇で男性の腕を軽く叩いた。「ミス・リントン、この失礼な男性はペティボーン卿よ。ロスウェル・コートにいるあいだ、彼には口を開くことをここに禁じます。そうでもしないと、わたしたち全員がとんでもない無作法者だと思われてしまうわ！」

たしかに少しびっくりしたが、アビーはロスウェルのロンドンでの暮らしをかいま見せてくれる彼らに興味を引かれた。「気の置けないご友人とのあいだでは、作法を忘れがちになるのでしょう」

「ほう」アンブローズが声をあげる。「きみは家庭教師をしているだけではなく、外交家でもある」

「しかも美しい」ペティボーンはずけずけと言った。「前任者といい勝負だ。ロスウェルは美人ばかり選んでくるな」

ペティボーンは物憂げな動作で片眼鏡を持ちあげた。レンズを通して拡大されたはしばみ色の目が、アビーをじろじろと観察した。彼女は相手の褒め言葉は話半分に受け取って、じっと見返した。にらめっこでは、家族の中でアビーの右に出る者はいないのだ。ペティボーンは彼女よりさほど年上ではないはずだが、黒い髪は後退し、突き出た鷲鼻《わしばな》のために容姿端麗とは言いがたかった。服装の好みはしゃれていて、クラレット色の上質な上着はウエストが細く絞られ、襟は頬をこするほど高さがある。

彼は片眼鏡をさげた。「それはそうと、ミス・リントン、きみはエリーズの質問に答えていない。きみの教え子はどこにいる？」

「ああ、そうだ」アンブローズが同調する。「ぜひともロスウェルの妹さんにお目にかかりたいものだね」

「レディ・グウェンドリンはただいま、馬丁を連れて乗馬にお出かけです」アビーは教えた。「わたしはここの窓から眺めて、お戻りになるのを待っていました」

「そうだったかしら」レディ・デズモンドが言う。「ロスウェルと彼のご家族の肖像画を、穴が開くほど見つめていたようだったけれど」彼女はアビーを一瞥《いちべつ》したあと、ペティボーンを連れてくだんの絵画を鑑賞しに離れていった。

レディ・デズモンドの嫌味に満ちた言い方でアビーは確信した。このロスウェルの愛人は、彼に手出しをする者を警戒しているのだ。ふと不快な考えが脳裏をよぎった。ひょっとしたら公爵は手に負えない浮気性で、一度に複数の愛人を持って、使用人にまで手を出すのだろうか？

レディ・グウェンドリンの名前が耳に入り、アビーの注意は引き戻された。

「ロスウェルは妹さんをあなたの半径一〇〇メートル以内には近寄らせないわよ」ミセス・チャーマーズがアンブローズに向かって言っている。「たとえあなたが無一文でなかったとしても、レディ・グウェンドリンはまだ一五歳でほんの子どもでしょう。いまから三年後、社交界に出るときには、すばらしい縁談が山ほど舞い込むことが約束されているわ」

「だからこそ、ぼくはひと足お先に彼女と親しくなっておかないとね」アンブローズはいたずらな笑みで反撃した。「いまは少々ゆとりがないとはいえ、ぼくはチェスタトン公爵を父に持つことを忘れないでほしいな。わが公爵家はロスウェルよりもさらに古く、征服王ウィリアム一世にまでさかのぼることができる」

「あら、わたしの家なんてアダムとイヴにまでさかのぼるわよ」ミセス・チャーマーズは明るい笑い声をたてた。「お家自慢はもう結構。わたしは、レディ・グウェンドリンを紹介するようミス・リントンにしつこく言うのはおやめなさいと注意しているだけよ」

「レディ・グウェンドリンがどなたとお会いになるかは、わたしが決めることではありません」アビーは指摘した。「それは公爵閣下にご相談ください」

「そういえば、あいつはどこにいるんだ？」アンブローズが尋ねる。「ゴライアスとスパーリングをしてるなら、一見の価値があるぞ。ロスウェルはアマチュアのヘビー級ではイングランド一のボクサーだ」

「邪魔をするなと釘を刺されているでしょう」ミセス・チャーマーズが言った。「それにわたしの目をごまかそうとしても無駄よ。彼の妹さんが戻るのを待つために、厩舎のそばでぶらつく口実が欲しいのはわかっているわ」

彼らが言い合うのをよそに、アビーは窓辺へ歩み寄った。ロスウェルはそんなにボクシングが強かったの？　わたしが彼の気を散らしたことを怒っていたのも当然だ。そのせいでノックダウンさせられたのだから。上半身をあらわにし、広い肩に陽光を浴びる彼の姿は永遠に忘れられない。彼は怒った足取りで近づき、グローヴをはめた手をわたしの背中に当てて、放牧地の外へ押し出した。ふたりの体は触れんばかりに接近し、彼の体温がわたしを熱く焦がして――。

いきなりアンブローズが隣に現れ、アビーは息をのんだ。頬がかっとほてる。頭の中のみだらな考えを彼に読まれたかと、一瞬焦った。

アンブローズは愛敬のある笑みを向けてきた。「びっくりさせてすまない、ミス・リントン。あとで昼食をご一緒できないかと思ってね。紳士は三人いるのに、レディはふたりだろう。きみがいれば数がちょうど合う」

食事の席で自分の取り巻きの中にアビーを見つけたロスウェルの反応を想像して、彼女は笑い声をあげそうになった。実際にそうして彼を怒らせたい気もするが、幸い理性のほうが勝った。

窓の外へ目をやる。「レディ・グウェンドリンがお戻りになったようですわ。お誘いをありがとうございます、でも務めがありますので」

アビーはお辞儀をし、スカートをひるがえして絵画展示室をあとにした。廊下に足音を響かせて足早に歩き、大理石の階段をおりる。大きな金縁の鏡に自分の姿が映るのを目にして、はっと足を止めた。

頬はまだ赤く染まっている。赤面したのはアンブローズに気があるしるしだと誤解されていないといいけれど。彼とペティボーンはお世辞がうまいが、きっとこちらをからかっていたのだろう。こんな年齢のオールドミスに褒めるところはないのだから。

アビーは鏡の中の自分を客観的に眺めてみた。たぶん一番の魅力は大きな青い瞳だろう。今日はドレスの青みがかった灰色が瞳の色を際立たせている。いくつか散らばるそばかすを除けば、肌はしみひとつない。眉は曲線がきれいというだけ。口はちょっぴり大きすぎ、鼻にはなんの特徴もない。波打つ髪は赤銅色で、うしろで簡単にまとめてある。レース付きのキャップから逃れたおくれ毛が、顔とうなじを縁取っていた。

この容貌に特筆すべきところは何もない。毎日鏡で見ているのと同じ平凡な顔。いつもの冷静さがふたたび頭をもたげた。ロンドンから来た紳士たちは女性慣れしているに違いない。自分の魅力を使って出会う女性すべてに取り入るのは、彼らの習性なのだ。けれど、ひとりではなく、ふたりのロンドンの伊達男から褒めそやされて、とてもうれしかったのは認めよう。

ロスウェルに関しては、彼が失礼な態度を取るつもりなら勝手にすればいい。

マックスは昼食に遅れた。待たないよう伝えてあったため、階下へおりると、客たちはリネンのクロスがかけられたテーブルをすでに囲んでいた。この日当たりのいい青緑色の壁の食堂を、母は形式張らない食事に好んで使っていた。

挨拶の言葉が彼を迎えた。アンブローズがクリスタルのゴブレットを掲げる。「上質なブルゴーニュ産のワインをここに隠していたな。きみは長いこと本邸を留守にしていたから、これから一週間はお酢同然のワインを飲まされるものと覚悟していたぞ」

「父はワインの貯蔵に気をつかっていた」マックスは言った。「熟成して、さらにうまくなったのだろう。さて、食事に遅れて申し訳なかった」

フィンチリーはテーブルの上座に控え、ぎこちない手つきで椅子を引き出した。老執事はこの一五年間で、すっかりしなびていた。背中は曲がり、綿毛を思わせる白髪の下の顔はしわでつぎはぎしたかのようだ。「おかけになってくださいさい、閣下」マックスがまだ短い上着姿の少年であるかのごとく、執事は彼が椅子を引くのを手伝った。「ひと品目のマッシュルームのスープを閣下のために取り置いてございます。少々冷めてしまいましたが。お時間どおりにいらっしゃれば、熱々をお召しあがりいただけましたものを」

マックスは執事の小言を黙って聞いた。昔からいる使用人たちの変わらぬ忠誠心には胸を打たれる。口論に悲鳴にヒステリーの発作、乱暴に閉められるドアにかき乱された少年時代、彼らはマックスの一番の味方だった。

広い屋敷はいまでは静かになった。だが、父の椅子に座るのは奇妙な気分だ。公爵の位を引き継いで一〇年になるものの、この屋敷の壁に囲まれると簒奪者《さんだつ》になった気分がする。

落ち着かない気持ちを振り払い、マックスは客たちを見渡した。女性たちは彼の両脇に座り、ペティボーンはミセス・チャーマーズの左側に、アンブローズはエリーズの右側にいる。みな、ウズラとアスパラガスの料理を食べている途中だ。

「ねえ、ロスウェル」エリーズが緑がかった金色の瞳を彼に据えた。「あなたのやさしさには敬意を抱くけれど、冷めた食事を給仕させてはだめよ。誰か厨房へやって、スープをあため直させなくちゃ」

彼女は青いお仕着せ姿の従僕に白い手をひらひらさせた。大きな銀製の容器を手にした従僕がためらいながら立ち止まる。

「ばかばかしい。そんなささいなことで三〇分も待つつもりはない」マックスは若い従僕に進み出るよう合図すると、自分で容器からスープをすくってボウルに入れた。「どのみち、昼食は冷製料理のはずだったが」

「差し出がましかったかもしれないけれど」エリーズがいかにも純真そうな口調で言った。「もっとちゃんとした料理を注文させていただいたわ。午前中にゴライアスとトレーニングをしたあとですもの、滋養をとったほうがいいかと思って」

顎を引いて、まつげの下からマックスを見つめる。まるで愛情深い奥方だ。不快な気分が彼の胸に渦巻いた。「それはご親切に」そう返せたのは、ひとえに体に染み込んだ礼節のおかげだった。「だが、冷たいハムと鶏肉でわたしはかまわなかった」

「チャンピオンと実りのあるトレーニングができたんだろうな？」ペティボーンが言った。「ゴライアスの調子はどうだ？　スタミナは落ちていないんだろう？」

「若干調子が悪いが、それは移動でトレーニングを一日休んだせいだと思う。それでも、しっかりしたパンチをいくつか繰り出してきた」

とくに強烈だった一撃を思い返し、マックスはぬるいスープをのみ込むのに顎の力を抜かなければならなかった。ここにいる者たちは知らなくていい、彼が地面に伏したことや、肺の空気を叩き出されたことは。それもこれもアビーに注意がそれたせいだ。走り寄る彼女の不安げな表情は、マックスをさらに怒らせただけだった。そのあと彼女を放牧地の外へ連れ出したが、表情豊かな青い瞳は、マックスの中にまったく別の感情を呼び覚ました――彼女を地面に横たわらせて奪いたいという欲望を。

これ以上ないほど、ばかげた考えだ。

「ゴライアスの長所は打たれ強いところだ」アンブローズがしゃべっている。「だがウルフマンからどれだけ攻撃を食らうことになるかは、蓋を開けてみないとわからないな」

「あのヤンキーはフットワークが電光石火だと聞いている」ペティボーンが言った。「素手でオオカミを殺したという評判だ」

それぞれのボクサーの長所と短所について、紳士ふたりとミセス・チャーマーズのあいだで議論が交わされた。エリーズはやや退屈した様子で、ほとんど手つかずの皿からローストされたウズラをちびちび食べている。

「わたしはゴライアスの勝利に賭ける」マックスは断言した。「彼に投資しているからというだけではない。あの男は雄牛のようなばか力があり、どれほど殴っても倒れない。どんな敵が相手でも持ちこたえるだろう」

「だからこそのチャンピオンさ」アンブローズが同意する。「アメリカの田舎者がイングランド最強の巨漢を倒せるものか。だからって、これからの数日、トレーニングをさぼらせてはだめだぞ」

「そのとおり！」ペティボーンはグラスのワインをあおった。「イングランドのチャンピオンに乾杯！　頼んだぞ、ロスウェル、われらのポケットを金貨でパンパンにふくらませてくれ」

「クラブツリーが食事と運動を厳しく管理している」マックスはロンドンから連れてきたトレーナーの名前を出した。「昼食後は早歩きで八キロ、それから夕食の時間までは藁人形相手にパンチの練習だ。夕食はビーフステーキ、卵黄、それに体力をつけるためにマトン、ポーター・ビールをいちパイント。それで就寝だ」

フィンチリーが空になったスープのボウルをさげに来た。「ご心配はいりません、閣下。あの巨人はビーチーがしっかり面倒を見ておりますので。今日など、肉を炒《いた》めるのに午前の時間の半分をかけておりました！」

エリーズが執事にじろりと目をやった。余計なことを言うなと注意するかのように唇が開く。

幸い、その前にミセス・チャーマーズが声をあげた。「皇太子殿下《プリニー》は観戦にいらっしゃるの？この前の試合は観にいらしたわよね」

「最新の社交欄によると、現在、皇太子殿下はブライトンにおいでだそうよ」エリーズが言った。「お気の毒に、急性消化不良で寝込んでいらっしゃるんですって」

「それは幸運だったな」マックスは言った。「プリニーが来られるとなると、当然この屋敷に泊まっていただくことになる。従者全員の宿泊場所と食事を提供するんだ、どんな騒ぎになっていたことか。そのうえ殿下の側近たちをもてなさねばならないのだから、なお悪い」

「あら、わたしが喜んでお手伝いするのに」エリーズが身を乗り出して、なめらかな胸元をマックスに見せつけた。「大勢のお客さまをお迎えするには、何百ものこまごまとした準備が必要だし、それらすべてを手際よく処理しなければならないわ。家政に関して今後何かあったら、どうぞわたしにご相談なさって」

マックスは頭を傾けてうなずいた。「その必要はないように願おう」

「わたしがお力になれることはほかにもあるわ。ここに滞在しているあいだのメニューを、わたしが見直しましょうか？　これまでのところは悪くないお食事だけれど――」

「悪くない？　最高の料理だよ」アンブローズが言った。「ロンドンのこじゃれた料理に飽きた口には、田舎の料理は新鮮だ」

「貸間住まいの独身ならそうでしょう」エリーズがいたずらっぽく言う。「けれど閣下は、もっと洗練された料理に慣れていらっしゃるわ。ジャーヴェスと彼が作り出す極上のフランス料理が恋しいはずよ」

ローストポテトの皿を手に給仕してまわるフィンチリーが、しゃがれた声で言った。「カエルやカタツムリの入ったフランス料理など、立派なイングランド紳士の食べ物ではありませんな」

「なんですって！」エリーズは執事をにらみつけた。「ロスウェル、執事が人の話に横やりを入れるのを放っておくつもり？」

マックスは老執事に険しい視線を投げつけた。相手はすぐに口を閉じたものの、おやおやと眉をあげてみせた。「フィンチリー、ハモンドのところへ行って、三〇分後に書斎で会うと伝えてくれ」

「かしこまりました」いささか心外な様子でフィンチリーはよろよろとさがり、最後に恨めしげに首をめぐらせて、部屋を出ていった。

マックスはエリーズに視線を戻した。彼女と執事のどちらがより腹立たしいのかはわからない。フィンチリーがたまに出すぎたことを言うのは、父に仕えていた頃からだ。「メニューの変更に関しては、その必要はない。料理人には、わたしから直接指示を出してある」

その厳しい口調にエリーズがはっと目を見開き、マックスは辛辣すぎたことをつかのま後悔した。若き未亡人は、金色の髪から魅力的な体つきと誘いかけるような唇まで、愛らしさの化身のようだ。上流社会では男性たちから誰よりも人気を集める美女であり、マックスが女性に求めるものをすべて持っている。なのに、彼女を口説き落とすのが先延ばしになったことに、なぜか安堵を覚えた。ひとつ屋根の下に妹とおばがいては、来週屋敷を発つまで情事はお預けだ。

修道士のごとき禁欲生活を強いられるのはいらだたしいものの、エリーズが公爵家の家政に関わろうとするのも癪に障った。彼女は公爵夫人の地位に目をつけており、さっさとそれをやめさせなければならない。罠を回避する最も確実な方法は、彼女を愛人の地位に据えてしまうことだ。だが、いますぐ実行するのは気が進まなかった。昨日の午後、図書室で誘惑の現場をアビーに目撃されたあとでは。

マックスはむっつりとしてワインを飲んだ。この世に存在する全女性の中でよりによってアビーから、おのれの行動の浅はかさを指摘されることになるとは。自分が礼節をいっさい顧みていなかったことを、妹やおばが部屋へ入ってくるかもしれないときに情交にふけるほど恥知らずになっていたことを、彼女に気づかされるとは。

おかげで愚かな間違いを犯さずにすんだのだから、アビーには感謝の念を抱くべきだろう。しかし屋敷の中に彼女がいることで、反感と同じだけの渇望が胸にわきあがる。ばかな。いまなおアビゲイル・リントンに惹かれるなどありえない。これだけの歳月が流れて――。

「……ミス・リントン」

ミセス・チャーマーズがその名前を口にするのを耳にして、マックスはぎくりとした。相手はけげんそうにこちらを見つめている。一瞬、アビーの名前を声に出してしまったかと不安に駆られた。「何かな？」

「ミス・リントンにお会いできてよかったと申しあげたのですわ、閣下。午前中、わたしたちが屋敷の中を見学していたときに、絵画展示室にいらしたのよ」

「あなたがご家族と一緒にいる絵を眺めていたわ」エリーズが言い添える。「あれはすばらしい肖像画ね。あなたはおいくつだったの？」

マックスは状況をのみ込んだ。「一六だ。もっとも、あの絵はもう何年も見ていない。ミス・リントンはあの部屋で何を？」

「きみの妹さんが帰ってくるのを窓から眺めて待っていた」ペティボーンが答えた。「彼女自身、絵になる光景だったよ」

「あの大きな青い目と、頬をぽっと染めるところがいい」アンブローズが好色そうに眉を動かしてみせる。「ロンドンのご婦人方も、彼女の前では色あせるな」

このふたりはマックスが少年の頃から知っている悪友だった。イートン校ではみんなが寝静まっているあいだにいたずらを計画し、その後オックスフォード大学では、たいていは賭けや女絡みで面倒を引き起こした。ふたりがいかがわしい目つきでアビーを見ていたかと思うと、マックスは頭に血がのぼるのを感じた。

「ミス・リントンはわたしに雇われている。彼女には手出しをしないでもらおう。それを忘れないように」語気の荒々しさに気がつき、意識して表情をやわらげる。「娯楽なら、ほかにいくらでもある。ビリヤード、トランプ、射撃。散歩か乗馬に出かけてはどうだ？　釣りをしたいなら、湖まで行けば舟があるだろう」

「教えてくれ」アンブローズは食いさがった。「ミス・リントンのことは昔から知っていたのか？　すぐ隣にあんな美人が住んでいて、忘れるはずはないよな」

マックスは冷ややかな目を向けた。アビーの名前を出したことは一度もないものの、一五年前、彼はやけになっていた。父親の命令で秋学期は休学し、家庭教師をつけられてロンドンで勉強をした。公爵夫人の弔問にアンブローズがやってきたとき、マックスは失恋したことをついしゃべったのだ。

その相手はアビーではないかと、アンブローズが勘繰っているのは間違いない。エリーズまでがマックスの反応に強い関心があるらしく、探るような視線を向けてくる。

マックスはワインを口へ運んでから言った。「わたしが地元の者たちとつき合うことに父は眉をひそめた。これがきみの質問への答えだ」

「どのみち、あなたの幼なじみというには若すぎるわね」ミセス・チャーマーズが言う。

「ミス・リントンが二五歳を一日でも超えていることはないでしょう」

「たしかにオールドミスという年ではないな」ペティボーンが同意した。

「意見が合わないのはわたしひとりかしら」皿をさげるよう従僕に合図して、エリーズが言った。「わたしはロスウェルと同年齢だと思うわ。閣下、どちらが正しいのか、どうか教えてくださいな」

全員が確認を求めてマックスを見た。四組の詮索好きな目に注視されて、彼の機嫌はますます悪化した。

「女性の年齢を明かすつもりは毛頭ないが、わたしよりは下だ。さあ、これで他人の年齢を当てるお遊びからわたしをはずしてくれ」

つっけんどんなマックスの態度に興ざめし、みんなの話題はほかの事柄に移った。中でもエリーズは彼の機嫌を取ることに余念がなく、まつげをぱちぱちさせて、にこやかに微笑みかけた。やがて席から立ちあがるときになり、天気もよいことだし庭園を見学しましょうとミセス・チャーマーズが提案した。エリーズは一行を先に行かせて、美しい手をマックスの腕に絡ませた。しかし、彼はその手をほどかせた。

「みんなと行ってくれ。今日の午後は用事がある」

「でも、あなたとふたりでお話をする時間が少しもないんですもの。わたしもご一緒していいでしょう?」

エリーズはすぐそばに立ち、やわらかな胸が彼の上腕をかすめた。不満げに突き出された唇は魅力的に見えるはずだ。だが今日のマックスは早く彼女から逃れたいと、いらだちばかりを感じた。麗しの未亡人も、いますぐ口説けなくては退屈なだけだ。

退屈なだけ？　わたしはいつから彼女をそう見なすようになった？

「代理人との長々しい話し合いだ、きみには涙が出るほどつまらないだろう」マックスは言った。「先延ばしにできなくてね。だが、晩餐前の食前酒にはつき合える。さあ、みんなを見失う前に急いだほうがいい」

マックスはエリーズをそっと押しやった。友人たちはすでに廊下のはるか先にいる。彼女は口をとがらせ、最後にちらりと振り返ると、ヒップを揺らして一行のあとを追った。

マックスは書斎へまっすぐ向かった。ハモンドと会うのは楽しみだ。この領地管理人とはいつもは書簡でやりとりをしており、顔を合わせて話し合う機会は有益なものとなるだろう。

そのあとはほかにやるべきことがある。

馬で出かけて、グウェンの前の家庭教師を訪問しよう。彼女との面会は人に明かせない事情があった。

8

広々とした玄関広間に足音を響かせ、大階段をおりながら、レディ・グウェンドリンは不安げなまなざしをアビーに向けた。「みなさん、本当にわたしを好きになってくださるかしら、ミス・リントン？」

居間で昼食をとるあいだ、少女はいつになく静かだった。ふたりはこれから公爵領内の病人や貧困家庭へお見舞いを持って出かけるところだ。教区内の住人たちを訪問して育ったアビーは、この外出を楽しみにしていた。けれども金の鳥かごの中で暮らしてきた少女には、これがいかに大変な務めに思えるかは想像できる。

アビーはあたたかな笑みを浮かべてみせた。「もちろん好きになるわ。あなたは愛らしくてやさしい若いお嬢さまですもの。それより彼らのほうが、あなたに好きになってもらえるかと心配するのではないかしら」

「まあ、そんな心配はいらないのに。でも、どんなお話をしようかしら？」

「話に困ったときは質問をするのが一番よ。みなさん、自分が関心を持っていることを喜んでおしゃべりするわ。農家の奥さんには、畑で育てている作物の種類や、お子さんたちの名前、それに年齢を尋ねてごらんなさい。こつは相手にたくさんしゃべらせること」

「それは名案だわ！　ええ、先生のご助言はとても役に立ちそう」

階段のおり口へ近づき、アビーは玄関扉がすでに開いているのに目を留めた。青いお仕着せ姿の従僕は気をつけの姿勢を取り、フィンチリーは扉の外に立つふたりの女性と言葉を交わしている。老執事が脇へどいて女性たちを中へ通した瞬間、アビーは見慣れた顔にびっくりした。

「ちょっと失礼！」レディ・グウェンドリンに詫《わ》びてから、客を迎えにいそいそと進み出る。

フィンチリーの細い目が愉快そうに輝いた。「ミセス・ロザリンド・パーキンスとヴァレリー・パーキンスでございます」客人を紹介する。

「ええ、知っているわ」アビーはよい香りのする姉の頬へキスをした。「お姉さま、ここへはなんのご用で？」

「ご挨拶に決まっているでしょう！　わたしたちが来ることぐらい、わかっていそうなものよ」

淡い黄色のモスリンを着た姉は流行を絵に描いたかのようで、つばの波打つボンネットにはシラサギの羽根飾りが三本ついている。娘のヴァレリーは控えめな淡いグリーンのドレスをまとい、胸の下に黄色の飾り帯《サッシュ》を結んでいた。麦わらのしゃれたボンネットの下からは、ストロベリーブロンドの髪がのぞいている。

ヴァレリーはうれしそうな声をあげ、おばの胸に飛び込んだ。「アビーおばさま！　おばさまがこんなにすてきなお屋敷に住んでいるなんて信じられない！　ああ、まるで宮殿だわ！」

「これ、静かになさい」ロザリンドが小声でたしなめる。「お行儀よくしなさいと言ってあったはずよ。おてんば娘みたいにふるまってはいけません」

「はい、お母さま」ヴァレリーはすぐさまおしとやかになった。細い顎を引き、魅惑的な長いまつげの下で青い瞳をきらめかせる。愛らしい表情は鏡の前で練習したかのようだ。

アビーは姉に視線を戻した。「お姉さまもご存じでしょう、わたしはお客を招くことは許されていないのよ」

「あら、わたしたちはあなたのお客ではなくってよ」ロザリンドが言う。「あなたに会えてよかったけれど、実のところ、わたしたちは公爵閣下にご挨拶をしようと思って来たの。隣人が戻ってこられたのを歓迎するのは、しかるべき礼儀ですもの」

アビーはうめき声をのみ込んだ。野心家の姉が何を期待しているかは、すぐに気がつくべきだった――ロスウェル公爵が一七歳のヴァレリーに心を奪われることだ。お姉さまときたら、なんて無分別なの！　わたしが気まずい立場に置かれることを少しは考えたのかしら？　おそらく考えていないのだろう。いかに育ちがよかろうと家庭教師の親戚なのだ、それが面会に来たとなれば、ロスウェルが立腹するのはわかりきっている。

気づくと、フィンチリーはすでに長い廊下の先へ消えるところだった。老執事は予期せぬ来客を公爵へ知らせに急いでいるようだ。いまさら呼び止めるには遠すぎる。

歯を食いしばり、アビーはささやいた。「ねえ、お姉さまはもうこのご近所に住んでいるわけではないでしょう。それに、すでにケントにお帰りになったと思っていたわ」

「それがね、ピーターがドーセットに用事があって、だったら彼が戻るのを待って一緒に帰宅しましょうということになったの。それまでクリフォードが泊めてくれるし、ルシールは喜んでいるわ、あなたがいなくなって話し相手が欲しいところだったから。昨日、村で公爵閣下の馬車が目撃されたと耳にして、なんて奇遇なのかと思ったわ。まるで運命に定められているみたいじゃない!」

しゃべりながら、ロザリンドは玄関広間の金と大理石の調度品や高い丸天井、それに『イソップ物語』の光景を描いた大きな壁画に目をやっている。まるで自分の娘がロスウェル公爵夫人として、このすべてを思いどおりにするところを想像しているかのようだ。一方ヴァレリーは、階段の支柱のそばでもじもじしているレディ・グウェンドリンを興味津々で眺めていた。

このきまりが悪い状況をどうすればいいの？　アビーは途方に暮れた。わたしはロスウェルの妹を彼の了承なしに紹介する立場ではない。けれど、ここで紹介しないのも逆に失礼に当たる。結局、アビーは教え子に前へ出るよう促した。「レディ・グウェンドリン、ご紹介します。わたしの姉のミセス・パーキンスと、その娘のヴァレリーです」

ふたりの来客は公爵の妹にお辞儀をした。レディ・グウェンドリンは唇に頼りなげな笑みを浮かべ、ためらいがちにささやいた。「お目にかかれてうれしく思います」

レディ・グウェンドリンの紫がかったグレーの瞳が、すがるようにアビーに向けられる。「フィンチリーが戻るのを待つあいだ、控えの間にお通ししてはどうかしら」アビーは提案した。

レディ・グウェンドリンはアーチ型のドアを通って優雅な部屋へ案内した。アプリコット柄のシルクの壁紙にシェラトン様式の椅子、台座には磁器の壺が飾られている。アビーは三人のあとに続き、まもなく執事が戻って、公爵は本日来客はお断りしております、と伝えてくれるように祈った。ロスウェルの前で姉が娘自慢をするところを想像するだけで、いたたまれない気分になる。

わたしやわたしの家族を嘲る材料を、あの救いようのない放蕩者にこちらから提供する気にはなれない。

「まあ、あなたのドレス、なんてすてきなの」ヴァレリーがレディ・グウェンドリンに話しかける。「わたし、そういうピーチの色合いのモスリン生地をずっと探していたの。そのリボンもとってもかわいいわ。子鹿色を使うなんて誰が思いつくかしら、でも本当にぴったり！　あなたの仕立て人の名前をぜひ教えて。わたし、今度の一月で一八になるの、だから次の春には社交界デビューするのよ。衣装をどうするか、お母さまともう考えはじめているわ。それについてお話ししてもいい？」

息つく間もないおしゃべりにレディ・グウェンドリンは少し圧倒されている様子だが、すぐにうなずき、少女たちは窓際の長椅子に腰をおろした。やがてふたりは顔を寄せて内緒話を始めた。もっぱらヴァレリーがしゃべり、レディ・グウェンドリンはにこやかに相づちを打っている。

「たちどころに仲よくなるなんて、完璧だわ」ロザリンドがひそひそと言った。「わたしの計画どおりよ！」

「計画どおり？」アビーは眉根を寄せた。「それはどういう意味？　お姉さまのお目当ては公爵閣下だと思っていたわ」

「三〇分、お目にかかったぐらいでどうなるというの？　だからこそ、うちの娘は妹さんの話し相手にうってつけですわ、とこれから閣下に申しあげるのよ。レディ・グウェンドリンはほとんどずっとこの屋敷に閉じこもっていて、話し相手はおばさまと使用人が何人かいるだけだと、ジェイムズが入れ知恵してきたの。公爵閣下がいつまで滞在されるかは知っている？」

地元の牧師である次兄のジェイムズは教区に住む全員の暮らしぶりを知っているけれど、こんな厚かましい提案をするとは思えない。これはいかにも無鉄砲なロザリンドの思いつきそうなことだ。「一週間か、それより短くなるとうかがっているわ」アビーは姉の意欲に水を差そうとした。「お姉さまたちもじきにケントへ戻るのなら、親しくなる時間はないでしょう。計画はあきらめたほうがいいわよ」

「あきらめるですって？　イングランド一の花婿候補がすぐお隣にいるのに？　公爵は三〇を過ぎて、そろそろ結婚に気持ちが傾いているはずよ。そこへわたしのかわいい娘が現れたら？　ヴァレリーをごらんなさいな。あんなに魅力的な子を見たことがあって？　本当になんてかわいいのかしら！」

アビーは姪に視線を向けた。たしかに、つややかな頬をしたうら若い淑女そのものだ。ヴァレリーは明るくて愛想がよく、体つきは控えめながら、社交界デビューをしたあかつきには男性たちの注目の的となるのは確実だ。けれど、まだ世間知らずの子どもでもある。

「ええ、ヴァレリーはかわいいわ。だけど理性的に考えて。話し相手をお求めなら、名家のお嬢さま方がいるでしょうし、そもそも公爵閣下はヴァレリーより倍近く年上で、筋金入りの放蕩者でもあるのよ。実際、ここへも遊び仲間といかがわしげな女性たちを何人か連れてきているわ――厩舎に寝泊まりさせているボクサーと一緒にね」

「閣下がご自分の妹に会わせても大丈夫だとお考えの相手なら、ヴァレリーにも害はありませんよ。結婚についても、ヴァレリーはあっという間にあのかわいい指で閣下の心を絡め取るでしょう。だけどまずは、目を留めてもらう機会を作らなくちゃ。それはあなたの仕事よ、アビー」

「わたしの？」そんな役目に指名されただけでぞっとする。「わたしは何ひとつ関わりません。どのみち、レディ・グウェンドリンと一緒に出かけるところだったのよ」

ロザリンドが眉根を寄せた。「どこへ行くの？」

「午後は公爵領に住んでいる方々を何人か訪問する予定なの」アビーは窓の外へ目をやった。

「ほら、外で馬車が待っているでしょう」

「ああ、ほかにどなたかいらしてたのかと思っていたわ。だけど出発するのはあとにしてちょうだい。レディ・グウェンドリンがお留守では、わたしの計画はめちゃくちゃよ!」

「それなら余計にいますぐ出発しなきゃ。お姉さまが自分の娘を閣下に押しつけるところを見なくてすむように」

レディ・グウェンドリンを連れて出かけようと背を向けると、ロザリンドに腕をつかまれた。振り返ったアビーを、姉は茶色い瞳でじっと見つめた。「あなたが協力してくれないのには別の理由があるんじゃない?」ロザリンドがささやく。「ひょっとして、いまも公爵のことを想っているの?」

その質問にアビーは動揺した。ロザリンドは家族の中で唯一、アビーの初恋のことを知っている。ロスウェルへひそかに手紙を出すには、次姉に打ち明けるしかなかったのだ。若い娘が親戚以外の男性と手紙を交わすのは厳しく禁じられており、父にお願いする勇気はなかった。そこで一〇歳年上で、既婚婦人としてある程度の自由を享受していたロザリンド宛に手紙を送ることにした。秘密めいたことには昔から目がない次姉は、喜んで手紙をロスウェルへ転送してくれた。

いま、詮索好きな姉の目に見つめられて、アビーは身構えた。上半身裸の公爵の姿に胸がかき乱されたあとで、なおさらむきになって言い返す。「ばかを言わないで。あれは子どもの頃の話でしょう。とうの昔に終わっているわ。彼にはもうなんの興味もないし、向こうだってわたしのことはなんとも思っていないのよ」

それを聞いて、ロザリンドは満足げな表情を浮かべた。いけない。まだ彼に気があるふりをすればよかった。そうすれば次姉は計画を思いとどまったかもしれないのに。でも、いまさらもう遅い。

「結婚に興味のないあなたがうらやましいわ」ロザリンドは金縁の鏡で自分の姿を確認しながら言った。「子どもを持つようになると心配事ばかりで大変よ。子どものために何ができるか、そればかり考えて」

「結婚に興味がない？」それは聞き捨てならない言葉だった。わたしは家族からそう思われていたの？　好きでオールドミスになったと？　社交界を楽しむ機会もなしに、両親の世話をして若い日々を送るしかなかったのだ。両親のことは心から愛していたし、自分の暮らしに満足するよう心がけてもいたけれど、別の生き方へのあこがれがなかったわけではない。

「ええ、だって、あなたはお母さまとお父さまとそれは幸せそうに暮らしていたでしょう。あなたが進んで家に残ってくれたのを、うれしく思ったものよ。わたしを含めてほかのきょうだいはそれができなかったから。あなたは子どもの頃から、家族の中で誰よりも思いやりがあって、世話好きだったものね」ロザリンドは悲しげな目を向けた。「娘を幸せへの旅路に送り出すのに、あなたに力添えしてもらうことはどうしてもできない？」

「お姉さまがわたしに何を期待しているのかわからないわ」

「とっても簡単なことよ。わたしが公爵閣下にお話をして、午後のあいだヴァレリーはここに残るよう取り計らうわ。その後、嵐が来たら、道がぬかるんでいるから今夜はヴァレリーを泊めるよう、あなたから閣下にお願いしてちょうだい」

「嵐？」アビーは窓から差し込む黄金色の陽光を見て目をしばたたいた。「何を言っているの、空には雲ひとつないわ」

「ルシールは関節炎で、今朝はベッドから起きあがれなかったのよ。彼女の膝が痛むと必ず雨が降るのを知っているでしょう。日暮れまでに天気が悪くなるのは確実ね」

クリフォードの妻の関節炎が悪化すると、その後、天気が荒れるのは本当だった。でも、今回ばかりは信じられない。「膝が痛むのは昨日の雨のせいじゃないかしら。嵐なんて期待できるかどうかもわからないのに、お姉さまの計画には無理があるわ」

「わたしが期待しているのは、あなたが力になってくれることよ」ロザリンドはアビーの両手をぎゅっと握った。「お願い、ヴァレリーをかわいいと思うなら、あなたの力の及ぶかぎりのことをして、あの子を助けると約束してちょうだい」

なんと返せばいいのだろう？　次姉はアビーを困った立場に追い込んでいた。ヴァレリーがわたしみたいなオールドミスになることはもちろん望んでいない。でも自分の姪がロスウエルの腕に抱きしめられて、熱い口づけを浴びる姿を想像すると、胸が締めつけられる。

アビーの視線はドアのほうへとさまよった。フィンチリーはなぜこんなに時間がかかっているの？　執事が戻って、公爵はお会いしませんと伝えさえすれば、ロザリンドは計画をあきらめて帰るのに。

「力になるも何も、わたしにはどうしようもできないわ」アビーはいらいらと言った。「わかってちょうだい、わたしにはなんの権限もない――」

言葉がアビーの舌の上で消えた。ロスウェルが控えの間に入ってきたのだ。

領地管理人に会うために書斎へ向かうマックスを、廊下の奥から声が引き止めた。

「閣下」フィンチリーがしゃがれた声で呼びかけ、年齢に見合わない急ぎ足でやってくる。

「よろしいでしょうか」

マックスは執事のほうを振り向いた。「なんだ?」

「お客さままでございます。ミセス・ロザリンド・パーキンスとミス・ヴァレリー・パーキンスがいらしております」

ぺちゃくちゃと噂話をし、愛想笑いを浮かべる娘を押しつけてくる出しゃばりな隣人の相手をして、午後を無駄にするつもりはさらさらない。「そんな名前の者は知らない。引き取ってもらえ。ほかに誰が来ようと会う気はない」

「僭越《せんえつ》ながら申しあげますが、それでは礼儀に欠けますかと。しかも、ミス・アビーはそのおふたりをよくご存じですので」

「それがなんだ?」いらいらと言う。「彼女は生まれてこの方ずっとここに住んでいるんだ、村の者を全員知っていてもおかしくない」

「しかしながら、おふたりは彼女のお姉さまと姪御さんでございます。いまはミス・アビーとレディ・グウェンがお相手をされています。わたくしが玄関扉を開けたときに、ちょうど階段をおりていらっしゃいまして」

きらりと光るフィンチリーの青い目は、この状況を楽しんでいることをうかがわせた。何がそんなに面白いのだ？　幼かったマックスが隣家の少女とつき合っていたことに、使用人たちは気づいていたのか？　昨日など、ビーチーは厨房でわざと彼をアビーと一緒に座らせた。おそらくふたりがひとつ屋根の下に暮らしていることで、使用人たちの平凡な日常生活にちょっとした刺激がもたらされたのだろう。

あいにく、ふたりのあいだに何か起きることはないが。

「どこにいる？」

「みなさま、玄関広間にいらっしゃいます。トルコの間にお通ししましょうか？　それとも黄金の間に？」

「いや。わたしが行く。ハモンドに少し遅れると伝えてくれ」

鋭い足音を響かせ、マックスは長い廊下を歩いた。この衝動的な寄り道を、すでになかば悔やんでいた。最初に決めたとおり客人は追い払うよう、フィンチリーに命じるべきだったのだ。アビーの親族と話をする理由は何もない。

興味はあるかもしれないが。

あの遠い夏、毎日のようにひそかに森で落ち合っていたとき、アビーは自分の家族の面白い話をあれこれ語った。姉のロザリンドの話もひとつあったはずだ……男爵家のハンサムな息子を結婚の罠にかけるとかなんとか。マックスは詳細を思い返そうとしたが、話は時間の霧のかなたに消えてしまった。

思い出したいわけでもない。懐古の情など、なんの役に立つ？　しかし、アビーの姉にいくらか興味があるのは否定できなかった。アビーのきょうだいは四人とも、彼女から大きく年が離れている。それゆえマックスとアビーが出会ったときには、四人はすでに結婚して家を出ていた。彼らのことはときおりロンドンのパーティーで見かけるが、直接関わったことがあるのは次兄のジェイムズ・リントンのみで、数年前に村の教区牧師となることを承認した。前任牧師からの推薦を受け、手続きは書簡のやりとりで行われた。

アビーの両親のことも見知っている程度だった。アビーの祖父母のような年齢ながら、仲のいい夫婦に見えたものだ。イートン校から休暇でわが家へ戻っているときに、村でたびたびふたりを見かけた。

わが家。ロスウェル・コートがかつては自分の家だったかと思うと、心ならずも喉が締めつけられた。一六歳になるまで毎日を過ごした家。シーツと椅子で帆船を作り、ひとりで海賊ごっこをしたのが最初の記憶だ。ときには子ども部屋を抜け出して、使用されていない翼へ行き、布に覆われた家具のあいだでスペインやフランスと戦った。温室の密林では架空の獲物を追いかけた。そうやってヘスターを喜ばせ、乳母を困らせたものだ。

自分が微笑しているのに気づき、マックスは表情を消して大階段をおりた。玄関広間は戸口に従僕が立っているだけだったが、くぐもった話し声に導かれて控えの間へと大理石の床を横切った。ドアへ近づくと、アビーの低い声が聞こえた。

「力になるも何も、わたしにはどうしようもできないわ」どこか困っているような口調だ。

「わかってちょうだい、わたしにはなんの権限もない――」

マックスが部屋に入るなり、アビーは口をつぐみ、表情豊かな青い目を見開いた。なんの権限もないとはどういう意味だ？　赤く染まった頬から判断するに、聞かれたくない話だったに違いない。

マックスは好奇心を抑え込んだ。アビーが何に困ろうとわたしには関係ない。わたしの妹への務めを果たして、ロンドンの友人たちから離れているかぎりは。とりわけ、アンブローズがアビーの魅力によだれを垂らすさまは不快きわまりなかった。自分が彼女に惹きつけられていることだけでも腹立たしいのに。アビーは田舎者のオールドミスで、ひょろりと痩せた体形は彼の好みに合わず、金髪の美女、エリーズとは比べようもない。

しかし、アビーには静かな優雅さがある。青みがかったグレーのドレスはゴライアスとのスパーリングを盗み見ていたときに着ていたのと同じもので、彼女の上品な美しさを強調していた。褒めるところもけなすところもない平凡な容貌ながら、生き生きとした目の輝きが表情に明るさを添えて、男慣れした女たちとは一線を画している。そして、そのまばゆい表情にはいまもマックスの胸を熱くする力があった。

麦わらのボンネットがアビーの卵形の顔を包んでいた。そういえば、彼女は領民宅の慰問にグウェンを連れていくと話していた。だから彼女の姉が来たとき、ふたりは階段をおりていたのだろう。

マックスはアビーの姉に挨拶をしようと進み出た。頰骨と小さな顎の形がアビーによく似ている。赤銅色の髪には銀色のものが交じり、アビーより一〇歳ほど年上に見えた。彼を見るなり、ロザリンド・パーキンスの渋面は笑顔に早変わりし、その結果、口と目のまわりに小じわが現れた。

アビーがお辞儀をした。「失礼しました、閣下。フィンチリーが戻るのを待っていましたもので。わたしの姉のミセス・パーキンスと、その娘のミス・パーキンスをご紹介いたします。お姉さま、ヴァレリー、こちらがロスウェル公爵閣下です」

グウェンとおしゃべりをしていたミス・ヴァレリー・パーキンスは、はじかれたように長椅子から飛びあがった。若々しい顔は快活さに満ちている。ミセス・パーキンスが娘とともに膝を折って陽気な声をあげた。「ようやくお目にかかれて光栄ですわ、閣下。お邪魔をしたのではありませんわよね？」

「管理人との面会へ向かうところでした」マックスはそっけなく言った。「あまり時間はありませんが、隣にお住まいですし、ご挨拶をしておこうと思いまして」

「姉はケントに住んでいます」アビーが横から口をはさむ。「姉と姪はリントン・ハウスに数日泊まっているだけです」

「しばらくはおりますのよ」ミセス・パーキンスは妹を横目でにらんで訂正してから、マックスに笑みを返した。「ここで生まれ育ったものですから、ハンプシャーのこのあたりには愛着がありますの。静かな田園の魅力にあふれていて。わたしの娘も、きっとわたしと同じくらいこの地を好きになりますわ」

「ええ、とても美しい場所です、閣下」ミス・パーキンスは目をぱちぱちさせて、長いまつげの下からかわいらしく見あげた。「とりわけ、こちらのロスウェル・コートの美しさは格別です。門番小屋からの道を馬車で走り、すてきな木立となだらかな丘陵を母と眺めて堪能しました。それにお屋敷の壮麗さには息をのみましたわ。イングランドじゅうを探しても、これ以上立派なお屋敷はないんじゃないかしら」

ほとばしり出る賛辞に、マックスは思いがけなく愉快さを覚えた。学校を出たばかりのくせに、このおませさんは色目を使って彼を魅了するつもりでいる。アビーの視線をとらえると、きらりと光るその目は彼女も同じことを考えているのを物語っていた。つかのま、ふたりは奇妙な親近感を抱いて見つめ合った。あたかも一五年の歳月が消えて森の秘密の場所へ戻り、人々のくだらないふるまいをともに笑い合うかのように。

アビーがまばたきをして目をそらし、あたたかな表情は冷たい笑みへと変わった。「閣下はお仕事がおありなのだから、邪魔をしてはいけないわ」姉に向かって言う。「それに悪いけれど、わたしとレディ・グウェンドリンも出かける時間を過ぎているの」

「まあ、おふたりとも帰らなければならないの?」グウェンが甲高い声をあげ、全員の視線を集めて顔を真っ赤にした。妹はひとりだけ後方に立ち、腰の横で手をもじもじさせて、すがるような目でマックスを見あげた。「その——ミス・パーキンスもわたしたちと一緒に行ってはどうかしら。いいでしょう、お兄さま?」

「いま会ったばかりだろう」

「はい、閣下、でもわたしたちは親友になる運命だと思うのです」ヴァレリー・パーキンスはグウェンの腕に自分の腕を滑らせた。「わたしの友人はみんなケントに住んでいて、とても寂しい思いをしていたんです。レディ・グウェンドリンはご親切にも、今週は一緒に過ごしましょうとおっしゃってくれました」

「まあ、なんてすばらしい考えなの」ミセス・パーキンスがうれしそうにふたりを眺める。「それにちょうどよかったわね。年もふたつしか離れていないのだし。あなたのことはアビーに任せて、夕食前に迎えの馬車をやりましょう。もちろん、閣下のお許しがあればですけれど」

何もかも計画済みだったのは明らかだ。マックスの鼻先に餌を垂らして、食いつくのを待とうという魂胆だろう。そしてミス・パーキンスはこの計画を首尾よく進めるために、グウェンに取り入ったのだ。

〝力になるも何も、わたしにはどうしようもできないわ。わかってちょうだい、わたしにはなんの権限もない――〟

もれ聞こえたアビーの声に困惑の響きがあった理由がこれでわかった。ミセス・ロザリンド・パーキンスは妹に手伝わせようとして、アビーは二の足を踏んだのだ。それはいまも彼女がマックスに対して思慕を抱いているからではない。アビーは彼の手紙をことごとく無視したのだから、それはありえない。そうではなく、何年も前、アビーはマックスのような救いがたい放蕩者は無垢《むく》な娅にふさわしくないと考えたからだろう。

そして、それはアビーが正しい。若かりし頃のマックスの放蕩ぶりはずいぶん誇張されて広まっているものの、まだ子どものような娘の夫になるのは向いていないと自覚するくらいには快楽におぼれた経験がある。そもそも結婚にはいっさい関心がない。両親の不安定な結婚生活は、マックスの心から結婚に対する意欲を失わせた。にもかかわらず、上流社会の母親たちはうぶな娘たちを彼の前でひけらかすのをやめないのだ。そして女性の策略にはめられることほど、彼をいらだたせるものはなかった。

断固拒否しようとしたそのとき、妹の姿が目に入った。紫がかったグレーの瞳はマックスに懇願している。彼は不意に気がついた。グウェンにはひとりも友人がいないことに。妹は人生の大半を広い屋敷で暮らし、話し相手はおばと家庭教師、そして使用人がいるだけだ。内気なグウェンはひとりで静かに遊ぶのを好み、はじめての相手と話すのを恥ずかしがるため、これまでたいして気にも留めなかった。

だが、わたしは間違ったことをしていたのか？　花嫁学校へやっていれば、同じ年頃の少女たちと知り合っていただろう。妹が友人を作るせっかくの機会を本当に拒否できるのか？　それはできない。彼の気を引こうとする小娘と野心家の母親から、逃げなければならないとしても。

マックスは妹に微笑みかけた。「では、好きなようにしなさい」

9

始まり方を考えると、その日の午後はアビーが案じていたよりもはるかに楽しいものとなった。ヴァレリーのように年上の活発な娘はレディ・グウェンドリンによくない影響を与えるのではと心配したが、最後の訪問先へ向かいながら、アビーはふたりのふるまいに感心したことを認めざるをえなかった。

屋根なしの馬車は狭く、三人で座るとぎゅうぎゅう詰めになった。御者は前部の御者席に座り、二頭の馬を穏やかな足取りで進めて、領民の畑がある緑の谷間の曲がりくねった道を通っていった。最後の小麦が刈り入れられる様子を眺めるのは興味深かった。刈り手は大鎌を安定した動作で右へ左へと振るい、そのうしろに続く労働者たちが麦の穂を束ねる。刈り取り後の畑の上には、落ちた小麦をついばもうと鳥たちが飛んでいた。

これまで三軒訪問して、それぞれの家でひとときを過ごした。夫を亡くし、八人の子どもを育てる女性は、食料と衣類の詰まったバスケットを歓迎した。歯のない年金生活者はスープとミルク酒を受け取った。はじめて子どもを持った母親は、赤ん坊のくるみ方と夜泣きの対処法をアビーからありがたく教えてもらった。最後の訪問先に住んでいるのは、援助を必要とする領民を選び出す手伝いをしてくれたミセス・ビーチの義父だ。彼は二日前に足首を捻挫したのだが、公爵の客に出す特別な料理の数々のせいで、ミセス・ビーチはお見舞いに行けずにいたのだった。

ピンク色のバラが戸口を伝う藁葺き屋根の愛らしいコテージの前で馬車は止まった。まずヴァレリーが若草色のスカートを引っ張ってがさがさと音をたてながら馬車をおり、レディ・グウェンドリンがもっと気品のある物腰であとに続いた。地面におり立つと、アビーは木陰で椅子に座っている老人のもとへまっすぐ向かった。包帯を巻かれた片足が木製の台にのっている。

老人がいぶかしげに目を細めた。パイプを口から離し、茶色い帽子のつばをさげて挨拶する。「こりゃあ、三人の天使がわしの家においでになった。天国へのお迎えですかな?」

少女たちはくすくす笑った。「いいえ」ヴァレリーが愛くるしいしぐさで言う。「元気を出していただきたくてまいりました」

「お客さんとはうれしいもんだ。ミス・アビーもいなさるな。彼女は誰より立派な熾天使《してんし》だ、ああ、本当に」

老人が立ちあがろうとしたので、アビーは急いで言った。「座っていてください。捻挫が悪化しないよう気をつける必要があると、ミセス・ビーチが言っていました」

「嫁には逆らえん、パンと水しかもらえんようになりますからな」腰をおろして腹を叩き、楽しげな笑い声をあげる。出っ張ったおなかのところで、ベストのボタンがちぎれそうだ。

「嫁のはちみつケーキが食べられなくなったら、がっかりして死んじまいそうだ」

「彼女から預かったバスケットに入っているかもしれないわ」アビーは言った。「さあ、ご紹介しますね、こちらは公爵の妹君、レディ・グウェンドリン。そしてわたしの姪のミス・パーキンス。ふたりとも、こちらはミスター・ビーチ、ミセス・ビーチの義理のお父さまよ」

「お会いできてうれしいです」レディ・グウェンドリンは顔を紅潮させて言った。「ミセス・ビーチから、あなたのお話を聞いたことがあります」

「悪口じゃないでしょうな」

「まさか、違います！　彼女はあなたのことをとても大切に思っています」軽く唇を嚙んでから続ける。「でも、あなたがけがをしたことは聞いていませんでした。どうしてそうなったのか、うかがってもよろしいですか？」

アビーはうれしく思った。レディ・グウェンドリンはわたしの助言をきちんと実行している。それぞれの訪問先で、少女は礼儀にかなった質問をして、会話をしようと努力した。また、彼女は貧しさにも尻込みしなかった。ヴァレリーが不快そうに鼻にしわを寄せたときも、レディ・グウェンドリンはおむつを替える必要がある赤ん坊を抱っこし、汚れた子どもからの抱擁に応じた。彼女はやさしくて寛大なところを見せ、ある意味では、軽薄なヴァレリーよりも大人だった。

ミスター・ビーチは包帯を巻いた足を悲しげに見た。「屋根裏から子猫をおろしてる最中にはしごから足を滑らせてね。最後の一匹をポケットに押し込んだあとでよかった。でなきゃ、いまもまだあそこで鳴いてただろう。母猫はネズミを捕りに行ったままだ」

「子猫？」ヴァレリーが繰り返した。

ふたりの少女が目を丸くして見つめ合う。

「生まれてどれくらいですか？」レディ・グウェンドリンが尋ねた。

「そうだな、六週間ってとこだろう」彼はパイプを揺らした。「何匹かは昨日もらわれていったが、あと二匹残ってる。そこの厩舎にいるから見なさるといい」

ヴァレリーは小走りで厩舎というより納屋に見えるおんぼろの小屋へ向かったが、レディ・グウェンドリンはアビーへ視線を転じた。「行ってもいいかしら、ミス・リントン？」

アビーはうなずいた。「ええ。でも気をつけて。爪でスカートを引っかかれないようにね」

ふたりの少女は薄暗い戸口の奥へ消えた。

御者はバスケットを屋内へ運んだあと、馬車のうしろに紐で結ばれていたものを持ってきた。それは二本の長い棒で、どちらも詰め物で覆われた短い横木が片側に添えられている。アビーはそれらをミスター・ビーチに差し出した。「松葉杖を持ってきたんです。枝を杖代わりにしていると、ミセス・ビーチが心配して」

年老いた顔が笑みで輝く。「なんといい嫁だろう。本当の娘みたいに気づかってくれて。さっそく使ってみよう」

ミスター・ビーチは片方の松葉杖で体を支えて椅子から立ちあがった。アビーはすぐに手を貸せるようそばに待機しつつも、自分でやろうとする相手の意思を尊重した。老人はなんとかまっすぐ立つと、両脇の下へ松葉杖をあてがい、土の小道に沿って何歩かよろよろと歩いた。

「うんうん」満足してうなる。「このほうがずっと動きやすい」

「急ぐ必要はありませんから」アビーは助言した。「焦らずにゆっくり慣れてくださいね」

老人が歩く練習をするあいだ、アビーは小さな庭を見渡した。ピンクのバラと紫色のジギタリスはミセス・ビーチが植えたのだろう。彼女の亡夫、ミスター・ビーチのひとり息子は、アビーが生まれる前に脱穀機に巻き込まれて命を落とした。その後すぐにミセス・ビーチは公爵邸の厨房で仕事につき、ここへは時間を見つけてはやってきて、老いた義父のために料理と掃除をしている。ミスター・ビーチはいまでもまわりの土地を耕作しているが、元気なときでさえひとりでどうやっているのだろうとアビーは思った。

刈り込まれた畑に視線を向けていると、森のほうから馬を走らせてくる者がいることに気がついた。目の上に手をかざし、馬上の男を眺める。不意に心臓がどきりと跳ねた。上背のある筋肉質の体形はロスウェルのもので、彼はあの黒馬、ブリムストーンにまたがっていた。

ロスウェルがコテージのほうへ馬首をめぐらせる。

アビーは乱れた鼓動を落ち着かせようとした。おなかの前で両手を組み、見た目だけでも平静なふりをする。だが、内心は不安の嵐が吹きすさんでいた。彼はわたしたちのあとを追ってきたの？　いったいどうして？　領地管理人との話が終わったのなら、屋敷で放蕩仲間をもてなしているのではないの？

なぜ、わたしたちの静かな外出の邪魔をしにここへ来なければいけないの？

ロスウェルは馬からひらりとおり、庭の通用門近くの杭に手綱を結びつけた。ブリムストーンが頭を振っていないないたので、アビーは思わずあとずさりした。ちょうどそれを目にしたロスウェルが、彼女が怖がるのを楽しむかのように片方の眉をあげる。アビーたちの御者が手を貸そうとあわてて進み出たが、公爵は手を振ってさがらせた。ブリムストーンのピンと立った耳にやさしくささやきかけ、つややかなたてがみを撫でる。やがて馬は落ち着き、頭を垂れて、柵の外に生えている草のにおいをかぎはじめた。

ロスウェルが短い小道をのんびりと近づいてくるのを、アビーはオークの木の陰から見つめた。小さな庭が、彼の存在の前ではさらに小さく見える。ロスウェルは乗馬服に着替え、濃紺の上着に鹿革のズボン、黒いヘシアンブーツを身につけていた。午後の日差しを防ぐ帽子はかぶっておらず、黒髪がすてきに乱れている。

それに惹かれるわけではないけれど。

公爵が短くうなずいた。「ああ、ミス・リントン。向こうの道から、きみたちの馬車が見えてね。きみが預かっているふたりには、もう逃げられたのか？」

「彼女たちは子猫を見に厩舎へ行っています」

少女たちの笑い声が風に乗って漂い、ロスウェルは古びた小屋へさっと目を向けた。松葉杖に寄りかかるミスター・ビーチの干からびた顔から、さっきまでの陽気さが完全に消え失せた。アビーははっと気がついた。一六歳のときに領地を去ったロスウェルは、自分の領民の顔さえ知らないのだ。

ふたりを引き合わせようと進み出たが、間に合わなかった。

公爵はすでに老人に片手を差し伸べている。「ロスウェルです。わが家の料理人の義理のお父上、ミスター・ビーチですね」

ミスター・ビーチは神妙な顔で短い握手をした。「さようでございます。公爵閣下がお小さい頃にお目にかかった記憶はありませんな。ずいぶん長いこと留守にしてなさったようで」

とがめるようなこわばった声音に、公爵が気分を害するのではとアビーは心配した。領民の多くは労を惜しまずに働き、自分たちが耕す土地を大事にしている。ずっと不在だった領主がいきなり現れれば、不審に思うのは当然だろう。それが自分たちの労働から得た利益で遊ぶ怠惰な貴族であればなおさらだ。

ロスウェルが苦笑いを浮かべる。「たしかに長すぎたな」彼は認めた。「ですが干し草の最後の俵から、生まれ落ちたばかりの子牛に至るまで、ハモンドから詳細な報告を受けていました。彼が作成した、それぞれの農場の位置を示す領地の地図にも助けられている。ここがあなたの土地だとわかったのも、それのおかげです」

「じゃあ、ここの収穫はちゃんと終わってるのもおわかりでしょう。この足だって、冬の作付けが始まる前にはちゃんと治ってますよ」

ロスウェルはわずかに眉をひそめ、包帯にくるまれた相手の足首を一瞥した。「あなたを土地から追い払うために来たのではない、単に挨拶に来ただけです。腰かけてお話をしましょうか」

こわばった表情をいくぶんやわらげ、ミスター・ビーチは松葉杖に助けられてそろそろと椅子に腰をおろした。「ちゃんとお伝えしておこうと思いまして。この体は年を食ってるかもしれんが、畑をやるのには手伝いの者たちが力を貸してくれる」

「ええ、収穫期には労働者たちが農場をまわることは知っています。馬でここへ来る途中にも見かけました。ミス・リントン、きみも話に加わらないか?」

ロスウェルが手を振って、そばのベンチを示した。穏やかな様子だが、貫くようなグレーの瞳が彼女の心をかき乱す。彼のすぐそばに座るつもりは毛頭なく、アビーは首を横に振った。「ありがとうございます、でもわたしは中へ行って、ミセス・ビーチが持たせてくれたバスケットの中身を出してきます」

コテージのほうに向き直ったものの、背後の会話に耳をそばだてずにはいられなかった。少なくとも、ふたりの男性はうまくいっているように聞こえる。子どもの頃から大好きだった老人にいやな思いをさせたら、わたしがロスウェルを絶対に許さない。

「昨日の雨の前に収穫を終えたようだ」公爵が話している。

「ええ、そうです。あとは今日のディグビーのとこでおしまいだ。さっさと終わらせないと、嵐がやってきますよ」

「なるほど、たしかに北の空に黒雲が広がっていた。嵐が来るまで、あと一時間かそこらはありそうですか？」

「ちょうどそんな感じでしょう、閣下。強い風が吹きだしたら、ご出発なさらなきゃいかん」

アビーは顔をしかめた。嵐ですって？　まさかそんなはずはない。今夜ヴァレリーを泊めるようロスウェルに許可を求めるという気まずい状況は避けるつもりでいる。あれはロザリンドのくわだてだ。そして色気を振りまく姪っ子をロスウェルの前に差し出す計画には、わたしはいっさい関わりたくない。

小さなコテージの中へ入り、北向きの窓へ急いだ。波模様のガラス窓越しに目を凝らすと、気持ちがずしりと重くなった。地平線に沿って黒雲がもくもくとわいている。小雨を運んでくるだけで、ヴァレリーが馬車でリントン・ハウスへ戻る妨げにはならないよう、アビーは心の中で祈った。

それから手早く仕事に取りかかり、火に薪《まき》を足して、手おけから水をケトルに注いだ。流しを片づけ、出ていた皿を小さな食器棚にしまい、ミセス・ビーチが持たせてくれた食べ物をバスケットから出す。冷製のチキンとビーフ、バター付きパンにソーセージ、ゆで卵と、義父が数日は困らないだけ入っており、彼の大好きなはちみつケーキも丸ごとあった。湯が沸くのを待つあいだ、近づく嵐を見ようと、ふたたび窓の外をのぞいた。雲は刻々と大きくなり、不吉さを増していた。

ふと、一頭立ての二輪馬車がコテージの裏の道を勢いよく走ってくるのが目に留まった。小型の馬車が通り過ぎる瞬間、手綱を握る女性にアビーは目を凝らした。

ミス・ヘリントン？

アビーは目をしばたたいた。いいえ、それはありえない。前の家庭教師は二週間近く前にこの地を離れている、名目上は家族の事情で――レディ・ヘスターの勘が当たっていれば、おそらく秘密の恋人とともに。いずれにせよ、ハンプシャーのこの一角からはとうの昔にいなくなっているはずだ。

だがそれでも、あれはミス・ヘリントンだったと断言できた。最後に彼女を見たのは教会で、馬車を走らせていた女性のものとまったく同じボンネットをかぶっていた。色はエメラルドグリーンで、真紅のリボンにサクランボの房の飾り付きだ。

困惑したアビーは外へと急いだ。男性たちは馬車に気づいただろうか？　だが、ふたりはボクシングの試合について話し込んでいた。

「そいつは世紀の大試合になること間違いなしだ」ミスター・ビーチがしゃべっている。「ジョン・ジャクソンの試合より、見物かもしれませんな。昔、ハンフリーズ対メンドーサの試合を見たことがあるが、ありゃあ、すごかった！」

「それなら今度の試合も見逃すわけにはいきませんね」ロスウェルが言った。「金曜日に馬車で試合会場まで送らせましょう」

「そんな、よろしいんですか、閣下？　もったいないご厚意だ！」

アビーは待ちきれずに声をかけた。「閣下、急いで来てください。たったいま通り過ぎた馬車をごらんになって！」

公爵はわずかに眉根を寄せながらも、老人にひとこと断って立ちあがった。そのあまりに悠然とした動作に、アビーが彼の腕をつかんで柵のほうへ引っ張っていくと、馬車はちょうど道を曲がって消えた。

「ほら」勢い込んで言う。「あの人！　馬車を走らせていたのはミス・ヘリントンだわ！」

ロスウェルが射抜くような視線を向けてきた。その表情は驚いているというより、なぜか思案するかのようだ。それから尊大なしぐさで眉をあげて苦笑する。「ばかばかしい。彼女からはグロスターシャーに住む家族のもとへ戻ったと手紙が届いている」

「でも、さっきの女性のボンネットを見たでしょう？　エメラルドグリーンに真紅のリボン、数週間前にわたしがこの目で見たものと同じです。それだけでなく、わたしは彼女の金髪と美しい顔もちらりと見ています。彼女じゃないと言うほうが無理よ」

「おかしな思い込みのせいで、そう見えただけだ。ミス・ヘリントンが謎の恋人と駆け落ちしたなどという戯言《たわごと》をきみに吹き込んだおばが悪いのだろう」

「そうお思いなら、馬に乗って彼女を追いかけてください！　あれは彼女だとご自分で確かめるといいわ！」

「断じてごめんだな。追ったところで無駄骨を折るだけだ」

ロスウェルは子どもをなだめるようにアビーの手をそっと叩いた。引きしまった彼の筋肉をまだつかんでいたことに気がつき、アビーはさっと手を引っ込めた。深く考えずに噂話を口にしたことを彼にまだ謝っていなかったけれど、いまそうするつもりはない。少なくともミス・ヘリントンが去った謎を解き明かすまでは。

「自分が誰を見たのかはわかっています、閣下。ご自分の妹さんの家庭教師が嘘をついていたというのに、気にならないのですか？」

「なぜだ？　わたしはもう彼女の雇い主ではない、よってなんの関心もないね。ところで、きみは自分の務めを忘れているようだが」ロスウェルは高圧的に腕を振り、アビーを土の小道のほうへと促した。

彼女は両腕を振ってドレスの裾を蹴りながら小道を引き返した。自分の証言を言下に否定されたのが悔しい。目撃者の言うことを即座にしりぞけるのは卑劣漢のすることだ。しかもロスウェルなら簡単に謎を解くことができたのに。鞍に飛び乗ってブリムストーンを走らせ、馬車に追いつけばいいだけだった。指をパチンと鳴らすあいだに、真相は明らかになっていただろう。

でも、彼は最初からわたしの言葉など取り合っていないように見えた。嘲るあまり、わたしの言うことは何も信じられないの？　それとも何かほかにわけが？　わたしが見たものを彼がすぐさま否定したのには、別の理由があるのだろうか？

ミス・ヘリントンを見たと伝えたときのロスウェルの表情を思い返す。彼の鋭いまなざしには、どこか抜け目のなさがあった。それに辞職して遠くへ行ったはずの者がいまも近隣に隠れているのを知らされても、少しも驚いた様子はなかった。

アビーは考えをめぐらせた。ミス・ヘリントンがまだこのあたりにいることをロスウェルが知っていた可能性はあるだろうか？　だとしたら驚きだが、考えれば考えるほどそうではないかと思えてくる。だけど、なぜ秘密にするのだろう？　彼の目的は何？

「ミス・リントン！　こちらへ来て、かわいい子猫を見てちょうだい！」

「アビーおばさま、ほら、わたしも一匹抱っこしてるの！」

気がつくとふたりの少女はミスター・ビーチのそばに立ち、それぞれが小さな毛玉を抱えていた。レディ・グウェンドリンが抱いているキャラメル色の子猫は彼女の胸に体を寄せて早くも眠り、ヴァレリーの灰色の子猫はボンネットから垂れさがる黄色いリボンを叩いている。

「お願い、ミス・リントン、この子たちをもらってもいいでしょう？」レディ・グウェンドリンが目を輝かせて懇願した。「ミスター・ビーチは、この子たちにはかわいがってくれる家が必要だっておっしゃってるの」

椅子に座っている老人は狡猾《こうかつ》な笑みを浮かべた。「もらってくれれば、川に捨てずにすむんだがね」

ふたりの少女は息をのんだ。「そんな、だめよ！」ヴァレリーが小さな悲鳴をあげる。「そんなの残酷すぎるわ！　アビーおばさま、お願い、この子たちを助けて！」

「あなたたちの気持ちはわかるわ」アビーはなだめるように言った。「でも子猫はあっという間に大きくなるし、屋敷の中を二匹の猫がうろついて、シルク張りの椅子で爪を研ぐのをミセス・ジェフリーズが歓迎するとは思えない。とはいえ、最終的に判断をなさるのは公爵閣下よ」

アビーは背後にたたずむロスウェルを振り返った。一陣の風が彼の黒い髪を乱す。ロスウェルは微笑を浮かべ、妹が抱く子猫に指先を滑らせた。その指の動きを見つめて、アビーは切なさに体の内側がうずくのを感じた。

「猫は屋外で飼うものだ」彼は言った。「屋内には入れられない。だが、ネズミを捕るのに厩舎で飼うならいいだろう」

「厩舎で！」レディ・グウェンドリンがうろたえる。「でも、まだ赤ちゃんで――」

「それがいやなら、ここに置いていきなさい。さあ、そろそろ帰る時間だ。嵐につかまるぞ」

実際、風が強くなり、冷たい湿気が雨の訪れを予告していた。黒雲がぐんぐん迫り、空は真っ暗になっている。アビーは空になったバスケットを取ってくると、中に子猫たちを入れ、コテージの中に紅茶の用意ができていることをミスター・ビーチに伝えた。一行は馬車に乗り込み、少女たちはバスケットに覆いをかぶせて足元に置いた。ふたりはうれしそうにおしゃべりし、たびたびバスケットをのぞいては子猫たちの様子を確かめた。

アビーは馬車と並んで馬を走らせるロスウェルを強く意識して体をこわばらせた。頭を振るブリムストーンを、彼が巧みな手綱さばきで制御する。神経がぴんと張りつめるのは馬が怖いからだろうか？　それとも、胸の内を覆い隠すロスウェルの超然とした表情にいらだちを覚えるから？　かつてはロスウェルの心の動きが手に取るように読めたけれど、いまの彼はミス・ヘリントンの謎と同様に不可解だ。ミス・ヘリントンがこのあたりにいることを本当に知っていたのなら、どうして知らないふりをするのだろう？　昨日、厨房で彼が熱心にミス・ヘリントンをかばったのをアビーは思い返した。公爵は彼女を〝優秀なミス・ヘリントン〟と呼び、愛人と駆け落ちしたという噂をアビーが口にすると食ってかかった。ミス・ヘリントンの愛人がロスウェルということはありうるかしら？　彼は妹の家庭教師に手を出したということ？

冷たい風が屋根のない馬車に吹きつけ、アビーは体を震わせた。そんなことは信じがたい。ロスウェルがそこまで節操を失ったとは信じたくなかった。一方で、あれほど若くて美しい女性を雇うのも奇妙だった。ミス・ヘリントンはせいぜい二五歳ぐらいで、少なくとも三年はあの屋敷で家庭教師をしていた。彼の地位を考えると、妹に適切な教育を施すため、何十年もの経験を持つ年配の家庭教師を雇う財力はあったはずだ。

もうひとつ、アビーは不穏な事実に気がついた。先ほど公爵はミス・ヘリントンと同じ方向、道が深い森へ枝分かれするほうから馬に乗って現れた。ミス・ヘリントンをどこかに――人目につかないコテージにでも――囲っているの？　彼が十数年ぶりにロスウェル・コートへ戻ってきたのは、ミス・ヘリントンが理由なのかしら？　彼女と逢い引きをするために？

その可能性は考えるだけでもおぞましい。もしそうなら、目立たないよう遠くに住まわせそうなものだ。もっとも、来るボクシングの試合のために、目下の愛人をそばに置くしかなかったのなら話は別になる。ミス・ヘリントンとの関係を妹に知られないよう、屋敷から離れた場所で逢い引きしていたのならつじつまが合う。

考えてみると、金髪で小柄なミス・ヘリントンはレディ・デズモンドとよく似ている。愛らしい金髪の美女は、ロスウェルの退廃的な好みにぴったりなのだろう。それどころか、彼は女性に不自由することがないよう、イングランドのあちこちに愛人を住まわせているのかもしれない。

アビーは膝の上で指をきつく握りしめた。視界の隅に、ブリムストーンにまたがるロスウェルの雄々しい姿が見える。鼓動が速くなったのは、怒りに胸がよじれるせいだ。彼はもはや、わたしが愛した幼なじみのやさしい少年ではない。彼はなんと高慢になったことか！妹の家庭教師であり、コンパニオンでもあった女性を堕落させるなんてひどすぎる！

屋敷の前に続く円形の馬車寄せに到着すると同時に、風が大きな雨粒をまき散らし、少女たちは甲高い声をあげた。ヴァレリーはバスケットを握りしめてレディ・グウェンドリンとともに段を駆けあがり、屋内へと急いだ。ふたりのあとを追い、子猫の世話をきちんとさせなければならない。けれどもアビーは、公爵が馬からおりて手綱を馬丁に投げ渡すのを玄関ポーチの屋根の下で待った。

ロスウェルはわずかに眉根を寄せて手元に目を落とし、乗馬用手袋をはずしている。何か考え込んでいるようで、アビーがいることにも気づいていない様子だ。彼女は公爵の前へ進み出て足を止めさせた。

「閣下、お話ししたいことがあります」

10

鋭いグレーの瞳がアビーを見据えた。ロスウェルの口がわずかに引きしまり、物腰からは不遜さがにじみ出る。彼は手袋をぴしゃりと手のひらに打ちつけた。「明日でいいだろう。客たちと食前酒を飲むことになっていたが、すでに遅れている」

彼が脇をすり抜けようとするのを、アビーは今度は戸口をふさいで立ち止まらせた。「申し訳ありません。ですが、至急お話ししたいのです、ふたりだけで」

あとまわしにしたら勇気が失せてしまいそうだ。アビーは人と衝突するのが嫌いだった。確固たる意見がないからではなく、穏やかさと調和を生み出すのが彼女の持ち前の気質だからだ。家族の中では、いつも波風を静める役まわりだった。けれどいまは、荒れ狂う海に自ら飛び込んだかのように、怒りと嫌悪に心が乱れている。

何を言ったってかまわない。解雇されることはすでに決定しているのだ。家庭教師としてここにいるのは週末まで。それまでのあいだ、彼の妹を守るために必要なことはなんでもしなければ。

ロスウェルはアビーをひとにらみしてから、短くうなずいた。「では書斎へ行こう。こっちだ」

大股で玄関広間を進む彼のあとを、アビーは小走りで追った。当然のようにあとについてくるものと思われていることが、怒りに拍車をかけた。なんでも従う犬みたいに人を扱うなんて、何さまのつもり？　ロスウェルがわたしより上の身分に生まれ落ちたのは、単なる偶然にすぎない。三一年の人生で、彼は尊敬されることは何も成し遂げていない。そこにあるのは悪名と、彼に捨てられた愛人たちだけだ。

アビーは顎の下で結んだリボンをほどいてボンネットを取ると、無意識に手を伸ばして髪を撫でつけた。長い廊下にふたりの足音が響く。ロスウェルのそれは重くて決然とし、彼女のは軽くて間隔が短い。彼との話には、かたい決意と威圧に負けない強い意志が必要となる。レディ・グウェンドリンのため、彼に自分のやり方の愚かさをわからせなければ。

廊下の端にあるドアに近づいたところで、男性が角を曲がってきた。アンブローズ・フッド卿は暗緑色の上着に南京木綿のズボン、薄茶色の巻き毛は幅のあるシャツの襟に触れ、男性向けの服飾雑誌に出てきそうな伊達男ぶりだ。手にはバドミントンのラケットを持っている。

「ロスウェル！　ちょうど探していたところだ。試合の続きを中でやるんだが、審判をやってくれないか――」

「いまは無理だ」公爵はいくぶんそっけなく断った。「ミス・リントンと話がある。あとで行くよ」

それだけ言うと、黒雲の立ちこめる夕空のせいで薄暗い部屋の中へアビーを通した。ロスウェルがすばやくドアを閉める間際に、アンブローズの興味津々といった表情がちらりと見えた。

廊下を進む短いあいだに、嵐は獰猛《どうもう》な力で襲いかかっていた。雨が背の高い窓に打ちつけ、細い川のようにガラスを伝う。風になぶられ、木々が揺れていた。稲光が黒雲をジグザグに横切り、雷鳴のとどろきがそれを追う。

薄闇の中に設備の整った広い室内が浮かびあがった。中央にマホガニー材の机があり、会計帳簿が開いたままになっている。その横には羽根ペンと銀のインク壺がまとめられていた。机のうしろの壁には棚が並び、革装の本のあいだに胸像が置かれている。

ロスウェルはランプを灯すそぶりを見せなかった。暖炉のそばの袖付き椅子に手袋を放り投げただけだ。「嵐に見舞われる前に帰宅できたのは幸運だった」

「ミス・ヘリントンも、どこであれ向かっていた先にたどり着けているといいですけれど」

「ほう、つまりきみの話はそのことか」公爵は机の端に浅く腰かけて腕を組み、不安をかきたてるような視線を彼女に向けた。「馬車に乗った女性をわたしが追いかけなかったのが不満なのだな」

アビーは彼のまなざしにひるみそうになった。だが、からかうような口調に歯を食いしばり、自分の目的を思い起こす。ボンネットのリボンを握りしめて言った。「ただの女性ではありません。あれはミス・ヘリントンでした。あなたもよくご承知のように」

「わたしが？　わたしにはよく見えなかったが。それに、彼女のボンネットがわたしにわかると思うほうがどうかしている。彼女のことは、妹がクリスマスやイースターにわたしを訪ねてきたときにちらりと見たことがあるだけだ」

「では、馬車を走らせる彼女を見たとわたしから聞いても少しも驚く様子がなかったのはどういうことか、ご説明ください。それどころか、あなたは隠し事をしているみたいでした。このあたりに彼女がいることは最初からご存じだったのではありませんか――そしてあなたはその事実を隠そうとした」アビーは慎重さを忘れて言い募った。「なぜなら彼女はあなたの――あなたの愛人のひとりだから！」

雨音がスタッカートを刻む中で、ロスウェルはしばしアビーを凝視した。それから首をそらして大笑いする。「なるほど。いったいどうやってそのすばらしい結論にたどり着いたのか、聞かせていただこうか」

アビーは彼の前を行ったり来たりしながら、理由を指で数えた。「彼女に関して質問するのをやめさせようとした。少し前にミス・ヘリントンと同じ方向からあなたも来たということは、彼女と会っていたに違いない。昨日、彼女は愛人と駆け落ちしたとわたしが言ったら、手厳しく批判した。もちろん、そのときはあなたがその愛人だとは夢にも思いませんでした。最後にもうひとつ、彼女はまさにあなたの好みでしょう！」

「わたしの好み？」

「そうです。若くて美しく、金髪――レディ・デズモンドとまったく同じだわ。恋敵の愛人《シエール・アミ》がもうひとりいることを、彼女は知っているのかしら。それとも最近ではいつもそうなんですか？　気分に合わせて愛人を選んでいるということ？」

アビーが攻撃するあいだ、ロスウェルの表情は曇り、窓の外の稲光のごとく室内の空気が張りつめて火花を散らした。彼は唇を引き結び、目を細めて眉間にしわを寄せた。「きみの話では、わたしはたいそうな罪を背負っているらしい」

「あなたが犯した罪でしょう。わたしは真実を知る必要がある。それにはちゃんとした理由もあります！」

「話してくれ」

「もちろん、あなたの妹さんへの務めのためです！　領内へ出かけるときに、レディ・グウエンドリンがミス・ヘリントンと鉢合わせしないよう気をつける必要があるのか、知っておかなければいけないでしょう。あなたが過ちを犯している現場を目撃させたくはありません。そういう事柄に関して、あなたが不用意になりがちなのは明らかです——図書室でのレディ・デズモンドとのふるまいを思い出せばわかるように」

不意にロスウェルが机から腰をあげて近づいてきた。きついコルセットの中で、アビーの心臓が早鐘を打つ。言葉がすぎたせいで首を絞められるのかと、一瞬恐怖に襲われた。だが、公爵は彼女の背後にある壁際のテーブルへ向かっただけだった。そこでデカンタの栓を抜き、クリスタルのグラスふたつに中身を注ぐ。彼は振り返り、アビーに片方のグラスを突き出した。

「飲むんだ」

彼女はうさんくさそうに暗い液体を見おろした。「なんです？」

「ブランデーだ。それを飲めば恐慌状態から回復するだろう」

「恐慌状態？」

「そうだ。そこまで勘違いにとらわれていては、これからわたしが話さねばならないことにひどく動揺するのは必至だ。それからわたしの告白については、ここだけの話とすることを約束したまえ」

「どんな隠し事かもわからないうちから口止めするのはおかしいわ！　どうしてわたしがあなたの条件に同意しなければならないんです？」

「同意しなければ、わたしは話さないからだ。ミス・ヘリントンに関してわたしがどんな秘密を抱えているのか、きみは永遠に頭を悩ませることになる」

アビーはグラスからごくりとひと口飲んだ。液体が喉を焼きながら流れ落ちる。彼女はロスウェルの視線を意識した。むせて咳《せ》き込むのを期待しているのだろうけれど、母が早くに床についた夜は、父としばしばブランデーを楽しんだものだ。イングランド史に関する父の研究の疑問点をふたりで何時間も議論した。過敏になっている神経をなだめ、あの安らぎを取り戻すことができたら……。

アビーは場違いな郷愁を頭から追い出し、レディ・グウェンドリンを守るという決意に気持ちを集中させた。「どうしてもとおっしゃるなら、誰にも言わないと誓います――もちろん、なんらかの犯罪に手を染めたりしていなければ、という条件付きで」

「わたしに対するきみの評価はつくづく低いようだな」ロスウェルはうめいてから、なめらかな動作でブランデーをあおった。グラスを机に置いて苦々しげに彼女を一瞥し、簡潔につけ加える。「きみが正しいのは一点だけだ。馬車の女性がミス・ヘリントンであることは知っていた」

「やっぱり嘘をついていたんですね。そうだと思ったわ！」アビーは彼に指を突きつけたが、なぜかボンネットのリボンに指が絡んで、勝利のポーズが台なしになった。

「喜ぶのは早い。それ以外は完全にきみの見当違いだ。そこまで想像力がたくましいのなら、家庭教師を辞めたあとは、チェルトナムの温泉で上演する三文芝居の作家になってはどうだ？」

彼の端整な顔にブランデーの残りを浴びせてやりたい。そう思ったものの、アビーはボンネットとともにグラスを机におろした。ロスウェルだけにあおられるこの荒々しい感情に振りまわされてはいけない。「見当違い？　そうでしょうか？」

「まず最初に、ミス・ヘリントンはわたしの〝シェール・アミ〟ではないし、そうであったこともいっさいない。彼女とそんな不適切な関係を持つなど考えたことさえなかった。わたしのことはどう考えようとかまわないが、根拠のない中傷で彼女の評判を汚させるわけにはいかない」

「でしたら、ご説明ください。なぜあなたほどの地位の男性が、非の打ちどころのない経歴を持つ年かさの有能な家庭教師を選ぶのではなく、学校を出たばかりの魅力的な若いレディを雇ったのですか？」

ロスウェルは雨に洗われた窓へ歩み寄り、髪を指ですいた。激しい嵐を見つめたあと、アビーに向き直る。「どうしても知りたいというのなら教えよう、わたしがそうしたのは昔の学友のためだ。ワーテルローの戦いでウィリアム・ヘリントンが戦死したあと、彼の妹は一文なしでひとり残された。たまたまグウェンの家庭教師が仕事からしりぞくことを決めたところだったため、わたしはミス・ヘリントンに後任の座を与えた。彼女は育ちがよく、グウェンの優秀なコンパニオンになるという確信があった。彼女を雇ったことについて、よこしまな思惑は何ひとつない」

その話は心に響く一方で、アビーを混乱させた。ロスウェルからこんな話を聞くとは予想もしなかった。でも、彼は真実をありのままに話していると信じていいのだろうか？ロスウェルが人に恩恵を施すさまを想像してみる。かつて大好きだったやさしい少年なら、容易にそう信じられるだろう。けれども彼は約束を破り、アビーの手紙に返事をよこすことはなかった。歳月が流れるあいだに、彼は不誠実な放蕩者に変わり、あまたの艶聞がアビーの家族や近隣の者たちによってロンドンから持ち帰られた。

「ミス・ヘリントンには、身を寄せられる親戚がひとりもいなかったということですか？」

彼女は尋ねた。

「グロスターシャーに遠い親戚が何人かいるだけだ」

「それならどうして、彼女は家族の事情で辞めなければならなかったと言い張ったんです？あなたはその点も嘘をついているわ、彼女の行き先がグロスターシャーでないことは明白ですもの！」

空を横切る稲妻が不気味な光をロスウェルに投げかけた。顔に落ちた陰影が表情を険しく見せ、恩情などかけらも感じさせない。「それは彼女が姿を消す理由を説明するのに、作り話が必要だったからだ。実際には、彼女は数週間前から婚約者とともにエイヴォンへ行き、そこで結婚して、昨日新婚旅行から戻ったばかりだ」

「結婚ですって！　相手は誰なんです？」

「地元の農場経営者で、名前はバブコック。ミス・ヘリントンにはなんの財産もないため、彼の両親はこの結婚に反対した。結婚に異議を申し立てると言いだしたので、ふたりは別の場所で結婚することにした。彼らはグレトナグリーンで不名誉な駆け落ち婚をすることは望まず、ロンドンにいるわたしに援助を求めてきた。そこでわたしは特別結婚許可証を入手したんだ」

ロスウェルはグラスにもう一杯注ぎに行ってから先を続けた。「つけ加えさせてもらうと、わたしはふたりに駆け落ちを思いとどまり、いまは我慢するよう助言した。だがミス・ヘリントンの決意はかたく、ひそかに出発して、既成事実として結婚を発表する計画が立てられた。ミスター・バブコックは品評会で入賞した雄牛を購入したいから見に行ってくると両親に告げて出かけ、ミス・ヘリントンは途中で彼と合流した。昨日戻ってくるに当たって、ミス・ヘリントンは――いまではミセス・バブコックだが、森の中の使われていないコテージに仮住まいをしたいと言ってきた。今日、わたしが彼らを訪ねたのもその場所だ。ミスター・バブコックは結婚したことを伝えにひとりで出かけていて、ミセス・バブコックは彼の帰りが遅いのを心配していた。推測するしかないが、両親の地所がある方角へ彼女が馬車を走らせるのをきみが見かけたのは、そのためだろう」

長い話のあいだ、アビーは言葉を失っていた。彼女は机のなめらかな天板に片手をついて、震える脚をまっすぐに保った。「ミスター・バブコックと……ミス・ヘリントン」

「彼を知っているのか？」ロスウェルはアビーに歩み寄り、肩をつかんで顔を見おろした。「顔色が真っ青だ。彼はきみにとってなんなのだ？」

「なんでもありません！　ただ……まさかそんなことだとは……」

アビーはロスウェルの広い肩のうしろで窓を涙のように流れ落ちる雨を無言で見つめた。

この前の春、ミスター・バブコックはわたしに結婚を申し込み、断られた。一年間の喪が明けたらもう一度求婚すると、彼は約束してくれた。今朝わたしは絵画展示室に腰かけて、彼の申し出に応じようと決めたところだった。彼の妻となり、彼の子どもを宿す未来を受け入れて、いずれは彼を愛せるようになりたいと思った。

ところがミスター・バブコックはミス・ヘリントンと結婚していた。いつからそんな仲になっていたのだろう？

いまになって考えると、教会からの帰りにふたりが話しているのを見かけたことが何度かある。あの家庭教師がサクランボの飾りがついたエメラルドグリーンのボンネットをかぶっていたのもそのときだ。ふたりはどれほどのあいだ隠れて会っていたのだろう？　本当に、駆け落ちするほど激しく愛し合っていたの？　その行動はアビーが知っている、礼儀正しくて面白みのない男性とは相いれないように思えた。ミスター・バブコックの話題は羊と作物にかぎられていたのだ。

胸が張り裂けそうな悲しみに襲われるかと思ったが、実際には拍子抜けして少し失望しただけだった。ロスウェルとその友人たちがロンドンへ出発したら、ここを去らなければならないと思うと気が重くなる。これからどうするか、ほかに何も考えつかなければ、リントン・ハウスへ戻ってふたたび未婚のおばの役目に甘んじ、みんなの世話をするしかない。自分のものと呼べる夫も、子どもも、家もないままに。

「ほう」ロスウェルが声をあげる。「きみはいまの話に激しく動揺しているようだな。ミスター・バブコックは自分の<u>いい</u>人だと考えていたのか？」

公爵の手の重さを肩に感じ、アビーは顎をぐいとあげて、彼のまなざしをとらえた。ロスウェルはどこか面白がっている様子だ。アビーは彼の皮肉めかした口調に、ミスター・バブコックの心変わりには感じなかった激しい憤りを覚えた。

ロスウェルの手が届かないようあとずさりする。「彼は関係ありません。それより、どうして先にすべてを話してくれなかったのか教えてください。馬車に乗るミス――ミセス・バブコックをわたしが見かけたときに」

「彼らの結婚を公表する権利はわたしにはない。きみにもその権利はないのだから、正式な発表があるまでは口を閉ざしておくという約束を守ってもらおう」

「わかっています」アビーはこわばった声で言った。「ですが、レディ・ヘスターにはご報告するのが賢明でしょう。ミス・ヘリントンは恋をしているようだと気づいたのは、あの方ですから」

「きみはそれを愛欲におぼれているようだと曲解したわけか」

アビーは両手をもみ合わせ、赤く染まった頰を薄闇が隠してくれるように願った。自分がいかに見当違いだったかを思うと顔から火が出そうだ。それでも根っからの正直さに突き動かされて、彼女は言った。「お許しください、閣下。過った結論に飛びついてしまいました。浅はかな思い込みをすべきではありませんでした。わたしはただ……」

「わたしを卑劣な男だとしか思っていなかった？」ロスウェルは彼女の顎の下に指を添えて顔をあげさせた。これでは視線をそらせない。「アビー、きみがなぜそれほどわたしに反感を抱くのか、それを知りたい」

彼の唇からもれる自分の名前に、アビーは心ならずもぞくりとした。低くかすれた声でささやかれてはなおさらだ。彼のせいで息苦しくなるのがいやでたまらない。とうの昔に葬ったはずの感情が荒れ狂う。「もちろん、あなたの放蕩ぶりのせいです。わたしには、あなたという人の本性が昔からわかりません」

ロスウェルが低い笑い声をあげた。「まさか、はるか昔ぼくが森の中で軽率なふるまいに及んだことを、いまふたたび非難するのではないだろうな。きみに送った手紙で、あれほど深く謝ったというのに」

「手紙ですって？」アビーは冷笑した。「なんの手紙でしょう？　手紙なんて、あなたからは一通も来ませんでした――わたしの手紙への返信も含めて」

彼の視線が鋭くなる。「そんな嘘がよくつけるものだ！　わたしはきみ宛の手紙を父の秘書にたしかに託した、五通すべてを。きみからは返事もなんの連絡もなかった。だから、きみはわたしとの関係を絶ったのだとわたしは受け取った」

アビーはぐらりと揺れるような感覚に襲われた。彼の話はとても信じられない。まさかそんな。どちらにも相手の手紙が届いていないなんて、そんなことがどうしてありうるだろう？　手紙の紛失はままあるけれど、すべて消えてしまうなんておかしい。

でも、ロスウェルが手紙を出したと嘘をつく理由がどこにある？　そんな嘘にはなんの意味もない。成人したら結婚すると誓ったことを、彼が後悔しているのでないかぎりは。いまだにわたしが約束を守らせようとするとは、彼も考えていないはずだ――そうではないの？

「嘘をつく必要はないわ」こわばった声で言った。「あなたの誇りに訴えかけて、求愛を要求することはありません。どちらもまだ子どもだった頃に交わした約束で、あなたを縛ったりしませんから」

「それがわたしに対するきみの考えか？　わたしは約束逃れをしていると？」ロスウェルはかぶりを振った。「むしろきみが約束を放棄したんだ、わたしを切り捨てて。どうせミスター・バブコックに目移りしたのだろう。彼がきみの想いに応えてくれず、残念だったな」

幼い姪っ子たちなら、ここで足を踏み鳴らしただろう。「ばかげたことを言わないで。彼はこの話とはなんの関係もないわ。わたしが誘惑に屈しなかったから、あなたはさっさと去って別の相手を求めたんでしょう。〝慰めならどこかよそで探す〟と言ったのはあなたよ。わたしが出した手紙は、すべてごみ箱行きだったんじゃないかしら」

「きみが何を信じようとかまわないが、わたしの手紙が消えたのなら、きみの両親が隠したとしか考えられない。娘が真剣な交際をするには早すぎると思ったのだろう」

「それはリントン・ハウスでは不可能だったわ」アビーは断言した。「わたしは毎日、玄関先で郵便配達員から直接手紙を受け取っていたんですもの。何カ月もそうしたけれど、あなたからはなしのつぶてだった。落馬事故のあと、母の介護で忙しくなり、わたしはようやくあなたのことを忘れたのよ」

ロスウェルが疑わしげに眉根を寄せる。「いずれにしろ、きみはそもそもどうやって、わたし宛に手紙を出すことができたんだ？　当時は考えもしなかったが、思春期の娘が未婚の若い男と文通するのを、きみの父親が許したとは思えない。たとえ相手が高位の者であっても」

「姉のロザリンドに宛てて出したの。そこから姉が転送してくれたわ。あなたから返事はなく、わたしとのことはひと夏の戯れでしかなかったのだと思うようになった。ロンドンの娯楽を一度味わったら、簡単に忘れてしまう程度のね」アビーは言葉を切ってから、決然とつけ加えた。「もちろん傷ついたわ。でも、すべて昔のことよ。いまではたいした問題ではないわ」

ロスウェルの返事はなく、アビーを見つめる目が心を見透かそうとするように細くなった。雨は弱まる気配もなく降り続き、雹《ひょう》が窓ガラスを叩いていたが、彼女は注意を払わなかった。怒濤《どとう》のごとくよみがえる記憶にのみ込まれそうだ。初恋の喜び、ロスウェルは最初から戻ってくる気などなかったという事実に直面したときの胸がつぶれるような失望。永遠の愛の誓いは、彼女に貞操を捨てさせるための方便にすぎなかったこと。

けれどいま、必ずしも事実はそのとおりではなく、ふたりは未知の力によって引き離された可能性が出てきた。もし本当に彼が手紙を送ったのなら、その手紙には——わたしの手紙にも、いったい何が起きたのだろう？　どう考えればいいのかまったくわからない。

何もかも困惑することばかりだ。

それでなくても、ロスウェルがこんな近くに立っていては頭を働かせるのが難しいのに。ふたりきりでいるのはきわめて不適切だった。上半身裸でボクシングをしている彼を見て、悪名高きロスウェル公爵の前では自分もほかの女性たちと同じく骨抜きにされることを発見したあとではなおさらだ。彼に触れたくてたまらない。わたしが知っていた少年と、大人になった彼との違いを探索したくてたまらない。

アビーは指先を手のひらに食い込ませた。そんなことをするのは狂気の沙汰だ。彼はわたしの雇い主というだけでなく、女性を誘惑する達人なのだから。

彼女の心を読んだかのように、ロスウェルが魅力的な笑みを浮かべた。「あのとき、きみを堕落させようとしたせいで嫌われたのだとずっと思っていた。だが、どうやらそうではなかったらしい。違うかな？」

「いまとなってはどちらでもいいでしょう。忘れたほうがいい出来事だわ。それでは失礼します、閣下、務めに戻らなければなりませんので」

アビーが背中を向けると、ロスウェルは彼女の手首をつかんだ。「少し待ってくれ。まだ話は終わっていない」

鼓動が速まり、息が苦しい。穏やかに話すには意識を集中させる必要があった。「わたしはそうは思いません。お互いに手紙の行方はわからないんですもの。いまさら見つかるはずもないわ。だから、これ以上話すことは何もありません」

「いいや、ある。わたしはきみへの手紙で謝ったことを打ち明けた。だが、きみはわたしへの手紙に何を書いたか話していない」

ロスウェルは彼女を放さない。手首の内側を物憂げになぞる指がアビーの気持ちを乱した。「子どもじみた他愛ないことだったはずよ」彼女は言った。「十数年も前に書いたことを覚えているわけがないわ。さあ、放してください」

彼が敏感な肌を愛撫し続けたので、アビーは体がほてるのを感じた。「ふたりで一緒に楽しんだことについて、きみは手紙で触れたのだろうか。覚えているかい、アビー？　わたしはもちろん覚えている。きみははじめてのキスの相手だった。わたしたちは抱き合い、草の上に寝転んでいた。わたしはきみのスカートの中へ手を差し入れ、脚を撫であげて——」

「やめて！　そんな話を持ち出すなんて下劣だわ！」

手を振りほどいて数歩さがり、ほてった頬を両手で押さえた。うっとりするような彼のキスが、自分の体にのしかかった彼の重みが、彼の手の禁じられた感触が、これほど鮮明によみがえるなんて。

ロスウェルがふたたび机に浅く腰かけた。両手は体の脇で机の縁を握っている。「きみが怒るのは当然だろうな」どこか寂しげに認めた。「わたしは自分を抑えるすべを知らない乱暴な子どもだった。喧嘩《けんか》別れしたあと、きみに拒絶されたのは無理もないと思ったよ。だから手紙の返事が来なかったときも驚きはしなかった」

彼が罪を認めたことで、アビーの防壁に亀裂が入った。ふたりの別れに、彼もまた傷ついていたのだろうか？

過去の痛みをやわらげたくて、彼女は足を踏み出した。「いいえ、マックス、あなたを嫌ったことなどなかった。手紙にもそう書いたわ、あなたの気持ちをもっとわかってあげればよかったと。あなたは心が引き裂かれ、慰めを必要としていた。お母さまの葬儀の日だったんですもの。それに、生まればかりの妹と一緒にロンドンへ移り住むことをわたしに打ち明けたばかりだった」

マックスが視線をそらした。その表情が暗い陰りを帯びる。まるで過去をじっと見つめるかのようだ。アビーも、マックスの母親が産褥熱で亡くなったと聞いて、森の入り口で彼を待ち続けたことを思い返した。ようやくマックスが姿を見せたのは二日後の葬儀のあとで、彼は森の隠れ場所までアビーを引っ張っていくと、草の上に押し倒して胸が張り裂けんばかりの激しさでキスをした。

「ほかにも手紙にはお悔やみの言葉と、変わらぬ……友情を捧げると書いたの」〝愛〟という言葉は言わずにおいた。「それにあの口論の本当の原因は、あなたに誘惑されかけたからではないわ。あなたが自分の心を閉ざしたからだった。あなたが深く悲しんでいたのはわかっていたの、わたしに心の内を話してくれれば――」

不意にウエストをつかまれてアビーは驚いた。マックスは机から立ちあがることなく、流れるような動作で彼女を引き寄せ、開いた脚のあいだに彼女の体を入れた。雷光が彼の瞳を銀色に輝かせる。ふたりのあいだの短い休戦がいつの間にか破られたことに気づいて、アビーは身を震わせた。

「きみはまだ他人の人生を繕おうとするのか、アビー？　もとに戻せないものもある。快楽におぼれて、ただ自分を忘れるのが一番楽だ」

彼の口がすっと近づき、思いがけないキスでアビーの唇をとらえた。話をしようと開いていた口に舌が滑り込み、巧みな動きで彼女の体に震えを走らせる。アビーはとっさにマックスを止めようとして、ふたりのあいだに両手を差し入れた。それなのにかたい胸板に指を広げたとたん、理性と論理は誘惑の奔流に押し流された。欲望が肌を伝って胸をくすぐり、体の奥の秘められた深みへと侵入する。

甘やかなマックスの味わいがアビーを過去へと運んだ。これまでの歳月が消滅し、森の中にある秘密の場所へ戻って、互いの体にがむしゃらにしがみつくかのようだった。男性に抱きしめられるときめきを忘れていた。彼のかたい体が自分のやわらかさに押しつけられる快感を、男性的な香りを吸い込む喜びを忘れていた。そんな思い出は葬り去っていた。二度と彼と分かち合えない喜びを振り返るのは、あまりに苦痛だったから。

けれど、いまマックスは戻ってきた。彼の腕の中にいると光と色がはじける。片方の腕はアビーのウエストにまわされ、反対側の手は頭のうしろを包み込んでいた。まるで両腕の中にしっかり閉じ込めるかのように。彼女には逃げる意志も力もないというのに。高鳴る鼓動にめまいがして、脚が震えそうだった。

マックス。少女だったわたしが何もかも忘れて夢中になった人。でも、いまの彼はぎこちない抱擁をした不器用な少年ではない。あの色あせた思い出の断片を、力強い男性となった彼に見いだすことはできないだろう。女性を誘惑するのに慣れた彼のキスは全身をぞくぞくさせる。

モスリンのドレス越しに、マックスの指が胸のふくらみをかすめた。いつの間に手が移動していたの？　片方の胸の先端を親指でそっと撫でられ、アビーは甘い衝撃に彼の広い肩にしがみついた。「マックス」

「しいっ」触れ合わせた唇に彼がささやく。「きみの唇はキスをするためにある」

官能的な口づけで、マックスはそれを示してみせた。歯がアビーの唇をそっと嚙み、舌が感じやすい部分をくすぐる。彼の両手の中にいると、やわらかなバターのように体がとろけてしまう。男性経験などなきに等しいので、欲求が熱く燃えあがるのをどうすればいいかわからない。これまでの経験といえば、彼が少年の頃、乱暴に触られたことがあるだけだ。不埒な放蕩者となったいまのロスウェルの巧みな愛撫とは雲泥の差だ。

情熱の靄《もや》がさっと消えた。自分が誰の腕に抱かれているのかを思い出して、アビーははっとした。

彼はマックスではない。ロスウェル公爵だ。女性遍歴で名をはせる口説き上手な放蕩者。彼は快楽のために女性を利用して捨てる。自分がものにした相手に対し、なんの愛も抱かない。

彼が愛を抱くはずはない、とりわけわたしに対しては。

11

それはマックスが想像できなかったほど甘美なキスだった。追求されたくない話題からアビーの気をそらすために始めたキスは、たちまちのうちにこのうえなく心を満たす愛の交歓へと深まった。不思議なものだ、とマックスは思った。彼女は気のあるそぶりなど露ほども見せず、わたしを毛嫌いしている様子だったのに。

しかし反抗心はアビーの中から一瞬で消え失せ、彼女は——不慣れではあるが——情熱的にキスを返した。彼女を求めて熱い欲望がわきあがるのにも、マックスは困惑した。ふだんなら、生娘は疫病のごとく避けるのだが。純真な娘は死ぬほど退屈か、くすくす笑ってやたらに気を引こうとするかのどちらかだ。それに彼から結婚の申し込みを引き出そうとする。そんなことは永遠にするつもりがないのに。

だが、アビーは決まり事をすべて破った。彼の注意をとらえただけでなく、興味を引きつけ、魅了した。彼女は干からびたオールドミスなどではないと知り、マックスは歓喜した。アビーはかつて彼のつたない愛撫を拒絶したうぶな少女でもない。満たされぬ欲求を抱えた大人の女。このまま彼女をまっすぐベッドに運べないとは、なんと惜しいこと——。

マックスは胸をどんと突かれるのを感じた。驚いて手を離すと、アビーは彼の手が届かないところまで後退した。美しい青い瞳が彼をにらみつける。

「おやめください。わたしは妹さんの家庭教師であることをお忘れなく」

いきなり取り澄ました態度を取られて、マックスはむっとした。甘美なキスを唐突に中断されたのも腹立たしい。愛の戯れの終わりを決めるのはつねにこちらだ。とはいえ、アビーが古くさい反応をするのは予期すべきだった。ずっと田舎で暮らし、バブコックのような退屈な男からしか求愛されたことがないのだろうから。

マックスは冷笑を浮かべ、赤くなった彼女の唇、乱れた髪、ほてった頬をゆっくりと観察した。「アビー、上品ぶるのはやめたらどうだ？　きみはわたしと同様、キスを楽しんでいた。息が乱れているのがその証拠だ」

「ええ、もちろん楽しんだわ」彼女は率直に応えた。「あなたは女性を誘惑するのがとてもお上手ですもの。それが何よりお得意なんでしょう」

彼の冷笑は消えた。アビーがヒップを揺らして書斎から出ていくのをしぶい顔で眺める。彼女はドアを閉めようともせず、コツコツと響く靴音はやがて雨音に紛れて消えた。

見事に侮辱されたな。マックスは机から腰をあげた。アビーが置き忘れたボンネットを無意識に手に取る。そして、すぐさまそれを振り払うように机へ戻した。くだらない！　従僕ではあるまいし、あとを追って持っていくものか。

窓辺に歩み寄り、外の嵐を見つめる。雷と風はいくぶんおさまったが、鉛色の空からは雨が降り続けている。午後のあいだずっとほったらかしにしていた友人たちのもとへ行くべきだろう。だが、気持ちを落ち着ける時間がしばしば必要だ。

〝あなたは女性を誘惑するのがとてもお上手ですもの。それが何よりお得意なんでしょう〟

これはロンドンの淑女からであれば褒め言葉だ。しかし、アビーからだと話は異なる。彼女は遠まわしに言ったのだ、マックスは人生において価値あることを何ひとつなしていない、役立たずの放蕩者だと。人々が生産的で意義のあることをしているあいだ、彼は自分の快楽を満たすことにしか関心がなかったと。

誰が自分を恥じたりするものか。権力と富のある身分に生まれ落ちたわたしには、好きにふるまえる特権がある。そもそもアビーはわたしの人生の何を知っているというんだ？　たしかにわたしは紳士が追い求める快楽すべてを楽しんでいる、華やかな愛人たちとの関係を含めて。だが、四箇所の領地に暮らす数百人もの使用人たちと領民の監督、ボクシングの試合の運営、投資の判断、議会での務めもある。ほかにも――。

やめろ。家庭教師に非難されたからといって、自分の存在を正当化する必要はない。

とはいえ、実際にはアビーはただの家庭教師ではない。マックスの初恋の相手、そして彼が愛した最後の女性だ。自分の中に踏み込んでくる誰かに心を捧げるのはいかに愚かしいか、アビーが教えてくれた。好みの女を選んで熱い情事を楽しみ、飽きたら先へ進む自由があるほうがどれだけいいか。ひとりの女と残りの日々を過ごすことほど、つまらないものはない。

でも当時、アビーが手紙を書いてくれたことを知っていたら、人生は違っていただろうか？　母の死後、何週間も何カ月も、マックスはどうしようもない孤独を味わった。父は深い悲嘆に暮れて酒におぼれ、恋愛結婚がもたらす不幸をひとり息子に延々と説いた。マックスはアビーから返事が来るのを待ちわびた。彼女のぬくもりとやさしさの中に安らぎを見いだせることを期待して。しかし、彼女からはなんの音沙汰もなかった。

わたしの手紙はいったいどこへ行ったのだ？　アビーの手紙も。漠然とした心当たりはあるものの、ロンドンへ戻るまでは身動きが取れない。この状況では、さらなる調査が必要となりそうだ……。

いいや、調べて何になる？　わたしはいまの暮らしを気に入っているではないか。過去は葬られたままでいい。口うるさいオールドミスを相手に、一度終わった恋をふたたび燃えあがらせるなど、考えただけでぞっとする。

「ロスウェルったら、どうしたのかしら」エリーズは黄金色のカーテンがさがるトルコの間の窓から、激しく降る雨を眺めた。「あのろくでもない執事の言葉が本当なら、乗馬へ行ったんでしょう。どこかでこの雨につかまったのではないといいけれど」

「おや、言わなかったかな？　彼なら三〇分前に見かけ――おっと！」

アンブローズは飛び込んでラケットを振るった。羽根は弧を描いて広い部屋を横切り、ペティボーンが金縁の椅子の上へ突っ込んで、それを打ち返す。

「ブラボー！」長椅子でくつろいでいるミセス・サリー・チャーマーズが喝采した。「いまのはよく打ち返したわ、ペティ！」

ふたりの男性はどちらもシャツ姿で、最初の雷が鳴るのと同時に試合の場所を外から屋内へ移していた。いまや暴れん坊の学生みたいに、ブロケード織りの椅子やバロック様式の家具の中でバドミントンを続けている。

エリーズはふつうなら彼らのばか騒ぎを楽しんでいるところだが、ロスウェルを誘惑する機会もなく、午後じゅうずっといらいらしていた。「どこで見かけたの？」彼女は問いつめた。

アンブローズは台座にのった背の高い壺すれすれのところで、ひゅんと音をたてて羽根を打った。「ミス・リントンと一緒に書斎へ入るところだったよ」

エリーズは身をこわばらせた。サリーと意味ありげな視線を交わす。サリーはトランプの札を切りながら肩をすくめた。ロスウェルはあの野暮ったい女になんの用があるの？　妹の学習成果の報告とかいった事務的なことだといいけれど。

「わたしたちのところへいつ来られるかは言っていた？」エリーズは尋ねた。

「もうすぐだろう」あいまいな返事をするなり、アンブローズは飛んできた羽根を薄暗い一角へ叩き込んだ。ペティボーンはラケットを突き出したが届かず、サイドテーブルにのっていた置物にぶつかって、それを上等なトルコ絨毯の上に落とした。

ペティボーンがののしりの言葉を吐く。「この勝負はわたしの負けだ」

「この勝負だけじゃなくて、今日の試合はすべて負けだろう」アンブローズが言った。「まあ、そうだが。ではシャンパンを用意させよう！」

ペティボーンは呼び鈴の紐を引きに行った。エリーズは前へ進み出て陶器の犬を拾いあげ、欠けていないか確かめてからサイドテーブルに戻した。「あなたたちときたら、子どもみたいに室内でラケットを振りまわすんだから。何も壊さなかったのが不思議よ！」

アンブローズがいたずらっぽくにやりとする。「早くもわが物顔で調度品の心配かい？　ぼくの率直な物言いを許してくれ、それでも警告しておかないとね。ロスウェルがきみを妻に迎えることはないよ」

エリーズは彼に冷ややかな視線を送った。「彼が妹さんをあなたの妻として差し出すこともないでしょうね。でも、あなたは期待しているんでしょう」

「まあね」アンブローズはラケットで気だるそうに顔をあおいだ。激しく動いたせいで、薄茶色の髪は寝起きのように乱れている。「女相続人と結婚する必要があるのは否定しないよ。もちろんそれにには彼の妹に求愛するじゅうぶんな時間が必要だが、まだ彼女の姿すら拝んでいない」

「わたしはもっと成熟した女性が好みだな」ペティボーンはサリーの隣に腰をおろすと、サフラン色のドレスの上から彼女の膝をぎゅっと握った。「そしてここに、実に魅力的な友人がいる」

「ぶしつけな方ね」サリーはまんざらでもなさそうに言うと、トランプの札を置いて、ペティボーンの手がさまようのを制した。「わたしはアンブローズがいいお相手と結婚できるよう応援するわ。いつも言っているように、のるかそるかでなければ賭けに値しないもの」

「さすが、あれだけの夫をうまく手に入れた女性だけのことはあるね」アンブローズが言った。「チャーマーズはクロイソス王のごとくうなるほどの金を持ち、九六九歳まで生きたというメトセラのように高齢で、クリスマスキャロルに出てくるウェンセスラス王のように陽気だった。巨額の富をきみひとりに残して、さっさとあの世へ行く物わかりのいい男だったことは言うまでもない」

サリーは指をひらひらさせた。「わたしのおかげでホーレスは最後に楽しい数年を送ることができたのよ――それに彼の会計帳簿にも新鮮な生気が吹き込まれたわ！」

「そして自由になったきみは、別の男を楽しませることもできるわけだ」ペティボーンはサリーのウエストに腕をまわし、喉に顔をすり寄せた。

エリーズは戯れるふたりをうんざりした目で見やった。ロスウェルがここにいればいいのに。わたしを放っておいた時間をすべて埋め合わせてほしい。ところが、彼はあの田舎くさい家庭教師と書斎にいるという。ミス・リントン相手に三〇分以上も何を話すことがあるの？

あの女、ロスウェルを誘惑するつもりではないかしら。そう考えてエリーズは憤激した。今朝、絵画展示室で会ったとき、ミス・リントンはその地位をうわまわる雰囲気をまとっていた。使用人というより、わたしと同等のような話しぶりで。

サリーがトランプの札を持ちあげた。「ピケをしない？　一対一の勝ち抜き戦をやりましょうよ」

アンブローズが小さなテーブルに寄ってきた。「賭け金は一〇ギニーでどうだい？　チャーマーズ家の財産のお裾分けを少しばかりいただけるとありがたい」

「ごめんなさい、わたしはトランプ遊びをする気分じゃないわ」エリーズは言った。「アンブローズ卿、こちらへいらして。一緒に部屋の中を歩きましょう」

アンブローズは名残惜しげな視線をトランプに投げながらも腕を差し出し、エリーズを連れて広い部屋を歩きはじめた。彼には端整な容姿と愛想のよさがあり、心を惹かれなくもないとエリーズはひそかに思っている。けれど、しょせんは次男にすぎず、金に不自由していることがしばしばだ。

「今日はふさぎの虫に取りつかれでもしたようだね」彼はエリーズを観察して言った。

「雨のせいでしょう。ペティボーンの屋敷の使用人たちがはしかにかかったせいで、さんざんだわ。ここへ来るはめにならなければ、ロスウェルだってわたしたちと過ごせたのよ。領地の管理のあれこれに追いまわされることもなし」

アンブローズが狡猾な視線を投げてきた。「それに家庭教師と書斎に閉じこもることもなしに」

「ミス・リントン？　くだらない。彼を誘惑するには年を取りすぎているでしょう。使用人みたいな身なりだし、赤みがかったさえない髪。顔立ちだってあまりに平凡よ」

「ミス・リントンは飾り気のないところがいいんだ。髪だってきれいな赤銅色で、あの青い大きな目が彼女の容貌にまぶしい輝きを添えている」アンブローズは言葉を切ってにやりとした。「あの輝きは健康的な生活から来るんだろうな。だとしたら、ぼくたちの誰にもとうていまねできない」

意地の悪い嘲りにも、エリーズはふんと鼻を鳴らしただけだった。いまは言い返しても得にならない、アンブローズを味方につける必要があるのだから。彼女は媚《こび》を含んだ笑みを浮かべた。「あの家庭教師とロスウェルは古くからの知り合いのようよ。あなたは彼の学友でしょう。学生時代に彼女の話を聞いたことがあって？」

「ロスウェルは昔の恋人の話をするような男ではないからね。それに警告しておくが、あいつは誰であれ、自分の私生活に鼻を突っ込んでくるのを極端に毛嫌いする」

「それじゃ答えになっていないわ」

アンブローズはエリーズの手を軽く叩いた。「あいにくだが、きみを失望させるしかないな。ぼくが与えられる答えはそれだけだ」

まったく、男ときたら。特定の物事に関しては、絶対に仲間を裏切ろうとしないんだから。

「考えていたんだけど、わたしとあなたはお互いの力になることができると思うの。同盟を結んではどうかしら？」

「なんのために？」

エリーズは窓辺で足を止めた。サリーとペティボーンは部屋の反対側でトランプに興じている。ふたりの大きな笑い声と雨音越しに、こちらの話がもれ聞こえる心配はないだろう。

「わたしがロスウェルの心を勝ち取るのに協力してくれたら、お返しにあなたがレディ・グウェンドリンと会えるようにしてあげるわ」

アンブローズは疑わしげに見つめ返してきた。そのあと笑い声をあげる。「どうやったらそんなことができるのか、ぜひとも聞かせてほしいね」

「わたしはレディですもの、あなたよりはるかに簡単に彼女に近づくことができる。部屋まで訪ねていって、すてきな方がお待ちしていますわよ、と彼女の耳にささやきかけ、あなたたちが会えるよう取り計らうのよ」

「そのお返しに、ぼくは何を期待されているのかな？」

「言わなくてもおわかりでしょう？　ミス・リントンを誘惑してちょうだい。彼女がロスウェルではなく、あなたの夢を見るようにね」

「ああ、なるほど。しかしお忘れのようだが、ぼくが誘惑したいのは若き女相続人のほうだ」

「ミス・リントンがいるそばには、公爵の妹も必ずいるでしょう。あなたが家庭教師の信頼を得れば、あなたをレディ・グウェンドリンと会わせても大丈夫だと彼女も油断するわ。お膳立てはわたしに任せて。あとはあなたしだいよ」

そのとき、フィンチリーが足を引きずりながらトルコの間に入ってきた。老執事はトランプをしているふたりに非難がましい視線を向けた。「お呼びでしょうか？」

「屋敷にある一番上等のブランデーを持ってきてくれ」ペティボーンが首をめぐらせて命じる。「それに女性たちにはシャンパンを」

「イチゴもお皿に盛ってきてちょうだい」サリーがつけ加えた。

「イチゴはございません」フィンチリーはざまあみろと言わんばかりの口調だ。「ご来訪をあらかじめお知らせいただいておりましたら、ミセス・ビーチも青果店から仕入れていたでしょうが。魔法のように出すことはできません」

求められてもいない意見を執事が唱えるあいだ、エリーズはアンブローズに顔を寄せてささやいた。「この話に乗るでしょう?」

彼の青い目が光る。「ぼくは昔から大ばくちを打つのが好きなんだ。でも、せいぜい数日しかないぞ」

「だからこそ上着を着なさいな。もうすぐ賭けが始まるわよ」

そう言うと、エリーズはドアから出ていく執事を急いで追った。

公爵の書斎を出たあと、アビーはヴァレリーとレディ・グウェンドリンのところへはまっすぐ行かずに、温室へ寄り道した。家庭教師の務めに戻るには、気持ちが動揺しすぎていた。レディ・ヘスターも午後はこの雨で屋内にいるだろう。マックスのおばにききたいことがいくつかある。

ロスウェルのおばでしょう。アビーは自分の言葉を正した。彼とのあいだに友情めいたものは何ひとつないけれど、あのキスのせいでいまも頭の中では考えがもつれている。彼のキスは激しく、甘美で……わたしの心を乱暴にかき乱した。何年ものあいだ、彼との思い出は封印して、自分の家族の要求を満たすことに専念してきた。でも、彼の抱擁がわたしの中で何かを目覚めさせたことは否定しようがない。埋もれたままにすべき想いや期待が揺り起こされてしまった。

けれどロスウェルが本当に関心を寄せていると考えるほど、わたしはうぶではない。彼はろくでもない放蕩者で、なんであれ自分の求めるものを女性から得るために、並はずれた魅力と性的な手管を利用する。

そして彼がアビーに求めるものは沈黙だ。

それは書斎を出たあと、すぐに気がついた。ロスウェルがキスをしたタイミングがすべてを物語っているではないか。あのときアビーは行方不明になった手紙の内容を教えている最中で、彼が母親の死を悲しんでいるときに口論をすべきではなかったと話していた。

そのときを選んで彼はキスをしたのだ。

一五年前も、ロスウェルは同じことをした。

あれは母親の葬儀の日で、アビーは彼の悲しみを分かち合おうとした。でも、ロスウェルは話すことを拒絶した。そして彼女を草の上に押し倒し、覆いかぶさってきたのだ。

それ以前から、ロスウェルは決して家族のことを話そうとしなかった。アビーが自分のきょうだいや両親、姪や甥のことをいくら話しても。いいことも悪いことも、楽しいこともつらいことも、彼女はすべて話したのに。彼が代わりに話すのは、ロスウェル・コートの使用人に関することばかりだった。自分の私生活については口を閉ざす彼に、アビーはがっかりしたものだ。今度こそ、彼の秘密主義の理由をはっきりさせたい。

温室の湿ったあたたかさの中へ足を踏み入れた瞬間、アビーはふとためらった。いまのわたしは家庭教師で、ロスウェルは公爵だ。身分の低い自分が、彼の問題を詮索するのは間違っている。

だが、強い好奇心にはあらがえなかった。

ガラス張りの屋根を打つ雨の音がアビーの足音をかき消した。ときおり走る稲光が黒雲を照らす。スレート敷きの通路に沿って進みながら、彼女は枝葉を広げる深い緑のあいだをのぞこうとした。背の高い棕櫚《しゅろ》と異国の花々が、密林で迷子になったかのような錯覚に陥らせる。

レディ・ヘスターがふだん作業をしている一角にたどり着いたが、彼女の姿はそこになかった。簡素なテーブルの上には積み重ねられた植木鉢と土のついた園芸用手袋、それにタオルが置きっぱなしにされている。そばにある手押し車には山盛りの黒土がのっていた。

大きな葉をかき分けてさらに奥へ行ってみると、ロスウェルのおばはガラス壁の前で木製のベンチに腰かけて紅茶を飲み、満足げに雨を眺めていた。アビーの姿を目に留め、ふくよかな顔が笑みでぱっと明るくなる。レディ・ヘスターは自分の隣をぽんぽんと叩いた。「まあ、ミス・リントンじゃない。なんてうれしい驚きでしょう！　さあ、こっちへ来てお座りなさい」

アビーはお辞儀をしてベンチに腰をおろした。「お邪魔ではなかったですか？」

「ちっともそんなことはありませんよ！　お茶をいかが？　アルコールランプで沸かしたお湯があるの」レディ・ヘスターはいそいそと立ちあがり、シャクナゲで半分隠れたテーブルからカップを持ちあげた。「お砂糖は？　あいにくだけれどクリームはないのよ」

「ほんの少しだけお願いします」

裾に泥汚れのついた若葉色のドレスに身を包んだレディ・ヘスターは、戻ってきてあたたかいカップを差し出した。一緒に持ってきた四角い缶をふたりのあいだに置く。「ラズベリービスケットもあるの。料理人が毎日焼いて持ってきてくれるのよ」彼女は丸々とした腹部を陽気にさすった。「でも、わたしはちょっと食べすぎね」

「この雨で外へ出られないのに、笑っていらっしゃるのを見て安心しました」

「あら、わたしは雨なんて少しも気にならないわ！　たっぷりお水を飲むことができて、草木がさぞ喜んでいるだろうと考えていたところよ」

社交辞令を交わしたあと、アビーは切り出した。「昨日お話しになっていたミス・ヘリントンのことで、お伝えしたいことがあります」

「あなたが彼女の名前を出すとは不思議な偶然だこと！　それがね、今日の午前中に野生のタイムを探しに出ていたの。あのピンク色の花は早朝にとりわけいい香りがするのよ。根っこから掘り返して、温室に移し――」

「あの——それがミス・ヘリントンとどう関係するんでしょうか？」

レディ・ヘスターが笑い声をあげる。「それをこれから話そうとしていたの。森の東端で彼女の姿を見たのよ。向こうはわたしに気づいていなかったわね。地元の男性、ミスター・バブコックと一緒だったわ。彼女の身を持ち崩させるような人ではないといいのだけれど。彼には以前、とても親切にしていただいたのよ。彼の地所内の川岸で、わたしがハクサンチドリを探すのを許してもらったの。ハクサンチドリというのは、なかなか見つからない花でね」

また話がそれる前に、アビーは急いで言った。「お喜びください、ミス・ヘリントンはいまではミセス・バブコックになりました。ふたりはひそかに結婚して新婚旅行から戻ったばかりだと、公爵閣下が教えてくださいました。近々結婚の発表をするそうですが、それまでは他言無用とのことです」

「まあ、驚いた！　あれは恋をしている女性の顔つきだと思っていたんですよ」同じ兆候を探すかのように、レディ・ヘスターはアビーの顔をじっと見つめた。

居心地が悪くなり、アビーは外の濡れた景色に視線を移して紅茶を口へ運んだ。ロスウェルと交わした情熱的なキスの名残が、どうか外見に出ていませんように。わたしは恋などしていない。絶対に！

アビーは急いで話題を変えた。「レディ・ヘスターは公爵領内を隅々までご存じなんですよね。ずっとここにお暮らしでしょう？」

「ええ！　草原に湿地牧野に森林、どこもたくさんの喜びを与えてくれる動植物にあふれているわ。季節の変わり目に、小さな植物の生長を眺めるのが何よりの楽しみなのよ」レディ・ヘスターは手を伸ばしてアビーの腕に触れた。「わたしったら、どうしてあなたにこんなことを話しているのかしら？　あなたもこの近くで育ったんですもの、この土地の美しさはご存じよね」

「はい、リントン家の地所内にある森を散策するのが大好きでした。打ち明けてもいいかしら。先代の公爵閣下と公爵夫人が住まわれていた頃、子どもだったわたしは舞踏会が開かれるたびに、こっそり領内へ入ってすてきな音楽に耳を傾けていたんです」

雨を眺めるレディ・ヘスターの目が悲しげに涙で曇る。「コーデリアは大勢をもてなすのが好きでしたからね。五〇人とか、それ以上のお客さまをお呼びすることもよくあったわ。どの部屋も笑いとおしゃべりでいっぱいになって……少なくともしばらくのあいだは」

「公爵夫人には一度もお目にかからずじまいでした」アビーは言った。「ですが子どもの頃に一度、すてきなスカイブルーの乗馬服をお召しになり、白馬に乗って村を通っていかれるのを見かけたことがあります。金色の髪と繊細な体つきは、まるで妖精のお姫さまのようでした」

「はじめて会ったときはバートランドもそう考えたのでしょうけれど、なんという思い違いだったことか。あんな悲劇になるなんて！　わたしは忠告しようとしたのに……」レディ・ヘスターは目をしばたたき、アビーがいることを思い出したかのように視線を向けてきた。

「あら、いやだ、昔のことなんて話してないで、コチョウランに肥料をあげないと。花を咲かせておくには週に一度必要なのに、すでに一日遅れてしまっているのよ。わたしは失礼して、作業を再開するわね」

レディ・ヘスターがベンチから立ちあがったので、アビーはカップをおろして辞去するしかなかった。これ以上、話を聞けそうにないのは明らかだ。追想に浸っている様子だったのに、いきなりどうしたのだろう？

〝はじめて会ったときはバートランドもそう考えたのでしょうけれど、なんという思い違いだったことか。あんな悲劇になるなんて！　わたしは忠告しようとしたのに……〟

バートランドはマックスの父親の名前だ、とアビーは思い出した。レディ・ヘスターはどうして彼が公爵夫人のことで思い違いをしたと言ったのだろう？　悲劇というのは彼女が早くに亡くなってしまったこと？　レディ・ヘスターは何を忠告しようとしたの？

過去をちらりと見せられたあと、すぐにカーテンを引かれたような気分で、アビーは階段をあがった。この広い屋敷の壁の中ではすべてがうまくいっていたわけではないのだと、これまで以上にはっきり感じた。先代公爵とその奥方のあいだには、なんらかの衝突があったに違いない。あの頃にマックスが話してくれさえすれば！

とにかく、いまは家庭教師の仕事に戻るときだ。すでに一時間以上も自分の務めから離れている。ヴァレリーがどんな悪さにレディ・グウェンドリンを誘い込んだかは神のみぞ知るだ。それに子猫たちのことをすっかり忘れていた！　カーテンをよじのぼったり、ベッドのシルクの上掛けに爪を立てたりしていないよう、祈るしかない。

だがドアを開けて控えの間を横切り、白と金を基調とした広い寝室に入ったところで、アビーは部屋がもぬけの殻だと気づいた。ショールやボンネットはベッドの上に投げてあるものの、ふたりの少女と子猫たちは消えていた。

12

アビーはあわててそばにある寝室を探した。この階には誰もいない。ロスウェルの客たちも全員が西翼に滞在している。彼女は階段を駆けおりながら、少女たちが行きそうな場所を思い浮かべた。公爵の命令に従って、子猫を厩舎へ連れていったのだろうか？

まさか、この土砂降りのさなかではありえない。

アビーは唇を引き結んだ。もしふたりがロスウェルの悪友たちと鉢合わせしていたら？ 妹を屋敷のこの区画にとどめておくようにと、ロスウェルからは明確に指示されていた。品行方正なレディ・グウェンドリンがそれに逆らうことはないけれど、ヴァレリーは話が別だ。あの姪っ子は昔から元気がよく、冒険を求めがちだった。指示を仰いでくる年下の共犯者がいればなおさらだろう。

これはすべてわたしの責任だ、とアビーは思った。温室へ寄り道し、自分にはなんの関係もない私事を探ろうとしたのが間違っていた。

大理石の階段をおり、親柱の脇をすばやく通過したところで、長い廊下の中ほどに援軍の姿が見えた。ミセス・ジェフリーズとフィンチリーが白髪交じりの頭を突き合わせてひそひそと話し込んでいる。どちらも浮かない顔つきだ。家政婦は骨張った顔に険しい表情を張りつけ、執事の白い眉はくっつきそうになっていた。

ミセス・ジェフリーズが腰にさげた鍵束を鳴らして振り向いた。「ミス・アビー、そこにいらしたんですね、ああ、よかった。大変なことになってしまって！　フィンチリーとわたしではお手あげですよ」

「こんなことになるなら」フィンチリーはぶつぶつ言っている。「あの邪悪な女を屋根裏部屋に閉じ込めておくんだった。いまさら思いついたところで手遅れだが」

誰のことを言っているかは尋ねる必要もなかった。「レディ・デズモンドが何かしたのね？」

「レディ・グウェンドリンの部屋へ連れていくよう、わたくしに命じたのです。断りますと、公爵閣下から妹君にだけお知らせしたい急ぎの伝言があると言い張りまして。ところが階上《うえ》へ案内しますと、彼女はわたくしを追い越し、わたくしの鼻先でドアを叩き閉めたのです。危うく鼻がなくなるところでした！」執事はまだそこにあるのを確かめるかのように鉤鼻をさすった。

「わたしはたったいま階上に行ってきたところだけど、レディ・グウェンドリンの姿はどこにもなかったわ――ミス・パーキンスの姿も」

「わたくしはそれをお伝えしようとしていたんです」フィンチリーは続けた。「わたくしが廊下で待っていますと、あの悪女は五分もせずに意気揚々と出てきて、若いおふたりは子ガモのようにそのうしろをついてきました。ひとりはバスケットを腕にさげて」

「子猫だわ」アビーは言った。「ミスター・ビーチの農場でもらった猫なの」

「ほう、そうでしたか。とにかく、わたくしがあとを追うと、三人はトルコの間に入ったのです。あそこでは、あらゆるたぐいのトランプ遊びやら賭け事やらが行われているというのに。わたくしがドアのそばに残って見張りをするところですが、部屋を出ていくよう命じられまして」節くれ立った指を振ってみせる。「あれは中でやりたい放題にするつもりですぞ！」

「公爵閣下はどこに？　妹君をお守りするには閣下に頼るのが一番だわ」

「従者をお呼びでしたから、乗馬服を着替えに自室へ戻られたのでしょう」フィンチリーは言った。「そのあいだも、あの悪徳の巣の中で何が起きているかは善なる神のみがご存じだ！」

「あの女ときたら、わたしまで追い出したんですよ、シャペロン役を申し出たっていうのに」ミセス・ジェフリーズは怒りに体を震わせている。「ああ、ミス・アビー、わたしたちの大切なレディ・グウェンドリンが遊び人たちの毒牙にかかったらどうしましょう！」

そこまでひどい状況ではないよう願いつつも、アビーは不安で身がすくんだ。道徳観念の怪しい貴族たちの輪の中へふたりだけで放り込まれるには、どちらの少女もあまりに若くて未熟すぎる。それに相手のひとりはロスウェルの目下の愛人だ。

「いますぐ部屋まで案内してください」アビーは顔を引きしめて言った。「彼らもわたしを追い出すことはできないわ」

スカートをつかみ、執事に続いて迷路さながらに入り組んだ廊下を通っていくと、大きなアーチ型のドアにたどり着いた。中から楽しげな少女の声があがり、聞き間違いようのないロスウェルの客たちの声がそれに混ざる。だが、何を言っているかはわからなかった。アビーはわたしに任せてとばかりにフィンチリーにうなずいてから、ドアを開けた。

不安に満ちた視線を広い室内に走らせる。黄金色のブロケード織りの壁紙、真紅のトルコ絨毯、それに金箔を施された家具。暖炉はふたつあり、そのひとつの前に人がかたまっているのを目に留めると、アビーは冷ややかな表情を装って決然と進み出た。

最初に彼女に気づいたのはレディ・デズモンドだ。淡いピンク色のモスリンに身を包み、まるでドアを見張っていたかのように一団とは離れて立っている。「あら、ミス・リントンじゃない。どうぞこちらへいらっしゃいな」

親しげな言葉に、アビーは即座に警戒した。ロスウェルの愛人は今度は何を企《たくら》んでいるの？　レディ・デズモンドと顔を合わせたのは昨日の図書室と今朝の絵画展示室での二度だけだが、どちらのときも、この女性は高慢以外の何物でもなかった。

そのとき、アビーの注意は暖炉の前の光景に引き寄せられた。レディ・グウェンドリンとヴァレリーは床に座り、子猫たちのいたずらに笑い声をあげている。その向かいではアンブローズが片膝をついていた。彼はバドミントンの羽根に紐を結んで、絨毯の上をゆっくりと引っ張っている。子猫たちはそれにそろそろと忍び寄り、灰色の子猫が先に飛びついて羽根を叩くと、今度は反対側からキャラメル色の子猫が攻撃してきた。子猫たちが真剣に羽根をつかまえようとするさまに、少女たちは大きな笑い声をあげた。

「またまた灰色ひげ《グレーベアード》の勝ちだ」ペティボーンが得意げに言った。彼はそばの長椅子からミセス・チャーマーズと並んで眺めている。「わたしが言ったとおりだろう、こっちの猫のほうが元気がいい」

ヴァレリーが顔を輝かせて視線をあげた。「見てちょうだい、アビーおばさま！　こんなにかわいい生き物がほかにいるかしら？　アンブローズ卿が子猫のためにおもちゃを作ってくれたのよ」

「アンブローズ卿はとても気がきいていらっしゃるわ」レディ・グウェンドリンが言った。桃色のドレスに栗色のやわらかな巻き毛を垂らした今日の姿は、とりわけ愛くるしい。少女は恥じらいを含んだまなざしをハンサムな放蕩者へちらりと向けた。見つめ返す彼の視線には、不適切なほどの関心が色濃く浮かんでいる。

自分の身分をわきまえて一同にお辞儀をしたものの、アビーは内心で怒りをたぎらせていた。そばのテーブルには、勝負の途中だったかのようにトランプの札が散らばっている。

「彼女たちがみなさまのお邪魔をしたのでしたら、申し訳ありませんでした。ふたりとも、ここへ来るべきではありませんでしたのに」

「気にすることはない」ペティボーンは悠然と言うと片眼鏡を持ちあげ、絨毯の上でじゃれている子猫たちを観察した。「おかげでとても楽しんでいるよ。どちらの子猫が先に飛びかかるかを当てて、わたしはミセス・チャーマーズからすでに一ギニーいただいた。グレーベアードのほうが元気がいい」

「気が強いのはキャラメル色のほうよ」ミセス・チャーマーズの茶色い瞳が笑みで輝く。

「ほら、あんなに一生懸命、羽根を叩いているわ」

「ね、お嬢さんたちは少しも迷惑になっていないでしょう」レディ・デズモンドが甘い声で言う。「こんなに愛らしいふたりのお嬢さんがいると、わたしたちもとても楽しいわ。だからふたりをお招きしたのよ」

レディ・デズモンドの厚かましさにアビーは憤慨した。「こちらで少しお話をしてよろしいでしょうか、マイ・レディ？」

子猫と遊ぶ一団から離れると、アビーは声を低めて言った。「ふたりをここへ連れてきたのは間違いです、レディ・デズモンド。あなたもご存じでしょう、賭け事が行われている場所に成人前の子どもを連れていくのはきわめて不適切です！」

「うるさいことを言わないで。わたしたちは楽しくやっていただけよ。どのみち、ロンドンの屋敷の客間における厳格な規則は田舎では当てはまらないわ」

「失礼ながら、そんなことはありません。わたしは公爵閣下から、妹さんをお客さま方から離しておくようにとはっきり言いつかっています。レディ・グウェンドリンをみなさまにご紹介するのでしたら、閣下ご自身がそうする機会を設けられたはずです」

レディ・デズモンドは上品な眉の片方を吊りあげた。狡猾さが顔をよぎる。「あら、あなたがいらして、そう注意してくれればよかったのに。正直に言って、わたしはとてもびっくりしたのよ。レディ・グウェンドリンとあなたの姪御さんは部屋にほったらかしにされていて、家庭教師の姿は影も形もないんですもの。あなた、いったいどこに行っていたの、ミス・リントン？」

緑がかった金色の瞳に見据えられ、アビーは顔が赤らみそうになるのを懸命にこらえた。レディ・デズモンドはあのキスのことを知っているの？　わたしの顔にそう書いてある？

まさか、そんなはずはない。

とはいえ、アビーとロスウェルが書斎に入るのを見かけたとアンブローズから聞いている可能性はあった。レディ・デズモンドが嫉妬深い性格だとしたら、この失態の責任をアビーに押しつけていやがらせをする気かもしれない。

「閣下はわたしの居場所をご存じでした」アビーは答えを濁した。「重要なのはそれだけですので」レディ・デズモンドのいぶかしげな視線を無視して、少女たちに向き直る。「ふたりとも、そろそろ失礼しましょう。猫をバスケットに入れなさい」

「もう？」ヴァレリーが少しすねた顔をした。「だって、子猫たちはこんなに楽しんでるのに――わたしたちもよ！　ねえ、そうでしょう、グウェン？」

レディ・グウェンドリンはうなずいた。やはりがっかりしながらも、キャラメル色の子猫へ素直に手を伸ばす。子猫は両手の中におさまるなり、あくびをした。「もうお昼寝の時間ね。それに厨房から生クリームをもらってこないといけないわ」

「ああ、そうね」ヴァレリーもしぶしぶ立ちあがる。「それに名前も決めなくちゃ。ごめんなさい、ペティボーン卿、やっぱり〝グレーベアード〟はいただけないわ。嵐の前に見つけたから雲《クラウド》がいいかしら。いえ、それもなんだか違うわね」

灰色の子猫を拾いあげて胸に抱き寄せる。ところが小さな爪にバドミントンの羽根が絡んでいた。子猫はニャアニャア鳴いて振り払おうとする。

アンブローズがすかさず立ちあがって手を貸した。「ちょっと失礼、ミス・パーキンス。すぐに取れるから……ほら、はずれた」

「ありがとうございます、閣下」ヴァレリーは会釈をして、まつげをぱちぱちさせた。「とてもおやさしいんですね」

その愛らしいしぐさに、アンブローズはついつい釣り込まれている様子だ。彼は灰色の子猫の背に人差し指を滑らせた。「いたずらっ子《スキャンプ》」つぶやくように言う。「ああ、これならいい名前じゃないかな」

「スキャンプ！　ええ、気に入ったわ！　わたし、あなたに借りができましたわね、閣下」

ふたりのやりとりにアビーは警戒心を強めた。一七歳にしてはヴァレリーの態度は積極的すぎるし、倍近い年齢のロンドンの遊び人と戯れるには、彼女はあまりに経験がなさすぎる。恋愛の幻想におぼれられては大変だ。自分自身のつらい経験から、思春期の少女があっという間にのぼせあがることは知っている。アンブローズはスカートをはいている相手なら誰でも口説こうとするたちのようだ。最初はレディ・グウェンドリンに、いまはヴァレリーに色目を使っているのだから。

アビーは手招きをして、ドアへと足を向けた。「さあ、ふたりともいらっしゃい」

二歩も進まぬうちに、ロスウェルが広間に入ってきた。アビーの心臓は喉までせりあがった。彼の姿を見ただけで膝の力が抜けるなんて、どうかしている。チャコールグレーの上着に純白のクラヴァットを結んだ彼はたしかに罪深いほど容姿端麗だけれど、彼はわたしの雇い主でもあるのだ。それゆえ、彼の怒りを覚悟しなければならない。

ロスウェルがぴたりと足を止め、ふたりの視線が絡まった。彼の力強いまなざしが肌を焼く。急に息が苦しくなってめまいを覚え、アビーは戸惑った。ロスウェルの視線が口元へおりた瞬間、彼もまたあの情熱的なキスを思い出しているのがわかった。

なんてこと、もう一度彼を味わいたくてたまらない。キスなど二度とできないのに。そう、自堕落な放蕩者に胸を焦がしてはならない。どのみちロスウェルはやさしさや愛情からではなく、過去を詮索されるのを避けるためにわたしにキスをしたのだ。

彼は自分の妹へと注意を移した。驚いた顔つきに不愉快そうな表情が浮かぶ。「グウェン?」

レディ・デズモンドが進み出て、少女の腕に自分の腕を絡ませた。彼を見あげて艶然と微笑む。「あら、ロスウェル。やっといらしたのね。退屈なお仕事がようやくおすみになったの?」

「ああ」ロスウェルの視線は妹に据えられたままだ。「グウェン、こちらへ来なさい。なぜここにいるのか説明してほしい」

恥じ入ったような顔で、レディ・グウェンドリンは眠たげな子猫を胸に抱きしめ、のろのろと前へ出た。兄と目を合わせることもできない様子だ。「みなさんに子猫をお見せしたくて。ああ、お兄さま、どうか怒らないで」

「どんな客であれ、わたしの許可なしに自己紹介してはならないことぐらいわかっているはずだ。だが、非があるのはおまえではない」

彼の視線がアビーへさっと戻り、冷たいまなざしが突き刺さった。今度はそこにぬくもりはいっさいなかった。

アビーは息を吸い込んで話そうとしたが、何が言えるだろう？　責められるべきは彼女だ。温室に立ち寄らずにレディ・グウェンドリンの部屋へまっすぐ戻っていれば、こんな事態にはならなかった。レディ・デズモンドが公爵の妹を階下へ誘い出すのを、その場で制止できていたはずだ。

でも事実を言えば、客の悪口と受け取られかねない。「申し訳ありませんでした、閣下」アビーは謝罪した。「書斎に長居しすぎたようです」

「そのようだな」

かすかに愛情のにじむロスウェルの声が熱い抱擁を思い起こさせて、アビーの肌が粟立《あわだ》った。あのキスは彼にとってなんの意味もないはずだ。女性と口づけを交わすのは日常茶飯事なのだから。彼は気まぐれにわたしの唇を求めたにすぎない。

「アビーおばさまをお叱りにならないで、閣下」ヴァレリーが甲高い声をあげた。「一緒に来るように誘ったのはレディ・デズモンドなんです」

ロスウェルはレディ・デズモンドへ視線を転じた。「それは本当か？」

「ええ」彼女は認めた。首をそらし、まつげ越しに公爵を見あげる。「責めるならわたしをお責めになって。あなたの妹さんのお世話をしたかったの」

アビーは驚いて目を見張った。てっきり関わりを否定するものとばかり思っていたから、この作戦変更に面食らった。レディ・デズモンドは今度は何を企んでいるの？

ロスウェルは自分の愛人をいぶかしげに見返した。相手の美しい顔には懺悔《ざんげ》の念が浮かんでいる。「わたしの妹の世話？」

「ええ、レディ・グウェンドリンはここロスウェル・コートにこもりきりで、話し相手は家庭教師ひとりでしょう。それで社交界を渡っていくのに必要な処世術をどうやって養うの？何が適切で何が不適切かもわからなくては、きっと困ってしまうわ。あなたの屋敷という安全な場所でわたしたちと交流を持ち、上流社会の厳選された顔ぶれと会話術を学ぶのは有益なことではないかしら」

ロスウェルは妹へ視線を滑らせた。妹を顧みていないと指摘されて、驚いているようだ。

「グウェンの社交界デビューはまだ三年先だ」

「こういう練習は早くから始めるに越したことはないのよ。ほんの数日わたしたちと関わったからといって、害が及ぶはずはないでしょう。あなたが注意深く見守っているのだから、なおさらね」レディ・デズモンドはあでやかに微笑みかけた。「それならあなたも、もっと長くわたしたちと過ごしてくださるんじゃないかしら」

ロスウェルはなるほどという表情で、腕にしがみつくレディ・デズモンドを見おろしている。金色の巻き毛に女性的な体の曲線を持つ彼女は美しさの結晶で、高貴な身分の放蕩者が夢見る愛人そのものだ。

歯を食いしばっていたアビーはなんとか口を開いた。「恐れながら異議を唱えさせていただきます。善良な若い淑女が、賭け事のような不適切な行いに関わることはあってはなりません」

「あら」レディ・デズモンドが声をあげる。「あなたがシャペロンとしていらっしゃれば、何も不適切ではないでしょう」

子猫のようにあどけない瞳は狡猾な光をたたえている。アビーには、レディ・デズモンドが一五歳の箱入り娘を仲間に迎えたがる理由は見当がつかなかった。彼らに共通点があるはずもない。それでもロスウェルが同席するのであれば、よからぬ意図はないのだろう。

とある可能性がアビーの胸をかすめた。ひょっとして、レディ・デズモンドは彼が求婚するよう仕向けているの？　彼の心をつかむために、その妹に取り入ろうと？

嫌悪感を覚えつつ、その可能性を思案する。それならつじつまが合う。レディ・デズモンドは完璧な奥方としての自分の価値を、ロスウェルに示そうとしているに違いない。

アンブローズが歩み寄り、話に加わった。「ロスウェル、きみの妹さんやそのかわいらしいご友人にわれわれが害をなすとほのめかすのなら、侮辱と受け取るぞ。われわれはこれ以上ないほど行儀よくするつもりだからな」

「どれほど行儀よくしようが、きみがきみであることに変わりはない」ロスウェルはそっけなく言った。「しかしながら、この問題については考えておこう」

「われわれはすぐに帰ってしまうのに、何を待つことがあるんだ？」アンブローズが言う。「さっそく今夜、晩餐の席に妹さんたちを加えてはどうだろう」

「まあ、すてき」ヴァレリーがさえずるような声をあげた。子猫を抱くその姿は愛らしく、唇を少し突き出してみせる。「でも、だめだわ。わたし、夕方には帰宅することになっているんですもの。だけど外はまだ大雨ね。安全に帰れるのかしら？　びしょ濡れになりたくないわ。それにぬかるみにつかまったら大変」

ヴァレリーは無邪気な期待のまなざしをロスウェルへ向けた。

いたずらなのは姪の子猫だけではないようね、とアビーは思った。ヴァレリーの澄んだ青い瞳には警戒心を解かせる力がある。公爵邸に泊まらせてもらう方法は、母親から指南されているのだろうけれど。でもとりあえずこれで、姪を泊まらせてくださいとアビーが恥を忍んでお願いする必要はなくなった。

レディ・グウェンドリンが、兄のほうへさらに足を踏み出した。「お願い、お兄さま、嵐の中を帰らせたりしないで。今夜ヴァレリーを泊めてあげてもいいでしょう？　必要なものはなんでもわたしが喜んで貸すわ」

ロスウェルが眉を吊りあげた。屋敷の主人然とした、気難しげで横柄な表情を装う。それから不意に破顔して、やれやれとばかりに頭を振った。「わたしの負けだ、好きにしなさい。いくらでも滞在させるといい、彼女のおばの許しがあるかぎりは」

13

子猫たちに従僕をひとりつけて厨房に置いてきたあと、少女たちはレディ・グウェンドリンの化粧室でドレスの試着をして、楽しいひとときを過ごしている。ふたりを手伝う若いメイドも彼女たちと同じく楽しんでいるようだったので、アビーはひとりその場を離れて廊下の真向かいにある自分の寝室に向かった。

淡い黄色の壁に囲まれたすてきな寝室にはローズウッド材の家具が備わっていて、ベッドの天蓋からは光沢のあるスカイブルーの織物が吊りさげられている。雨雲のせいで夕暮れが早まったため、テーブルの上には使用人の手によって明かりを灯したろうそくのランプが置かれていた。ここに来た当初は、ほかの使用人たちの部屋と近い質素で小さな空間ではなく、こんなにも広い部屋をあてがわれたのに驚いたものだ。だが、前任のミス・ヘリントンが使っていたのもこの部屋だった。そして彼女がロスウェルの旧友の妹だと知ったいまとなっては、すべて納得がいく。

アビーは自分の誤った推測を思い返して顔をしかめた。最低な公爵を思い描いていたところ、真実はまったく逆だったのだ。たしかにロスウェルは非情な放蕩者かもしれない。でも戦争で兄を亡くしたミス・ヘリントンに仕事を与えたやさしさや、駆け落ちした彼女のために特別結婚許可証を用意してやったことは称《たた》えられるべきだろう。ミス・ヘリントンがミスター・バブコックと結婚したという事実は、アビーの元気を削《そ》いでいた。ミスター・バブコックもまたロスウェルと同じように、わたしとの約束を破ったわけだ。どうして二度もこんな目に遭わなくてはならないのだろう？　とはいえ、心の中に苦悩する自分を探してみても、見つかったのはわずかばかりの安堵感だけだった。正直なところ、ミスター・バブコックに強い親しみを覚えたことはない。アビーにとっての彼は、きょうだいの寛大さに頼る独り者のおばという役割から逃げるための手段でしかなかった。

自分の将来に思いをはせながら、アビーはろうそくを手に取って化粧室へと入っていった。リントン・ハウスに戻って兄夫婦と一緒に暮らすという考えには、抵抗を覚えずにはいられない。家族のことはとても愛しているけれど、わたしはそれ以上の何か、自分自身で選ぶ何かが欲しい。

このままレディ・グウェンドリンの家庭教師を続けられたら、どんなにいいだろう！　でもロスウェルが考えを変えるとは思えないし、ふたりのあいだにはあまりにもたくさんの毒気が流れ続けていた。

衣装戸棚を開け、控えめな中身を確かめる。いままで華やかな催しに参加する機会がめったになかったせいで、公爵が同席する晩餐にふさわしいドレスなど皆無に等しかった。それでも、両親が亡くなる前の年に開かれた村のクリスマスの舞踏会で着た青いシルクのドレスがある。最新の流行からはずれているかもしれないが、伝統を感じさせる簡素な優美さを備えていて、着るといつもいい気分にさせてくれる一着だ。

着替えをしながら、アビーは今後の計画を立ててみた。まず、ヴァレリーのお目見えの準備を手伝ってほしいというロザリンドの頼みを受け入れる。そうすれば春にはロンドンまでついていき、きょうだいたちがきらびやかな詳細まで語っていた大都会をようやく目にすることができるだろう。これまで両親の世話をしていたために逃してきた舞踏会やパーティー、観光にも参加できるはずだ。ひょっとしたら、わたしのように適齢期を過ぎたオールドミスの女性とつき合おうという紳士にだってまだ出会えるかもしれないし、それを抜きにしても、職業斡旋所に申し込んで家庭教師かコンパニオンの仕事を探すことはできる。

行く手にはまだ、可能性に満ちた世界が広がっているのだ。

アビーは大いに勇気づけられた心境で身支度を終え、姿見の前で行ったり来たりを繰り返してみた。帽子を取って髪をあげ、やわらかで気品ある髪型にまとめてピンで留める。改めて鏡を見ると、そこには背が高くて華奢なレディが映っていた。明るい色の瞳で顔に笑みを浮かべた彼女は、まだ男性の気が引けるくらいじゅうぶん魅力的に見える。

ロスウェルは、わたしがこんなふうに印象を変えたことをどう思うかしら?

あらゆる良識に反して彼と抱き合った記憶が押し寄せ、アビーの全身をぬくもりで洗い流していく。目を閉じて、もう一度あの両腕に抱かれるところを想像すると、たくましい体と両手による胸への巧みな愛撫の感触がありありとよみがえってきた。頭の中で振り返っているだけなのに呼吸が速まり、体の内側が熱くなる。

アビーの心は肉体的な愛の謎を解き明かすことを切望していた。でも、その相手は公爵ではありえない。彼はあまりにも冷笑的な卑劣漢で、いまの愛人に対してさえ誠実になれない男性なのだ。

今回は不意を突かれてしまったけれど、あんなことはもう二度とあってはならない。


「おお、三人の美女のご到着だ。落ち着け、わが心よ！」

アンブローズが深々とお辞儀をすると、ヴァレリーとレディ・グウェンドリンは無邪気に喜んでくすくす笑った。アビーは彼の大げさな言動を、とりわけ順番に手の甲にキスをしていくのを目の当たりにしたときも、ただ微笑みを浮かべただけだった。三人は晩餐のために階上からおりてきて、客間のドアの前でアンブローズと対面したところだ。

「こんばんは、アンブローズ卿」アビーは彼に握られた手を引いて言った。「魅力的なレディと関わった経験が、さぞかし豊富でいらっしゃるのでしょうね。ふたりとも、これはいい教訓よ。あまりにも大仰な褒め言葉を口にする紳士には気をつけなさい」

「まあ、アビーおばさまったら。ただのお世辞だということくらい、わたしたちだってわかっているわ」水色のドレス姿がいかにもかわいらしいヴァレリーが言う。「アンブローズ卿は完璧な紳士に違いないわよ。そうよね、グウェン？」

レディ・グウェンドリンがしとやかに目を伏せ、頬を赤らめてうなずいた。関心を自分からそらしてくれる猫抜きで兄の友人と話すのを、いささか恥ずかしがっているのは明らかだ。アンブローズがレディ・グウェンドリンの淡い黄色の絹織物《サーセネット》に縁取られた未成熟な体の線を眺めているのに気づき、アビーは即座に声をかけた。「わたしの姪が春にお目見えを迎えるんです。アンブローズ卿、ロンドンの社交シーズンで何がすばらしいか、少し話してやっていただけませんか？」

彼の移り気な関心が、ふたりのうちで年かさのほうの少女に向かう。「それはもちろん、終わりのない娯楽だろうね。昼のあいだは買い物やありとあらゆる呼び物に参加することになる。夜になれば劇場やオペラや音楽鑑賞会もあるし、若い娘が想像もできないほどたくさんの舞踏会や夜会が開かれる。正直に言うとね、ミス・パーキンス、たぶんきみは息つく暇もなくなると思うよ」

「まあ、何もかもがすばらしそう。いまから待ちきれないわ」ヴァレリーはアンブローズに向かって目をしばたたいた。「ロンドンであなたとお会いできることを期待してもいいでしょうか？」

「ヴァレリー！」アビーは抑えた声でたしなめた。「それは完全に言いすぎよ。お目見えの前に官報にも載るような浮気性だと思われてしまうわ」

「まさか」アンブローズが魅力的な笑みを浮かべる。「ぼくはきみの姪御さんがとても清らかだと思っているよ。もっとも、彼女のまわりには求婚者が殺到するに違いないから、ぼくが割って入るのはたぶん無理だろうな」

ヴァレリーは楽しげに応じていたが、姪が何を言っているのか、アビーにはほとんど聞こえていなかった。

ロスウェルが隣に姿を現したからだ。空気中にいきなり火花が散ったような気がして、アビーの意識のすべてが瞬時に彼のほうへ向かった。ふと漂ってきたスパイシーで男性的なにおいが、彼女の全身をくまなくほてらせる。上等な礼装に身を包んだ彼は、どこから見ても屋敷の当主そのものだった。

ロスウェルはうしろのどこかからやってきたに違いない。アンブローズがドアのところで出迎えたため、アビーたちはまだ客間に入ってもいなかった。

「こんばんは、レディたち」ロスウェルが挨拶をし、彼女たちに向かってうなずいた。

彼の視線がアビーをとらえ、細身の青いドレスとやわらかくまとめた髪のあたりをさまよう。気がつけば、アビーはロスウェルの唇の端が片方だけわずかにあがっているのが称賛のしるしであることを強く願っていた。ハンサムな公爵から二度も視線を勝ち取れば、どんな女性だってうれしく思うに違いない。

たとえ、そのハンサムな公爵が数多くの女性をたぶらかしてきた悪名高き人物であったとしても。

アビーは少女たちのほうに視線を向け、ふたりのお辞儀を注視するふりをした。もっとも実際には、胸の高鳴りを静めようと懸命になっているだけだ。未熟な小娘でもあるまいし、と自分に言い聞かせる。ロスウェルに惹かれるのは当然にしても、ここはしっかりと良識にすがりついておかねばならない。

レディ・デズモンドが歩いて視界の中に入ってくる。アビーの個人的な考えでは、彼女が着ているうしろの裾がやや長い琥珀《こはく》色のドレスは、田舎での晩餐には派手すぎる気がした。喉元と耳にダイヤモンドを輝かせ、金色の巻き毛には優美な羽根飾りを挿しているレディ・デズモンドが手をロスウェルの肘に滑り込ませると、彼女の存在に気づいた公爵が冷静な微笑を浮かべた。

「レディ・グウェンドリンとミス・パーキンスも、わたしたちと一緒に飲み物をどうかしら？」レディ・デズモンドがロスウェルに提案する。「ラタフィア（果実酒）の一杯くらいなら、若いレディたちだってよろしいのではなくて？」

ロスウェルがアビーに注意を向けた。「きみはどう判断する、ミス・リントン？　家庭教師として、きみの姪とわたしの妹が酒を飲むのを認めるかね？」

きらりと輝くグレーの瞳を見ただけで、体の中が意思に反して熱くなっていく。アビーは立て続けにふたつのことに気がついた。ひとつ目は、ロスウェルの態度に戯れの気配がかすかに感じられること。そしてふたつ目は、彼が無情で高慢なときのほうが、魅力を拒絶するのがずっと簡単だということだ。「小さなグラスなら、まったく問題ないと思います」

「すばらしい。では、すぐに作らせよう」

ロスウェルがその場を離れていくと、アビーはすっかり散漫になってしまった感覚を取り戻そうと深呼吸をした。わずかのあいだ彼の熱い注目を浴びただけで、心の平静が破壊的な影響を受けてしまう。最初のうちに彼女に向けられていた冷たさは、どちらも互いの手紙を受け取っていないという事実が新たに発覚したことで、やわらいだようだった。

「ふたりとも、一緒にいらして」レディ・デズモンドが言った。「お食事の前に楽しくおしゃべりでもしましょう」

レディ・グウェンドリンとヴァレリーのあいだに入ってそれぞれと腕を絡ませたレディ・デズモンドが、歩きだす前にこっそりと鋭い視線をアンブローズに送る。それを見ていたアビーは何事かといぶかった。このふたりはなんらかの陰謀を企んでいるのだろうか？

どのような企みにせよ、尊敬できることではなさそうだ。

アンブローズがみんなから離れたところに置かれたふたつの椅子を手で示した。「ミス・リントン、きみと向かい合って座る栄誉をぼくに授けていただけるかな？　せっかく魅力的な女性と一緒なのに、ほかの人たちが邪魔で仕方がない」

「またお世辞ですか？　甘い言葉で話すのに、ずいぶん慣れていらっしゃるんですね」

ふたりで椅子に腰を落ち着けると、アンブローズが楽しげに眉間にしわを寄せた。「もしここがロンドンだったら、きみは謙虚なんだと思うところだ。だが、どうやら本当に自分の美しさに気づいていないらしい」

「そんなお褒めの言葉を期待したり信じたりするには、わたしは年を取りすぎています」

「年を取りすぎている？　ばかな！　ロスウェルは三一歳だ。きみが彼よりも若いのは、ぼくだって知っている」

ただの当てずっぽう？　それともロスウェルが友人たちにわたしのことを話したのかしら？

アビーは部屋の反対側に目をやり、公爵がワイングラスを長椅子に並んで座るヴァレリーとレディ・グウェンドリンに手渡すのを眺めた。今夜は喜ばしいことにレディ・ヘスターも一緒で、少女たちやミセス・チャーマーズ、ペティボーンと話に花を咲かせている。ロスウェルがレディ・デズモンドの近くにある椅子に腰をおろし、彼女に何か言葉をかけられて微笑みで応じた。

アビーもアンブローズに笑顔を向けて尋ねた。「わたしが公爵閣下よりも年下ですって？　レディは自分の年齢を決して明かさないものですわ」

「なるほど、きみは美しいと同時に謎めいてもいるわけだ。この近くで育ったという以外、ぼくはきみのことをほとんど知らない。たしか、きょうだいがリントン・ハウスで暮らしているという話だったね？」

「はい、長兄のクリフォードとその妻のルシールが暮らしています。四人の子どもたちがみんな結婚したので、いまはふたりきりで。わたしも最近まで一緒に住んでいました」

彼が鋭い視線ですばやくほかの人たちを見まわす。「あの愛らしいミス・パーキンスは、一族の中でどんな立場なのかな？」

「ヴァレリーはケントで暮らすわたしの二番目の姉、ロザリンドの娘です。二週間前に兄のジェイムズの末っ子が洗礼を受けたときにこちらへ来て、長逗留《ながとうりゅう》しているんです。ジェイムズはこの地域の牧師です」

「きみのところは上流階級の一族だ。それなのに、きみは家庭教師の仕事を求めてここへ来た。あえてぶしつけな質問をするが、なぜ自分の食いぶちを自分で稼がなくてはならないんだい？」

「稼がなくてはいけないわけではありません、アンブローズ卿。わたしが自分で選んだんです」この告白に彼がたいそう驚いたようだったので、アビーは自らの事情を少しだけ明かしても問題はないだろうと考えた。「長年両親の介護ときょうだいの子どもたちの世話をしてきて、そろそろ変化が必要だと思ったんです。もちろん家族には反対されましたけれど、最後はみんなわたしの決断を受け入れてくれました」

アンブローズが片方の眉をあげる。「生きるために働くことを選ぶ女性を見たのは、これがはじめてだ」

「忙しくしているのが好きなのです。それに、愛らしい良家の子女にいろいろ教えるのは仕事とは言えません。喜びですわ」

「働く代わりに結婚はしないのかい？　ロンドンでなら、きみは並みいる紳士たちを選ぶ立場になれる」アンブローズはウインクをした。「年齢を少々重ねていたってね」

「そうかもしれませんね」次の社交シーズンに参加する姉と姪についていきたいという願望を明かす気にはなれず、アビーは言葉を濁した。「でも、わたしの話はもうじゅうぶんです。もしわたしがロンドンに出たら、あなたについてどんな話を聞くことになるのでしょうね？」

「カードが得意な愛すべき悪漢で、骨の髄までロスウェルの遊び仲間の一員だと聞かされるかな」アンブローズは身を乗り出してアビーの手を取り、持ちあげて唇を触れさせた。「ただ、ぼくも道徳にはずれた生き方を改める年齢になっているのかもしれない。完璧な女性と出会いさえすればの話だが……きみのように比類ない輝きを放つ女性とね、ミス・リントン」

アンブローズはさぞかし女性からの人気が高いに違いない。アビーは内心で苦笑しつつ、皮肉交じりにそう思った。薄茶色の髪にブルーの目をした彼は、少年のような魅力を漂わせている。彼女は握られた手を引いて言った。「それは大げさです。こんなことを言ってごめんなさい、でも、ただのでたらめにしか聞こえませんわ」

「それは胸が痛いな。それとも、この痛みはキューピッドの鋭い矢に射抜かれたせいかも」

こらえきれず、アビーは声をあげて笑った。「もう無意味な口説き文句は結構です。それより、そんな言葉をレディ・グウェンドリンとわたしの姪に使わないと約束していただかないと。ふたりともまだ若いですから、あなたのような経験豊富な男性の本性を見抜けませんもの」

「では、口説くのはきみだけにしよう、ミス・リントン」

「本当に手に負えない方。一度でいいから、まじめな姿を見せていただきたいものですわ」

アンブローズが片方の手を心臓のあたりに当てる。「ぼくだつて、判事並みに厳粛になれる」

「それなら、どうかわたしの言うことも真剣に考えてください。レディ・グウェンドリンを傷つけないよう守るのがわたしの義務なんです。わたしはただ……」

ふとアビーがほかの人たちに目をやると、レディ・デズモンドがロスウェルの耳に顔を寄せて何かささやいているところだった。公爵がいきなりアビーをまっすぐに見据え、冷たい視線でじっとにらみつける。さっき少しばかり見せた彼女をからかうような親しみは、跡形もなく消え去っていた。彼の友人と話しているのが気に入らないのかしら？　レディ・デズモンドがそれについて何か言ったの？

「ただ、なんです？」アンブローズが先を促した。

アビーは率直に語る決心をした。「わたしはただ、公爵閣下に愛人をこの家に連れてこないでほしかったと思っているだけです。無垢な妹さんとあんな不適切な女性を会わせるのがどれだけ危険か、おわかりのはずですもの」

「彼を責めてはいけないよ。はしかが悪いんだ」

「はしか？」

「最初の計画では、サリーにあるペティボーンの屋敷に滞在することになっていたんだ。ところが着いてみたら、家の者が全員はしかで寝込んでいてね。考えてもみてくれ！　賭け試合が迫っているから、ロスウェルとしてはゴライアスが病気になる危険は冒せない。だから代わりにここへ来ることになったんだ。本当にとっさの思いつきなんだよ。間違いない」

「そうだったのですか」たしかにそれでいろいろと説明がつく。それでもなお、アビーはいまの状況に不安を感じずにはいられなかった。「でも、やはり閣下が妹さんと愛人が関わるのを認めるというのは承服できません。いくらここがロンドンの噂好きな人々から遠く離れていても」

「では、きみにちょっとした秘密を明かしておくべきかもしれないな」

「秘密？」

「レディ・デズモンドがロスウェルの愛人だというのは、どうも疑わしい気がするんだ」

「ですが、わたしは――」アビーはすんでのところで、ふたりが図書室で親しくしているところを現行犯《イン・フラグランテ・デリコ》で目撃したことを明かすのを思いとどまった。あの光景を思い出すだけで、熱い怒りがこみあげてくる。「わたしは本当だと思います。お互い、あんなに親しげにしているんですもの」

「親しげだというなら、きちんとした交際ということも考えられる。ぼくだって、きみに親しげにしているじゃないか、ミス・リントン」アンブローズはアビーの手を取って甲に口づけし、すぐに放した。「ああ、変わり者の老執事がテーブルへ呼びに来たようだ。いままさに、きみがこの筋金入りの独り者から求婚の言葉をもぎ取るところだったのに！」

14

　翌朝、ヴァレリーとレディ・グウェンドリンは腕を組んで厩舎へと向かった。ふたりの会話を聞きながら、アビーは笑みを浮かべた。誰が見ても、ふたりがはじめて会ってからまだ一日も経っていないとは思わないだろう。ヴァレリーはレディ・グウェンドリンと同じくらい馬に夢中で、そのふたりが早朝の乗馬をしようと決めたが最後、思いとどまらせるのは不可能だった。道はぬかるんでいて、水たまりもたくさんあるかもしれない。だが、少女たちはそんなこともおかまいなしに馬を走らせたくて仕方ないようだ。

　道を歩いている途中で、ヴァレリーが肩越しに振り返って尋ねた。「本当に賭け試合へは行けないの？」

　昨夜の晩餐の席上、残念なことに試合の話が出てしまったのだ。姪が禁じられたことに引かれてしまう性格なのを承知しているアビーとしては、ふたりが試合について何も知らないほうが望ましかったのだが、そうはいかなかった。「ええ、絶対にだめよ。レディにふさわしい催しではないわ」

「でも、レディ・デズモンドとミセス・チャーマーズは行くわ」

「じゃあ。言い直しましょう。若いレディにふさわしくないの。お願いだから、わたしを困らせないで。そもそも公爵閣下が絶対にだめだとおっしゃっているんだし、わたしも閣下の判断に賛成よ」

「楽しみなら、わたしたちには明日のピクニックがあるわ」レディ・グウェンドリンが指摘した。

「そうね、そのとおりよ！」ヴァレリーの表情がぱっと明るくなる。「アンブローズ卿が申し出てくれて本当によかったわ。きっとすごく楽しいもの。馬に乗っているあいだに、絶対に完璧な場所を見つけましょうね」

乗馬服の重たいスカートを持ちあげた少女たちがスキップで先を急ぐ。アビーはふたりよりも落ち着いた足取りでそのあとをついていった。彼女たちの元気な姿を見られるのは喜ばしい。とくに、年齢の近い友人がそばにいるというだけで陽気なレディ・グウェンドリンを見るのは楽しかった。

とはいえ、ふたりを比べればレディ・グウェンドリンのほうがずいぶんおとなしい。彼女は昨夜の晩餐の席でも控えめで行儀よく、目を見開いてまわりの会話に聞き入り、誰かが意見を促すか質問をするかしたときだけ話していた。一方のヴァレリーはというと、その場の全員と——とりわけ隣に座っていたアンブローズと——実に生き生きとおしゃべりをしていた。寝る前になって、アビーがほかの人を会話に割り込ませることも大切だと言って聞かせなくてはならなかったほどだ。

またアビーはふたりに対して、アンブローズはかなりの放蕩者なので、彼の褒め言葉をあまり真に受けてはいけないと忠告した。アビー自身、晩餐のあいだに何度か、彼にからかうような微笑みとウインクを向けられている。もっとも、少女たちには絶対に言えないが、ロスウェルの友人たちの中でアビーが一番好きなのは実はアンブローズだった。彼は機転がきくし、笑顔に愛敬のある魅力的な男性だと思う。きっとロスウェルと同じく、何年にもわたって傷心の女性をたくさん生み出してきたに違いない。

ただ、いまこのときにかぎれば、アンブローズがふたりの少女を惑わせる心配はないだろう。時刻はまだ九時にもなっておらず、ロンドンからやってきた者たちが目を覚ますには早すぎる。

懸念があるとすれば……。

ロスウェルが小さな放牧地で馬に乗っている姿を目にして、アビーの足取りがふらついた。重い発疹のように厄介なことに、彼はブリムストーンにまたがり、巨大な種馬の力を試すように走らせている。それは目を奪われる光景だった。幅広の肩に引きしまった体つきの公爵がまるで馬と一体になったかのごとく、一定の間隔で設けられた障害のバーを軽々と飛び越えていく。

ヴァレリーとレディ・グウェンドリンが近づいていくと、ロスウェルが手綱を引いて馬を白い柵の近くへと寄せた。そのまま三人でしばらく話をしたあと、少女たちは厩舎の中へと消えていった。娘と公爵を結婚させようというロザリンドの企みにもかかわらず、ヴァレリーの関心は彼に媚を売ることよりも乗馬のほうに向いているらしく、アビーは胸を撫でおろした。ロスウェルは経験を積んだ放蕩者で、未熟な娘が相手にするにはあまりにも荷が重すぎる。姪が公爵相手に愚かなまねをしでかしてしまったら、とんでもない大恥をかくことになるだろう。

昨日の午後に燃えるようなキスを交わしてからというもの、ロスウェルと顔を合わせるのが気まずくて仕方がない。晩餐のときは、ほかの人たちに囲まれていた。公爵はテーブルの上座に座っていて、個人的な話をするにはアビーの席から離れすぎていたが、それでも、謎めいた表情でじっと見つめてくる彼と何度も視線が交差した。

そしていま、アビーはさっさと逃げ出してしまいたいという衝動に駆られていた。けれども必死で自らを鼓舞し、どうにか厩舎に向かって歩き続けた。少女たちが無事に出発するのを見届けるのはわたしの務めだし、ロスウェルにいかなる非難の口実を与えるつもりもない。

それに臆病者でいるのはもうたくさんだ。家族に盾突いてまで家を出たのは、ここで怖《お》じ気《け》づくためではない。

近づいていくアビーを、ロスウェルが柵のかたわらで待っていた。青い上着と鹿革のズボン、そして鈍い輝きを放つ黒いブーツといういでたちの彼は、見る者をとろけさせてしまいそうなほど魅力的だ。背筋を伸ばして鞍に座る彼の黒い髪が、朝の陽光を受けて輝いている。馬が荒々しくたてがみを振り乱して鼻を鳴らしても、彼はその獣をいともたやすく御していた。

アンブローズの言うとおり、レディ・デズモンドは本当に公爵の愛人ではないのだろうか？

晩餐の席上、ロスウェルは間違いなくレディ・デズモンドに気を配っていたし、彼女を自分の右隣の名誉ある席に座らせてもいた。そしてレディ・デズモンドやほかの友人たちと話すときの彼のふるまいは、育ちのよさを感じさせる打ち解けたものだった。アビーが細切れに耳にした彼らの会話の内容はロンドンの人々や出来事が中心で、彼女の世界からは月と同じくらいかけ離れていた。ロスウェルがレディ・デズモンドと一緒にいる目的が結婚なのか、ふしだらな関係なのか、謎は依然として残ったままだ。

アビーは立ち止まり、両手でスカートを持ちあげてお辞儀をした。「おはようございます、公爵閣下」

ロスウェルが頭を傾けてうなずいたのを見て、そのまま開いている厩舎の扉へと向かう道を歩き続ける。三歩進んだところで彼の高圧的な声が響き、アビーは足を止めた。

「ずいぶんとあわてて逃げるじゃないか、ミス・リントン？」

スカートの薄紫色のモスリンを指に絡ませてさっと振り返ると、まぶしく輝く太陽の光がロスウェルのがっしりした体に金色の輪郭線を描き出していた。「申し訳ありませんが、彼女たちの様子を見に行かなくてはならないもので」

「馬に乗る手伝いなら馬丁がいる。きみが行っても、できることはあまりないと思うが」

「それでもわたしの務めですから」

「では、その務めを免じるとしよう。こっちに来るんだ」

アビーは何歩か進んでふたたび足を止め、用心深い視線でブリムストーンを見た。馬がはみに逆らうように頭を跳ねあげる。手綱をしっかりと引かれたままでいることに不満を覚えているのは明らかだ。「何かお話があるのでしょうか、公爵閣下？」

「そのとおりだ。もっと柵の近くまで来てくれ」

「なぜですか？　ここでもじゅうぶんに聞こえます」

「来るんだ」からかって怒ってみせている気配をにじませて、ロスウェルが命じた。「理屈に合わない恐怖に支配されるのをよしとするきみではないだろう」

そんなふうに嘲るとは、なんてひどい人なのだろう。でも、彼の言っていることは正しい。それにわたし自身、自分の勇敢さを称えていたのではなかった？

アビーは歯を食いしばり、巨大な馬を見つめながら無理に足を前へ進めた。その名前にふさわしく、ブリムストーンは黄泉の国ハデスの深淵《しんえん》から飛び出してきたかのように見える。黒い瞳は野生そのもの、ふるまいは明らかにいらだっていて、前脚の蹄《ひづめ》でしきりに土を蹴っていた。

あたりの空気を満たす、馬の強いにおいが伝わってくる。アビーの呼吸が浅く、そして荒くなっていき、手のひらも徐々に冷たく湿っていった。もはや彼女にできるのは、地面をしっかりと踏んで立っていることだけだ。「これでいいでしょう、ロスウェル……言うとおりにしたわ。さあ……話してちょうだい。早く終わらせましょう」

アビーが見あげると、ロスウェルは彼女の無礼な態度をまるで気にしていないのか、平然としているように見えた。もっとも彼女としては、相手がどう感じているかは問題ではなく、ただ逃げ出したいという衝動と闘うので精一杯だった。彼女をその場にとどまらせているのは、まぬけな行動をして自分をおとしめまいとする決意だけだ。

ロスウェルが口を開くと同時に、厩舎のほうから蹄の音が聞こえてきた。アビーがあわてて音のしたほうに顔を向けると、レディ・グウェンドリンがピクシーという名の葦毛の牝馬に、ヴァレリーが栗毛の馬に乗って近づいてくるところだった。ふたりのうしろには大きな鹿毛の馬に乗った中年の馬丁、ドーキンスも続いている。

両足が地面に根を張っているかのように、アビーはその場に立ちすくんだ。馬に囲まれて逃げ場もなく、とらわれたような感覚に襲われる。心配する必要はない、人が馬の背に乗っているというありふれた光景を怖がるのは間の抜けた人間だけだ。そう自分に言い聞かせはしたものの、口の中が乾いて埃まみれになったみたいに感じられ、めまいで体がふらついていまにも卒倒しそうだった。

「湖のまわりをぐるっと一周してこようと思っているの」レディ・グウェンドリンが言った。「本当に一緒に行かないの、お兄さま?」

「ご一緒していただけるなら大歓迎です」ヴァレリーが浮ついた感じでまつげをはためかせ、つけ加える。「そんなにご立派な馬に乗られているのですから、乗り手としてもすばらしい腕前をお持ちなんでしょうね、公爵閣下」

「またの機会に同行させてもらうよ」ロスウェルは断りの言葉を微笑みでやわらげた。

少女たちは乗馬にすっかり興奮していて、公爵の拒絶に失望を感じてもいないようだ。レディ・グウェンドリンを先頭に、一行は土の道を進んでいった。

みんなが行ってしまったところで、アビーは手のひらを胸に押しつけた。鼓動がひどく速くなっていて、胸の中に押し込んでおかないといけない気がしたからだ。何度か短い息をついて視線をあげると、ロスウェルが妹たちではなく彼女に顔を向けていた。その表情は真剣だが、何を考えているのかは読み取れない。彼にじっと見つめられると、どうしても受け身になってしまう自分を感じずにはいられなかった。

どうにか冷静になろうと、アビーは砕かれた気力を立て直そうとした。「一緒に行ってあげるべきだったわ。レディ・グウェンドリンは兄のあなたとほとんど会っていなかったのよ」

「今朝は別に用事がある」

「ああ、ボクサーのゴライアスね。それなら、わたしにかまけている場合ではないわ」

アビーがそっと離れはじめると、ロスウェルが言った。「行っていいと言った覚えはないぞ。すぐに戻るんだ」

「どうして?」

「それをわたしが望んでいるからだ。さあ、こっちへ」

彼に権力を振りかざされるのは好きではない。けれど、なめらかで自信に満ちた口調で言われると、心が不安に苦悶《くもん》していても、従わなくてはならないと感じてしまう。心配もあらわな目でブリムストーンを見つめたまま、アビーは柵に近づいていった。

ロスウェルがわずかに身をかがめると、鞍がきしむ音がした。「わたしを見るんだ、アビー」

彼が親しみをこめ、愛撫のように名前を呼ぶ。しぶしぶながら、アビーは巨大な黒い獣から視線を引きはがした。彼女と目を合わせたロスウェルの瞳は、深みと落ち着きを感じさせるあたたかな光を放っている。

「ブリムストーンはわたしが完全に御している。どうしたってきみを傷つけるのは不可能だよ。わたしと一緒なら、きみは絶対に安全だ。わかったか？」

自信に満ちたロスウェルの態度は、アビーの中の恐怖をいくらかやわらげてくれたらしい。まるで心に管を通し、支えと強さを流し込んだかのようだ。安心感が体の隅々まで行き渡り、安らぎと守られているという感覚に自分が包まれていくのが感じられる。これほどの確信を持って見つめられると、彼の言葉ならなんでも信じたいという拒絶しがたい欲求を感じずにはいられなかった。

これ以上ないほどゆっくりと、アビーはうなずいた。

「柵に足をかけてのぼるんだ」ロスウェルが言う。「いやよ！」

彼女の中の恐怖がまたしても大きくふくらんだ。

「たてがみを撫でてやってくれ。それだけだ。きみはそうする必要がある、アビー。きみ自身の心の平穏のために」

「そんな必要はないわ！」

「いいや、ある。きみとブリムストーンのあいだには柵がある。覚えておいてくれ。きみを傷つけるようなまねは、わたしが絶対にさせない。さあ、一番下の横木に足をかけてごらん。そう、いい子だ。馬ではなくわたしを見ろ。わたしを信じてくれていいんだ、アビー」

アビーは彼のあたたかみのあるグレーの瞳を見あげ、かつて愛した少年の姿をかいま見た。これはマックスだ。黒髪が眉にかかり、唇が魅力的な曲線を描くその容貌は、天に助けを求めたくなるほどハンサムだった。彼は整った顔立ちの男性に成長した。あまりにも端整なので、体の中に異なる種類の興奮がこみあげてくるのが感じられるほどだ。

彼の励ましの声で不安が薄まっていく。どういうわけか、アビーは無意識のうちに指で柵の一番上をつかみ、靴のつま先で一番下に渡された羽目板を探っていた。体を持ちあげてその体勢を保ち続けているうちに、馬が近くにいるせいで鼓動が速まってくる。気を紛らわすために意識をロスウェルの脚へ向けると、たくましい腿にぴったりと合った鹿革のズボンと、飾りの房のついた光沢のある黒いブーツが見えた。彼は両膝を使って馬を操れるし、もちろん手綱もしっかりと握っている。アビーはそう自分に言い聞かせた。

「手を出して」ロスウェルが穏やかな声で促す。

彼女は爪を立てて柵を握りしめていた。人差し指に棘《とげ》が突き刺さったが、痛みはほとんど感じられない。彼はなだめるような口調で語り続け、アビーがようやく指の力をゆるめると、手をそっとつかんだ。

あたたかくて大きな手がアビーの手を包み、むき出しの手のひらが長いたてがみに触れるまで上へといざなっていく。ブリムストーンがわずかにあとずさりしたので、彼女は身を震わせてはっと息をのんだ。

「落ち着いて」ロスウェルが言う。その言葉が馬に向けられたものなのか、それとも自分に向けられたものなのかアビーにはわからなかったし、気にもならなかった。

彼女の意識は肌に触れる馬の首のぬくもりと、たてがみの粗いシルクのような感触に集中していた。子どもの頃の記憶がよみがえってきて、心をきつく縛る恐怖をやわらげていく。何年も前に起きた恐ろしい母の落馬事故の以前は、よく乗馬を楽しんでいたものだ。太陽の光を顔に受け、髪に風を感じながら牧草地を馬で駆ける自由を愛していたのは、いまでも覚えている。

「もう少しのぼれば、もっと楽に触れる」ロスウェルがささやいた。

少しためらってから、アビーはひとつ上の横木にのぼった。彼の存在が自信を与えてくれていることは否定しようもない。ひとりだったら、こんなまねをしようなどとは絶対に思わなかっただろう。気持ちが大胆になり、つやのあるたてがみをもっと撫でようと、柵から身を乗り出してみる。

「そうだ。いいぞ。恐怖を乗り越えるのはそう難しいことじゃない。きみは乗馬が好きだった。じきにまた乗れるようにしていこう」

アビーは驚いて彼と目を合わせた。「いやよ！　絶対にいや！　わたしを馬に乗せようなんて思わないで！　絶対に乗らないわ！」

ロスウェルの眉間にかすかなしわが寄り、彼女は臆病者のような自らの物言いを恥じた。彼の鋭い視線にさらされて気まずくなり、顔を伏せてブリムストーンの首に置いた自分の手を見つめる。何を恥じる必要があるだろう？　勇気をかき集めて馬に触っただけで、もうじゅうぶんにやり遂げたと言ってもいいはず……。

とんでもないことが起きたのはそのときだ。

ロスウェルがすばやく身をかがめて腕をアビーのウエストにまわし、そのまま彼女の体を抱えあげて馬の背の上、自分のすぐ前に乗せた。彼の胸に寄りかかる格好で横向きに座らされたアビーのヒップに、かたい革の感触が伝わってくる。だがそんな座り心地の悪さは、わきあがった恐怖にのみ込まれてすぐに消え失せた。

ブリムストーンがうしろ脚で立ち、世界がぐらぐらと揺れながら傾いていく。母が宙に放り出され、大きな音とともに地面に叩きつけられる光景が頭をかすめた。アビーは悲鳴をあげ、身を守ろうと必死にロスウェルにしがみついた。

エリーズは自室にある化粧室の窓のかたわらに立っていた。はるか遠くの厩舎付近の光景を見ながら、象牙色をした錦織りのカーテンを握りしめる。見晴らしがとてもいいおかげで、ロスウェルが黒い馬を放牧地の中に乗り入れるところもはっきりと見えた。彼は前かがみになり、柵に足をかけてのぼったミス・リントンと話している。ミス・リントンの手を取って馬のたてがみを撫でさせているところを見ると、ロスウェルが彼女を説得してそうしているようだ。

エリーズは唇を噛んだ。あんなふうに関心を引くなんて、あの田舎者はいったい彼に何を話したのだろう？　過去について知るのは難しいけれど、あのふたりのあいだで何かがあったのは間違いない。けれどそれとなく尋ねてみても、マックスはかたくなに口を閉ざしたままだった。それでも、誰も見ていないと思うたびにアビゲイル・リントンを追う彼の目を見れば、本当のところは察しがつく。

あの退屈な家庭教師に対するマックスの関心は、まったくもって行きすぎている。続けて、マックスが家庭教師を抱きあげて自分の前に乗せたのを見て、エリーズは驚きに目を見開いた。横向きに座ったミス・リントンは両腕を彼の首にまわし、恥知らずにも抱きついている。いったいどうしてあんなあばずれが――。

そのときガラスが割れる音が空気を引き裂き、エリーズは振り返った。メイドが恐怖におびえた表情で、鏡台の大理石の上に散らばった香水の瓶の破片を見つめている。香水が絨毯にしたたり落ち、バラの強烈な香りが部屋に充満していった。

エリーズはつかつかと進み出て、モニークの耳に平手打ちをした。「このでき損ないのまぬけ！　これはお気に入りの香水だったのに！」

「も……申し訳ございません、奥さま」すっかり震えあがったモニークは、いつもの自己流のフランス風の発音も忘れて謝った。「手が滑ってしまって……」

「それはひと瓶しか持ってきていないのよ。これからこの旅が終わるまで、わたしは何をつけたらいいの？」

「奥さまのお許しがいただければ、わたしが村の店まで急いで買いに――」

「安っぽいにおいを身につけろというの？　もういいわ。それより、わたしがにおいでむせ返る前にさっさと片づけてちょうだい」

エリーズは急いで窓際へ戻り、窓を開けて新鮮な空気を吸い込んだ。それでなくともいらだっているというのに、公爵と家庭教師の姿が見えなくなっている。放牧地を囲む森に視線を走らせても、ふたりはどこにもいなかった。マックスはミス・リントンを馬からおろしたのだろうか？　それとも、あのまま馬に乗せてどこかへ行ってしまった？　密会をくわだてていたとでもいうの？　このわたしを差し置いて？

怒りに身を震わせながら、エリーズは頭の中で状況を整理した。まだ部屋着のままなので、ふたりを探しに外へ飛び出していくわけにもいかない。怒りに任せて動いたところで、どのみちうまくいかないだろう。男性は、言葉に棘のあるうるさい女性を相手にしたがらないものだ。

ひとつだけたしかなのは、どう見ても三〇歳に近い田舎者に男性を奪われるなど、そんな失態を自分に許すつもりはないということだった。ロスウェルの目に留まるよう何カ月も策をめぐらせてきたのだし、ふくれ続ける借金を返すためにも彼の財産が必要な以上、絶対に失敗は受け入れられない。新婚旅行で倒れたデズモンドの老いぼれは、妻であるエリーズにほとんど何も残してくれなかったうえ、領地のほとんどは父親の二番目の妻との関わりを拒む傲慢な息子に取られてしまったのだ。

お高くとまった息子にしてみれば、コヴェント・ガーデンの劇場で拾ってきた女など、とりわけ相手にしたくないということらしい。

身分の低い出自を自覚しているエリーズは、富と同じく体面にも執着している。その彼女にとって、ただの準男爵との結婚はまったく物足りないものだった。いまだに上流階級に身を置く者たちの多くから軽蔑の目を向けられているのだから、そう感じるのも当然だ。

ロスウェルを結婚に追い込むのが、デズモンドのときのように簡単にいかないのはわかっている。公爵は愛人としてのみ彼女を欲していることをはっきり示していたし、ここへきて、さらに彼の意識をそらす昔の女まで現れた。

けれど、これよりも悪い状況に直面したことは以前にもあった。とにかくロスウェルから目を離さないようにしなくてはならない。アンブローズをせかして、あの家庭教師の気を引くという約束を守らせることも必要だろう。

何であろうと、誰であろうと、かつてエリーズ・ガンブルトンだった女がロスウェル公爵夫人になるのを邪魔させやしない。

15

マックスは手綱と膝、そして鋭い声音を使ってブリムストーンを御することに集中していた。馬はすぐに落ち着いたが、まだ頭を振ったり、不快感に怒って鼻を鳴らしたりしている。それよりもよほど難しかったのは、腕の中のおびえた女性をなだめることだった。アビーは両手で彼の首にしがみついて恐ろしいほどの力をこめ、体を押しつけたまま動こうとしなかった。やわらかな胸を除いた全身をがちがちにこわばらせ、顔をマックスのクラヴァットにうずめて、あえぐように呼吸をつないでいる。

まったく、これではさらに事態を悪くしただけではないか。そもそも、あんなふうにアビーを抱きあげるつもりはなかった。ところが二度と馬には乗らないというアビーの宣言を耳にし、かつて楽しんでいたものに怖じ気づく彼女の姿を見て、救ってやりたいという一心で突拍子もない行動に出てしまったのだ。

われながら自分のしたことに驚いてしまう。世間で流れる悪評にもかかわらず、ふだんの自分は物事を深く考え抜き、その結果までしっかりと推しはかる人間だ。だからこそ、いままで多くの仲間たちのように富を賭け事で失ったりせずにすんだのだ。

それなのにアビーは、どういうわけかマックスの生来の用心深さを突き破る。思えば前からそうだった。前日のキスがいい例だ。彼女に対して何かしようなどとはこれっぽっちも思っていなかったのに、気がつけば唇を重ね、両手であの魅惑的な体をまさぐっていた。片方の腕をアビーのウエストにしっかりとまわしたまま、マックスはブリムストーンを開いている放牧地の門扉へと向かわせた。急がないと彼女がまたしても悲鳴をあげ、厩舎の者に聞きつけられてしまう。主人が家庭教師をさらっているところを使用人に見られるのだけは、なんとしても避けたかった。彼女のスカートが膝までめくれあがり、ストッキングに覆われたすらりとしたふくらはぎがあらわになっているとなれば、なおさらだ。

幸運にも、馬丁たちの大半はあれこれと言い訳を見つけて厩舎の建物裏にとどまり、ゴライアスがトレーナーのクラブツリーとスパーリングをしているのを見物中だ。マックスもそこで朝の時間を過ごすつもりだったし、こんなふうに衝動的に行動していなければ、間違いなくそうしていた。

マックスはブリムストーンを森の奥へと続く一本道に向かわせ、湖から遠ざかっていった。いったんこうすると決めた以上、何があろうと最後までやり抜くつもりだ。アビーに不合理な恐怖を克服させるには、これ以外に方法はない。具体的になぜそれが自分にとって大事なのかは、いま考えなくても――。

突然、アビーの拳が彼の胸を打った。「おろして、ロスウェル！　いますぐおろしてちょうだい！」

ブリムストーンが足取りを乱して、跳ねるように道の端に向かっていく。マックスは手綱を振るって馬の歩調を正し、同時に腕の中の興奮した女性に意識を集中させた。「しいっ、暴れるな。きみは安全だ」

「安全なんかじゃないわ。地面に足をつけたいの」アビーが声を荒らげる。「おろして！　わたしは本気よ！」

アビーは彼の腕から逃れようともがいたが、そんなことをしたところでブリムストーンをさらに興奮させ、落ち着きを失わせるばかりだ。彼女を静かにさせなければ、馬がまたしてもうしろ脚で立ち、今度はふたりで地面に叩きつけられてしまう。

「振り落とされたくなければ」マックスは断固とした口調で告げた。「もがくのをやめてじっとしていろ。ブリムストーンはきみの恐怖を感じている。馬は乗り手の感情を読み取るんだ。きみだって知っているだろう。きみさえ落ち着けば、馬だって冷静になる」

細い体は緊張して抵抗の意思を秘めたままだったが、アビーがひとまずもがくのをやめた。息を震わせながら何度か呼吸をする彼女を見て、マックスは自分の声が相手に届いたことを悟った。アビーがゆっくりと頭を彼の首元にもたせかけ、レースのキャップが顎を撫でていく。上着の襟の折り返しをつかむ彼女の片方の手の指は、力をこめるあまり真っ白になっていた。

アビーの女性らしい体の感触が、あまりにもはっきりと伝わってくる。ヒップがちょうど下腹部に押しつけられ、マックスは体のほてりと闘わなくてはならなかった。欲望の証《あかし》が高ぶっているのを彼女に知られたら、それこそ神に救いを求めるしかない。こんな反応を田舎のオールドミスの女性が彼にもたらすなど、ありえないことだ。彼の好みはなまめかしく積極的で、睦《むつ》み事にも精通した女性だというのに。

しかし、マックスはアビーに抵抗しがたい引力があることに気づいていた。アビーと口論して頬を赤らめさせるのは楽しいし、彼女の存在には慣れ親しんだ心地よさもあり、ほかの女性と一緒にいるときとは違って活力がわいてくる。アビーの肌から漂ってくるかすかなライラックの香りが、ふたりで芝に横たわった若き日の強烈な記憶を呼び起こした。アビーこそ、はじめてキスをした女性だった。あのときの彼女は甘くやわらかで……。

彼女が歯のあいだから空気をもらすように言葉を発した。「ほら、じっとしているわ。だからこの馬を止めて、わたしをおろしてちょうだい」

「きみはまだ不安なままだし、ブリムストーンもそれを感じている。こいつがやたら驚いてしまうのはそのせいだ。いまきみをおろそうとしたら、また前脚を跳ねあげるかもしれない」マックスは興奮しやすいこの愛馬を御する自信があったが、アビーに馬の背に乗る感覚にふたたび慣れてほしいとも感じていた。それにこれほど早く彼女をおろしてしまったら、すべてが無駄になるかもしれない。「肩の力を抜いて乗馬を楽しむことだ。それがきみにとっても一番いい。いつまでもキイチゴみたいに、とげとげしくしていたくはないだろう」

森の中を曲がりくねって続く前方の道を見ながら、マックスは眉をひそめた。最後のひとことは、遠い過去から浮かびあがってきたものだ。アビーはそんなささいなことを覚えていないかもしれない。何しろ彼自身、ほとんど思い出しもしなかった記憶だ。もうずいぶん前に、マックスはあの夏の記憶をすべて封印していた。

「とげとげしいキイチゴ」アビーが彼をちらりと見あげて言う。「意見が合わなかったとき、あなたはいつもわたしをそう呼んでいたわ」

「そうだったかな？　きみがそう言うなら、そうなのだろう」

「間違いないわ。はじめて出会ったときの出来事がきっかけだった。ある夏の日の午後にわたしの秘密の草地に行ったら、あなたが草に埋もれるように寝そべって本を読んでいたのよ。『ガリバー旅行記』だったかしら」

あのときはブロブディンナグ国の巨人の描写に夢中になっていて、近づいてくるアビーの足音にも気がつかなかったのだ。「きみの草地じゃない。わたしのだ。あそこはロスウェルの領地だよ」

「違う。あそこはリントン家の土地の隅っこよ。あなただって知っているくせに」アビーが憤慨して応じる。「わたしは兄のジェイムズにあそこへ釣りに連れていってもらってから、何年も通っていたのよ」

「きみは侵入していたんだ。きみが見たいのなら、わたしの領地の境界を裏づける調査報告書を見せてもいい。あの小川が西の境界線なんだ」

「何よ！　ジェイムズがうちの土地だと誓っていたんだから、あなたが書類を見誤ったに違いないわ。ジェイムズはあなたより六つも年上だし、何より牧師なの。あなただって、兄の言葉を信用するべきよ」

草地の所有権をめぐる言い争いは、いつだってふたりのお気に入りだった。そして驚くべきことに、いまでもそうらしい。それに加え、このちょっとしたやりとりでアビーの気が紛れ、緊張が解けたのもありがたかった。彼女はマックスに寄りかかって顔を上に向け、ブルーの瞳に挑むような光を宿らせている。昔の思い出話を楽しんで彼女の恐怖が薄れるのなら、マックスとしてもこの話題を続けてもかまわなかった。

「ジェイムズは関係ない」彼は言った。「いまはキイチゴの話をしている。わたしの記憶では、あれは全部きみがひとりで勝手にしたことだった。わたしに礼儀正しく挨拶をする代わりに、怒り狂ってろくに足元も確かめずにわたしに突進してきたんだ。つまずいて密生しているキイチゴの中に倒れ込むのも当然だよ」

「なんですって！　つまずいてなんかいないわ。あなたが急に立ちあがって、わたしを怖がらせたのよ。わたしが転んだのはあなたのせいじゃない」

マックスはくすくす笑った。「レディの前ではきちんと立つのが紳士というものだよ。だから、そんなふうにわたしをにらまないでくれないか、ミス・キイチゴ。それにレディなら、自分を救ってくれた相手には感謝すべきではないのか？　か弱い肌から何本も棘を抜いてやるほど親切な男性にはなおさらだ」

「二本だけよ。それに刺さったのは腕だったんだから、自分でちゃんと抜けたわ」

マックスの上着をつかんだ手の力をゆるめたアビーが人差し指の先を口に含んで吸い、彼を仰天させた。彼女の魅力を意識するまいと決めていたにもかかわらず、灼熱《しゃくねつ》の矢に射抜かれたような感覚が襲いかかってくる。やわらかな唇から目が離せず、彼女の熱い口を自分の体のある部分で感じる幻想から気をそらすこともできなかった。

彼が知っているほかの女性であれば、これが興奮をかきたてるための意図的な行為だとすぐにわかっただろう。だが、アビーは違う。彼女は社交界の大胆なレディたちが繰り広げる官能的な遊びについて、何も知らないのだ。

募る欲望にいらだちを覚えて、マックスは冷たく言った。「指をどうかしたのか？」

アビーはすぐに口から指を離し、拳を握った。「どうもしないわ」

「きみが嘘をついても、わたしにはすぐにわかる。昔からそうだった」

「わたしはあなたに嘘をついたことなんてない！」

「そうか？　水切りをして遊んでいたときはどうだ？　きみの石は六回しか跳ねなかったのに、七回だと言い張ったじゃないか」

彼女は首をそらし、声をあげて笑った。「もう一五年も経ったのに、いまだに公平な勝負でわたしに負けたのをひがんでいるのね」

気がつけば、マックスは笑い返していた。アビーの顔を輝かせるまばゆい美しさに目がくらむ。「ミス・キイチゴ！　わたしはいつだって、きみが笑ったときの目の輝きが好きだった」

彼女の口元がゆるみ、まぶしい輝きがわずかな痕跡だけを残して消えていった。だが、マックスは知っていた。その輝きはまだそこにあり、彼以外の誰かによってふたたび引き出されるのを待っていることを。ふたりが互いにとって正しい相手ではないとわかっていても、その考えは彼を落ち込ませた。アビーが生まれつき結婚に向いている一方で、マックスは結婚を避けるという誓いを立てている。

だからこそ、彼女とのあいだには距離を置くのが賢明なのだ。「心の準備をしてくれ。ここで止まるから、きみもようやく馬からおりられる」

〝ここ〟というのは、ふたりにとってなじみ深い場所だった。マックスは手綱を引いてブリムストーンを止めようとしたとき、それに気づいてはっとした。この秘密の草地に来ようとしていたわけではない。無意識の思いに導かれてたどり着いたに違いなかった。

むき出しの岩がまるで人を出迎える両腕のように草地の一部を囲み、天然の隠れ家となっていた。流れの速い小川が草地の片側に境界線を作り、高いオークの木々が葉の茂った枝を伸ばして頭上を覆っている。前日の激しい雨のせいで植物は横倒しになっていて、地面は湿り、空気はひんやりと冷えていた。岩の上の日が当たるところで茶色のカエルがひなたぼっこをし、その近くではトンボが小川の水面の上を舞っていた。

「おりてごらん」マックスはためらうアビーを励ました。さっきはあれほど強く要求していたのに、今度はおりるのをいやがっているようだ。「さあ、早く。わたしが手綱をしっかりと握っているから大丈夫だ」

アビーは唇を噛んで小さくうなずき、彼の手を借りて鞍から滑りおりた。軽々と地面に着地した彼女が距離を取るあいだに、マックスは馬から飛びおりて手綱を低木に結びつけた。一番偉いのは誰かを主張したいのか、ブリムストーンが一度だけ頭を跳ねあげ、それから地面の草を食べはじめた。

アビーは古いオークの大木のかたわらに立ち、その様子を見守っていた。薄紫色のドレスが細身の体を膜のように覆い、シナモン色の巻き毛が幾筋か、馬の背でマックスともみ合ったせいでレースのキャップからこぼれている。彼の中で、望まざるゆがんだ欲望がまたしてもこみあげてきた。いまのアビーの姿は、危険のきざしを感じたらすぐに飛び去ってしまう用心深い森の妖精を思い起こさせる。

ブリムストーンがしっかりとつながれたのを見届けると、アビーはあたりを見まわした。驚くべき光景に目を見開きながら、歩いて大きな岩を通り過ぎ、草が生い茂る空き地へと入っていく。「あの草地ね！　もう何年もここには来ていなかったわ」

マックスは内心で、自分もそうだと同意した。なぜこんなにも長いあいだ、足が遠のいていたのだろう？　この一五年間で、ロスウェル・コートに帰ってきたのは一度きりだ。一〇年前に戻ってきたのは、亡くなった父親を代々のロスウェル公爵が眠る一族の教会に埋葬するためで、ひと晩という短い滞在だった。年老いた牧師に家で働く使用人たち、それから五歳だったグウェンとおばのヘスターだけが参加した内輪の葬儀で、父の遺言に従い、村人や近隣の人々は招かれていない。

あのときにアビーを探していたら、どうなっていただろう？　手紙の行き違いに気づけただろうか？　人生が変わっていた？

マックスはそうした考えを頭から追い払った。なんでも思いのままにできるだけの富も地位もあるというのに、過去を蒸し返しても意味はない。いまの日常で完璧に満ち足りているはずではないか。

ゆっくりと歩いてアビーに近づいていく。「この場所は変わっていないようだ。キイチゴの茂みが前よりも育っているくらいかな。また倒れ込まないよう、わたしのそばにいたほうがいいんじゃないか？」

「何よ」アビーがマックスの差し出す腕を無視して言う。「あなたが驚かせなければ、わたしはまったく問題ないわ。あなたったら、それにかけてはものすごい才能があるのよね」

「ふむ、いらついているな。プリムストーンに乗せたのを、まだ根に持っているのか」

彼女は鼻筋にしわを寄せた。「〝いらついている〟なんて言葉では甘すぎるわ。でも、ここにまた戻ってきたのが残念だとは言えないわね」

彼女はそう言うと小川のほとりへ歩いていき、身をかがめて水の中をのぞき込んだ。薄紫色のドレスが女性らしい体の線を浮かびあがらせる光景から、マックスはなんとか目をそらした。アビーのヒップの曲線を手でなぞり、彼女を腕の中に引き寄せてふたたびキスをするところを想像しないようにするのもひと苦労だ。正直に言えば、それ以上を望んでいる。アビーを草の上に横たえ、はるか昔、自分がまだ女性の歓ばせ方を知らなかった頃に始めたことを終わらせたい。

だが、アビーにはそんな向こう見ずで堕落した行為よりも、はるかに上等な扱いこそふさわしい。

「魚が見えるわ」彼女が振り返ってマックスを見た。興奮に顔を輝かせている。「大きいわよ。あそこのアシの中に隠れている」

彼はアビーの隣に行き、川をのぞき込んだ。川底は岩になっていて、さらさらという旋律を奏でながら水が流れている。影の中を泳ぐなめらかな形の魚を見ながら、マックスは言った。「釣り竿《ざお》とリールがないのが残念だな。昔はふたりでマスをたくさん釣ったものだ」

釣りに行くというのは、マックスがたび重なる外出を厳格な父親に説明するときの決まり文句だった。ロスウェル・コートの重苦しい雰囲気から逃れる言い訳を与えてくれたのが釣りだ。そうして彼はこの場所で心の平穏を見つけ、アビーという友人と思いがけず出会ったのだった。

村でもたびたびアビーの姿に――とくにアビーがある程度大きくなってからは――気づくことはあったが、マックスのほうから話しかけたことはなかった。彼の父親は公爵の跡継ぎにふさわしいふるまいを厳しく求め、息子に対して高い地位に似つかわしく地元の人々と距離を置くよう指示していた。一年のうちの大半は学校に行き、そこには良家の出の友人がたくさんいたので、父親の指示はなんの問題にもならなかった。ただ、学校が休みのあいだは別だ。屋敷で放っておかれ、ひとり孤独に遊んでいることが多かった。

アビーと出会うまでは。

彼女が悩ましげな微笑をマックスに向ける。「ここでこっそり会うのは楽しかったわ。そう思わない？　あれがわたしにとっては最後の自由な夏だったのよ。あのあと母が事故に遭って、わたしがずっとそばにいなくてはならなくなったから」

アビーは何気なしにずっと人差し指を撫でていた。あれはさっきくわえていた指だ。マックスが彼女の手を取って見てみると、指先から血がひと筋流れていた。「そうか、棘が刺さったんだな」

「放牧地の柵でね。こんなの、なんでもないわ」

マックスは手を引こうとするアビーの肘をつかみ、昔ふたりでピクニックのテーブルに使ったり、集めた小枝でバランスゲームをしたりした平たい岩のほうへと連れていった。岩の表面は強い雨できれいに洗われ、いまはもう乾いているようだ。

「そこに座るんだ。その棘を抜いてしまわないと」

アビーはいらだたしげに首を横に振り、すとんと腰をおろしてスカートを整えた。「大騒ぎするようなことではないわ。あとで自分で取れるもの。姪や甥を相手に何百回もやってきたことよ」

「きみはわたしの柵で傷ついた」マックスは彼女の指をよく見ようと顔を近づけた。「まさか、わたしが償いをするのを拒絶しないだろうね」

「どうやって償うつもりなの？　力ずくで押し出そうなんて思っていないわよね？　そんなことをしたら、指の中でもっと細かく砕けてしまうわ」またしても、アビーが彼の手から逃れようとする。

「じっとしてくれ、ミス・キイチゴ。どの方向から刺さったのか見定めなくてはいけないんだ」

少しばかり不安そうに、アビーも下を向いた。「わかったでしょう？　完全に皮膚の中に入り込んでしまっているの。裁縫箱の針がないと何もできないわ」

マックスはにやりとした。「そうかな？」

彼がクラヴァットの折り重なるところから真珠の飾りピンを抜き取ると、それを見たアビーの片方の眉がくいっとあがった。彼女の手を膝の上に置き、飾りピンのとがった先端を棘が刺さっている皮膚の上にそっと突き刺す。なかなかに根気のいる作業で、そのうえアビーからほのかに漂ってくる香りと、信頼とともにゆだねられた繊細な手の感触が、マックスの集中力をひどくかき乱した。

どうにか気を紛らわせようとして言う。「プリムストーンに乗れたのはたいしたものだ」

「どうしようもなかっただけよ。あなたの思惑を知っていたら、絶対に柵へ近寄らなかったわ」

「どんな馬にも近寄らなかっただろう。少なくとも、その障害は越えたわけだ」

「そうかしら。無理やり乗せられるのと、自分からそうするのでは話が別だわ。それに、どうしてわたしの個人的な不安をあなたが気にするのか、よくわからない」

自分でも完全には理解していない理由について深く考えたくなかったので、マックスは話をそらした。「わたしが礼儀正しく頼んだところで、きみは賛成しなかっただろうからね。正直に言ってくれ。そんなに怖くなかっただろう？」

「怖かったわ！」アビーが大きく息をついて答える。「少なくともはじめは、われを忘れるくらい怖かった。でも、あなたが話しかけてくれて助かったわ。それからは……まあ、しばらくしてからは、あまり怖いとかそういうことは考えなかったわね」

小さな棘が指先からのぞくようにして、マックスは少しずつ慎重につつき出していった。

「恐怖を克服する最良の方法は、真正面から向き合うことだ。教えてくれ、そもそも、なぜそんなに馬を恐れるんだ？　昔のきみは乗馬に熱心だったじゃないか。このあいだ、きみの母上が落馬したという話を少しだけ聞いたが」

「腰を打ちつけてしまったのよ。ひどい骨折で、完全には治らなかったわ。それからはずっと外出もできなくなってしまって、部屋を移るのも松葉杖とわたしの助けが必要だったの」

「だが、落馬したのはきみじゃない。なぜきみがそんなに怖がるようになったんだ？」

「ひとつには、わたしの目の前で起きた事故だったからでしょうね。母がわたしを牧草地での気晴らしにつき合うよう誘ったの。あまり馬には乗らない人だったけれど、わたしを……元気づけようと思ったのよ」アビーは困ったような視線を彼に向け、すぐに目をそらした。

前に聞いた話から察するに、事故が起きたのはふたりが喧嘩別れをしたすぐあとだ。つまり、アビーはマックスのせいで落ち込んでいたということか？　できることなら、それは尋ねたくない。「何が起きたのか、詳しく聞かせてくれ」

「森の中の近道を通っていたら蹄がウサギの穴に引っかかって、バターカップがつまずいてしまったの。母は宙に投げ出され、すごい音をたてて地面に叩きつけられたわ。そのまま全然動かなくなって、一瞬わたしは……死んでしまったのかと思った」

アビーの声ににじむ恐怖に動揺し、マックスは話の焦点を変えた。「バターカップはきみが昔乗っていた鹿毛の馬だね」

「ええ。でも、その日は母が乗っていたのよ。どうしてそうなったのかは、よく覚えていないけれど」アビーが唇をきゅっと嚙みしめる。「骨を折ったのは母だけじゃなかった。バターカップも脚を折ってしまって……処分するしかなかったわ。ああ、マックス。ひどい状況だったのよ。わたし……わたしにはとても口にできない」

なるほど、そういうことだったのか。マックスにも、その光景がもたらす心の傷は想像できた。混乱し、母親の痛みをやわらげようと必死になり、けがをした愛馬をどうすればいいかもわからずに苦しむアビーの姿も。それだけではない、彼女はそのあと、助けを呼ぶために母親と馬を置き去りにするしかなかったのだろう。

「残念だよ、アビー」もっと気のきいた言葉を思いつけたらどれだけいいか。口達者な悪魔として知られるマックスのこのざまを見たら、友人たちはきっとばかにするに違いない。

だが、アビーはそんなことにも気づかずに話を続けた。「母はわたしが馬に乗ることに神経質になってしまって、それが何週間、何カ月も続いたわ。だから、あきらめたの。わたしも乗馬のことを考えると不安がこみあげたし、気がつけば馬を避けるようにもなっていた。

それから年を追うごとに、恐怖がわたしの中に深く根を張っていったのよ」彼女の顔に自嘲するような笑みが浮かぶ。「これでわかったでしょう。わたしは要するに臆病者なの。馬に乗ってあなたと競争していた女の子はもういない。わたしは勇気を根こそぎなくしてしまったのよ」

アビーを抱きしめて安心させてやりたいという強烈な衝動が、マックスの中にこみあげた。だが、彼にそんなことをする権利はない。いまやふたりはそれぞれの人生を歩んでいるのだ。物事はあるべきところにすべておさまっている。それなのに、なぜふたりのあいだの絆を断ち切ってしまえないのだろう？

「そんなばかな話はない」マックスはぴしゃりと告げた。「これはきみがもう一度馬に慣れればいいだけの問題だよ。そばにいればいるほど、恐怖も薄らいでいく」

「本当にそう思う？」アビーが疑わしげに尋ねる。

「思うとも。毎日、厩舎を訪れればいい。グウェンも大喜びできみにつき合うはずだ。それでまた鞍に手を伸ばそうという気になったら、遠慮なくわたしの馬のどれかに乗ればいいさ。きみに必要な手助けはなんでもするよう、馬丁たちには伝えておく」

彼女は唇の片端をあげ、皮肉な笑みを浮かべた。「それは、わたしがロスウェル・コートにいる残りわずかな時間で、ということよね」

たしかにここへ来た最初の日、図書室でアビーに首を言い渡した。賭け試合のあと、彼女はここを去ることになっている。マックスはいまになってその決断を後悔するという、気まずい立場に立たされていた。アビーが彼のおばを言いくるめ、当主の許しを得ていない採用を認めさせたのは事実だ。その一方で、グウェンは新しい家庭教師を慕っている。

そしてアビーを気に入っているのはマックスも同じだった。過剰と言っていいくらい気に入ってしまっている。もし彼女を雇い続ければ、休日に妹と会うたび彼女とも会うことになるのだ。すでに整っている自分の人生にそんな誘惑を招き入れるなど、危険きわまりない。

マックスは話題を変えた。「ほら、やっと棘が取れたぞ。泣きごとのひとつも言わなかったきみは臆病者ではない」

アビーが指先をじっと見て、小さく笑う。「あら、そんなに小さなものにまで怖じ気づくほどの臆病者だとは、さすがにわたしだって思っていなかったわ」

「それはそれとして」マックスはピンをクラヴァットに戻して続けた。「きみは、かつてアン女王のものだった真珠の飾りピンで治療を受けた世界でただひとりの女性という栄誉を得た。このピンはいまから一〇〇年以上も前に、わたしの曾祖父が女王からいただいたものなんだ」

「それはすごいことね！」

互いに微笑みを交わしたその一瞬は、あたかも時がまったく流れておらず、ふたりがいまも親友のままであるかのようだった。マックスはいまのアビーを知りたいと自分が望んでいることにも、はっきりと気づいていた。彼女の個人的な考えや意見をすべて知り、からかって笑わせ、その純粋な喜びに浸る。そのためにもっと一緒にいたい。だが、そんなふうに考えるのはそれこそ狂気の沙汰だ。

魔法から逃れようと、彼は視線を下に向けた。たたんだハンカチを出してアビーの指に巻きつける。「ちゃんとした包帯を巻くまで、こうして押さえているといい」

彼女は少しのあいだ黙ったまま、間に合わせの包帯の端に縫い込まれたモノグラム（頭文字などを図案化したもの）に触れた。細かなイチゴの葉に囲まれた〝R〟のひと文字をしばらく見つめ、それから警戒する目つきを彼に向ける。「どうしてこんなによくしてくれるの、ロスウェル？　最初は冷たくて傲慢だったのに」

「ずっと前に喧嘩をしたあと、わたしはきみに嫌われたと思っていたんだ。だから、きみが自分の屋敷にいるのを見てうれしいとは思えなかった。しかし昨日、きみはわたしの手紙を受け取っていないと聞いて、自分が勘違いをしていたと気づいたんだ」

「わたしもあなたに嫌われているんだと思っていたわ。つまり、勝手な推測を働かせていたという点では、わたしたちはどちらも有罪ということみたいね」

「では、ふたりとも賭け試合にのぞむボクサーのようにふるまう必要はないわけだ。休戦ということでいいかな？」

マックスが手を差し出すと、アビーは少しためらってから、間に合わせの包帯がずれないよう慎重にその手を握った。やわらかく、あたたかい彼女の手。思わずキスをしたくなる唇。この手をほんの少しだけ引っ張れば、彼女を両腕で抱くことができる――。

マックスの思考がみだらな方向へ向かうのを感じたのか、アビーがすっと手を引き、そのままスカートの下の両脚をあげて膝を両腕で抱えた。昔、彼と話すときによくやっていた座り方だ。「あの手紙はどうなったんだと思う？」彼女はきいた。

マックスは心当たりがないではなかったが、ロンドンに戻るまでは確かめようもない。「誰にもわからないよ。どういうわけか、どこかへ行ってしまったんだろう」

「全部？」アビーが首を横に振る。「そんなはずはないわ。きっと誰かが隠したのよ。わたしの両親じゃないのはたしかね。母はほとんど歩けない状態だったし、父はずっと図書室にこもって本を読んでばかりいたもの。郵便物をふたりに渡すのがわたしの役目だったの。だから、きっとあなたのお父さまの仕業よ」

「たぶんね」

「お父さまのことはあまり話してくれなかったわね。どんな方だったの？」

マックスは眉をひそめて顔を背け、岩の上にいる茶色のカエルが舌を伸ばしてハエをとらえるのを眺めた。「誇り高くて威厳がある、礼儀に厳しい人だった」

「お父さまは葬儀のあと、あなたとレディ・グウェンドリンを連れて去ってしまったけれど、どうしてあなたをここに戻さなかったの？　それだけお母さまの死に動揺していたということ？」

マックスの筋肉が緊張でこわばった。まっすぐ見つめてくるアビーの目が、魂までのぞき込んでいるかのように感じられる。彼は目を合わせていることに耐えられず、彼女の口元へ視線をずらすと、不機嫌な声で答えた。「昔の話はどうでもいい。ふたりでするなら、それよりもずっといいことがある」

身をかがめて顔を寄せていき、片方の手でアビーのなめらかな頬に触れる。マックスはふたたび彼女の唇を味わい、純粋な歓びにわれを忘れることを切実に求めていた。呼吸が一瞬だけ止まったところを見ると、アビーも同じ気持ちなのだろう。彼女のまつげがわずかに下を向いて表情がやわらぎ、キスを受け入れようと唇が開いて……。

次の瞬間、アビーがさっと手をあげてマックスを押しのけた。「それはやめて。気をそらそうとしているのはわかっているのよ。家族のことを尋ねるといつもそうだわ」

そうなのか？　意表を突かれたマックスはとぼけてみせた。「美しい女性とキスをするのが好きなだけだ」

疑わしげな視線で彼を見ながら、アビーが言い募る。「正直に答えて。わたしの質問から逃げないでちょうだい」

マックスは指で髪をかきあげた。短くまとめて話してやれば、彼女も追求するのをやめるかもしれない。「どうしても知りたいなら教えよう。わたしの子どもの頃の記憶は、大声の言い争いと癇癪の発作で泣きわめく声、その合間に訪れる冷たい沈黙でいっぱいだ。父は厳格な規律の鬼で、母は感情の起伏がとても激しい人だった。あのふたりには合うところなどまるでなかったし、そもそも結婚するべきではなかったんだ」

「では、どうして結婚したの？」

「人が結婚するのはなぜだと思うんだ？　母は美しい女性だったし、父は跡継ぎが必要な貴族だ。父は母の激しい要求や途方もない移り気に振りまわされていたにもかかわらず、母に夢中だった――」

そこでマックスは言葉を切った。アビーに教えるのはここまででいい。父親から家族の秘密は決して明かさないという誓いを立てさせられたし、アビーにはすでに誰よりも多くの事情を明かしてしまっている。

彼女の表情が思いやりに満ちたものへと変わった。「ああ、マックス。あなたも大変だったでしょうね。あなたのご両親も少しくらいは愛し合っていたと思う?」

「愛なんて、情欲を上品に表した言葉にすぎない」

「それは違うわ! わたしの両親はとても愛し合っていた。誠実な友人同士で、一緒に笑って食事を分け合い、すべてを隠さずに話し合っていたの。愛は結婚にとって、一番大切なものだとわたしは思うわ」

アビーの瞳がまたしても輝き、顔全体を照らしてマックスの感覚をも刺激する。少しこぼれたシナモン色の巻き毛が、魂のまばゆい輝きがなければ平凡に思われるかもしれない表情を囲うように顔の両側に垂れていた。もし社交シーズンに参加していたら、ミス・アビゲイル・リントンは押し寄せる求婚者たちに取り囲まれていたことだろう。

そして、マックスはとてつもない嫉妬に悩まされていたに違いない。

さらにかがんで顔を寄せていく。「わたしの話はもういいだろう。告白すると、ずっと気になっていたんだ。アビー、きみはなぜ家庭教師になったんだ?」

「去年の秋に両親が流感で亡くなるまで、わたしはずっとふたりの世話をしていたわ。そのあと、変化を求めて家を出る決心をしたの」アビーが顎をあげて続けた。「あなたにしてみれば、家庭教師になるなんて冒険としてはつまらないと思うかもしれないけれど、わたしにとっては違うのよ」

「きみだけが責任を背負うなんて間違っている。きみのきょうだいたちはご両親の世話を手伝わなかったのか？」

「みんな結婚して子どももいるのよ。わたしは一番年の近い兄より七つも年下だったから、わたしの仕事になったの。でも、試練みたいに思わないで。父と母をとても愛していたし、ふたりともわたしにとって大切な存在だったんだもの」

それでも怒りがこみあげて仕方ない。いざアビーの置かれた状況を考えはじめてみると、彼女の結婚の機会をつぶしてしまったきょうだいたちに対するマックスの嫌悪感は募るばかりだった。とくに、ロンドンでたびたび遭遇し、会えば会釈くらいはする間柄の長兄――アビーより二〇歳以上も年上の尊大な男――に対する怒りはひときわ大きい。

「いまはクリフォード・リントンがきみの家の当主なんだろう？　きみが生活のために働かずにすむよう、必要なものを与えるだけの余裕は当然あるはずだ」

「もちろんよ！　実際、兄はわたしにリントン・ハウスに残るように言ったわ。でも、わたしは……それ以上の何かを求めていたの」

アビーは自身の夫と子どもを持つのにふさわしい女性だ。それなのに姉や兄、姪や甥たちに囲まれて、無給の使用人のような扱いを受けていたのだろう。良家の子女の家庭教師という道を選ぶのも無理はない。

「きみは結婚すべきだ。ミスター・バブコックが求婚しなかったことに失望したかい?」

さっと身を引いたアビーの頰が赤く染まっていた。「どうしてそんな関係のない質問をするの?」

「わたしは当然のことしか口にしていない。このあたりでは、ふさわしい紳士がそうそういないに違いないからな」

「知りたいのなら答えてあげる」アビーがよそよそしく言う。「わたしは自分を完全に行き遅れだと思っているわ」

説明できないほどの怒りを感じ、マックスは彼女をにらみつけた。「だが、まさか年老いた独り者だと感じているわけではないだろう、アビー? きみはまだ希望も欲求も持っている。ゆうべだって、晩餐の前にアンブローズと笑って親しげにしていたきみは、まるでそんなふうには見えなかった」

「彼とは話をしていただけよ」

「そうか? ずいぶんと親密な様子だったが。もしきみがその方向へ進むことを望んでいるのなら、考え直せと忠告しておこう。あの男は筋金入りの放蕩者だから、結婚の申し込みはしないぞ」

アビーが口元を引き結び、膝から手を離して岩をおりた。「安心してちょうだい、公爵閣下。わたしだって、出会った独身男性を全員夫候補として見ているわけではありませんから。むしろそれからはほど遠いわ！　では、これで失礼。レッスンの準備がありますので」

マックスも立ちあがった。「送っていこう」

「おかまいなく。歩きますから」

憤慨したアビーがずんずんと進んでいく。ブリムストーンの脇を通り過ぎるとき、たじろぎもしなかったのはたいしたものだ。土の道を歩いていく彼女の華奢なうしろ姿が、じきに森の中へ消えていった。アビーなら、彼と同じくらいこの森をよく知っている。道に迷う心配はないだろう。

マックスは自分に腹を立てていた。なんだってアンブローズの話など持ち出した？　そのせいで、ゆうべずっとアビーを見ていたことを本人に知られてしまったではないか。もっとも、実際には彼女をもてあそんだ友人の襟首をつかみ、顔面を殴りつけたくなるほどの嫉妬に身を焼かれていたのだが、少なくともそれを告白するほど愚かではなかったのがせめてもの救いだ。

マックスはブリムストーンに歩み寄り、結んでおいた手綱をほどいた。それに、結婚についてあれこれ語る権利など彼にはない。アビーが自分の人生で何をしようと、どうでもいいことだ。結婚で得られる幸福について忠告を与えるなど、いったい何さまのつもりだったんだ？

彼自身は、そんな慣習になんの関心も持っていないというのに。

それでもマックスの頭は、なおもアビーのことを考えていた。その昔、なぜ簡単にあきらめてしまったのだ？　手紙の返事がなかったとき、どうしてここへ戻ってきて彼女と向き合わなかった？　そうする代わりに、秋波を送ってくる洗練された女性たちが山ほどいるのに田舎娘に恋い焦がれるなど理屈に合わないと、自分に信じ込ませたのだ。

〝あなたは女性を誘惑するのがとてもお上手ですもの。それが何よりお得意なんでしょう〟

マックスは鞍に飛び乗った。昨日キスのあとでアビーから受けた非難が、まだ心に突き刺さっている。それはもしかすると、彼に対するアビーの評価がある程度真実を言い当てているからなのかもしれなかった。たしかに彼自身、なんの価値もない快楽を追求して人生をのらりくらりと過ごすことを自らに許してきた。直面するにはつらいその現実が、マックスの中に何かもっと大きなことを成し遂げる必要があるという思いを呼び起こした。

たぶん答えはここにある。

彼は進む方向を変え、ブリムストーンを南に広がる農園のほうへと進ませた。屋敷へ戻る前に、領民の家を何軒か訪ねよう。ここロスウェル・コートで過ごしたわずかな時間のあいだに、目に見えるすべてがわがものだと知りつつ領地を馬で駆けるのは大いなる満足感をもたらしてくれるとわかった。この地で育ったマックスは、地所のことなら隅々まで知り尽くしている。それでも彼を頼りにする農民や使用人、そして村人たちをずっと無視してきたという悩ましい自覚はあった。これからは、領地管理人から送られてくる報告書にただ目を通すだけでなく、もっと個人的な関心を払わなくてはならない。

しかし現在は、さまざまなことが気配りを要する状況だ。来るべき賭け試合のためにゴライアスの調整を進めなくてはならないし、妹ともっと長い時間を一緒に過ごさなくてはならない。それに客たちを楽しませるという責務もある。

マックスは罪悪感を覚えはじめていた。とりわけ、エリーズのことはずっと無視し続けている。正直な話、今日はいまのこの瞬間まで、彼女のことを一度たりとも考えなかったくらいだ。もっと彼女に意識を向けないと、社交界で最も魅力的な果実を誘惑する機会を失ってしまう。

そう思ったにもかかわらず、森の中を疾走する彼の思考は、繰り返しアビーへと戻っていくのだった。

16

アビーは屋敷の側面にあるドアから中へ足を踏み入れたのと同時に、大理石の廊下のどこからか甲高い声がかすかに聞こえてくるのに気づいた。立ち止まって汚れた靴を脱ぎ、ストッキングだけをはいた足ですぐに声のするほうへと向かう。

ロスウェル・コートまで歩いて戻るのに、たっぷり一時間ほどもかかってしまった。はじめは嵐のようにかき乱された感情に突き動かされて勢いよく歩いていたものの、いくつかの水たまりの中を通って足が泥だらけになったあとは、マックスとの思いがけない遭遇を思い返しながら、もっとゆっくりと進むことにした。

彼は、饒舌《じょうぜつ》になったと思ったら急に口を閉ざしたり、やさしいと思ったら今度はやたらとおせっかいだったり、穏やかだと思ったら突然強引になったりと、さまざまな面を見せていた。結婚の話をしてわたしを困らせ、私的な願望や夢にまで踏み込んできたくせに、その一方で自分の家族についてはほんの一部を手短にまとめて説明しただけだった。最悪なのは、自らの汚れきった評判にもかかわらず、アンブローズと親密にしていたなどと、図々しくもわたしをたしなめたことだ！

それでもあとから考えてみると、不意打ちでブリムストーンに乗せられたのはいいことだったのだと思う。マックスのやり方には腹が立つけれど、動機は正しいものだった。わたしひとりでは、決して馬に乗ろうと思わなかっただろう。それが実際にまた乗ったおかげで、恐怖を完全に克服できたとは言わないまでも、少なくとも自信を深められた。

ただしそのあいだに、アビーの心の平穏はマックスによって大惨事に陥ってしまった。男性に抱かれるのがどれだけすばらしいことなのか、彼女はすっかり忘れていた。そのため最初の動揺がおさまったあとは、鞍の上でマックスの腕にしっかりと包まれたまま、完全にくつろいでいた。頭の中では彼のたくましい体や男らしいにおい、そして魅惑的な体の熱を思い返し続けている。あんな経験はそうそう忘れられるものではないだろう。

それでも忘れなくてはならない。

マックスは求婚者ではなく、あくまでも雇い主なのだ。そして、もし彼をロスウェルだと思えなくなったら、それはわたし自身が背負う十字架になってしまう。彼がわたしの恐怖を心配してくれることや、棘を抜いてくれたやさしさにだまされてはいけない。相手は女性をある目的、たったひとつの目的のためだけに利用する男性なのだから。

それとも、そうではないのだろうか？　マックスには見た目以上の何かがあるという先入観から抜け出せないのはどうして？　彼のすべてを知るために、もっと一緒に時を過ごしたいと願ってしまうのはなぜなの？

できることなら、自分の中のもつれた感情を解きほぐすため、ひとりの時間が欲しいところだ。けれども、ずっと家族の仲裁役を務めてきたアビーは、言い争う声の出元を探さなくてはならないという責任感に縛られていた。

ドアを抜けると、そこは金箔を張った額に入れられた花の絵が明るい黄色の壁に飾られている居間だった。朝食の残りが、バラ園をのぞむ窓のそばにある円テーブルの上に置かれている。

広い部屋の奥のほうで、レディ・デズモンドとアンブローズが立ったまま口論をしていた――というより、レディ・デズモンドが一方的にまくしたてていた。ふたりの注意は、四つんばいになって大きなローズウッド材の書き物机の下をのぞき込んでいる大男に向けられている。その近くには、しわだらけの顔でにやにやしながら様子を眺めているフィンチリーの姿もあった。

「こんな簡単なことに時間をかけすぎよ」レディ・デズモンドがゴライアスを叱りつけた。「何が問題だっていうの？　さっさとその生き物をつかまえて出ていってちょうだい！」

「問題は――」賞金稼ぎのボクサーがでこぼこの顔で彼女を見あげる。「あんたがぎゃあぎゃあ騒いで、こいつをおびえさせてることだよ。まったく、雄猫を呼ぶ雌猫のやかましい鳴き声よりもひどい声だ」

「なんですって！　アンブローズ、この野蛮人がわたしを侮辱しているのに、あなたはそこに突っ立っているだけなの？」

アンブローズがおどけた表情を彼女に向ける。「彼はイングランドのボクシング・チャンピオンだぞ。ぼくたちのほうこそ、彼を侮辱しないよう気をつかうべきだと思うがね」

レディ・デズモンドが怒りに息を詰まらせると、フィンチリーがしなびた拳で存在もしない相手にパンチを繰り出した。「有名な左フックで打たれないよう、用心しなくてはなりませんな」かすれた声で笑い、さらに続ける。「バンと一発。それでたちまち失神ですぞ」

「あなたは引っ込んでなさい」レディ・デズモンドが声をあげた。「使用人の仕事はそばに控えていることよ。会話に口を出すことじゃないわ」

アビーは咳《せき》払いをした。「すみません。いったい何が起きているのですか?」

その場にいる全員が近づいていくアビーを見た。アンブローズがにやりとして、大胆な視線を彼女の全身に走らせる。レディ・デズモンドはといえば、嫌悪感もあらわに唇をとがらせただけだ。自分の服装が風に乱されてどれだけひどいことになっているのか、ドレスの裾を汚して、泥だらけの靴を片手にぶらさげたアビーには想像するしかなかった。

「おお、援軍のご到着だ」アンブローズが礼儀正しくお辞儀をしてみせる。「エリーズとぼくがお茶を楽しんでいたところへ子猫が一匹、飛び込んできてね。書き物机の下にもぐって籠城を決め込んでしまった。スキャンプだよ。きみの姪の灰色の子猫だ」

「全部、このでかぶつのボクサーのせいだわ」レディ・デズモンドがつっけんどんに言う。「屋敷の中に入ってはいけないことくらい、わかっていて当然なのに。この男のいるべき場所は厩舎なのよ!」

「おい!」ゴライアスが抗議の声をあげた。丸太のような脚を曲げて座り、レディ・デズモンドをにらみつける。「さっきも言ったはずだ。ミスター・フィンチリーが裏のドアを開けたときに、ちびすけが入り込んでしまったんだ。こいつがここへ駆け込んだのも、あんたが金切り声をあげてこいつを怖がらせているのも、おれのせいじゃない」

レディ・デズモンドの目に怒りがくすぶっているのを見て、アビーは早々に割って入った。

「あなたは猫と何をしていたんですか？」

「おれが厨房へ行こうとしたら、この二匹が勝手についてきただけだ。だから拾いあげたんだよ。まったく、向こうっ気の強いちびどもだ。そうだろう？」

そのときになってはじめて、アビーは大男が緑色の格子柄の上着を着ていて、そのポケットからもう一匹の子猫が顔を出しているのに気づいた。レディ・グウェンドリンがキャラメルと名づけた、明るい茶色の雌猫だ。巨大な手のひらで子猫の小さな頭を撫でながら、ゴライアスが試合で傷だらけになった顔をほころばせる。そのなんともちぐはぐな光景に、アビーは思わず微笑んだ。

次の瞬間、書き物机の下から灰色のかたまりがさっと飛び出し、上等な絨毯の上を走っていった。ゴライアスが反応したものの半秒ほど遅く、猫をつかみそこねる。

スキャンプはそのままアンブローズのブーツのあいだを駆け抜けてレディ・デズモンドのうしろにまわろうとし、その場は大混乱に陥った。レディ・デズモンドは悲鳴をあげて身を引こうとしたが、当惑した猫がスカートに飛びつき小さな爪を引っかけてぶらさがったので、ローズピンクのドレスに灰色をひと塗りしたみたいな格好になった。

「いやだ！　しっ！　離れなさい！」

アンブローズが片膝をついて、興奮した子猫をつかまえようとする。アビーが手伝おうと靴を落として駆け寄ると、彼はくすくす笑いながら、もぞもぞと動く毛玉を彼女に手渡した。

「ほら、一件落着だ」

「一件落着ですって？」レディ・デズモンドが泣き叫ぶように大声をあげる。「よく言うわ。わたしのドレスが台なしよ！」

「猫の身になって言ったのさ」アンブローズが応えた。真剣な表情を保とうとしているが、青い目は踊りださんばかりに笑っている。「きみのスカートなら大丈夫だよ。どこがどうなったのかもわからないくらいだ」

もがく子猫を胸のあたりで抱いたまま、アビーは身をかがめてレディ・デズモンドのスカートをのぞき込んだ。「同感ですわ。小さな穴がいくつか開いているだけですから、これならメイドが簡単に繕えます」

レディ・デズモンドがスカートをぐいと引く。「あなたも離れてちょうだい、ミス・リントン。わたしにまで泥がついてしまうじゃないの。そもそも、あなたがレディ・グウェンドリンと自分の姪にそんなけだものを引き取らせたのが悪いのよ」

「ですが、それを決めたのはわたしではありません。公爵閣下がお認めになったんです。それに、昨日のあなたは猫好きに見えましたけれど」

レディ・デズモンドがふんと鼻を鳴らした。それがレディ・グウェンドリンをロンドンの仲間に紹介するくわだてだったことは、思い出したくもないらしい。「そういえば公爵閣下はどこなの？」

そう尋ねるレディ・デズモンドの目の鋭さに、アビーの心臓が飛び出しそうになった。立ちあがったゴライアスに子猫を渡して考える。マックスと一緒に馬で出かけたところを見られていたのかしら？ でなければ、なぜレディ・デズモンドはそんなことをきくのだろう？

「閣下がどこにいらっしゃるのか、わたしは存じません」アビーは正直に答えた。彼があの草地に残っているかどうかもわからないので、これは本当だ。「かなり前にレディ・グウェンドリンとヴァレリーを朝の乗馬に連れていったとき、放牧地でお見かけしましたが」

「ああ、あの子たちは乗馬に行ったのか」アンブローズが言う。「残念だな。明日のピクニックの相談をしたかったのに」

「じきに戻ってきますわ」アビーは応えた。「湖の近くでピクニックにいい場所を探すと言っていましたよ」

「ピクニックのお食事に関してはご心配なく」フィンチリーが口をはさむ。「ミセス・ビーチがすでにビーフステーキやチキン、さまざまな種類のゼリーとケーキを作っております。敷き布はミセス・ジェフリーズが用意しておりますし、従僕に指示して屋根裏部屋からたくさんのバスケットもおろさせました」

レディ・デズモンドが怒りの矛先をフィンチリーに向ける。「求められてもいない報告なんかしていないで、食器でも磨いて準備の手伝いをしたらどうなの？」

「はい、マイ・レディ。では、チャンピオンを外へお連れするとします」レディ・デズモンドの無礼な態度にもまるで動じず、フィンチリーはゴライアスに身振りで合図を送って言った。「あなたのことは最初、異教徒の化け物に違いないと思っておりました。ですが、あなたは真のイングランド人ですな——どこぞの誰かよりも、よほどそれらしいと言えます」

年老いて腰の曲がった執事は、大きすぎる手のひらに二匹の子猫をのせた若い巨人を見あげるため、首をそらさなくてはならなかった。ふたりが居間から出ていくのを見送りながら、アビーはいぶかった。自分が支援している冷酷なチャンピオンが動物の赤ちゃんに弱いのを、マックスは知っているのだろうか？

振り返ったアビーの目が、床から白い布を拾いあげているレディ・デズモンドの姿をとらえた。愉快な気持ちが一瞬にして消えていき、アビーは悔しい思いで自分の手を見つめた。棘の刺さった指に巻いてもらったマックスのハンカチが、子猫を追いかけた拍子にはずれてしまったのだ。

マックスのものだと気づかれずにすむかもしれないというはかない希望は、すぐについえた。レディ・デズモンドが華奢な手でハンカチを裏返し、縫い込まれた公爵のモノグラムに気づいて眉をあげる。けれども彼女はアビーを問いつめようとはせず、暗い目でにらみつけただけで、ハンカチを自分のドレスのポケットにしまった。

「ねえ、アンブローズ」レディ・デズモンドは猫撫で声で言った。「ミス・リントンを厩舎まで連れていってさしあげたら？　レディ・グウェンドリンが乗馬から戻ってくるのを出迎えるのも、家庭教師の務めでしょうから」

「それはいい考えだ」アンブローズが勝ち誇った笑みをアビーに向ける。「ミス・リントンがぼくごときのエスコートでかまわないというのであればね。どうかな？」

「森の中を歩いて泥だらけなんです。少し身支度をするつもりだったのですけれど」

「ぼくからすれば、いまのままでもじゅうぶんきれいだよ」アンブローズが絵に描いたような慇懃《いんぎん》さで言った。視線を下に向け、ドレスの裾からのぞくストッキングをはいたつま先を見て続ける。「だが、外へ出るなら靴は履いたほうがいいだろうね」

アビーは何よりも寝室に逃げ込んで、マックスにかき乱された気持ちの整理をしたかった。とはいえ、アンブローズをひとりで厩舎に向かわせるわけにはいかない。わたしが真っ先に優先すべきは少女たちの付き添いをすることであって、自分の望みにふけることではないのだ。

アンブローズの腕を取ったアビーはレディ・デズモンドの陰険な視線に気づき、これは自分を公爵から引き離そうとする企みではないかと疑った。マックスは子どもの頃の恋愛を再燃させることにまったく興味がないのだと、この未亡人が気づいていればそれですむ話なのに。何しろ公爵は今朝、わたしに夫を探すようせかしたくらいだ。その気がないことはじゅうぶんにはっきりしている。

そう考えた瞬間、アビーは驚くべき認識に打ちのめされた。それはマックスと再会したときから、彼女の胸に潜んでいた真実と向き合った瞬間だった。

よかれ悪《あ》しかれ、アビーはまだ完全にマックスを愛していた。

ピクニックの日、マックスはブリムストーンからおりて手綱を馬丁に手渡した。ようやく妹と一緒の時間を過ごせると思うと胸が躍る。何しろこれまでは客人たちをもてなすのと、差し迫った賭け試合との板ばさみで、グウェンのことはほぼ遠くから見ているだけだったのだ。妹とともにいるアビーに会えるかもしれないなどと期待してはいけないが、それでもそう思うと元気がわいてくるのもまた事実だった。

ふたりの従僕が木陰でテーブルの支度をしていた。妹はヤナギの木の垂れさがった枝の近くで、ヴァレリー・パーキンスと楽しげに話している。ピンク色のドレスが愛らしいグウェンが前に進み出て、おどおどしながら告げた。「みなさん、聞いて！」

ヴァレリーが手を叩き、散っている一行に声をかけた。「こちらへ集まってくださいな。びっくりさせるものを用意してあるの」

マックス以外の者たちは、屋敷から見て湖の反対側にあるこの牧歌的な場所まで馬車でやってきていた。ペティボーンが片方の腕をミセス・チャーマーズと、もう一方をエリーズと組んで、のんびりと少女たちのほうへ向かう。

その三人には短い一瞥をくれただけで、マックスはあたりを見まわし、湖のほとりで話をしている男女を見つけた。たちまち胃が締めつけられる。まったくもって、いまいましい。アビーはアンブローズなどと一緒にいるべきではない。

あの放蕩者には気をつけるよう忠告したではないか。

アンブローズはすっかりアビーに心を奪われているように見える。それも無理のない話だった。質素な薄紫色のドレスはすらりと背の高い彼女にとてもよく似合っていて、ハイド・パークで社交界の人々と一緒に歩いても、きっと違和感はないだろう。生き生きとした表情を、ドレスと同じ薄紫色のリボンで結んだ麦わらのボンネットが縁取っている。ふたりはみんなと合流しようと向きを変え、アンブローズが彼女の手を取って自分の腕にのせた。彼がハンサムな顔を寄せて何か言うと、アビーは笑顔で応じた。その笑みが放つまばゆい光は、彼女をほかのすべての女性たちから際立たせている。

その光景にマックスは激しい怒りを覚えた。

つかつかとふたりに歩み寄っていく。雇い主として、わたしはアビーの幸福に責任を負っているのだ。彼女が魅力的な女たらしの呪文に屈するのを、むざむざ許すわけにはいかない。その放蕩者の短所を知り尽くしているとあってはなおさらだ。

腕に手が置かれ、マックスは立ち止まった。手の主に目をやると、エリーズが彼に向かって蠱惑的な笑みを浮かべていた。大きな黄緑色のボンネットが、緑がかった金色の瞳と血色のいいピンク色の肌を引き立てている。「閣下、あなたが来られてとてもうれしいわ。だって、あなたったら本当に、野蛮なボクサーにばかり気を取られているんですもの。でも、ちょうど間に合ってくださったから、これでわたしとチームを組めるわね」

「チーム?」

「探しもの競争をするから、それぞれふたり組になるのよ」エリーズは豊かな胸をマックスの腕に押しつけた。「探すもののリストがあるのだけれど、どこを探したらいいのか、わたしにはさっぱりわからないの。だからお願い、どうかわたしと組んでちょうだい」

エリーズの相手をするのに耐えなくてはならないと思うといらだちがこみあげたが、マックスはその感情を抑え込んだ。彼女をこの旅に誘った唯一の目的は自分のベッドにいざなうことだったのに、そんなふうに思うのはまるで理屈に合わない。

ただし少なくともそれは、ロスウェル・コートにまわり道をしなくてはならなくなる前の計画だった。妹がいるこの場所で、そんな戯れが許されるはずもない。それにグウェンの新しい家庭教師に気を散らされてしまうのも予想外だった。

礼節に縛られたマックスには、エリーズの頼みを断れるはずもない。ふたりでほかの人たちがいるところへ向かうと、ちょうどアビーが彼の妹から小さなバスケットを受け取り、アンブローズと腕を組んで森の中へと歩いていくところだった。ペティボーンとミセス・チャーマーズは、すでに湖の水辺に沿って伸びる道を進みはじめている。

マックスはとくに潔癖な性格ではないが、このときばかりは未婚の男女がふたりきりで行動するのは不適切だという理由で、この競争をすぐにやめさせたい衝動に駆られた。だが、集めたものを入れるバスケットを兄に渡すグウェンの顔はとても生き生きして、楽しそうに見える。そんな妹の気分を台なしにすることはできない。

「これがリストよ、お兄さま」グウェンが一枚の紙を彼の手に押しつけて言う。「できるだけ早く集めてね！　勝ったチームには賞品もあるんだから！」

つがいのカササギのようにおしゃべりをしながら、グウェンとヴァレリーは湖のほとりにあるなだらかな草の斜面を目指し、そそくさと歩いていった。

アビーとアンブローズを見張ろうと、マックスはふたりが向かった方角に目をやった。ところがエリーズは動こうとせず、彼の上着を閉じた扇でからかうようにとんとんと叩いた。

「あら、それはだめよ、閣下！　参加者はそれぞれ違う方角に行かなくてはならないの。そっちはもう先に行ったチームがいるわ。さあ、こちらへ。あの木立のほうなら、きっとうまくいくわよ」

マックスはしぶしぶエリーズの望みを受け入れ、木々の茂みに向かって歩きだした。歩きながらリストに目をやると、そこにはドングリやキノコ、黄色い花など、一〇以上の探しものが書かれていた。ありがたいことに、とくに難しいものはないようだ。どうせこのくだらない遊びをしなくてはならないのなら、終わるのは早ければ早いほどいい。

その日は夏の終わりの快適な一日で、雲ひとつなく晴れてあたたかかった。木々のあいだの空気はひんやりして心地よかったが、マックスはまわりの牧歌的な光景を楽しむ気にはなれなかった。アビーがアンブローズとふたりきりでいるのが気がかりで仕方ない。そのうえ、毛虫を見ては悲鳴をあげ、リストのものを探すことに関しては素知らぬ顔を決め込む神経質な女性と一緒に森の中を歩いているという現実が、さらに彼の気分を重くしている。エリーズがまつげをぱちぱちさせて言うには、探しものはただの女である彼女ではなく、より鋭い目を持っている彼がするべきことらしい。

まったくいまいましい。アビーは間違いなく、探しものを楽しんでいるだろう。彼女はいつだって外に出るのが大好きだったし、子どもの頃はミミズだろうとカエルだろうと、自分が面白いと思ったものを躊躇《ちゅうちょ》なく拾いあげていたものだ。

一時間ほども探しまわったが、マックスが見つけられたのは松かさと鳥の羽根だけだった。エリーズの絶え間ないおしゃべりはなんの役にも立たず、おかげで心が休まる暇もない。しかも彼女は媚を含んだ耳障りな口調で、何度も休憩をほのめかしている。キスを狙ってそうしているのは明らかだ。それに応じることになぜ魅力を感じないのか、その理由を考えるのを拒絶し、マックスはひたすら前へ進み続けた。

頭上の枝を見ながら大股で歩き、主のいなくなった鳥の巣を探していると、エリーズが何かにつまずいた。甲高い悲鳴が響いて、彼女の指が腕に食い込む。マックスは片方の手にバスケットを持ち、もう一方の腕をつかまれたためにエリーズの体を受け止められず、ぶつかった勢いに負けてそのまま彼女と一緒に倒れ込んだ。

倒れたところは草の上で、エリーズがマックスの胸の上に横たわる格好になった。彼女が目を大きく見開いて言う。「まあ！　ごめんなさい、閣下。道に石が転がっていたのね。あなたは命の恩人よ！」

エリーズがなまめかしい表情で目をしばたたくのを見て、マックスははめられたのではないかと疑った。あたりに大きな石が見当たらない以上、その可能性は高い。おそらくドレスを汚したくないエリーズがわざと彼の上に倒れ、このような体勢になったのだろう。丁寧な口調を保って応えるのには、とてつもない労力が必要だった。

「命の危険があったとは思えないよ、エリーズ。さあ、手を貸すから立ちあがってくれ」

マックスは立ちあがろうとしたが、彼女は両腕を彼の首にまわし、身をくねらせた。「急ぐことはないわ。あなたもそう思うでしょう？　少なくとも、あなたにはキス一回分くらいの借りができたと思うの」

エリーズが唇を彼の口に押しつけ、舌を差し入れてきた。ほんの数日前なら、この誘惑も成功していたかもしれない。だが、マックスは彼女の思惑どおりに操られたことですっかり機嫌を損ねていた。背中には枝が食い込んでいるし、そのうえ――そう、以前のようにエリーズに興奮を感じない。

苦々しい思いで、マックスはキスをやめた。

エリーズのウエストをつかんで持ちあげ、自分が立ちあがれるよう脇へどかせる。そのまま引きあげて一緒に立たせたあとで、すぐに彼女から手を離した。上目使いで彼をうかがいながらスカートを整えるエリーズは、すねてふくれた少女そのものだった。もっとも、年老いたデズモンドと結婚したときには舞台女優だったのだ。そして彼女にとって幸運なことに、夫は新婚旅行の最中に心臓発作で倒れ、そのまま帰らぬ人となった。

「不快な思いをさせてしまったかしら、閣下？　本当にあんな不器用な醜態をさらすつもりはなかったの。どうかわたしの謝罪を受け入れていただきたいわ」

マックスは無理に笑顔を作ってみせた。エリーズの偽りの涙に耐えるつもりもないのに、ここで不愉快な口論を始めるのは愚かというものだ。「足元を見ていなかったわたしの責任だ。許しを請わねばならないのはこちらだよ。さあ、行こう。誰かが探しに来る前に戻ったほうがいい」

服についた草を払い落とし、バスケットと情けないほどに集まっていない探しものを拾いあげる。戻る途中でも、マックスは会話の義務を果たそうと骨を折った。エリーズは相も変わらずおべっかを使い、甘言を並べ続けている。だが彼としてはエリーズを孤立させるような状況にはしたくなかったし、賭け試合を二日後に控えたいまになって厄介事を抱え込みたくもなかった。安全に関係を断ち切れるロンドンへ戻るまでは、彼女をそばにいさせたほうがいいだろう。

エリーズがまた何かくだらないことを口にした。もはや彼女にはなんの関心もないという事実を押し隠し、マックスは微笑んだ。好色と評判の男としては驚くべきことだが、彼は社交界で最も華やかで人気のある女性のせいで不快な気分になっていた。

その一方で、ある独身の家庭教師への耐えがたいほどの情熱は募るばかりだ。そしてさらに悪いことに、ミス・アビゲイル・リントンこそ、マックスが絶対に、何があろうと決して誘惑してはいけない唯一の女性だった。

17

誕生日の朝、アビーは夜明け前に浅い眠りから目を覚ました。カーテン越しにかすかな灰色の光が届き、寝室全体を薄明かりで照らしている。上掛けが足のあたりに丸まっていて、寝間着も寝返りを繰り返したかのように乱れていた。空気は涼しいのに、体が湿ってほてっているのが感じられる。

マックスの夢を見ていたのだ。

まるで一緒にベッドで横たわっていたかのように彼の存在がまだ感じられるのだから、そうに違いない。彼の両手が体をなぞる感触や、激しい興奮におぼれて息もできない感覚の記憶は、まだぼんやりと残っている。その記憶について考えはじめたとたん、肌がさらにほてって赤く染まっていった。夢の続きを見ようともう一度目を閉じて、眠りの名残にすがりつこうとする。

けれど、眠気はすでにどこかへと消え去っていた。

肘をついて身を起こしたアビーは、ベッドの脇のテーブルに置かれた時計に目をやり、ふたたび横になった。時刻は六時二〇分、つまり八時半の少女たちの朝食に合流するまで、あと二時間以上もある。まだ起きる必要はない。

アビーは羽毛の枕を抱き、横向きになった。数分後にもう一度体勢を変えてみたが、どうにもならなかった。官能的な夢に動揺して、もうまどろむことすらできなくなってしまったらしい。

ため息をついてベッドからおり、素足のまま窓際まで歩いた。カーテンを開いて窓を開け、石造りの窓の敷居に手のひらを置く。朝の新鮮な空気を深く吸い込むと、最近刈ったばかりの芝のにおいと鳥たちのさえずりが魂を元気づけてくれる気がした。地平線を染めるバラ色が日の出の訪れを伝え、遠くの湖の暗く静かな水面をかすかに光らせている。

今日はわたしの三〇歳の誕生日。ふとそう気づいて、アビーははっとした。長く恐れていた運命の日が、とうとうやってきてしまったわけだ。老けたとも、賢くなったとも感じずに、思わず皮肉な笑みを浮かべる。はっきりとわかる唯一の違いは、マックスの心と体、そして魂を求める気持ちが心に宿っている点だけだった。

でも、彼が自分のものになることは絶対にない。

その現実は、昨日のピクニックでより確実なものとなった。少女たちが企画した探しもの競争で、アビーはアンブローズと組んだ。競争では彼がアビーに匹敵するほどの負けず嫌いであることが明らかになり、ふたりはあらゆるところを探しまわって、リストにあったものをすべて見つけ出したのだった。ピクニックの場所に戻った最初の組となったふたりは、マックスとレディ・デズモンドが探しものを半分も見つけられずに戻ってきたとき、花で作ったおそろいの冠という無邪気な賞品についてまだ笑い合っていた。

競争には敗れたレディ・デズモンドだったが、その表情はクリームをひと皿丸々なめきった猫のように満足げだった。わずかに乱れた服装からして、ふたりは競争の時間を利用してふしだらな行為に及んでいたのかもしれない。ただ、鋭い目をこちらに向けてきたマックスは、奇妙にも悔恨の表情を浮かべていた。もっとも、だからといってそんな行為が許されるわけもない。もし根っからの仲裁人でなかったら、アビーはミセス・ビーチのレモンタルトがのった皿をふたりに投げつけたいという強烈な衝動と闘っていただろう。

アビーはため息をついて湖に目をやった。マックスは彼女の馬に対する恐怖心を克服するのを手伝い、棘の刺さった指の手当てをしてくれた。ミス・ヘリントンの兄が亡くなったあとで、彼女を雇い入れもした。それでも、彼が自らの根本的な資質を変えられるなどと思ってはいけない。

そう、ロスウェル公爵は多くの愛人を抱えていることで有名な、筋金入りの放蕩者のままだ。昔はやさしくて不器用な少年だったとしても、いまとなっては、彼がそんなふうだったと思う者はいない。

けれど、わたしは昔の彼を知っている。たぶんそれが、このばかばかしいマックスへの切望を捨てられない理由なのだろう。三〇歳のオールドミスが、指を鳴らすだけで望む女性を手に入れられる麗しき貴族に思い焦がれるなんて、こんなばかげた話があるだろうか！

〝愛なんて、情欲を上品に表した言葉にすぎない〟

ふたりで草地を訪れた日、マックスはそう言っていた。その言葉はそのまま受け取ったほうがいいのだろう。彼は放蕩三昧の人生の中で、あまりにも冷笑的で無情な人間になってしまった。ふたりのあいだには何かが起きる可能性もなく、それでもうおしまいなのだ。

穏やかな湖の水がアビーを誘っていた。これ以上、マックスについて考えをめぐらせても時間の無駄でしかないだろう。その代わりにこの記念碑的な誕生日を、大胆で、不適切で、慎み深い家庭教師には絶対に許されない何かをして祝おう。子どもの頃以来、遠ざかっていたことをしよう。

この身にこびりついたいくつもの悩みを、泳いできれいさっぱり洗い流すのだ。

田舎での滞在には自分を元気づけてくれる何かがある。マックスは衣装部屋の暗がりの中で膝丈ズボン《ブリーチズ》をはきながら、物思いにふけっていた。ロンドンでは夜明けにベッドにもぐり込み、昼過ぎに目を覚ますのも珍しくない。社交界で開かれる舞踏会は午前一時や二時まで続くこともざらで、賭博のクラブにしても真夜中過ぎまで活況だし、もちろん男たちを寝かさずに楽しませる高級娼婦もいつだって控えている。だが、ここでは毎朝ゴライアスのトレーニングを見なくてはならないという理由で、早々に寝室にさがるのが彼の習慣になっていた。

しかし本当のところを言うと、マックスは友人たちと際限なくカードやさいころに興じるのにうんざりしている自分に気づいてしまったのだ。都会では彼を楽しませた醜聞や噂話も、いまや退屈に感じられる。そしてエリーズがおべっか使いのなまめかしい女性を演じるのを目にするたび、彼にへつらうどころか叱りつける短気な家庭教師のキイチゴと比べてしまうのだった。

男が自分の人生のあり方に疑問を感じてしまえば、落ち着かない気分にならざるをえない。とくにほんの数日前まで完璧に満足していたマックスにしてみれば、動揺も大きかった。

鏡台の前に立ち、しかめっ面をして冷たい水を顔に叩きつける。従僕がまだ湯の入った水差しを持ってきていないので、彼はタオルで顔を拭いてざらつく顎を撫で、ひげを剃るのはあとにしようと決めた。人と一緒にいる気分ではないし、そもそもマックスの従者はあまりにも神経質で口数が多く、まともな人間であれば日がのぼる前に相手をするのは耐えられない人物だった。

引き出しから適当にシャツをつかみ出し、頭の上からかぶる。マックスは夜明け前の暗がりに包まれた寝室に戻り、持っていたろうそくをテーブルの上に置いた。血のめぐりをよくしようと、何度か前屈をして裸足のつま先に触れる。公爵の部屋はその気になれば側転だってできるほどの広さがあるのだが、緑色の錦織りのカーテンや重厚なマホガニー材の家具をはじめとする装飾が堅苦しい雰囲気を醸し出していて、そうした軽薄な行為ははばかられた。先代の父の時代からまったく変わっていない部屋の様子に、マックスは内臓をかき乱されるような気がした。

滞在を延ばすのであれば、ミセス・ジェフリーズに命じて内装を……。

あわてて思考を中断する。滞在を延ばすだって？　今回はちょっと立ち寄っただけで、それ以上の意味はないし、むろん長逗留など考えていなかった。それでも、その考えには議論の余地もないほどの魅力を感じる。おそらく、この屋敷とここでの不幸な記憶をあまりにも長いあいだ避け続けてきたせいだろう。いまなら、領地の仕事に関する自分の知識をさらに深める機会を楽しめるに違いない。

それに、もう一度アビーとキスをする可能性だって生まれる。

マックスはいらだって首を横に振った。それはない。いまでさえ危険なほどアビーに惹かれているし、そもそも妹の家庭教師と関係を持つなど論外だ。もうずっと前に、身分の高い独身女性との気軽な戯れを除いて、いかなる関係も避けることを学んだのだ。不注意な遊びは足枷《あしかせ》につながれる結果になりかねない。両親の関係の悲劇的な結末を目の当たりにしたあと、彼は結婚というものを絶対に認めないと誓っていた。

愛は人間を豊かになどしない。不幸にして、弱くするだけだ。

その信念は、アビーをブリムストーンに乗せて秘密の草地に連れていったくらいで変わるものではない。彼女と交わした会話のすべてを楽しんでいたとしても。ふたりはもう子どもではないのだ。それに若い頃はアビーとの結婚を望んでいたとはいえ、マックスが自由の身でいることの価値に気づいてから、もう長い時間が経っていた。欲しい女性なら誰でも手に入れられるという、人もうらやむ立場にあるほうがいいに決まっている！

ただし、その〝誰でも〟の中に、アビーのような貞淑な女性は含まれない。

マックスはベッドの脇のテーブルに歩み寄り、置いてあった本を手に取った。畜産技術の本を読む以上に気の紛れる行為など、ほかにはないはずだ。どうせ考えるなら気が滅入《めい》ることよりも、家畜の繁殖についてのほうがよほどいい。

本を手にした彼は、すでにカーテンを開けてある大きな窓のそばに置かれた革張りの椅子へ移った。ここ何日かというもの、広大な領地に朝日が広がっていく夜明けを眺めるのが日課となっている。暗闇が徐々に明るくなっていく様子には、どこか魅了されるものがあった。ロンドンでは、石炭を燃やす煙や霧で景色がかすむ日が多いせいか、朝の空の美しさに気づくことなどなかった。だが、ここには日の出を妨げる建物はなく、この時間なら景色を乱す庭師や馬丁たちもまだ出てきていない。静けさを破るのは鳥たちのさえずりだけで……。

そのとき、マックスは誰かが湖へと続く道を歩いているのに気がついた。淡い色のドレスを着た細身の女性だ。

彼は本を読むのをやめて窓を開け、日の出前の灰色の中を行く女性をよく見ようと身を乗り出した。その動き方や姿勢のいい体、かかとでスカートの裾を蹴りあげるきびきびした足取りには、どこか見覚えがある。その光景は、どんな体操よりもマックスの血のめぐりを活発にした。

アビーだ。

いったいどこへ行くのだろう?

マックスの頭の中から、先ほどまでの慎重さがどこかへ飛び去っていった。友人たちの詮索好きな目を気にせずにアビーと話す好機だ。昨日のピクニックでエリーズと一緒に探しもの競争から遅れて戻ったとき以来、そうしたいと思っていた。あのときアビーの顔には、彼の不安をあおる冷たい非難の表情が浮かんでいた。誤解されているのはわかっているし、わざわざ説明する義務はない。だがそれでもマックスは、彼女の好意を取り戻さなくてはならないというせっぱ詰まった思いを抱いていた。

衣装部屋に駆け込み、クラヴァットや上着などにかまわず素足のまま靴を履く。焦りが血管を激しく脈打たせていた。急がなければ、アビーが霧の中に消えてしまう。そんな奇妙な思いに突き動かされていた。

壁際の階段を駆けおりていくと、マックスの足音が大理石の上でうつろに響いた。廊下に出ている者はひとりもおらず、使用人たちでさえ、まだ仕事を始めていない。薄暗い屋敷の中には、行く先をかろうじて照らすのがやっとの光が窓から差し込んでいた。

テラスに出て、遅咲きのバラが湿った空気に香りをつけている庭園を横切っていく。それからさらに湖へと続く曲がりくねった道を早足で進み、一〇分ほどで湖の周囲に生えている木々までたどり着くと、太陽の光が丘の上からかすかに差しはじめた。

しかし、アビーの姿はない。

湖のほとりには、景色を美しくするためにマックスの祖父が建てさせた、小さなギリシア神殿の模造建築物がある。そこまで行っても、彼はアビーを見つけられなかった。すばやくあたりを見まわしたが、湖を囲む自然の小道に人が動いている気配はない。空が明るくなっているのだから見つからなくてはおかしいのに、彼女はいったいどこへ行ってしまったのだろう？

鏡のように穏やかなはずの水面に、かすかな波紋が揺れている。水を叩く音に意識を引き寄せられたマックスは、湖の岸からそれほど離れていない水の表面を進んでいくアビーの黒っぽく濡れた頭と、リズミカルに水をかく白い両腕に気づいた。

なんてことだ、アビーが泳いでいる。

マックスはその光景を凝視した。堅苦しい女性に育ったアビーがこんなまねをするなど、いったい誰が想像するだろう。こんな早い時間に人に見つかるはずがないと彼女が思っているのは、火を見るよりも明らかだった。それならばすぐにここから立ち去り、ひとりきりではないと知ったときの恥辱から彼女を救ってやるべきだ。

だが、このときマックスが感じていたのは、服を脱ぎ捨ててアビーのもとへ行きたいという衝動だけだった。

それをどうにか抑えつけて木々が作る暗がりまでさがり、オークのごつごつした幹に寄りかかる。しばらくのあいだは、そこからアビーの細い体が水の中を滑っていくのを見つめていた。彼女は白い何かをまとっているようだ。おそらく肌着だろう。泳ぎ方はどちらかといえばつたないが、それでも間違いなく優雅だった。

アビー自身とよく似ている。

秋が近づいて日が短くなっているいま、池の水は冷たいはずだ。もう九月の最初の日だけ

らかなバラ色の輝きに染めあげ、濡れた布地が二番目の肌のように、女性らしい曲線を描く
を現した。着ている薄い布はかろうじて膝まで届く長さしかない。朝の日差しが彼女をやわ
浅瀬までやってきた彼女が立ちあがり、貝殻の上に立つヴィーナスのように水の中から姿
こともできなかった。
けれどもマックスの足は地面に根が生えたみたいに動かず、視線をアビーから引きはがす
とどまる理由など何ひとつない。
立ち去るならいましかない。屋敷に戻り、ここへは来なかったふりをするべきだ。ここに
彼女は数分のあいだ手足で水をかいてその場に浮き続け、それから岸へと向かいはじめた。
アビーが泳ぐのをやめ、首をそらして、大きなサギが水の上を飛んでいくのを眺めている。
なのに、なんといまいましいことだろう。
起きてしまった出来事は変えられないのだ。いまの自分の人生を丸ごと気に入っているはず
で無意味だし、もっといい決断を下せたのではないかと思い悩んでもなんの役にも立たない。
そのほろ苦い記憶をマックスは打ち消した。時間を戻して過去を変えたいと願ったところ
亡くなる前にふたりで過ごした、最後の幸せな午後だった。
で落ち合い、ミセス・ビーチのはちみつケーキでお祝いをしたことがある。それは彼の母が
突然の動揺がマックスを襲った。今日はアビーの誕生日ではないか。昔、彼女とあの草地
九月の最初の日。
に、朝の空気も肌寒い。

体にぴったりと張りついていた。

アビーが水をしたたらせながら両腕をあげ、長い髪を絞る。その光景を見ていたマックスの肺から、空気が残らず失われていった。その優美なしぐさは、ただひたすらに彼女の体の美しさを際立たせるばかりだ。胸の先端がわずかに色づき、長い両脚の付け根のあたりに影が差しているのが見えるということは、濡れた肌着が透けているのだろう。

その瞬間、マックスは衝撃とともに自分の運命を悟った。呼吸を拒絶できないのと同じく、この運命をこれ以上拒絶することはできない。彼の渇望はアビーだけに向いていて、ほかの女性ではだめなのだ。彼女こそ、長いあいだ夢見てきた、ただひとりの女性だ。

胸を激しく高鳴らせ、マックスはアビーに向かって歩きだした。

18

冷たい湖へ最初に飛び込んだ瞬間、アビーは泳ぎに行こうと決めた判断を後悔した。まだあたたかいベッドで丸くなっていられるときに、こんなところへ来るなんて狂気の沙汰だ。それに徐々に体を慣らさず、いきなり水の中に駆け込んだのも間違っていた。水は仰天するほど冷たく、もし顔が水中に沈んでいなければ、この土地に生きるすべての生き物が目を覚ますほどの悲鳴をあげていたかもしれない。

頭を水面から出し、空気を求めてあえぐ。懸命に手足で水をかいてその場にとどまり、アビーはまばたきをしてまつげの水滴を落とした。感覚がびっくりしているにもかかわらず、肌に触れる氷のように冷たい水はシルクと同じくらいなめらかに感じられる。

動かしていれば体があたたまってくることをアビーは知っていた。子どもの頃は、甥や姪たちと一族の土地にある湧き水の池で泳いだものだ。生まれたとき、すでに結婚して子どもがいるほど年上のきょうだいを持っていると変わったことも多く、甥や姪たちがみな年齢が近かったのもそのうちのひとつだった。むろん、その当時からは長い年月が経っており、どうすればいいかを頭と体が思い出してくれるよう期待するほかはない。

アビーは岸の近くで泳ぐのにじゅうぶんな水深のあたりにいることにした。つま先がかろうじて底につくかどうかという深さだ。まずは練習のつもりで泳ぎはじめ、両腕と両脚を連動させるこつをつかむまでに何度か水を飲み込んでしまった。動きに集中するには、肉体的な努力だけではなく精神力も必要だった。自信が出てきたところで、距離を伸ばして行ったり来たりを繰り返してみる。水が耳の中で音をたて、筋肉に心地よいぬくもりが広がっていった。はじめこそ後悔したものの、こうなってくると、自由という名の貴重な贈り物を満喫できるほど早く目が覚めたことに感謝したい気持ちになる。

最後に泳ぐのを切りあげたアビーは両脚をはさみのように動かしてその場にとどまり、激しい運動で乱れた呼吸を整えた。サギが力強く羽ばたきながら水面すれすれを飛んでいくのを畏敬の念とともに見つめていると、続けて湖の向こう側で鹿が森の中からゆっくりと姿を現し、水を飲むために頭をさげた。朝日が絵筆のように、あたりをやわらかな光を放つきれいな風景に染めあげていく。

マックスがここにいて、この美しさを目にしてくれさえすれば、この土地を離れようとはしなくなるかもしれない。

そう思ったとたん、アビーの心の平穏が揺さぶられた。胸を痛める原因にしかならないというのに、マックスがロスウエル・コートにとどまり続けることを期待するなんて、無分別もいいところだ。それにどのみちその願い自体、大いに疑問の余地がある。いくら自分の地所が天国のようでも、マックスが田舎に引きこもるためにロンドンの洗練された娯楽をあきらめるとは思えない。一五年の年月は、彼を都会の男性に変えてしまった。マックスがもはや一緒に森の中をぶらついた未熟な少年ではないということを、肝に銘じておくのが賢明というものだろう。

けれどもアビーは、今日というこの一日だけは賢明になどなりたくなかった。知恵とはすなわち年を取ることであり、まだその心の準備はできていない。オールドミスという名のくすんだ色のマントをまとうのは、明日からでじゅうぶんなはずだ。

明日は賭け試合が行われる日でもあり、試合が終わったら公爵とその友人たちはここを去っていく。そして短かった家庭教師の仕事が終わりを迎えるアビーは、ヴァレリーの社交界デビューを手伝ってほしいというロザリンドの申し出を受けるつもりでいた。

でもここを離れるという憂鬱なことを考えるのは、こんなすてきな朝にふさわしくない。それより自分への誕生日の贈り物として先のことは忘れ、残されたマックスと一緒のわずかな時間を楽しもう。昨日レディ・グウェンドリンが今日の午後に村を訪れる一行に加わるよう兄に懇願し、マックスはその願いを聞き入れた。レディ・デズモンドがずっとまとわりつくだろうから、ふたりきりになれる時間はほとんどないかもしれないけれど、いつだって希望を持つことくらいはできる。

前向きな思いに元気づけられ、アビーは岸に向かって泳ぎはじめた。じきに屋敷の日常が動きだす。誰にも見られずに寝室へ戻りたければ、この幕間《まくあい》劇を終わりにする頃合いだった。

浅瀬に着いて立ちあがり、体から水が流れ落ちるのに任せる。池の冷たい水につかっていたせいか、早朝の空気があたたかいようにも感じられたが、濡れた肌には鳥肌が立っていた。急いで乾いた服を着たほうがよさそうだ。

アビーは腕をあげ、重たくなった髪から水を絞った。泳いだことで気持ちが新たになり、落ち着いたようにも感じられる。服を着ないで屋外にいるというのは罪深い快楽主義的な何かがあるらしく、ゆうべ見たマックスの官能的な夢の残像が頭によみがえって……。いけない。そもそも湖に来たのはほてりを冷ますためだったのに、そんなことを考えるなんてどうかしている。もう一度、冷たい水に飛び込まなくてはいけないの？　それこそ悪い冗談だわ！　自分を笑いながら、アビーはたたんだ服を置いてあるギリシア神殿の階段まで急いだ。腕を伸ばして一番上に置かれているタオルを取ろうとしたまさにそのとき、どこからか音が聞こえてきて彼女はぎょっとした。

枝が折れる音がして、さらに足音が続いた。

誰かが来る！

アビーは息をのんですぐに身を起こした。タオルをつかんで胸に押しつけ、音のしたほうを振り返る。森の木陰からひとりの男性が出てきて、しっかりした足取りで彼女のほうに向かってきた。

マックス。

あまりの衝撃に目を大きく見開き、アビーは彼を見つめた。つかのま自分の夢が魔法の力で姿を得て空からおりてきたのかとも思ったが、石の小道を踏みしめる足音がするということは、目の前の彼は幻影の恋人ではなく生身の人間だ。彼女のはかない思いはすぐに消えた。

今朝のマックスは優雅な紳士の装いを脱ぎ捨てている。薄手の白いシャツが肩と胸の力強い筋肉の輪郭を描き出し、淡い黄色のブリーチズが長い両脚をぴったりと覆っていた。黒い髪は乱れ、前髪が眉の上に落ちかかっている。まるで見せかけの礼儀正しいふるまいを捨て去り、野性的な空気を体から発散させているかのようだ。鋭いグレーの瞳に心の奥深くを揺さぶられ、アビーの中で警戒心と思慕の情がせめぎ合う。口は言葉を発することもできなかった。

マックスが彼女の目の前で足を止めた。アビーの感覚が鋭敏になって魅力的な男性の香りをとらえ、自分の高鳴る鼓動が聞こえてきた。彼はベッドから起きてきたばかりなのか、ひげは剃っておらず、黒ずんだ顎が粗野な雰囲気をいっそう強めている。だがマックスは両腕をおろしたまま拳を握りしめているだけで、彼女に触れてこようとはしなかった。

「アビー」マックスがささやく。

やさしい愛撫を思わせる声音が彼女の中で響き渡った。マックスの視線がさがっていき、体に張りついたびしょ濡れの肌着に注がれる。寒さを感じていたはずなのに、大胆な視線のせいで、いまや全身が赤くほてりはじめていた。肌着が透けていることでどの程度の恥ずかしい姿を見られているのか、彼女自身には想像することしかできない。慎みという言葉を申し訳程度に示しているのは、胸に当てて握りしめているリネンのタオルだけだ。

これでは裸でマックスの前に立っているのと、さして変わらない。

アビーの混乱した頭の中に疑問が渦巻いた。いったいどうすればいい？　マックスはどこから来たのだろう？　泳いでいるのも見られていたの？　妹の家庭教師がおてんば娘みたいなふるまいを見せたのを、彼はどう思っているのかしら？

恥ずべき状況にもかかわらず、アビーは自分がマックスの腕のぬくもりを切望していることに気がついた。彼に抱きしめられ、永遠にそのままでいられたらどれだけいいか。抱きあげられてブリムストーンに乗せられ、秘密の草地を訪れたあの日、アビーは心のすべてで愛しているやさしい少年を――そのあとで彼が得た悪評にもかかわらず、彼女がまだ愛している男性の真の姿を――かいま見た。その男性に対する強いあこがれが、自制心を打ち砕こうとしている。向こう見ずで愚かとしか言えないまねをしでかす前に、逃げ出さなくては。

アビーは服の置いてあるほうにじりじりと進みながら言った。「あなたはここにいるべきじゃないわ、マックス……いいえ、公爵閣下。わたしも同じです。これで失礼して……」

マックスが足を踏み出し、彼女の行く手をさえぎった。彼の口の片端には思わせぶりな笑みが浮かんでいる。彼の腕が伸びてきて、指が火花の感触を残しながらアビーの頰をなぞった。「わたしはまさに自分のいたいところにいる。きみは違うのか？」

息をのみ、彼女は答えようとした。「わたし……わたしはそんなこと……」

「いまだけでいい、ダーリン。何も考えるな」マックスが力の入らないアビーの指からタオルを取って放り投げた。「ただ感じろ」

彼女のほてった体を抱き寄せたマックスは身をかがめ、唇を重ねて貪るようなキスをした。

まるでシャンパンを一気に飲んで酔ったときのように、すばらしい歓びが全身を満たしていく。マックスの舌を唇に感じ、彼女は応えるように大きく口を開いた。より近くに彼を感じたくて両腕を首にまわし、つま先立ちになって身を寄せる。マックスもまた魂の奥底からアビーを求めているかのごとく、彼女を抱く両腕に力をこめた。

〝ダーリン〟わたしは本当にマックスの最愛の人《ダーリン》なのかしら？　とても本当のこととは思えない。それでもすべての胸の鼓動にかけて、アビーは自分がマックスを想っているのと同じくらい、彼もまた自分のことを想ってくれていると信じたかった。

マックスに抱かれながら、アビーは故郷に戻ったようなうれしさを――いるべきところにいるという喜びを感じていた。がっしりした体のぬくもりが、彼女の中の冷たさをあたためていく。ふたりを隔てる服の少なさに、マックスの広い胸板と筋肉の力強さがはっきりと伝わってきた。彼に顔を、背中を、そしてヒップを愛撫され、アビーの全身がうずいて反応する。

ああ、マックスにキスをされていると天国にいるような気分だ。彼がやさしく唇を噛み、甘い言葉をささやくと、アビーは卒倒しそうになった。人生におけるどんな経験も、いまのこれに近づくことすらできないだろう。礼儀作法の決まり事など、もはや大事ではないとすら感じられる。彼に抱かれていることこそが正しく、完璧なのだ。こうして身を任せていると、このまま彼のものになってしまいたいという願望がこみあげてくる。

もし誘惑というものに顔があるのなら、それはきっとロスウェル公爵の顔をしているに違いない。

その考えはアビーの喜びに満たされた心に水を差した。なるほど、多くの女性がマックスに群がるのも無理はない。彼は驚くほどキスに長《た》けている――醜聞によれば、ほかの官能的な行為にも。本当にこのまま、彼に口説き落とされた大勢の女性の中のひとりになってしまってもいいの？

アビーは体を引き離すことはできないまでも、少しだけ身を引いた。マックスの胸に手を当て、わずかな隙間を作る。もしかすると、彼のほうが身を引くように説得できるかもしれない。「マックス……わたしたちは外にいるのよ。誰かに見られてしまうかもしれないわ」

彼はアビーの首に鼻をすりつけ、喉を舌でなぞった。「こんな早い時間に起きている者などいない」

「でも……わたしはびしょ濡れよ。あなたまで濡らしてしまう」

「それなら簡単に解決できる」

マックスがシャツを頭から脱いで草の上に落とし、アビーはたくましい裸の胸が作り出す壮観な光景に見とれた。彼はどこを取っても、若い娘たちが避けるように警告される不埒な放蕩者そのものだ。

三〇歳の女性であれば、警告されるまでもなく避ける知恵を備えていて当然だろう。

自分がじろじろと見ていることに気づき、アビーは視線をあげて彼と目を合わせた。「どうしてあなたがここにいるの、マックス？　レディ・デズモンドに文句を言われるわよ」

「彼女は関係ない」彼はふたたびアビーを引き寄せ、肌着の大きく開いた丸襟を指でなぞった。「実は部屋の窓からきみを見かけて、追いかけずにはいられなくなった。きみに説明したいことがあって、ずっと機会をうかがっていたんだ」

「なんなの？」

マックスが眉をあげる。「昨日のピクニックのことで、きみが誤解をしていると思ってね」

アビーは彼の指の動きにすっかり気を散らされていた。いまその指は、胸のふくらみを覆う濡れた布の上で軽く円を描くように動いている。「どういうこと？」

「探しもの競争のあとでレディ・デズモンドの服が乱れているように見えたのは、石につまずいて転んだせいだ。彼女とのあいだに特別なことは何も起きていない。彼女はわたしの愛人ではないし、これまでそうだったこともなかった」

マックスの端整な顔をじっと見つめて嘘の兆候を探したが、何も見つからなかった。つまりアンブローズの言葉は真実だったということだ。かといって、アビーは図書室で見た光景をなかったことにもできなかった。「そう。それならあなたにとって、キスで分別を失わせた女性のスカートの下に手を入れるのは、ごくふつうの出来事なのね」

マックスが唇をゆがめ、少年のような笑みを浮かべる。「相手がその気ならば」

「裕福な公爵の気を引くことにやっきになる女性なら、さぞかし大勢いるんでしょう」

「きみは男の誇りを打ち砕いてくれるな、ミス・キイチゴ。わたしはずっと、女性たちが交際を求めてくるのは一緒にいると見栄えがするからだと思っていた」

胸に触れるマックスの指が動いているせいで、会話に集中するのが難しい。生来の正直さから、アビーは思わず認めてしまった。「それもあるのは否定できないわ。あなたはとても魅力的な男性だもの。それに――あっ！」

鋭く息を吸う。マックスが人差し指と親指を使って、胸の先端をやさしく愛撫しはじめた。その感触がアビーの体の中に細い糸のような炎を灯し、子宮の奥深くまでたどり着いて火をつけた。みだらな熱が体の隅々まで広がっていき、理性的な思考が消え失せていく。

両脚がとろけて力が抜け、アビーは彼に寄りかかった。体の支えを求めて、たくましい肩にしがみつく。「マックス！　あなた、自分が何をしているかわかっているの？」

マックスが頭をさげ、そっと唇を重ねた。「きみに歓びという贈り物を与えているんだ。今日は誕生日だろう？　違ったかな？」

その言葉に驚いたアビーは、下唇をやさしく噛まれて身震いした。「覚えていたのね！」からかうような雰囲気が消え、マックスはアビーの目をじっとのぞき込んだ。手はいとおしげに彼女の頬に添えられている。「わたしはたしかに何年もここにはいなかった。だが、きみのことは何ひとつ忘れていないよ、アビー。きみを求める気持ちも、ずっと持ち続けていた」

マックスのかすれた声が彼女の胸を高鳴らせる。彼もまた、試練のときを経てもなお残るふたりの絆を感じているの？　アビーは心の底からそう信じたかったし、彼に愛の交歓の神秘を見せてほしいと切望もしていた。

その瞬間、アビーははっきりと確信した。わたしは男性との戯れを知らぬまま、女性として枯れてしまいたくはない。ロスウェル公爵は救いがたい放蕩者かもしれないし、明日にはいなくなって二度と戻ってこないかもしれない。それでも、彼が教えてくれるすべてを学びたいと思う。マックスは正しい。彼の腕の中以外に、自分がいたい場所など思いつかない。

無精ひげでざらつく彼の顎に指を走らせる。「ああ、マックス。わたしもあなたが欲しいわ。あなたが与えてくれる歓びが全部欲しいの。ここで、いますぐに」

マックスの目が、森から出てきたときと同じ荒々しさを宿して険しくなった。「では、きみの望みどおりにしよう」

彼は濡れてもつれたアビーの髪に指を差し入れ、狂おしいほどのキスで彼女を服従させた。同時にもう一方の手で、ゆるやかな曲線を描く彼女の体を大胆にまさぐる。甘い切望感がアビーの全身に広がり、胸を高鳴らせて体の中をかきまわした。マックスの求めるがままにさせてあげたい。過去も未来もどうでもいい。いま感じられるのは、彼とともにあるという喜びだけだ。

荒々しかったキスが徐々にやさしいものに変わっていっても、アビーの興奮はおさまらなかった。マックスが肌着に手を入れて大きな手のひらで胸に触れ、軽くもてあそびはじめる。ゆったりとした愛撫がうずくようなほてりをもたらし、アビーは彼にしがみついてあえいだ。

「マックス、ああ、マックス」

「きみのすべてが見たい」彼が耳元でささやく。

マックスは肌着を引っ張って、アビーの両肩をむき出しにした。恥ずかしさは、彼に体を押しつけたいという強烈な欲求によって覆い隠されている。マックスと肌を重ねたくてたまらない。彼への愛がいつしか自分の一部になっていたことに、アビーは驚嘆した。

そして現に、わたしはマックスを愛している。たとえ彼が愛を返してくれなくとも、それは変わらない。胸を襲う痛みをやわらげようと、アビーは深く息を吸い込んだ。それについては明日、改めて考えればいいことだ。いまのマックスはわたしのものであり、ほかのことはどうでもいい。

マックスの手によって肌着が胸の上から下へ向かって滑っていき、さらに落ちて足元にたまった。そのあいだも彼の指はアビーの肌をなぞって火花を散らし、体の中の熱いうずきをさらにあおっていく。

彼はアビーの両肩に手を置き、感嘆の目で裸身に視線を走らせた。「きみが水から出てくるのを見たとき、妖精が頭に浮かんだよ。きみはなんて美しいんだ、アビー」

熱い視線を浴びて、彼女は自分が幼い頃から厳しくしつけられたレディではなく、恥知らずでふしだらな女性であるかのように感じた。けれど、たとえ一生非難されることになるとしてもかまわない。マックスの目に宿る切迫した光は、自分がまだ若く活発で、望まれる価値のある女性なのだと思わせてくれる。彼からほとばしっているのは情熱だ。そして彼と同じ切迫した渇望がアビーを苦しめていた。

彼女はマックスの胸に浮き出た筋肉に手のひらを滑らせた。つま先立ちになり、彼の唇にそっとキスをする。自分の望みをどう言葉にすればいいかわからず、ひたすら彼の望むとおりにしてほしいと願うばかりだった。「お願い」

マックスは理解したのか、野性的なうめき声をもらした。両腕でアビーを抱きしめて神殿の横の草地に押し倒し、魂をかき乱すキスを繰り返す。あらわな胸のふくらみを手で愛撫され、たちまちアビーの全身は快感で満たされた。めくるめく歓びに浸っていると、こうして彼と横たわっているのがとても自然な出来事のように思えてくる。

マックスの重さがいとおしく感じられ、アビーは両手でたくましい上半身をまさぐって感触を確かめた。彼はブリーチズをはいたままなので、それ以上は直接触れられない。それでも、男性の証がかたくなって腿に当たっているのははっきりとわかった。レディらしからぬ好奇心を刺激され、アビーは身震いした。

マックスの口が唇から離れて喉へと移り、ネックレス状にキスを浴びせていく。続いて敏感な胸の先端を口に含まれ、アビーはあまりの快感に息をのんだ。「あっ！」

ぴたりと動きを止めたマックスが彼女を見る。まるで自分を制御しようと闘っているかのように彼の目は用心深く、呼吸は苦しげだった。彼がアビーの頬にかかったひと筋の髪をそっと払う。「怖いのかい、妖精さん？　おびえる必要はない」

マックスがそう尋ねたのは、一五年前の出来事を思い出しているからに違いない。あのときは彼のぎこちない誘惑をしりぞけたのだ。あのまま彼を受け入れていたら、いったいどうなっていただろう？　ふたりが喧嘩をしていなかったら？　たとえ手紙が届かなくても、彼は戻って結婚するという約束を守っていたかしら？　アビーは記憶を振り払った。もう過去は重要ではない。いまここにある現実がすべてなのだ。

指先でマックスの濡れた唇をなぞる。「あなたを怖いと思うはずがないわ。もうおびえたりしない」

彼はアビーの手を握り、敏感な手のひらに鼻をこすりつけた。「やめてほしかったらすぐに言ってくれ。きみの望むとおりにするから」

「ああ、マックス。いまやめられたら、たぶんわたしは死んでしまう」

マックスが口の片端をあげ、彼自身の張りつめた欲望を物語る引きつった笑みを浮かべた。ふたりは飽くことを知らぬ情熱でもう一度キスを交わし、アビーは力を抜いて彼の巧みな手に身をゆだねた。頭上の枝にとまる鳥たちのさえずりを聞いていると、自分もまた何物にも抑えつけられない、自由な自然の生き物なのだと感じられる。

熱い切迫感に突き動かされて、アビーは指を彼のブリーチズのウエストバンドの中に入れ、少しだけ引っ張った。「いいわよね？　わたしたち――」

「我慢だ、ダーリン。まずはきみに歓びをあげたい」

「でも、わたしはもう満足しているわ。ええ、とても！」

彼の目がいかにも放蕩者らしい輝きを放つ。「そうかな。それはこれからわかるよ」

マックスは手のひらをアビーの平らな腹部に当てた。あたたかくて重々しく、そして所有欲をあらわにした手をそこに置いたまま、もう一度キスをする。それから拷問のようにゆっくりと指を下へ這わせ、そのうちの一本を彼女の最も女性らしい部分に差し入れた。

退廃的な感覚が洪水さながらに押し寄せてきて、驚いたアビーは大声をあげた。ずきずきとうずく体の中心をまさぐるマックスの指先に意識が集中する。罪深いほど魅惑的な愛撫に、両脚が本能的に開いた。彼は秘めやかな場所をもてあそびながら、胸へ、おなかへ、そして……さらに下へとキスを浴びせていく。

こみあげてくる興奮のせいで抗議の声をあげることもできず、アビーはただ彼の黒い髪を凝視した。マックスがついに体の中心を開いてそっと息を吹きかけると、彼女の中で情熱の炎がいっそう激しく燃えさかった。

彼の舌が動くたびに慎みが跡形もなく消えていき、アビーは歓び半分、そして苦しみ半分の神々しい感覚に包まれた。じっと横たわっていようとしても、体を焼き焦がす熱をどうにか静めようと腰を動かさずにはいられない。

首をそらして頭を草につけ、自分の知覚を超えた何かを渇望しながら、震える指でマックスの髪をすく。すさまじいまでの欲望がアビーの全身を覆い、いらだちのあまり喉からは低い哀願の声がもれた。我慢が限界に達した瞬間、張りつめていたものが砕け散り、彼女は至福の海へとまっしぐらに流されていった。

強烈な絶頂感の波が引きはじめるのと同時に、アビーはマックスの体の重みがなくなるのを感じた。重いまぶたを開き、幸福に包まれて呆然としながら、彼がブリーチズを開いて足を抜くのを見る。見事な裸体をあらわにした彼は大理石の神殿を背景にして、天国からおりてきたギリシアの神のように朝日に照らされていた。

その光景はアビーの中に強烈な欲求をもたらした。マックスの体は筋肉と腱《けん》のみでできていて、幅の広い胸板から引きしまったウエストとヒップにかけて、見事な逆三角形を作っている。こわばった男性の証《あかし》も、体のほかの部分と同様にとても大きかった。

視線をあげたアビーは、飢えたような彼の目を見て全身を震わせた。乙女が抱くような恐怖のせいではなく、心の準備がふたたび整ったせいだ。さっき以上の何かがこれから始まることを、彼女は知っていた。そのうえですすべてを欲していた。

マックスを見あげて微笑み、迎え入れるように手を差し出す。彼はその手を握り、あたたかな指を絡ませた。草の中に横たわっているアビーの体の上を、マックスの所有欲もあらわな視線が走っていく。彼はアビーに身を寄せると、体を横向きにさせて自分と向き合わせた。

マックスのがっしりした体の感触とぬくもりに満足し、彼女は吐息をもらした。夢の中でさえ、こんなふうに男性と裸で横たわるうれしさを思い描いたことはない。いいえ、違う、男性なら誰でもいいわけではないわ。ずっと愛してきたマックスだからよ。

無精ひげの生えた顎にキスをして、アビーは言った。「あなたの悪評がようやく理解できてきたわ。あなたはわたしをとても幸せな女性にしてくれた」

マックスが微笑む。「まだまだ終わりではないよ」

「まあ。あなたがここまで追いかけてきてくれて、わたしがどれだけ喜んでいるか、もう伝えたかしら？」

彼は心の中までのぞき込むようにアビーをじっと見つめ、彼女の頬にかかったひと筋の髪を払った。「きみが泳いでいるのを見たときに引き返すべきだった。だが、きみから目を離せなかったんだ、アビー。きみが欲しくてたまらなかった」

そののぼせあがったような口調に満足し、彼女は腰をくねらせた。熱くてかたいものが腿に当たり、力強く脈打っている。「あなたも一緒に泳げばよかったのに」

マックスは歯のあいだから息を吸い込み、彼女のヒップを軽く叩いた。「考えてみると、わたしは何年もずっときみを避けてきた」

それはあなたがわたしを愛していないからよ。

草に背中を押しつけられて喉と胸にキスを受けていると、いやな考えが頭に浮かんだ。思考をかすませる熱い激情にわれを忘れようと首をそらす。マックスが返事を期待していないのが、アビーにはうれしかった。熟練した放蕩者に本心をさらけ出すのだけは、絶対に避けなくてはならない。心に住み着いた愛は秘密のまま、必ず隠し通すのだ。彼には何も知らないまま、ロンドンに帰ってもらう。

彼女はマックスの首に両腕をまわし、言葉にはできない情熱をこめてキスを返した。睦み合うふたりだけを残して、世界が静かに消えていく。互いの体を激しく求めるうち、時間の感覚さえなくなった瞬間がいくつも過ぎていった。マックスは彼女を快感であえがせる方法も、熱狂の波をさらに高ぶらせる方法もたくさん知っている。彼の手がふたりのあいだを滑りおり、触れられるのを求めてうずいている秘部に愛撫を加えた。その先に何が待つのかを知っているアビーは、炎を消し止めようと腰を彼に押しつけるようにくねらせた。

こわばりの先端が体の中心をまさぐりはじめ、鋭い予感が震えとなって彼女の全身に広がっていく。それでもマックスはキスと愛撫を続け、アビーの秘めやかな部分が濡れそぼって熱くなり、呼吸が浅くなるまでじらし続けた。そしてようやく、彼はなめらかだが容赦のない動きでアビーの中に入ってきた。

刺すような痛みに身をこわばらせ、彼女はマックスの背中に爪を食い込ませた。彼のものがあまりにも大きかったからだ。だが、不快感はすぐに体がいっぱいに満たされる極上の感覚へと変わった。体の奥深くまでマックスが入ってくる感触のすばらしさは、これまでに経験した何にも勝るほどだった。ふたりが完全につながっていることをもっとよく味わおうと、両目を閉じて息をつく。

ふたたび目を開けたとき、彼はアビーに覆いかぶさり、情熱を抑え込もうとしているかのように全身の筋肉をこわばらせていた。目には暗い炎を宿し、半分閉じたまぶたの下から彼女をじっと見おろしている。マックスは顔を寄せ、彼女の眉にそっとキスをしてささやいた。

「アビー……」

その声音には心からのやさしさがこもっていた。胸がいっぱいになり、彼女は腕を伸ばしてマックスの顔を指でなぞった。喉が締めつけられて言葉が出てこない。彼こそが、わたしを完璧にしてくれる。ふたりはこうして一緒になるよう運命づけられているのだ。マックスに身を捧げるのは、まるで生まれてからずっとこうなるのを待っていたかのように、すばらしくて正しいことだと感じられた。

マックスがまた動きはじめ、ゆっくりと身を引いた。ただしそれは、ふたたび奥まで入ってくるためだ。彼の動きがもたらす深く安定した刺激が、アビーを息もできない高みへといざなっていく。そのあいだマックスはアビーの顔にキスを浴びせ、彼女の美しさと完璧さについて、情熱的な愛の言葉をささやき続けた。そのひとことひとことが、アビーの中の炎をいっそう燃えあがらせていく。

彼女はマックスに合わせて動き、ふたりでひとつになって野性的なリズムを刻んだ。あらゆる理性は頭から追い出され、さらにマックスに近づこうと本能的に両脚を彼の腰に巻きつける。

低いうめき声をもらすマックスの動きに熱狂的な勢いが加わった。こわばりがかたさを増し、いっそう速い動きでアビーを攻めたてる。彼女は苦しげにあえぎながらどうにか息をつなぎ、汗で濡れた彼の熱い肌を感じていた。深く突かれるごとに、言葉では言い表せない快楽の高みへと押しあげられて……。

ついにアビーはそこにたどり着いた。恍惚《こうこつ》の輝きで頭が真っ白になる中、彼女はマックスも最後のひと突きで解放の瞬間を迎え、身を震わせるのを感じていた。アビーの名をうめくように呼びながら、彼が突っ伏して首元に顔をうずめてくる。

呼吸が落ち着き、心拍がもとに戻っていくあいだ、ふたりは抱き合ったまま横たわっていた。純粋な喜びに包まれて、アビーはなおも自分の中にとどまっているマックスの感触を味わった。彼は眠ってしまったかのようにじっとしている。こんなふうにマックスを抱く以上にすてきな贈り物など、想像もつかない。

少しずつ、アビーは鳥のさえずりと水の音に気づきはじめた。むき出しの肌に吹きつける冷たい風のささやきが、彼女を現実へと引き戻す。

あわてて目を見開くと、夜明けの空はもうかなり明るくなっていた。頭上で揺れる葉の茂った枝と、大理石の神殿が朝日を受けて放つ光沢もはっきりと見える。背中の下のかたい地面がやけに冷たく感じられた。

なんてこと。ふたりは全裸で湖のほとりの草の上に横たわっていた。いつ誰が来て見つかってもおかしくない、屋外の開けた場所に。

19

マックスは動く力も考える力も使い果たし、覚醒と眠りのあいだの霧の中をさまよっていた。息をするたびに女性の魅惑的な香りがする。漂わせているのは、ただの女性ではない。アビーだ。

なかば忘我の状態にあったマックスの意識は、それ以上はっきりとものを考えるのを拒絶していた。下に横たわるアビーの体の感触を味わい、やわらかな胸を枕に、そして女性らしい腰を揺りかごにして楽しみにふけっているほうがよほどいい。愛を交わすあいだ、彼女の長い両脚は情熱的にマックスの腰に巻きついていた。まさかアビーが彼に正気を失わせるほどのすさまじい魅力を発揮できるなどと、誰に想像できただろう？　こんなにもすばらしく官能的な女性が、短気で堅苦しいうわべの下に隠れていたということも——。

アビーの両手が彼の肩を乱暴に揺さぶった。「マックス！　起きて！　ここでぐずぐずしているわけにはいかないわ」

夢想から引き戻され、マックスは頭をもたげた。アビーの姿が目に入ったとたん、胸が締めつけられる。濡れたシナモン色の髪が顔の両側に垂れ、あらわな胸のあたりで渦を巻いていた。赤みを帯びた肌と、やはり赤くなった唇は、彼女が満足したことを示している。表情豊かな青い目が、切迫した願いを訴えながら彼を見あげていた。

アビーが起きあがろうとしてマックスの下で身をよじったが、その様子はむしろ楽しそうに見える。緩慢な心とは裏腹に、彼の体は雄々しくも復活しかけていた。早くもまたアビーが欲しくなっている。そんなことはもちろん不可能なのだが。次の瞬間、彼はある事実に気づいて完全に覚醒した。

避妊に気を配るのをすっかり忘れていた。アビーの中に種を解き放ってしまったのだ。未熟な若者だった頃に娼婦とのつき合い方を教わって以来、これまでそんな過ちは犯さなかったのに。

「マックス、聞いているの？　すぐにどいてちょうだい。大急ぎで服を着ないと」

彼は顔をしかめてアビーをちらりと見ると、さっと立ちあがった。片手で髪をかきあげ、もう一方の手で彼女が立つのを助ける。アビーの豊かな髪は乱れ、肩のあたりを滝のように流れて細いウエストまで達していた。彼女は目を見開いてマックスの裸身を一瞥したあと、すぐに顔を伏せていそいそと脇にまわり込み、たたんだ服が置いてある神殿の階段へと向かった。

アビーの動揺の原因に気づいたマックスは、自分でも思いがけず愉快な気分になった。

「なぜ急に恥ずかしがるんだ？　いまのわたしたちはアダムとイヴと変わらない」

「ばかを言わないで。人が来るかもしれないのよ」

「まさか、夜が明けたばかりだ。庭師たちだって、まだ朝食をとっている頃だよ」

「そんな決めつけは当てにならないわ」

服を取ろうとかがみ込むアビーを見て、マックスはこれほど美しい光景を目にしたことはないと確信した。早朝の陽光が、女性らしい丸みを帯びた体を真珠色に染めあげている。アビーが立ちあがって替えの肌着のしわを伸ばすあいだも、マックスの意識はすらりとした彼女の体に釘づけになっていた。ふたたびその体が覆われてしまうと思うと、悲しい気持ちがこみあげてくる。

彼は大股で歩き、まっすぐアビーに近づいていった。カーテンのように垂れている髪の下に手を入れ、なめらかな背中から引きしまったヒップの曲線へとおろしていく。

彼女がびくりとして振り返り、マックスと向き合った。「やめて！　わたしは本気よ、マックス。こんなことをしている時間は……時間は……」

「こんなこと？　もう一度愛を交わすことか？」マックスはにやりとして、乾いたオークの葉を彼女の顔の前でひらひらさせた。「わたしは葉と草を取ってあげただけだ。それならきみだって文句はないだろう？」

アビーの頬がさっと赤く染まる。「ええ。ありがとう」

彼女がまた控えめな女性に戻ってしまい、マックスは魅せられたような、いらだつような複雑な気分になった。くるりと背中を向けて肌着を身につけるアビーを見ながら、乾いた葉を指でこすって粉々にする。彼女はマックスの性的な技巧を大げさに褒めたたえたり、彼から贈り物を引き出そうと甘言を並べ立てたりするほかの女性とは違う。それはこのうえなくありがたいことだった。アビーが彼との睦み事を心から楽しんだかどうかを知るために、くどくどと言葉を連ねる必要もない。

それでも、アビーがこのまま何も求めずに関係を終わらせるつもりだとは思えなかった。少なくとも、彼女の純潔を奪ったことに対する非難くらいはあるだろう。マックスが誘惑してきたと涙ながらに責め、すぐに結婚の予告をするよう懇願してくるかもしれない。ところが、アビーは罪へといざなわれたことに文句を言う気配すらなかった。

いったい彼女は何を考えているんだ？　アビーは完全にわたしを締め出している。まるで愛を交わす歓びを知ったいまとなっては、わたしなど必要としていないかのように。

アビーは淡いブルーのドレスを頭からかぶり、短い袖に両腕を通して裾を足元までおろすと、そのまま慎重に胸のあたりの布を整えはじめた。急いでいる彼女のしぐさがマックスの不満をあおる。彼女がさっさと身支度をしてここから逃げ出したいと考えているのは明らかだ。

スカートの表面を両手で撫でつけながら、アビーが彼を見て眉をひそめた。「マックス、いったいどうしたの？　早く服を着て」厳格な家庭教師の口調で続ける。「こんなところを人に見られたら、あなたは――」

「きみに求婚しないといけなくなる。そう言いたいのか、アビー？」

彼女の目が少しのあいだ、マックスをじっと見つめた。大きくて青く、そして雄弁な目だ。

結婚のことを持ち出した自分を、彼は心の中でののしった。なぜそんなまねを？　結婚など考えられるはずも――。

アビーがすばやくうなずいた。「そうよ。だから急いで。こんな状況では、いくらロスウェル公爵でも言い逃れはできないわ。わたしの兄たちが猟銃を持って、あなたを教会に追いたてるわよ。あなたにとっては、それが最悪の苦痛なのでしょう？」

アビーが〝あなた〟と強調したことが、マックスの神経を彼女の本心とは別のところで逆撫でした。

マックスは顔をしかめてブリーチズを拾い、脚を通してボタンをかけた。人間性をあからさまにけなされる前に、服を着ておけばよかった。なんといっても、アビーには何日か前に、女性を誘惑するのが彼の最も得意なことのように言われている。アビーは本当に、わたしがここで彼女を見捨てるような下劣な人間だと思っているのだろうか？

明らかにそうなのだろう。

それは自分のふしだらな評判のせいだという事実を、マックスは棚にあげた。彼がこの難問から抜け出そうとして知恵を絞っているのを、アビーもわかっているべきだ。結局のところ、計画して彼女と愛を交わしたわけではない。冷静さを誇るマックスにとって、これはまったく未知の領域だった。ここからどうしたらいいのだ？　女優やオペラ歌手、好色な未亡人や高級娼婦、その他大勢の経験豊富な女性たちの扱いなら心得ている。だが過去がこれほど彼自身と絡み合っている女性は言うまでもなく、純潔を守ってきたレディを誘惑したことは一度もなかった。

アビーがドレスのうしろを留めようとやっきになっているのを見て、マックスは手を貸すために近づいていった。まだ濡れて重みがあるつややかな髪を脇にのけ、ずらりと並んだボタンを一番下から留めはじめる。

「手伝ってくれなくてもいいのに」アビーが肩越しに主張した。「メイドなしでドレスを着たことくらいあるわ。ボタンなら自分で留められるのよ」

マックスの指が小さな白いボタンのひとつの上でぴたりと止まる。「なるほど」彼はぴしゃりと言った。「独立心旺盛なきみは、こんなことでもわたしの助けを拒絶するわけだ」

アビーは半分振り返り、後悔の表情で彼を見た。「そんな。マックス、ごめんなさい。言い方がいけなかったわね。わたしはただ、あなたが先に屋敷へ戻ったほうがいいんじゃないかと思っただけよ。だって一緒に歩いているのを見られたら、ふたりともまずいでしょう?」

その謝罪もマックスをなだめる効果はなかった。さらに機嫌を損ねた彼はボタンに集中することにした。指が魅惑的な曲線を描くウエストをかすめ、もう二度と彼女に触れられないのだという思いがこみあげて気が滅入ってくる。

「一緒のところを見られても問題はない」マックスはとげとげしく応じた。「むろん、わたしはきみと結婚するつもりだ」

舌が勝手に言葉をつむいだ。意識して声に出したわけではない。自分の言動がどんな結果につながるか、マックスはまるで考えていなかった。窓際でアビーの姿を見たときから、頭の中が彼女への欲望で混乱したままなのだ。突然の動揺に襲われ、箱から出てしまった感情をこん棒で叩いて戻そうと論理的に考えてみる。

現実問題として、アビーを妻とするのは彼の義務だ。こうした状況においては、それだけが紳士の取りうる唯一の名誉ある行動だろう。

アビーはドレスの一番上のボタンに指をかけたまま、ぴくりともせず立ち尽くしていた。それからゆっくりと両腕をおろし、振り向いてマックスを見つめる。片方の眉が優雅なアーチを描いていた。「〝むろん〟わたしと結婚するですって？　もしそれが求婚の言葉なら、雑もいいところね」

「すまない。だが結婚が唯一の答えだということは、きみにもわかっているはずだ」マックスは指の背を彼女の頬のやわらかな肌に走らせた。「わたしはきみを汚してしまった。その埋め合わせをしなくてはならない」

唇をとがらせ、不可解そうな表情で見つめるアビーを見て、マックスは自分が根本的な過ちを犯しているのではないかという不安に襲われた。彼女は指で髪をすき、頭のてっぺんでゆるくまとめはじめた。「では、ほかの女性たちをあきらめる覚悟はできたの？」

その冷静な問いかけは完全にマックスの調子を狂わせた。ほかのどの女性を相手にしていたときも、考えたことすらない問題だ。だからこそ、これまで忠実さというものについてまで考えを広げたことが一度としてなかったのだろう。この社会ではふつう、夫が愛人を作っても妻はそっぽを向いて気づかぬふりをする。

「わかったわ」マックスが答えられずにいると、アビーが先に言った。「そのためらいがあなたの答えよ。あなたの命令は断らせていただきます。わたしは結婚の誓いをとても真剣なものだと思っているし、あなたも同じだと約束できないのなら、この件について話すことはもう何もないわ」

アビーはマックスから離れ、神殿の階段へと滑るように歩いていった。身をかがめてピンを拾いあげ、それを一本ずつ髪に挿してやわらかな巻き毛を留めていく。マックスのいらだちとは対照的に、彼女の横顔はいたって冷静で穏やかに見えた。

自分もそのピンで刺されたかのように感じながら、彼はシャツを拾って頭からかぶった。あろうことか、アビーに拒絶されてしまった。つまり彼女は公爵夫人にならないということだ。危うく難を逃れたのだから安堵すべきなのに、胃はむかつき、いまにも体が爆発しそうだった。

マックスは大股でアビーに近づいていった。「きみはちゃんと考えていない」シャツの裾をブリーチズのウエストに押し込みながら、語気を強めて言う。「ただこの場を去って、ふたりのあいだに何もなかったふりをするというわけにはいかない」

「何もなかったふりなどしていないわ。わたしはあなたと一緒にしたことを楽しんだ。とてもね。本当にすばらしい体験だったわ」アビーの目が輝いた。けれども彼女が屋敷へ向かう道に視線を向けたとたん、その輝きは失せてしまった。「でもこれ以上、ここでぐずぐずしてはいられないの。あなたの妹さんと一緒に朝食をとらないといけないのよ」

「まだだ。わたしたちはまだ……問題を解決していない」

「問題って？」アビーが目を細めて首をかしげる。「まさか、あんな戯れを続けるよう、わたしを説得するつもりではないでしょうね。そうでないことを心から願うわ。だってそんなことは絶対に無理だし、あなたもそれはわかっているはずよ」

「もちろん、わかっているとも！　レディの扱いについて、きみに教えてもらう必要はない」

「じゃあ、なんなの？」

アビーは本心から当惑しているように見える。マックスはふたたび彼女の髪に指を差し入れ、口から絞り出すのも難しい言葉を告げた。「きみはひとつ忘れている。わたしはきみを身ごもらせたかもしれないんだ、アビー」

彼女がはっと息をのんだ。目にやわらかな光を宿らせ、手を腹部まで滑らせる。じきにその感情の輝きが消えていき、アビーは首を横に振った。「いいえ。わたしはそうは思わないわ」

「なぜわかる？」

「だって……」彼女の頬がかすかにピンク色に染まった。「姉たちが、女性は月のものが訪れるちょうど中間の時期が一番子どもを授かりやすいみたいだと話しているのを聞いたもの」

マックスとしては、アビーが正しいことを願うばかりだった。いや、本当にそうだろうか？　彼女が自分の息子、あるいは娘に授乳している光景には、どこか心引かれるものがある。感傷的な笑みが浮かんでしまわぬよう、彼は顎に力をこめておかなければならなかった。まったく、いよいよ完全に頭がどうかなってしまったのか？

眉をひそめて陰鬱な表情を装いながら、マックスはアビーがドレスの裾をあげて素足を上品な革靴に入れるのを眺めた。そんなささいなしぐさにさえ魅了され、彼女の見事な首の曲線がキスを誘っているように見えて仕方がない。あの服の下の体がどれだけ美しく、すばらしい反応を見せるかを知ってしまったいま、時間を巻き戻してもう一度最初から愛を交わしたいと望まずにはいられなかった。

だが、いまいましいことにアビーは正しい。ふたりはこれ以上、欲望に身を任せるわけにはいかないのだ。あんなことはもう二度と起こらない。すべては終わった。

ただし、アビーが妊娠していれば話は変わってくる。もしそうなったら、彼女は結婚を承諾するだろうか？

マックスは彼女の肩をつかんだ。「もし身ごもったのがわかったら、すぐわたしに教えると約束してくれ」

「ええ」アビーがささやく。「もちろんよ」

見つめ合うあいだ、時間が止まっているように感じられた。マックスは何かもっともらしいことを言わねばならないと感じたが、ほかの女性たちと別れるときにいつも口にするうわべだけの言葉を使うのは間違いのような気もした。ふたりの関係を続けたいという不可能な望みをどう言い表せばいいのか、まるで思いつかない。

不意にアビーが彼に向けて、心からのやわらかな笑みを浮かべた。つま先立ちになり、唇に軽くキスをする。「ありがとう、マックス。いままでにもらった誰からの贈り物よりも、すてきな誕生日プレゼントだったわ」

それだけ言うと、彼女はマックスから身を離した。濡れたタオルと肌着をつかみ、木々の中へと続く道を軽快な足取りで走りだす。そのうしろ姿が森に消えてしまうまでマックスは見守り続けたが、アビーは振り返らなかった。

喉に何かが詰まったような感覚を抱えたまま、マックスは湖の岸をうろうろと歩きまわった。アビーがここを離れてから、少なくとも一〇分はあいだを空けるべきだろう。一緒にいるところを見られたくないと彼女があれだけ強く主張していたからには仕方がない。

その考えはマックスをひどく憤慨させた。自分は立ち去る側でいることに、決断して命令を下す側でいることに慣れきっていたからだ。何よりもまず、アビーは彼の求婚を受け入れるべきだった。彼女がそうしていれば、こんな罪悪感と喪失感に悩まされる状態で取り残されることもなかっただろう。

もしかすると、問題への対処の仕方を完全に誤ったのかもしれない。やりようによっては、アビーだってもっと聞く耳を持ってくれたのでは？　片膝をついて胸に手を当て、それから宣言する――何を？　不滅の愛を？

アビーにはそれではだめだ。間違いなく通じない。感傷的な恋愛を期待するには、彼女はあまりにも賢明で、成熟していて、そして堅苦しい——もっとも、今日の彼女はそのどれにも当てはまらなかったが。マックスの腕の中にいた彼女は寛大で、官能的で、情熱的な女性になっていた。

〝愛は結婚にとって、一番大切なもの〟

マックスはぴたりと足を止めた。二日前に草地を訪れたとき、アビーが口にした言葉だ。つまり、それこそ結婚を拒絶された本当の理由だということか？　彼女に対して欲望しか感じられない男だと思われているから？

そう思われて当然だろう。アビーはふしだらな評判をもとに彼がどんな男か判定し、それ以上のことは何ひとつ期待していない。結婚してもなお、ほかの女性との関係を続ける男だと軽蔑しているのだ。わたしがアビー以外の女性のことなど考えてもいないとわかってもらえたら！　事実、マックスは彼女のことが頭から離れず、快楽を求める情熱を超越した飢えによって神経をすり減らしていた。

しかし、これは愛ではない。それだけはありえない。そんな非現実的でばかげたものは、かつて愛が父親を打ちのめし、強かった父を弱く壊れた男に変えてしまったのを目の当たりにしたあとで捨てたのだ。

マックスは沈み込むように、神殿の大理石の階段に腰を落とした。ひげのざらつく顔をごしごしと両手でこすり、胸の中の苦悶に論理的な説明を加えようとする。アビーと一緒にいると愚かになってしまうのは間違いない。過去を共有しているせいで、彼女に過剰な好感を抱いてしまうのだ。

きっとそれだけのことなのだろう。

けれども湖に目をやったとたん、真実が爪を立ててマックスの心につかみかかり、そのまま離れなくなった。くそっ、いまさら否定してどうなる？　間違いなく、アビーを愛している。

そしてこれまでの人生の中で、その真実ほど彼を震えあがらせたものは何ひとつとしてなかった。

20

昼食後にロスコモンの村を訪ねる一行が出発したとき、アビーは平静を装う仮面をしっかりと顔に張りつけていた。優雅に笑い、話しかけられたときだけ言葉を返し、たいていの場合は家庭教師に期待されるとおりの控えめな態度を取り続ける。冷静さは彼女の第二の天性とも言うべき資質なのだが、今日にかぎっては心の混乱ぶりを隠すために演技をしなくてはならなかった。

公爵家の馬車が女性たちを運び、馬の背に乗った三人の紳士たちがそのあとに続く。馬車の中では、ロンドンの華麗なドレスに身を包んだレディ・デズモンドとミセス・チャーマーズがアビーと少女たちの向かいの席についていた。ヴァレリーが元気いっぱいにおしゃべりを続け、向かいのレディたちのボンネットやドレスについて大きな声で語ったり、服装の助言を求めたり、そしてロンドンでお勧めの店を尋ねたりしている。

「あなたの最初の社交シーズンはきっと成功するわ」ミセス・チャーマーズが気さくな笑みを浮かべて言った。「何年か先になるけれど、あなたもよ、レディ・グウェンドリン。おふたりとも本当にすてきなレディですもの、若い独身貴族たちがみなこぞって、あなた方の気を引こうと張り合うに違いないわ」

レディ・グウェンドリンが目を輝かせる。「手紙で全部教えてくれると約束して、ヴァレリー」

「もちろんよ！」セージグリーンのドレスを着たヴァレリーは両手を胸の前で組み、夢見心地の表情でため息をついた。「ああ、もう本当に待ちきれない。殿方の求愛を受けるなんて、考えただけで胸が躍るわ。わたしをめぐって、ふたりの殿方が決闘するところを想像してみて！」

「決闘は法で禁じられているわ」レディ・デズモンドが割り込んだ。「それに決闘したとしても、求婚したうちのひとりが殺されてしまって、もうひとりが大陸に逃げなくてはならなくなったら、あなたは何ひとつ得をしないわよ」

「それでもきっと興奮してしまうわ」ヴァレリーは言い張った。「それに、ものすごくロマンティックよ！　アビーおばさまもそう思わない？」

「それはちょっと――」

「あら、この話題に関しては、あなたのおばさまの意見は参考にならないと思うわ」レディ・デズモンドが言い募る。「ロンドンの社交界については専門家とはほど遠いもの。結局のところ、社交シーズンに参加した経験もないわけだし」

ヴァレリーが青い目を見開いた。「お母さまからそんな話は聞いていないわ。本当なの、アビーおばさま？　どうして参加しなかったの？」

全員の視線が集まっているのを意識して、アビーは腿の上で拳をぎゅっと握った。「あなたのおじいさまとおばあさまのお世話で忙しかったからよ。人生にはね、ときに舞踏会やパーティーよりも大切なこともあるの」

「まったくそのとおりよ」ミセス・チャーマーズが穏やかな声音で言う。「あなたの献身は称賛に値するわ、ミス・リントン」

レディ・デズモンドが唇をとがらせて苦々しげな表情を浮かべ、比類なき美貌を台なしにした。クリーム色のリボンがついた麦わらのボンネットが彼女の金髪を覆い、顔を囲っている。ドレスに使われている薄紫色のちりめん《クレープ》は優美で上品な雰囲気を醸し出していて、三年ばかり流行に遅れた明るい青のモスリンを着ているアビーは、自分の野暮ったさを意識せずにはいられなかった。

会話がようやく別の話題に移ったとき、アビーは胸を撫でおろした。もともと人の関心の的になるのは嫌いだし、平然とした表情を保つのに苦労している今日は、なおさら注目など浴びたくない。レディ・デズモンドはその反対らしく、あからさまに疑わしげな視線を一度ならずアビーに向けていた。

アビーとしては、マックスとの親密な出来事がうっかり顔に表れてしまわないよう願うばかりだ。出発前に鏡で確認したかぎり、ひげを剃っていなかった彼の顎のせいで、頰がかすかにピンク色になっているくらいだった。

だがもっと奥深いところで、アビーは長い眠りから覚めたかのように、自分が完全に変わってしまったのを感じていた。いまや体は明るい輝きを放つ光で満たされている。ただし心は別だった。マックスが自分を愛していないのは最初から知っていたし、彼を祭壇へいざなおうなどとは考えもせずに誘惑をけしかけた。それなのに、求婚してきた彼のしぶしぶといった様子は、アビーの魂をずたずたに切り裂いた。いっそマックスが騎士道精神などとは無縁の男性ならよかったのに。本来の姿である放蕩者らしく、快活に去ってくれたほうがましだった。厳しく冷たい声で、しかも命令するかのように求婚されるよりも。

〝むろん、わたしはきみと結婚するつもりだ〟

その言葉を聞いたとき、アビーは一瞬弱気になり、求婚を受け入れたいという衝動に駆られた。ずっと愛してきたマックスが最終的に夫となるのだ。彼と人生を分かち合い、子どもをもうけ、もう一度あのすばらしい親密さを楽しむことができる。ただ残念ながら、それは女遊びという彼の趣味に耐えることも意味していた。夫が愛人の相手をしているときは見て見ぬふりをし、よそで欲望を満たす夜はひとりで眠らなくてはならない。

そんな忌まわしい予感が、アビーにマックスを拒絶する強さを与えた――傷心を冷静な表情の下に隠す強さも。少なくとも、彼に対して感傷的になってしまわずにいられたのはありがたかった。マックスに同情されるのだけはいやだ。

やがて馬車はロスコモンの停車場に入っていき、アビーたちは苔《こけ》に覆われた中世の石の十字架のある村共有の草地へとおり立った。近くにある小さな池では、アヒルたちが古いオークの大木の枝の下で泳いでいる。

男性陣が馬からおりて馬丁たちに手綱を預ける様子を、アビーはじろじろ見るまいとした。視界の端で、マックスがアンブローズとペティボーンと話しているのを盗み見る。何を言っているのかはわからないけれど、マックスの低い声を耳にしただけで、肌がちくちくとうずいた。友人ふたりのどちらかの言葉に、マックスが悩み事など何ひとつ存在しないかのように快活な笑い声をあげる。

男性たちがゆっくりと女性たちに近づいてくるあいだ、アビーはマックスが自分を見てくれることを切望して息もできない心境だった。湖のほとりでは、仲たがいせずに別れることができた――ふたりのあいだが気まずくならないよう、そう努めたのだ。マックスの視線がこちらを向き、アビーの胸は高鳴った。目が合って雄弁な一瞬が流れ、胸の中で期待がむくむくとふくらんでいく。彼女のほうへ向かおうとするかのように、マックスが友人たちのもとを離れた。

そのとき、レディ・デズモンドが前に出て彼の腕を取った。勝ち誇ったような笑みを浮かべる彼女に、マックスも笑みを返す。背が高く颯爽《さっそう》としたマックスと、優美で洗練されたレディ・デズモンドは、まさにお似合いの美男美女だ。マックスが身をかがめて何かささやくと、彼女は甘い声をあげて得意げな表情を浮かべた。

胸を高鳴らせていたアビーは一気に落ち込んだ。あの未亡人は愛人ではないと宣言したわりに、彼女と一緒にいるマックスは有頂天に見える。彼のしぐさからは、いやがっているとか、避けたがっているというそぶりはまったくうかがえなかった。

マックスにしてみれば、朝にある女性と愛を交わし、午後には別の女性と戯れるのはふつうのことなのかもしれない。アビーが結婚という枷をはずしてあげたことに、彼はさぞかし安堵しているだろう。それに、そもそもマックスがアビーと一緒にいるほうを選ぶ理由も思いつかない。結局のところ、彼にとってのアビーは、単に妹の家庭教師というだけの存在なのだ。

一行は小間物店や衣料品店、宿屋の〈フォックス・アンド・ハウンド・イン〉などが立ち並ぶ大通りを歩きはじめた。別の機会なら、アビーも生まれたときから知っていると言っていい商人たちのもとを訪れるのを楽しんでいただろう。その商人たちの中には、彼女の友人で学者の夫が所有する書店を手伝っているリジーも含まれている。

けれど、いまのアビーは逃げ出したいという強い衝動を覚えていた。レディ・グウェンドリンのシャペロンを務める義務はあるけれど、マックスがいれば、どんな災難も事前に防げるはずだ。短いあいだなら、アビーがいなくても問題はない。

アビーはヴァレリーを脇に連れ出して言った。「牧師館にいるジェイムズとダフネを訪ねてこようと思うの。あなたも一緒に行く？」

「いいえ！　グウェンと一緒にいたいわ。先週、お母さまと衣料品店で見かけた紫色のリボンを見に行くって約束したの」

「いいこと、あまりしゃべりすぎてはだめよ。公爵閣下に育ちが悪いと思わせたくないの」

「心配しないで、お行儀よくしているから。それにお母さまの望みどおりに、公爵に取り入るつもりもないわ。わたしとは年が離れすぎているもの。だいいち、閣下はレディ・デズモンドがとくにお気に入りみたいだし」ヴァレリーはそう言い残してスキップで先を急ぎ、アンブローズとレディ・グウェンドリンのあとを追いかけていった。

アビーはため息をついた。マックスが美しき未亡人に入れあげていることが、少なくともひとつはいい結果につながったというわけだ。これなら姪が彼の前に身を投げ出すようなことは、まずないと考えていいだろう。

一行に背を向けて、アビーは反対方向へと歩きだした。目指すは村の端にある聖ヨハネ・バプティスト教会で、木々の隙間からはその尖塔が見えている。早足で石造りの円形の家や、いい香りのするハーブの庭がある薬剤師の小さな家を通り過ぎていった。

目的地に着くと、アビーは甲高い音を発する鉄の門を押し開けた。はちみつ色の石で建てられた牧師館は正面が正方形の造りになっていて、ツタで覆われている。連なって葉を茂らせているニレの木々により、牧師館と古いノルマン人の教会は隔てられていた。

石畳の小道を進むうち、アビーの耳に窓からもれてくる子どもたちの大きな声が聞こえてきた。聞き慣れた音は、打ちのめされた心の慰めになってくれる。彼女がここへやってきたのは、あと数日で家へ帰ると家族に伝えるためだった。

ロスウェル・コートにはもういられない。レディ・グウェンドリンのことは好きだけれど、ときおりマックスと顔を合わせなくてはならないと知りながら、家庭教師を続けるのは不可能だ。そもそも彼のように高い地位にいる人は、自分の妹の世話を汚れた女性に任せたりしないだろう。

ただそれだけの話だ。

けれど奇妙なことに、アビーは自分が汚れたとは感じていなかった。むしろ、それとはほど遠いように思える。ふたりのすばらしいつながりは、なくしていた自分の一部をようやく見つけられたかのように、生まれてはじめて満たされた気分にさせてくれた。だから、そこには一片の後悔もない。たとえいまは喪失感を覚えているとしても、マックスとあれほどの親密さを分かち合えた記憶は、強烈な喜びとしてわたしの中に残っている。心に宿る憂鬱な気分だって、彼がロンドンに戻れば徐々になくなっていくだろう。そして、彼を見かけるたびに受ける痛みからも解放される。

そう強く自分に言い聞かせ、アビーは正面のドアをノックしようと手をあげた。ところが拳が白いドアを叩こうとしたちょうどそのとき、背後から庭の門がきしむ音が聞こえてきた。午後の郵便にはまだ早い。おそらく教区民が牧師である兄を訪ねてきたのだろう。

好奇心に駆られたアビーは肩越しにうしろを振り返り、そして凍りついた。心臓が激しく打つ中、手を宙に浮かせたまま、きびきびとした足取りで小道を歩いてくる男性を見つめる。コーヒー色の最高級の上着と薄茶色のブリーチズ、ぴかぴかの黒いブーツで身をかためたマックスは、申し分のない紳士に見えた。しみひとつない真っ白なクラヴァットが、浅黒い端整な顔立ちを引き立てている。その服の下がどうなっているかというふしだらな記憶に、アビーの中で欲望の炎がひとりでに燃えあがった。

マックスがビーバーの毛皮の帽子を取り、頭を傾けてうなずいた。「アビー、きみは歩くのが速いな。われながら、よく追いつけたものだ」

ノックのために手をあげたままだったのに気づき、アビーは腕をおろした。両脚が震えているので、お決まりの膝を折るお辞儀は省いたほうがいいだろう。マックスに対して弱気になっていることを悟られたくなくて、わざと顎をつんとあげてみせた。「務めを放り出したわたしを叱りに来たのね」

「そんなつもりはない」

「だったら、どうしてわたしのあとを追ってきたの？」

「きみの姪から、この牧師館へ向かったと聞いてね。きみの兄上のジェイムズに会ったことがないのを思い出したんだ。何年か前に彼が聖職の地位につくのを承認したときは、文書でやりとりをしただけだった。彼に紹介してくれないか？」

「レディ・デズモンドの隣を離れられたなんて驚きだわ」

「アンブローズがわたしの代わりに彼女の相手をしてくれるさ」マックスが指をさっと彼女の頬に走らせた。「まさか嫉妬しているのか？　彼女とはなんでもないと言ったはずだぞ」

触れられたところがやけどをしたように熱くなり、アビーは一歩あとずさりした。厳しい否定の言葉を述べようとして口を開き、その瞬間に自分が軽蔑すべき女性のようにふるまっていることに気づく。心の乱れを表に出してもどうにもならない。マックスのまわりでは落ち着いた、堂々とした自分でいようと誓ったのだ。彼が永遠にいなくなるまでの数日間、わたしが生き延びる方法はそれしかない。

それなのになんてこと。マックスの視線が唇をかすめ、男性用の香水が裸で彼の腕に抱かれていたのを思い出させるほど近くに立っていると、無関心を装うのは至難のわざだった。たった数時間前にふたりがつながっていたあたりが、切望でずきずきとうずいている。マックスの熱っぽいグレーの瞳が、彼もまたあの狂おしいほどの歓びを覚えていると告げていた。ああ、いったいどうしてマックスは追いかけてきたのだろう？　本当にジェイムズに会いに来たのかしら？　あるいは、それも戯れに追ってきたことの軽薄な言い訳にすぎないの？結局のところ、マックスは放蕩者なのだから、不埒な関係を続けるよう、わたしを説得できると思っているのかもしれない。

アビーは上を向き、子どもたちの大きな笑い声がもれてくる開いた窓に目をやった。「嫉妬などではないわ」抑えた口調で答える。「そうじゃなくて、あなたが女性に目がないのを思い出したの。もう一度言っておかないといけないみたいね。わたしたちはもう二度と……関わりを持つべきではないわ」

「それは今朝も聞いたよ」

「警告しておくけれど、わたしの家族がいるところで、ほんのわずかでもほのめかしたりしたら、大変なことになりますからね。その……わたしたちが……」

「愛を交わしたことを？」

せっかくかためた決意にもかかわらず、アビーは頬がほてっていくのを感じた。「そうよ。

それから、わたしたちの過去のことも。わたしのきょうだいでそれを知っているのはロザリンドだけだし、彼女にも秘密にしておくと誓ってもらっているの」

「では、せいぜい行儀よくするよう努めよう」マックスはアビーにのしかかるように身を乗り出し、力強くドアを叩いた。同時に彼女の耳に口を寄せてつぶやく。「わたしを頼ってくれていいんだ、妖精さん」

からかうような口調が、アビーの中にある不適切な熱望の根源を刺激した。欲求が体の内側で渦巻き、肌の下で泡立っている。マックスにもてあそばれているのでは、という疑念は正しかったのだ！　彼のような男性にとってはただのゲームなのだから、こんなことで気持ちを高ぶらせてはいけない。

だがアビーが眉をひそめて見あげると、マックスは高貴な立場に似つかわしい冷淡で傲慢な表情を浮かべていた。口の端を引きつらせてもいないし、グレーの瞳を輝かせてもいない。一度たりとも善の道を踏みはずしたことのない、分別をわきまえた判事だと言っても通用しそうな顔だ。

彼女が言い返そうとして言葉を探していると、ドアがわずかに開いた。狭い隙間の向こうには、シャツの裾を出しっぱなしにした赤褐色の髪の小さな男の子が立っている。そばかすが散った顔にプラムのジャムらしきものをつけたその子は首をかしげてマックスを見ると、それからアビーに注意を向けた。たちまち、歯の抜けた隙間が目立つ笑顔になる。

「アビーおばさん！」

男の子が両腕を広げて抱きついてきた。アビーはすんでのところで、ドレスにジャムがつく前にその子の顔を横に向けさせた。しゃがみ込んで目の高さを合わせ、親指でジャムをぬぐってやる。「まあ、バーティ！　この二週間で、また大きくなったわね」

「乳母がはかってくれたんだ。ぼく、もうプリシーと同じくらいあるんだよ！」バーティがふたつ上の姉、プリシラの名を出して自慢する。

「そうなの？　すごいわ。ほら、動かないでじっとしなさい」

マックスがアビーにたたんだハンカチを差し出した。彼女はありがたく受け取り、それで甥の顔を拭いた。立ちあがりながらマックスを見て、彼の目には自分の家族がどう映っているのだろうという疑問がふと浮かんだ——どうしてそんなことが気になるのかしら、という疑問も。

「閣下、わたしの甥を紹介させていただきますわ。ハーバート・リントンといって、四人いる兄の子どもたちの二番目です。バーティ、ロスウェル公爵閣下にお辞儀をなさい」

アビーが教えたとおり、バーティは片方の腕を背中にまわしてもう一方を前にやり、腰を折って一礼した。だが、そのあとで彼が見せた片方の手を差し出す動作は教えていないはずだった。

「ぼくは六歳です。閣下は何歳ですか？」

「バーティ！　人に年齢を尋ねるのは失礼よ」

「どうして？　みんなぼくにいくつかってきくよ」

「もっともな指摘だ」身をかがめて男の子の汚れた手を握りながら、マックスが言う。「だが、年齢をきかれていやがる大人がいるのもたしかだ。だから、おばさまの言うとおりにしたほうがいい。ちなみにわたしは三一歳だよ」

「へえ、ぼくのお父さまは七三歳だから、ずっと上だね」

「あなたのお父さまは三七歳よ」アビーは笑顔で正した。「さあ、こういうときはお客さまを招き入れるのが礼儀なの。それから、お父さまとお母さまにお客さまがいらしたと伝えなさい。お願いだから、家の中では走らないでね」

ドアを勢いよく開けて駆けだしたバーティは、自分が小走りになっているのに気づいて足をゆるめ、歩いて別のドアの向こうへと消えていった。アビーが玄関広間に足を踏み入れるのと同時に、母親を呼ぶバーティの叫び声が響く。

「やれやれ」ドアを閉めて帽子をテーブルの上に置いたマックスに向かって、アビーは笑いながら言った。「甥のふるまいを謝らなくてはいけないわね」

「気にしなくていい。わたしだって、いたずら好きのちびだった時期はある。それに、あの子のすることはきみの責任ではないだろう」

彼女は反論しようと口を開いたが、マックスの言葉ももっともだった。姪や甥をわが子のように愛してはいるけれど、バーティはジェイムズとダフネのものだ。

自分は生涯子どもを持たないのではないかという予感が、アビーに新たな衝撃をもたらした。唯一望んでいた相手からの結婚の申し込みは断ってしまった。春になって姉と姪についてロンドンへ行けば、もしかすると別の誰かとの出会いも……。

彼女のもろい心がその考えに反旗をひるがえした。マックスとあれほどの親密さを分かち合ったばかりでほかの男性との結婚を考えるなんて、まだ早すぎる。マックスへの切望の炎は体の奥深くで燃えさかっていて、彼以外の男性を愛するなんて想像もできない。かといって、気持ちを静めるために誘惑に屈してはなんの意味もないだろう。アビーの決意はかたかった。女たらしの夫を持つ痛みと屈辱を引き受けるつもりはない。

彼女は少し汚れてしまったハンカチを手のひらにのせ、マックスに差し出した。「これはあなたのものだったわね」

マックスがその手を取り、四角いリネンを握らせる。「取っておくといい。どうもきみは肝心なときに、いつもハンカチを持っていないようだからね」

彼のやさしい手の感触がアビーを惑わせた。グレーの瞳に宿ったあたたかな光も。マックスは握った手を放そうとせず、ただ彼女をじっと見つめた。アビーの脈が速くなり、呼吸も荒くなっていく。まさしくこんなふうに多くの女性を魅了し、ベッドへといざなったのだろう。マックスの男性的な魅力は、女性に強力な魔法をかける。彼女自身も、その魔法がもたらす苦悩にとらわれてしまったように感じていた。

しわがれた声で、マックスがささやく。「アビー、わたしは――」

近づいてくる足音が彼の呪文を打ち砕いた。アビーはいらだち、ハンカチをドレスのポケットに押し込んだ。顎の下で結んだリボンをほどいて、ボンネットを壁に並ぶフックのひとつにかける。ちょうどそのとき、彼女の義理の姉がいそいそと玄関広間に姿を現した。

ダフネは父親が村で衣料品店を営んでいたこともあり、典型的な牧師の妻とは違って、いつも流行の服装に身を包んでいる。加えて、彼女には自分が平民の出であることを隠そうと懸命になっている節もあった。今日は黄色の小枝模様を施したドレスを着て、黒い髪を覆うベルギー製のレースのキャップをかぶっている。義姉のふるまいはいつになく疲れた様子で、眉間にはしわが寄っていた。

「アビー、来てくれてよかったわ！」ダフネはそう言うと、アビーに駆け寄って抱きしめた。「クリフォードとルシール、それにロザリンドも来ているの。乳母が風邪を引いてしまって、子どもたちの相手で途方に暮れていたところなのよ！　いまも庭で遊ぶように言っているんだけど、ちっともわたしの話を聞かないの！　ねえ、あなたから言ってやってくれないかしら。あの子たちはいつだってあなたの言うことなら――まあ！」離れた場所に立っていたマックスが前に進み出て、彼に気づいたダフネが大きく目を見開いた。「申し訳ございません。もうひとりお客さまがいらっしゃるとは聞いていなかったものですから」

おしゃべりな義姉が驚きのあまり言葉を失っているのを面白がりながら、アビーは公爵を紹介した。ダフネがまるで国王を前にしたように深々と膝を折ってお辞儀をする。「公爵閣下、お越しいただいて光栄ですわ！」

マックスが腕を伸ばして、ダフネがまっすぐ立つのに手を貸す。「こちらこそ、お目にかかれて光栄だ、ミセス・リントン。なんの知らせもなく突然やってきたことをお詫びしたい」

どうにか筋の通った説明を思いつき、アビーは口をはさんだ。「午後から何人かで村を訪れることになったのだけれど、公爵閣下がジェイムズに会いたいとおっしゃるのでお連れしたの。だから急な訪問になってしまって」

「もしかして、ご都合が悪かっただろうか？」女性ならみなそうするように、ダフネもうっとりとマックスに見とれているが、彼はそれに気づいてもいないかのように礼儀正しく言葉を続けた。「もてなしを無理じいしたくはないのだが」

ダフネがようやくわれに返って答えた。「無理じいですって？　めっそうもございません、閣下！　夫も大喜びでお迎えいたしますわ。さあ、どうぞこちらへ」

21

義姉のあとについて狭い廊下を歩きながら、アビーはすぐうしろにいるマックスの気配をありありと感じていた。家族に囲まれて心を慰めようとここを訪れたのに、彼がいきなり割り込んできたせいで台なしだ。ただ、残念に思うのと同時に、彼女の頭はダフネが出てきて途切れてしまったマックスの言葉の続きを考えていた。

〝アビー、わたしは――〟

わたしはもう一度、きみに狂おしいほどのキスをしたい。

わたしはきみに、きみだけにこの身を捧げたい。

わたしはきみに考え直してほしい。わたしと結婚しよう。

ああ、もう、やめなさい。一番いいのは、マックスの言葉の意味を探ろうなんて思わないことよ。どうせまた、聞こえがいいだけのくだらない言葉を吐くつもりだったに違いないわ。

三人は応接間へと入っていった。そこには古い家具が雑然と置かれ、壁には聖書の光景を描いた絵がかかっている。アビーは昔から、この小さな部屋のくつろいだ雰囲気が大好きだった。けれどもいまは、マックスがロスウェル・コートの豪華さと比べて痛ましいほど何もないと感じているのではないかと思うと、気が気ではなかった。

だが、そこで談笑していた四人にダフネがマックスの来訪を告げたときも、彼のハンサムな顔に嘲りの表情はいっさいなかった。「ロスウェル公爵閣下がいらしてくださったのよ！」

義姉がまだ興奮状態なのを見て取り、アビーは先を引き継いだ。「公爵閣下、わたしの兄のクリフォードとジェイムズ、そしてクリフォードの妻のルシールを紹介させていただきます。姉のロザリンドとは、ヴァレリーを連れてレディ・グウェンドリンをお訪ねした際に、もうお会いしておりますね」

マックスは礼儀正しく、そして存分に魅力を振りまきながら、四人の紳士淑女に挨拶をした。続けて、クリフォードとジェイムズが礼をしてマックスと握手をし、女性たちが膝を折ってお辞儀をする。ロザリンドとルシールが前に出てアビーの頬にキスをしたが、ふたりはうっとりしたまなざしを公爵に向けたままだ。

「お越しいただき、このうえない喜びです、閣下」ほんの二週間前にアビーが公爵邸で働くことを禁じ、ロスウェル公爵を悪名高い放蕩者と非難したクリフォードが陽気に言い放った。「あまりお目にかかる機会もありませんでしたが、わたしはずっと、ご近所に住まわせていただいていることを光栄に感じておりました」

「残念ながらこの一五年ほど、わたしは不在の地主だった」マックスが応じる。「近い将来、その状況を正していくつもりだ」

アビーは胃が沈み込んでいくような感覚に襲われた。マックスは本当にロスウェル・コートにいる時間を増やすつもりなのだろうか？「そんなはずはないわ」うっかり口に出してしまい、全員の視線をいっせいに受けた彼女は顔を真っ赤にした。

「なぜお客さまの言葉を否定したりするんだ？」クリフォードがたしなめる。「大変失礼いたしました、閣下。何とぞお許しを」

「謝罪の必要はない」マックスが人好きのする笑みを浮かべて言う。「ミス・リントンが驚いたのも当然だ。あまりにも長く離れていたせいで、村人の大半がわたしを見てもわからないくらいだからね。これからはときおり、あなたの畜産の方法を見学にうかがってもかまわないだろうか？」

「もちろんですとも」アビーをにらんでいたクリフォードが、マックスに視線を向けて答えた。

男性たちが話しているあいだ、アビーは乱れた平常心をどうにか立て直した。村でときおりマックスに遭遇するという予想は、動揺を誘うと同時に魅力的でもある。でも、彼は都会の悪徳を渇望している男性だ。どうせ社交辞令で話しているだけに違いない。

だけど、そうではなかったら？

「年代物のワインを召しあがりませんか、閣下？」ジェイムズがアビーのほうを向いて続けた。「アビー、すまないがネッティにワイングラスをひとつ用意するよう頼んでくれるか？ああ、おまえも飲むのならふたつだな」

アビーは従順に厨房へと向かった。夕食用のニンジンの皮むきで忙しくしているメイドから、必要なものを受け取る。応接間に戻ると、男性陣はまだ三人で話を続けていた。ワインのグラスを兄に手渡す彼女を見て、マックスがわずかに眉をひそめる。いったい何が彼を不快な気分にさせているのか、アビーはいぶかった。

でも、それを探る機会がない。

そのとき、黒髪の女の子が応接間に駆け込んできた。木の剣を持ったバーティに追いかけられ、笑いながら甲高い声で叫んでいる。三歳のサラも、一番うしろから馬の頭がついた棒にまたがって登場した。三人は椅子やテーブルのあいだを駆けめぐり、ついには部屋の隅の暗がりに置かれた揺りかごから泣き声が響き渡る大混乱をもたらした。

「ああ、なんてこと」ダフネがあえぐように言い、赤ん坊のもとへと走る。「フレディはやっと眠ったばかりだったのに」

「おまえたち!」ジェイムズが厳しい声を出し、ドアを指さした。「すぐに庭へ出ていきなさい」

「でも、お父さま、ぼくはお城の中でドラゴンをやっつけてる騎士なんだ」バーティが抗議する。「ぼくがいなくなったら、プリシー姫が死んじゃうよ!」

「あなたはドラゴンじゃなくて、お姫さまをやっつけているように見えるわよ」アビーは横合いから言った。「プリシーはもっと広い場所に出たほうが、バーティから逃げられるかもしれないわね」

マックスが窓辺まで歩いていき、壁に囲まれた庭を眺める。「あのあずまやはいい要塞になりそうだ。とくに棘のあるバラが堀の代わりになっているのがいい」

八歳のプリシラは、その言葉で魔法にかかってしまったようだ。「要塞はわたしのものよ！」彼女が走ってドアから出ていくと、そのすぐうしろにドラゴン退治中の騎士が続いた。

アビーは目をぱちくりさせてマックスを見た。棘のあるバラが堀の代わりになっている？　評判の悪い公爵が、いったいどこで子どもの想像力に訴える方法など学んだのだろう？　それ以上に不可解なのは、なぜ彼がその方法をここで披露したのかということだ。

マックスが窓辺から、みんなのところへ戻ってくる。アビーは彼に質問したくて仕方なかったが、家族の前で公爵と親しいところを見せたくなかったので躊躇した。先ほどうっかり口を滑らせてしまったこともあり、なおさら尋ねるのがためらわれる。するとルシールが目を輝かせて切り出した。「失礼ながら、お見事でいらっしゃいましたわ、公爵閣下。子どもの扱いがとてもお上手なのですね」

マックスの顔に戸惑ったような笑みが浮かぶ。「わたしは一六歳までひとりっ子だったのでね。幼い頃は、よくひとりでごっこ遊びをしたものだ」

なるほど。それで説明がつく。まだ幼いマックスが広い屋敷の中で孤独に遊んでいるところを想像し、アビーは不意にいとおしさを覚えた。どうして彼は、この話を前にしてくれなかったのだろう？　若い頃、ロスウェル・コートでの生活について聞かせてほしいと頼んだことはあったけれど、マックスはいつも話したがらなかった。

クリフォードがみんなに椅子を勧め、一番いい椅子を高貴な客人にあてがった。それから、しかめっ面のダフネがぐずる赤ん坊を寝かせようとしている部屋の隅を見て言う。「なんともやかましい子どもたちだ！　弟に代わってお詫びいたします、閣下。どうかお許しください」

ジェイムズが痩せた顔に不安そうな表情を浮かべ、ワインをグラスに注いでマックスに手渡した。「お話が中断してしまったこと、わたし自身が謝罪しなくてはなりません、閣下。今朝から乳母が喉を腫らしておりまして、わたしが揺りかごを子ども部屋から一階におろしたのです。かわいそうに、ダフネはそれからずっと子どもたちを喜ばせようと必死に頑張っておりました」

「どうか、ささいなことを気にしないでいただきたい」マックスが穏やかな表情で椅子に腰を落ち着ける。「何しろ、ミス・リントンとわたしは不意の来客だ。ただ、ひとつ聞かせてほしい。メイドは奥方を手伝わないのかね？」

「はい、残念ながら」揺りかごのかたわらにある椅子に座ったダフネが答えた。「ネッティはとても不器用なもので、大切なフレディを任せるわけにはいかないのです」

「使用人の困ったところですわね」体が細く見える淡い黄色の縞模様を施したモスリンのドレスを着たロザリンドがつけ加えた。赤銅色の髪に交じった幾筋かの白髪が、彼女が四〇歳であることを示している。「一番大変なときにかぎって、能力不足か具合が悪くなるかのどちらかなのですから。まったく、アビーは運がいいですわ。家を切り盛りしたり、子どもを心配したりして頭を悩ませることもありませんもの」

「それでも、アビーは幼い子の扱いに長けている」クリフォードが言った。「アビー、フレディをなだめてやってくれないか。ずっと泣かれていては、閣下のお気をわずらわせてしまう」

ダフネがあからさまな安堵の表情を浮かべ、いそいそと立ちあがる。アビーはワイングラスを置き、義姉と入れ替わりで部屋の隅へと足を運んだ。椅子には座らずに泣いている甥を揺りかごから抱きあげ、布にくるまれた小さな体を肩の高さまで持ちあげてやさしく背中を叩く。

ゆっくりと行ったり来たりしてあやしていると、むずがっていた赤ん坊がおとなしくなりはじめた。アビーは昔から、赤ん坊の顔が自分の首のあたりにすっぽりとおさまる感触がいとおしくて大好きだった。甥や姪たちをこうして抱けるのは贈り物であり、世話をするのを重荷になど感じたことはない。

アビーは、マックスがジェイムズと教区の話をしながら彼女に鋭い視線を送ってくるのに気づいていた。「この牧師館でも教会でも、修理が必要なところがあれば遠慮なく知らせてくれたまえ」

「ありがたいお話です」ジェイムズが感謝の笑みを浮かべる。「実は聖歌隊席にコナチャタテムシがわいて困っていたのですが、駆除するには費用がかさみますので、お知らせするのをためらっておりました」

「まったく問題ない。とどのつまり、教会はわたしの責任のもとにあるのだから。維持するための費用を出さないのは怠慢というものだ」

マックスは愛想よくアビーの家族と話しつつ、ときおり横目で彼女のほうを見ている。いったいどうしてそんなことができるのだろう？　ただし、マックスの表情にかすかな不満の気配が漂っていることに気づいているのは、彼をよく知るアビーだけだった。礼儀正しいふるまいの下で、マックスは何かを気にしているのだ。まっすぐにらみつけられているかのように、彼の非難がひしひしと感じられる。

もちろん赤ん坊を抱いた女性というのは、マックスにとって目新しい光景に違いない。今朝の彼は、子どもができる可能性があることにうろたえているように見えた。もしかすると、マックスがふだん相手にしている娼婦たちは妊娠を避ける違法な手段か何かを心得ているのだろうか。そんな知識のないアビーの経験の浅さを思い知って、彼は腹を立てたのかもしれない。

マックスに注意を払っていなくてはならない理由はどこにもない。アビーはフレディをあやすのを口実に廊下へ出て、小さな食堂へと向かった。クリーム色の壁に囲まれ、開いた窓の両側に褐色のカーテンがさがっている部屋に入り、眠りについた赤ん坊を抱いたまま、心の平穏を取り戻そうと古いオーク材のテーブルのまわりを歩く。

いっときの静けさは、ドアから急いで入ってきたロザリンドによって破られた。「ヴァレリーはどこ？」彼女がささやくように尋ねる。

「レディ・グウェンドリンと一緒にお店をまわっているわ」アビーも小声で答えた。

「まったく、あの子も公爵閣下と一緒にここへ来られるように手は打てなかったの？　ふたりが親しくなれるよう、力を貸してくれると信じていたのに」

「言ったでしょう、お姉さま、わたしはそんな策略に加担するつもりはないの。それにヴァレリーだって了承済みよ。あの子、公爵とは年が離れすぎているとわたしに言ったわ」

姪はマックスがレディ・デズモンドを好いているとも言っていたけれど、それについてはあえて言及しなかった。

「くだらない」ロザリンドが憎々しげに言う。「年を取った紳士と結婚する娘はたくさんいるわ。あの子も来年の春にお目見えをすませれば気づくでしょう」

「そうかもしれないわね。だけど、ヴァレリーがそれで変わるとも思えない。年齢の近い求婚者の群れに囲まれることを夢見ているもの」

ロザリンドが探るような目つきで見つめてくる。「怪しいわね。あなたが公爵閣下をどうにかするつもりなんじゃないの？」

顔が赤くならないように自分を抑え、アビーはうつむいて眠っている赤ん坊に目をやった。

「どうにかするですって？　ばかなことを言わないで」

「ついさっき、閣下があなたを見ていることに気づいたのよ。もちろん隠してはいたけれど、わたしだって長く社交界に身を置いているんだから、それくらいはわかるわ。本当のところを教えてちょうだい。あの方、昔のあなたに対する想いにまた火がついたの？」

アビーはためらったが、ここは否定しないほうが賢明だと判断した。ロザリンドにはどうしても尋ねたいこともあるのでやむをえない。「そうね。でも、それでこの先どうかなるとも思えないわ。ただ、ひとつ気になることがあるの。昔、わたしが彼に宛てて書いた手紙は間違いなく出してくれたわよね？」

「もちろんよ！　ちゃんと送られたのを自分で確かめたわ。グロヴナー・スクウェアのロスウェル・ハウス宛に」好奇心に駆られたロザリンドが眉をあげる。「まさか、あの方が受け取っていなかったと言いたいの？」

「ええ、そうみたいなのよ」

「アビー、そんな残念なことってないわ！　でも信じて、わたしのせいじゃないわよ！　いったい何があったのかしら？　ひょっとして、あの方のお父さまが隠したんじゃない？」

「わからないわ――たぶんこの先も真相はやぶの中でしょうね。だけど彼の手紙もどこかへ消えていて、それでわたしたちは互いに相手の関心が失せたのだと思い込んでしまったの。ああ、そんな悲しそうな顔をしないで、お姉さま。もう昔の話よ」

「でも、これは悲劇だわ。だって、もし手紙のやりとりが続いていたら、彼は大きくなってからあなたに結婚を申し込んでいたかもしれない」ロザリンドの表情には、あたたかな真心がにじんでいた。彼女はアビーに身を寄せ、肩に手を置いた。「わたしがヴァレリーに期待をかけていたのはたしかよ。だけど信じてちょうだい。あなたがいまでも公爵への想いを抱えていると知っていたら、絶対にそんなことはしなかった。あなたが彼と結婚するとなったら、これほどうれしいことはないもの！」

アビーの目が涙でかすんだ。魂が落ち込んだとき、姉の慰めほど支えになるものはない。けれど、ほんの数時間前にロスウェル公爵夫人になる機会を拒絶したのを知ったら、ロザリンドがどれほどの衝撃を受けるか、アビーには想像するしかなかった。それは自分の胸に秘めておかねばならない秘密だ。

「彼は結婚にまったく興味のない放蕩者なの」アビーははっきりと言った。「わたしはそういう男性を夫にするつもりはないわ」

「そんな。男性というのはたいてい、若いときにはばかをするものよ。それから恋に落ちて腰を落ち着けるの。わたしのピーターだって、そうだったわ。さて、公爵があなたに見とれる機会を取りあげるわけにもいかないし、そろそろ戻ったほうがいいかもしれないわね。わたしが思うに、彼は少なからずあなたを愛しているわよ！」

姉の的はずれな発言に、アビーは思わず笑った。愛とは情欲を上品に表しただけの言葉にすぎないとマックスが思っていることは、姉に伝えるつもりはない。

姉妹が応接間に入っていくと、マックスが立ちあがって出迎えた。「ああ、あなた方の妹さんたちが戻ってきた。乾杯に間に合ったな」

クリフォードとジェイムズもつられて立ちあがったが、マックスの意図がわからず当惑しているようだ。ジェイムズがあわててワインを注いでまわるあいだに、アビーはフレディを揺りかごに戻そうと部屋の隅へ向かった。赤ん坊が少しだけ目を覚ましてもぞもぞと身をよじり、すぐに眠りへと戻っていく。

アビーが振り返ると、ほかの四人が問いかけるような視線をマックスに向けて待っているところだった。そのとき彼女は、マックスがただそこにいるだけで注目を集めてしまう男性であることに気づいた。人々に畏敬の念を抱かせる、威厳に満ちた雰囲気をまとっているからだ。一風変わった、ときにひねくれた少年だった彼の変化に魅了されずにはいられない。口元にかすかな笑みをたたえて、マックスがグラスを掲げた。「本日誕生日を迎えたあなた方の妹、ミス・アビゲイル・リントンに乾杯を捧げたい」

庭から響いてくる子どもたちの笑い声を除いて、応接間がしんと静まり返った。全員の意識がアビーへと向けられ、彼女はその場に立ち尽くした。今日が大切な日であったことにみんなが驚いているのは、火を見るよりも明らかだ。

アビーは自分の誕生日を家族が覚えているとは思っていなかった。これまでも、末っ子である彼女がずっと年上のきょうだいとともにその日を祝う機会は、ほとんどなかったと言っていい。幼かった頃は、すでに大きくなっていた兄や姉たちは家を出てそれぞれの家族と暮らしていたし、最近では両親とその日をひっそりと過ごすだけになっていた。

驚き、無念さ、罪悪感、きょうだいとその配偶者たちの顔にはさまざまな感情が浮かんでいる。続けて、みんなの口から意味のない言葉が次々とあふれ出した。

「何か言ってくれればよかったのに」クリフォードが居丈高に言う。

「忘れていたなんて、われながらひどいわ」ロザリンドが続いた。

「あなたのためにパーティーを開くべきだったわね」ルシールはすっかりどぎまぎしている。

「アビー、どうかわたしたちを許してくれ」ジェイムズがつけ加えた。

全員がすまなそうな顔でアビーのもとへ集まって頬にキスをし、抱きしめて祝福の言葉を贈った。自分がみんなに愛されているのをわかっていた彼女は、戸惑いつつもそれを受け入れた。こんなふざけた方法で家族に恥をかかせることを選んだのは彼女ではない。

これはすべてマックスの仕業だ。

アビーは暖炉の近くに立っている彼をちらりと見た。マックスは自分が引き起こした劇的な場面にすっかり満足しているようだ。実際には彼女が世界で最も大切にしている人たちを悩ませたというのに、大きな貸しを作ったと言わんばかりの顔をしていた。

マックスは牧師館から遠ざかりながら、アビーが彼に対して冷たい態度を取る理由を推測しようとした。かなりご立腹なのは間違いないだろう。彼女はつんと顎をあげ、口を引き結んで、眉間にかすかなしわを寄せている。誕生日を祝う乾杯をしようとしたのも認めてもらえず、その理由がわからないマックスは当惑していた。

あのときまで、アビーの家族は彼女の穏やかな性格をいいことに、子どもたちのしつけをさせて、ワイングラスを取りに厨房へやり、さらには赤ん坊をあやすよう命じていた。アビーが見事なまでの寛大さでそのすべてを引き受けるのを見ていたマックスは、辛辣な言葉で彼らを怒鳴りつけたいのを舌を噛んで我慢していたのだ。

誕生日を思い出させるのは、目的を達成するためにマックスが選んだ穏やかな手段だった。

彼は錬鉄製の門をきしませながら開けた。先にアビーを通してから外へ出て、横に並んで腕を差し出す。彼女はためらい、いらだったような表情でマックスを見あげた。

「きみがわたしに腹を立てているのは知っている。だが、こんな単純な礼儀くらいは拒絶しないでほしいものだ」

アビーは彼の曲げた肘に手を差し入れた。通りを歩きはじめてから口を開く。「ええ、わたしは怒っているわ。あなたはあんなふうにわたしの家族に恥をかかせるべきではなかったのよ」

「彼らは恥じて当然だ。わたしにはへつらうくせに、きみに対しては子どものようにたしなめたり、自分の用事をいちいち言いつけたりするんだからな。きみは彼らの使用人ではないんだぞ、アビー」

「もちろんそうよ！　わたしはいつもしているように手伝いをしていただけ。あなたには理解できないかもしれないけれど、わたしは甥や姪の世話をするのを楽しんでいるの。わたしたちは家族であって、家族は互いに助け合うものでしょう」

「そのわりに、きみのために何かをしようという者はいなかったように見えたがね。今日はきみの誕生日だというのに。彼らは日付を覚えてさえいなかったじゃないか。きみはほかの誰かの責任を肩代わりするのではなく、客としてふるまうべきだったんだ」

アビーが喧嘩腰で言う。「ダフネが途方に暮れていたのよ。頼みを断れとでもいうの？」

「その必要はない。だがロザリンドもルシールも、手伝いを申し出ることはできた。とりわけ、きみはこの二週間、家族から離れていたのだからね。誰かが手を貸せば、きみはみんなと話す機会を楽しめたはずだ」

「それこそ、わたしが手伝った理由なのよ！　もう何週間もフレディを抱いていなかったんだから！」

アビーの怒りを静めようと、マックスは彼女の手に手を重ねた。「それなら言ってくれ、いいように使われていると感じたことはない、家族はきみを言いなりになる存在だと思ってなどいないと」アビーの視線が揺らぐのを見て、当て推量をしてみる。「それこそ、きみが家を出て家庭教師になった理由ではないのか？　正当に扱われていない、感謝されていないと感じたからでは？」

顔を囲っているボンネットの中で、アビーの目が強い感情を帯びた。罵倒の言葉を浴びせようとするみたいに口が開く。しかし彼女はそうせずに、ふうっと息をついてマックスから視線をそらした。「どうしても知りたいのなら教えてあげる。そのとおりよ。限界を迎えたのはフレディの洗礼式の日だった……」

ふたりは村共有の草地までやってきていた。マックスはオークの木陰で足を止め、アビーを自分のほうに向かせた。彼女の頬を撫で、腕の中に引き寄せて、苦悩をキスで消し去ってやりたい。だが、誰が見ているかもわからない開けた場所で、そうするわけにはいかなかった。

その代わりにアビーの手を握り、親指を手のひらに走らせる。「わたしに話してくれないか？」

彼女はマックスを見つめてうなずいた。「その日、今後わたしがどこに住むかでみんなの意見が食い違ったの。クリフォードは、わたしがリントン・ハウスに残ってルシールの手伝いをするべきだと主張していたわ。そうすればジェイムズとダフネのところにも近いから、そちらも手伝えるってね。ロザリンドからは、ヴァレリーのお目見えの準備があるから一緒にケントへ来てほしいと頼まれた。上の姉のメアリーには、両親が旅に出ている双子の孫の面倒を見なくてはいけないから、サフォークでわたしの力が必要だと言われたの」

「推察するに、彼らはきみがどこで暮らしたいかはきかなかったのだろうな」

アビーが皮肉混じりの笑みを浮かべる。「ええ。それにわたしは、年老いた未婚のおばになって家から家へと渡り歩くのは絶対にいやだった。ミス・ヘリントンが急に辞めたという話は聞いていたから、そこでみんなに家庭教師の仕事に応募してみるつもりだと伝えたの。全員に反対されたけれど、わたしは自分で選んだ人生を歩もうと決めていたから」

わたしを選んでほしい。そんな強い思いがマックスの胸を締めあげた。「アビー、わたしは今日の乾杯の一件を謝罪するつもりはない。過ちを正して、きみがふさわしい祝福を受けるところを見たかったんだ」

「ええ、いまはそれもわかっているわ」アビーの目が穏やかに光り、顔全体を輝かせる。だがその輝きは現れたときと同じように、急速に失せていった。「でも、あなたは理解しなくてはいけないわ、マックス。自分がわたしの面倒を見る立場にはないということを」

マックスは内臓を抜かれたような気分になった。求婚を拒絶されたのを苦々しく思い出させる言葉だ。アビーは公爵夫人として彼に寄り添う立場をつかむのではなく、家族の無給の使用人になろうとしている。だが、どうして彼女を責められるだろう？　快楽にまみれた過去を送ってきたのも、自分が結婚の誓いにずっと忠実でいられるかすぐにわからなかったのもマックス本人なのだ。

そして、いまやすべては手遅れだった。アビーが愛してくれさえすれば、あらゆる悪行を捨てるだろう。生きているかぎり、ほかの女性に目移りしたりもしない。それなのに、彼女にそれを信じさせる方法が修道僧になることくらいしか思い浮かばない。

いったいどうすればいいのだ？

父のように人として壊れ、自分の魂を打ち砕いた女性を思って泣きながら人生を終えるところを想像し、マックスは心底ぞっとした。ああ、神よ！　長年にわたって女性との親密な関係を避けてきたのも当然だろう。

すべての愛は男を不安にさせるものなのだ。

22

その夜、アビーは晩餐の時間にわざと遅刻ぎりぎりで現れた。客間に入ったのは、フィンチリーがテーブルにみんなを呼びに来たのとほぼ同時だった。マックスが思いつめた表情で視線を送ってきたが、話をする時間はない。彼はすでにレディ・デズモンドに腕を取らせて歩きだしており、そのうしろにペティボーンとミセス・チャーマーズが続いていた。ヴァレリーに片方の腕を、もう一方をレディ・グウェンドリンに取らせてエスコートするアンブローズが、アビーに哀れっぽい笑みを向ける。

やはり遅れていたレディ・ヘスターがあわててやってきたので、アビーはマックスのおばと一緒になった。一番うしろにつくのは、むしろ大歓迎だ。これからの数日、心を傷つけることなく生き延びるのがアビーの計画だった。

晩餐の席では、アビーは控えめな家庭教師の役割を演じ、蒸し煮にしたチキン・パイと焼いたキジ肉、そしてラズベリークリームのケーキに意識を集中させた。視界の端にマックスが何度も視線を送ってくるのが見えたが、気づかないふりを続けた。たしかに、自分の家族について思うところを彼に明かしたおかげで気分は楽になった。でもだからといって、忠実さを異国のもののように思っている男性を愛するのが危険で愚かだという事実は変わらない。レディ・デズモンドとはなんでもないと言っていたわりには、マックスは彼女と多くの時間を過ごしていた。若き未亡人はいまも公爵の右隣という名誉ある席につき、彼の関心をひとりじめしている。今夜、もしマックスが険しい表情を見せたとしても、不機嫌の理由を探ることはするまい。アビーはそう決めていた。

食事中の会話は、明日の正午に予定されている賭け試合のことにほぼ終始した。ロンドンから来た者たちは、ゴライアスとアメリカからやってきた対戦相手ウルフマンの強さを比べ、活発な議論を繰り広げている。レディたちも男性と同じくらい貪欲《どんよく》に、その野蛮な見世物を楽しみにしているようだった。

少女たちは目を見開き、関心もあらわに話に聞き入っている。ふたりは隣同士に座り、何事かをささやき合っていたが、やがてヴァレリーがため息をついて言った。「とても胸が躍る話だわ！　アンブローズ卿に守っていただければ、わたしとグウェンも一番うしろの席で見物できるんじゃないかしら」

アンブローズがくすくす笑って応える。「おいおい、ぼくを計略に巻き込むのは勘弁してくれ」

マックスが厳格な表情でワインのゴブレットを置いた。「もうはっきり言ったはずだ、あういう殴り合いは若いレディが見るものではない。ごろつきどもや粗暴な紳士たちも大勢やってくる。まだ守られる身の若い女性ふたりにはふさわしくない連中だ」

「目立たないように隠れていると約束するわ」レディ・グウェンドリンが真剣な表情で言った。

「だめだ。問題外だよ。おまえとミス・パーキンスはミス・リントンと一緒にここに残る。これはもう決まったことだ」

少女たちはがっかりして黙り込んだが、心が完全に折れてしまったわけでもなさそうだった。晩餐のあと、男性たちはポートワインを飲むために残り、女性たちは客間に戻った。ヴァレリーとレディ・グウェンドリンはふたりで部屋の隅に行き、くすくす笑いながら楽しげに小声で話を続けている。

アビーはほかのふたりの女性の会話に聞き耳を立てた。レディ・デズモンドがミセス・チャーマーズに、アビーの知らない社交界の人々についての噂話をとめどなく話し続けている。アビーは自分が田舎者であるように感じ、レディ・デズモンドの陰険な表情を見るかぎり、それこそが彼女の狙いのようだった。こんな話を聞かされても、高尚な社交界とは縁がないことを思い知らされるばかりだ。

それでもアビーは断固として笑顔を保ち続け、マックスとほかの紳士たちが戻ってきたときも絶やさなかった。早朝にふたりで分かち合った親密な喜びは、いまとなってはすてきな夢のようだ。マックスが彼女のほうへ来ようとすると、レディ・デズモンドがすかさずさえぎり、ロンドンの友人たちのほうへと引っ張っていった。

これが一番いいのだ、とアビーは自分に言い聞かせた。マックスに恋い焦がれる以上に愚かなまねはない。かたい決意を胸に、自室へさがる時間だと少女たちを促す。

三人で客間をあとにするとき、アビーの目がふとマックスの姿をとらえ、こちらを見ていた彼と視線が交錯した。彼の目に燃える炎は、魂にまで届くかのようだ。そしてアビーの軽はずみな心は、ふたたびマックスに恋をしてしまうのだった。


翌朝、アビーと少女たちは厩舎まで歩き、賭け試合に向かう一行が出発するのを見送った。優美で上品ないでたちのレディ・デズモンドとミセス・チャーマーズが二頭立ての二輪馬車に乗り、アンブローズとペティボーンが馬の背に乗ってその両脇についている。マックスとゴライアス、そして彼のトレーナーは公爵家の黒い馬車に乗り込んでいた。おそらく試合会場まで二〇キロほどの道行きのあいだに、戦略について話し合うのだろう。

アビーは内心、マックスが一日の大半を留守にするのはありがたいことだと思っていた。何しろ彼を見るたびに、その腕に抱かれて唇を重ねたいという衝動がこみあげてしまうのだ。彼がただそこにいるというだけで、ふたりの間違った関係を終わりにしようという決意が鈍ってしまう。

ヴァレリーとレディ・グウェンドリンは悲しげに手を振って別れを告げ、一行が見えなくなると大仰なため息をついた。「一緒に連れていってもらえなくて残念だったわね」アビーはふたりに言った。「失望する気持ちもわかるわ」

「わたしたちなら大丈夫よ、おばさま」ヴァレリーが堂々と言う。「心配はいらないわ。長い遠乗りに出れば気も晴れるから」

「できるだけ長く乗っていたいわね」レディ・グウェンドリンもつけ加える。「つらい気持ちを思い出さずにすむもの」

とはいえ、目を輝かせて視線を合わせ、馬を取りに厩舎へと駆けていく少女たちはそれほどつらそうにも見えない。じきにふたりは馬丁をすぐうしろに従えて出発していった。

ひとりになったアビーは毎朝の習慣となったとおりに、木々に覆われた小道を歩きはじめた。表立っては認められないけれど、少女たちと同様に面白そうな催しを見物する機会を奪われてしまったことで、裏切られたような気分になっていた。ボクシングの試合を見るなんて、なんという冒険だろう！　もっとも正直に言うと、彼女が魅力を感じているのは素手で殴り合うボクシングの試合というより、マックスの世界をのぞく機会だった。好きなことに打ち込む彼の姿を見られると思うと、大いに好奇心をそそられる。その絶好の機会を奪われてしまっては、失望せずにいられなかった。

一時間以上歩いたあとで戻ったとき、厩舎に人の気配はなかった。この一週間、ゴライアスがトレーニングをしていた建物の裏から叫び声や歓声があがることもなく、放牧地で馬を運動させている者もいない。マックスがほとんどの馬丁たちを試合へ向かう一行に加えてしまったからだ。

ヴァレリーの灰色の子猫がチョウのあとを追っているのを見かけたアビーは、その毛玉を拾いあげてぎゅっと抱きしめ、すぐにまた放してやった。スキャンプがキャラメルを追って猛然と草の中へと駆けていき、二匹の猫たちはじゃれて取っ組み合いを始めた。

放牧地の柵の上に腕をのせ、湖のほうに続く広々とした緑の草を見渡す。何もしないという状態がきわめて珍しい人生を送ってきたアビーにとって、ひとりでいる時間は楽しいものだった。でも今日にかぎっては、揺れ動く心を落ち着かせるものは何もないようだ。たくさんの疑問が棘を生やして体に絡まっているようにさえ感じられる。

マックスを拒絶したのは正しい決断だったのだろうか？　しぶしぶの求婚であっても受け入れて、彼が与えてくれるわずかばかりの親しみに感謝すべきなの？　本当に愛されることはないにしても、少なくとも彼が好意を抱いてくれているのは明らかなのだ。そうでなければ牧師館まで追いかけてはこないだろうし、アビーの家族に関心を示したりもしない――それに誕生日の乾杯をすることもなかっただろう。

とはいえ昨日、村でみんなと合流したとき、マックスは引力でも働いているみたいにレディ・デズモンドに引き寄せられていった。あの未亡人は放っておかれたことにむっとしていたので、もしかしたら彼は単に騒動を避けようとしただけなのかもしれない。アビーとしてはそう信じたかったが、そんなことで自分をだまそうとしても仕方ない気もしていた。マックスを非難し、彼はわたしの面倒を見る立場にないと言い放ったことは後悔していない。どのみち、ふたりに将来はないのだ。マックスは女性を誘惑せずにいられないという、アビーにとっては耐えがたい欠点を抱えているのだから。

アビーはロスウェル・コートの豪華なたたずまいに視線をさまよわせた。石造りの壁に大きな窓、スレート葺きの屋根に陽光を受けて輝くたくさんの煙突を眺めているうちにふと、その気になればこのすばらしい屋敷の女主人になれるのだという考えが頭に浮かんだ。それでも、もしマックスが愛してくれるのなら――わたしだけを愛してくれるのなら、そのすべてを草葺き屋根の小さな家と交換したってかまわない。

そこまで考えたとき、馬を引いて歩く男性が庭の向こうのわずかに盛りあがった地面を越えてくるのが見えた。あのがに股の歩き方には見覚えがある。レディ・グウェンドリンとヴァレリーについて遠乗りに出た馬丁のドーキンスだ。

彼はひとりきりで歩いていた。

いやな予感に襲われ、アビーはスカートを持ちあげてドーキンスのもとへ急いだ。何かあったに違いない。近づいていくあいだに、彼女は大きな馬が足を引きずっているのに気づいた。

「何があったの？　あの子たちはどこ？」

ドーキンスが帽子を取り、髪の薄い頭をぺこりとさげた。しわが目立つ顔は恥じ入るように引きつっている。「いなくなってしまいました。追いかけようとしたんですが、馬の脚がいかれてしまって」

「いなくなったですって？　どういう意味？」

「ミス・パーキンスが競争をするからついてくるなとおっしゃったんです。そんなもの、お嬢さまをお守りするよう公爵閣下から命じられたこのわたしが聞けるはずもありません！

ところが、あとを追おうとスルタンを走らせたら、蹄鉄《ていてつ》がはずれてしまって。止まってほしいと大声で呼びかけたんですが、もう届きませんでした」ドーキンスは陰鬱な表情でつけ加えた。「閣下はわたしを首にするでしょうね」

「ふたりはどちらの方角へ向かったの？」

ドーキンスが親指で自分のうしろを指す。「東のほうです。ハスルミア通りの近くですよ」

スルタンを引くドーキンスと歩いて厩舎に向かうあいだ、アビーの頭の中ではさまざまな考えが渦巻いていた。まったく、競争だなんて！　こんな無茶なまねをして、ヴァレリーをきつく叱ってやらないと！　それとも、これにはただの無責任ないたずら以上の何かがあるのかしら？

衝撃的な予感が頭に浮かんだ。考えたくもないことだったが、次の瞬間には、もうそれが本当だという心が沈んでいくような確信があった。

この地所で一番いい乗馬道といえば、湖のまわりをめぐり、森の中をアビーの家族の土地がある西へと向かう道だ。ヴァレリーとレディ・グウェンドリンが東へ向かう理由はない。

こっそり賭け試合に忍び込むつもりでもないかぎり。

不安がこみあげてくる中、アビーは細切れの記憶をつなぎ合わせた。ふたりはゆうべの晩餐の席で試合に対して並々ならぬ関心を見せていたし、今朝アビーがレディ・グウェンドリンの部屋に入っていったときはぴたりと会話をやめた。ロンドンの一行を見送るときは、目を輝かせて意味ありげに視線を交わしてもいた。

いまになって考えてみれば明らかだ。ヴァレリーは大胆にも、長い遠乗りに出るから心配はいらないと警告までよこしていた。

アビーは胃が締めつけられ、気分が悪くなった。この愚かな計画はわたしの姪が考えたに違いない。ふだんからお行儀のいいレディ・グウェンドリンが、自分の意思で兄に逆らうはずもない。そして一番悪いのは自分自身だということが、アビーにはいやというほどわかっていた。わたしがマックスとのことに気を取られていなければ、少女たちが何かを企んでいる雰囲気に気づけたかもしれないのだ。

ヴァレリーがレディ・グウェンドリンをそそのかしたと知れば、マックスは激怒するだろう。それも当然だ。もしレディ・グウェンドリンが傷つきでもしたら、アビーだって絶対に自分を許せない。たとえどこかの悪漢の手に落ちなかったとしても、野蛮な催しが開かれる場で姿を見られたというだけで、無垢な若いレディの評判に傷がついてしまうかもしれない。

心の中で動揺しつつ、アビーはドーキンスが馬を放牧地に引き入れるのを見つめた。マックスに知られる前に、少女たちに追いつけないだろうか？　とにかくやってみるしかない。ただ、そのためには馬に乗らなくてはならなかった。

背筋に悪寒が走ったが、自分に考える間を与えずに言った。「一番速い馬に鞍をのせてくれないかしら？　レディ・グウェンドリンとミス・パーキンスのあとを追うわ」

「馬がいませんよ。ロンドンの方々とお嬢さまたちが乗っていってしまって、スルタンもこうなってしまいましたからね。二輪の馬車も今朝、公爵閣下がミスター・ビーチのところへやってしまいました」ドーキンスは首を横に振り、陰気なため息をついた。「前の公爵閣下の時代には、ここの馬房は全部埋まっていたんですよ。それはいい厩舎で、いつだって最高の狩人のために一ダースの馬をそろえてあったものです！　公爵夫人の馬車を引く馬だって、きれいなのが二頭――」

「まさか、この大きな厩舎に一頭の馬も残っていないというの？」

「ブリムストーンはいますけどね。ただ、あの馬は大きいし、公爵閣下しか乗りませんから」

アビーの脚は震え、手のひらに汗がにじんだ。けれど何もせずに大変なことになったらと思うといても立ってもいられず、彼女はつばをのみ込んで口を開いた。「すぐにブリムストーンに鞍をのせて」

「そんな、無茶ですよ！　あれは気性が激しくて女性には無理です。あなたが首を折ってしまう。そんなことになったら、今度はわたしが閣下に首を折られてしまいます！」

アビーはつんと顎をあげた。「落ち着いてちょうだい。わたしは前にブリムストーンに乗ったことがあるの。ロスウェル公爵閣下のお許しを得てね。だから、ここはわたしの言うとおりにして。閣下が戻られたとき、あなたがレディ・グウェンドリンを探そうとするわたしを止めたと知れたら、それこそ不興を買うことになるわよ」

ドーキンスは少しのあいだ目を開いてアビーを見つめ、それから鞍を取りに馬具室へ向かった。よく半分だけ真実の突飛な話をのみ込んでくれたものだ。彼女は感謝の祈りをつぶやいた。マックスがアビーを無理やり抱きあげて巨大な黒い馬に乗せたことを、ドーキンスが知る必要はない。彼女が恐怖をやりすごすために、公爵がそばにいなくてはならなかったことも。

ドーキンスは手早くブリムストーンの準備を終えた。アビーはうろうろしながら待ち、彼が落ち着きのない馬を踏み石のあるところまで引いてくると、ありったけの勇気を振り絞ってそばに近づき、つややかなたてがみに触れた。ブリムストーンが不快げに頭を跳ねあげる。

「横乗り用の鞍に慣れていないんです」ドーキンスが警告し、心配そうに眉をひそめてアビーを見た。「しっかり手綱を握っていてくださいよ。少しでもゆるめたら、たちまち振り落とされますからね」

母親がバターカップからものすごい音とともに地面に落ち、草の上に横たわった記憶がよみがえってくる。頭に浮かんだその光景はあまりに生々しく、アビーの決意がくじけそうになった。目をしばたたいて映像を追い払い、がちがちと音をたてないよう歯を食いしばる。

アビーは鞍頭を握り、体を鞍の上へと持ちあげた。乗馬服は持ってすらいなかったが、いまは恐怖を抑え込むのがやっとで、ストッキングをはいた脚のふくらはぎの中ほどから下があらわになっているのを気にかける余裕もない。

ブリムストーンが慣れないアビーの重さにあとずさりして、踊るように跳ねる。手綱を握った彼女が心配そうなドーキンスの顔を見た瞬間、まだ合図も受けていない馬が速歩《はやあし》で前に進みはじめた。

いきなりの出発に、不意を突かれたアビーは必死で手綱を握りしめた。放牧地の景色が流れるように通過していき、続けてブリムストーンがハデスの深淵からやってきた悪霊のように不機嫌な息をついて、鼻を鳴らしながら湖へと通じる道を駆けはじめた。

頭がくらくらするほどの混乱に、体を動かすこともできない。アビーの心臓は馬の足音と同じくらい速く鼓動を刻んでいた。いったい何を考えていたのだろう？　こんなことは狂気の沙汰だ。きっといまにも死んでしまうに違いない！

やがてブリムストーンが足をゆるめ、たくましい筋肉をアビーの下で隆起させた。馬が何をしようとしているのかに気づき、悲鳴が喉までせりあがってくる。前脚を跳ねあげて、うしろ脚で立つつもりだ。体を支えるための時間は、ほんの一瞬しか残されていない。なんらかの奇跡が働き、アビーはかろうじて鞍にとどまり続けた。恐怖という霧の中、本能が肉体の反応を呼び起こしたのだ。強く手綱を引き、ブリムストーンにどちらの立場が上なのかを思い知らせようとする。

ブリムストーンがどすんという音とともに前足を地面につけ、アビーが鞍にしがみついた状態のまま、今度は矢のように走りだした。頭の中で、何年も顧みることのなかった馬に関する知識が、たちまち洪水のようによみがえってくる。彼女は直感的に、すばやく手綱を引けば馬に言うことを聞かせられるとわかっていた。間違った方角へ進んでいた馬の方向を変えさせて、東へと向かわせる。

マックスが馬は乗り手の感情を読み取ると言っていたのを思い出し、アビーは早鐘を打つ心臓を落ち着かせようと何度か深呼吸をした。ブリムストーンはまだはみを強く嚙んでいる。草地の中で命がけの早駆けを続けていれば、馬も鬱積した精力を解放できるだろう。そう思った彼女はブリムストーンの首の上に前のめりになり、好きに走らせることにした。一キロ半ほども走ると、ブリムストーンの速度が落ちはじめ、じきにふつうの駆け足にまで落ち着いた。

アビーも乗馬の楽しさを改めて実感し、それと同時に緊張がやわらぎはじめた。平常心になって、久しぶりに顔に風が当たる感触を楽しむことができた。長く失っていた自由な感覚が全身を満たし、自信がふくらんで気持ちが明るくなっていく。恐怖を克服するよう促してくれたのは正しかったとマックスに伝えるのが待ちきれない心境だ。

でも、彼が褒め言葉を口にするはずはない。

今日はむしろ厳しい口調で糾弾されるだろう。マックスはアビーがブリムストーンに乗ったことに激怒するだろうし、彼女の姪によって妹が危険に巻き込まれるかもしれないと知らせなかった件は決して許さないはずだ。そう考えてはっとすると、アビーはブリムストーンに先を急がせた。

地理的な知識を呼び起こして、数分は時間を短縮できるはずの木立を突っ切る近道を進んでいく。三〇分と経たないうちに、アビーはボクシングの試合が行われる村に到着した。会場を見つけるのは難しくなかった。村の人々が茂みや堀を越えて広く開けた場所へ向かうのについていけばよかったからだ。

古いオークの木が何本かそびえている近くに巨大なテントが見えた。その周囲の空間はたくさんの馬車で混み合っている。馬丁たちがあたりでぶらついていて、中にはテントの下から中をのぞこうとして主催者側に追い払われている者たちもいた。

大勢の人々に対するブリムストーンの反応を注意深くうかがったあと、アビーは人が集まっている一番外側の、そのまた少し離れたところで手綱を引いて馬を止めた。慎重に鞍からおり、手綱を頑丈そうな若木につなぐ。過酷な道行きで疲れたのかブリムストーンは静かで、何度か黒いたてがみを揺らしたあと、頭を低くして草をはみはじめた。

無事にたどり着けたことに感謝しつつ、アビーはしわだらけになったドレスを振って身なりを整え、風でほつれた髪をボンネットの中に押し戻した。それからすぐさまテントへと急ぎ、停車中の馬車のあいだを縫って進んでいく。

どうかわたしの推測が間違っていますように。少女たちはここに来ておらず、本当にただ遠乗りに出ているなら、それに越したことはない。もしそうならば、誰にも気づかれないうちにロスウェル・コートへ戻ればいいだけだ。

けれどもそのとき、アビーは木につながれた二頭の馬に気づいた。レディ・グウェンドリンの葦毛の牝馬、ピクシーと、ヴァレリーが乗っていた栗毛の去勢馬だった。

23

アビーがテントの出入り口にぶらさがった垂れ蓋に近づいていくと、筋骨隆々とした大男が行く手に立ちふさがった。男はいかにもボクサーといった体軀《たいく》のうえに粗末な服を着て、鼻っ柱の強そうな顔にビーズのような目をぎらつかせている。「金を」汚れた手を突き出し、男が言った。

アビーはうろたえて目をしばたたき、男を見あげた。まさか入場料が必要とは思いつきもしなかった。「申し訳ないけれど、お金は持っていないわ」

「なら、とっとと失せな」

大男が腕を伸ばし、アビーのうしろにいる男性から硬貨を受け取った。金を払った男性は身をかがめて、いそいそとテントの中に入っていく。ほかの客たちが彼女をうしろから押し、邪魔だどけ、試合が始まってしまうとがなりたてた。

それでもアビーは引き返せなかった。あざをこしらえながらの乗馬のあとで、あきらめるわけにはいかない。ヴァレリーとレディ・グウェンドリンがテントの中のどこかにいて、騒々しい群衆に交じっているとなればなおさらだ。

顎をつんとあげ、アビーは大男をにらみつけた。「わたしはロスウェル公爵閣下のお屋敷から急ぎの伝言をことづかってきたのです。もし邪魔をすれば、閣下のご機嫌を大いに損ねることになりますよ」

冷たかった大男の表情が一瞬でやわらぐ。彼は頭をさっとさげ、敬意をこめてお辞儀をした。「そうでしたか！　それを先に言ってくれればよかったのに！　さあ、どうぞ入ってください！」

その直後には、アビーは大声で野次を飛ばす大勢の観衆に取り囲まれていた。人々の荒々しい情熱が密度の濃い空気に満ちていて、肌で感じられるほどだ。ほとんどは男性で、農民や商人、それに紳士たちがそのほかのうさんくさい連中と交じり合っている。ごくわずかに見かける何人かの女性は、レディであれば関わりを避けるたぐいの女たちばかりだった。

こんな混沌《こんとん》の中で、いったいどうやって少女たちを見つければいいのだろう？

テントの中を一周してみようと決意し、アビーは人込みをかき分けて進みはじめた。洗っていない体のにおいを吸い込まないようできるだけ浅く呼吸し、肘をぶつけられながら移動していく。幸運なことに、彼女に注意を払う者は誰もいなかった。観衆の意識はテントの中央にあるリングに集中している。

いきなり会場の中に大歓声が響いた。すさまじい音の波で耳がつぶれてしまいそうだ。うごめく人々のあいだからのぞき見ると、ゴライアスがリングに入っていくところだった。

大きなガウンがゴライアスの鍛えあげた体を覆い隠している。彼は芝居がかった動きでガウンを脱ぎ捨て、分厚い裸の胸をあらわにした。彼がズボン一枚きりという姿で、はちきれんばかりの筋肉を引きしめながらニワトリのようにリングの中を歩きまわると、またしても雷みたいな大歓声がテント内に響いた。観客の男性たちがイングランドのチャンピオンを応援しようと手を叩き、足を踏み鳴らす。

対戦相手が姿を現すと歓声が一転して静まり返り、アビーははじめてアメリカの開拓者というものを目にすることとなった。ゴライアスの劇的なふるまいとは対照的に、ウルフマンは観衆に何かを訴えようとはしない。リングのコーナーにいるセコンドの腕に毛皮のガウンをするりと落としただけで、表情は冷静そのものだ。ゴライアスよりも背は高いものの、ウルフマンの胸はそれほど盛りあがってはおらず、むしろしなやかで強靭《きょうじん》な輝きを放っている。

すっかりリング上に目を奪われてしまったアビーは、捜索を再開するために視線を引きはがした。時間が限られているのだから、ふたりを探す以外のことに気を取られていてはいけない。レディ・グウェンドリンの明るい青、ヴァレリーの赤褐色の乗馬服を探したほうがいいのだろうけれど、人込みの中にはどちらの色も見受けられなかった。

前のほうなら、もっとはっきり見えるはずだ。そう考えて、ぎゅうぎゅうに混み合う観衆の中を少しずつ進んでいく。染みついた礼儀正しさから、〝すみません〟という言葉はもう何度口にしたかわからない。ようやく開けた会場の中央に近いところまで到達すると、ロンドンの一行の姿が見えた。

土をかためて作ったリングの四隅にはそれぞれ杭が打ってあり、そこに一本のロープが渡されている。そのロープを越えたリングの向こう側に、身なりのきちんとした男性がほとんどを占める紳士階級のための特別席が設けられていた。アビーに見覚えがあるのは、ペティボーンとアンブローズ、そして彼らと一緒にいるミセス・チャーマーズとレディ・デズモンドだけだ。四人は試合が始まるのを待って、笑いながら話しているところだった。

そこから少し離れた場所、リングのコーナーにシャツ姿のマックスが立っていた。彼は友人たちにもまわりの観客にも気づいていないかのように、意識をボクサーたちに集中させている。マックスが手をあげて合図を送り、それを見た別の男性がすかさずゴングを打ち鳴らした。

対戦するふたりはリング中央に引かれた線まで進み出て握手をした。次の瞬間、ゴライアスがパンチの連打を繰り出し、ウルフマンがさっと横にかわして顎に強烈な一撃を命中させ、相手をあとずさりさせた。ゴライアスが体勢を立て直し、今度は怒れる雄牛のごとく前に突進する。じきにウルフマンの顔半分が鮮血に染まったが、彼は血をほとばしらせながらもゴライアスに雷光のような鋭い打撃を浴びせ、立て続けに観衆が息をのむ場面を繰り広げた。

アビーはみんなが試合に夢中になっているのを利用してこっそりと移動し、人々の中に目を凝らして、ついに少女たちを発見した。

ふたりは特別席のうしろ、テントの端の近くに立っている。何か言い争っているらしく、ヴァレリーがレディ・グウェンドリンの腕を引っ張ろうとしていたが、公爵の妹はぶんぶんと首を横に振っていた。レディ・グウェンドリンの顔は血の気が引いて白くなり、表情はおている。するとヴァレリーが前方に立っているマックスの友人たちのもとへ行こうとしているのか、ひとりで前に進みはじめた。

なんて向こう見ずなまねをするの！

手遅れになる前にリングの向こう側まで行こうと、アビーは大勢の人の中に飛び込んでいった。聞くにたえない悪態が耳の中に鳴り響く。男たちは彼女に向かって声を荒らげ、怒鳴りつけたが、大半はそのまま通してくれた。なんとしても、ロンドンの一行に見つかるよりも先にヴァレリーをつかまえなくてはならない。そうすればマックスに気づかれないうちに、姪とレディ・グウェンドリンをテントから連れ出せる可能性だってじゅうぶんにある。

幸運にも、マックスの注意は完全にボクサーたちに向けられていた。リング上ではゴライアスが二本のハンマーのように拳を振りまわしている。次の瞬間、そのうちの一発が命中してウルフマンをリング上に叩きつけ、観衆は狂喜して大歓声をあげた。

マックスが進み出て、ぐったりと倒れている男に向かってカウントを取りはじめた。ところがその直後、ウルフマンはむくりと身を起こし、跳ねるように軽々と立ちあがった。試合は続行し、先ほどまでよりもさらに激しい戦いが繰り広げられた。

リングに気を取られた一瞬のあいだに、アビーは追っている相手を見失ってしまった。ヴァレリーの姿はもはや見えない。かたまって応援している紳士たちに隠れてしまっているのだろう。

アビーは少しずつ前へ進み、マックスの友人たちのすぐ近くまで到達した。ありがたいことに彼らも試合に夢中で、アビーにはそのうしろの人込みを確認するだけの時間の余裕があった。何よりも見つからないことが重要だ。彼女はボンネットが顔を隠してくれるのを期待しつつ、ロンドンの一行のほうへ顔を向けないよう気をつけた。

リングのすぐそばまで来ているので、男たちが殴り合う音が一発、また一発とアビーの耳に響いた。観衆の叫び声に交じってボクサーたちのうなり声も聞こえてくる。突然、彼女の心臓がぴょんと跳びあがった。

いたわ！

ヴァレリーが、リング上に向かって興奮した叫び声をあげているふたりの男性のあいだをすり抜けようとしている。男たちは脇にどいて若いレディを下品な視線でじろりと見ると、ふたたび意識を試合に戻した。

姪のストロベリーブロンドの巻き毛と生意気そうな表情は、赤褐色の花を散らした麦わらのボンネットに囲われていた。ヴァレリーはその場で凍りつき、ボンネットの奥のブルーの目を大きく開いておばを凝視した。

その直後、レディ・デズモンドがいきなり隣にやってきたので、アビーは驚きのあまり姪から注意をそらしてしまった。

「あなた！」レディ・デズモンドが嚙みつくように言う。「いったい何をしに来たの？」

アビーは短く息を吸い込んだ。混乱した頭で、自分が賭け試合の場にいる理由をひねり出そうとする。もしヴァレリーにすぐ身を隠すような分別があれば、まだかすかに望みはある……。

「マックスへの伝言をことづかってきました」アビーは衝動的に答えた。

言葉が口から出た瞬間、自分の過ちに気づいた。ロスウェル公爵か、あるいは閣下と呼ばなくてはならなかったのだ。まともな家庭教師であれば、決して雇い主を名前で呼んだりはしない。

「マックス？　マックスですって？」

視線が人を殺せるものなら、このときのレディ・デズモンドの顔は間違いなく凶器と化していた。上品な美しい顔立ちを強烈な敵意がゆがめている。彼女は緑がかった金色の目をすっと細め、蔑みをこめてバラのつぼみのような唇をねじ曲げた。

次の瞬間、背中が強く押されるのを感じたと同時に、アビーは前方に投げ出された。一瞬の出来事だったのでロープを越えないよう踏みとどまることもできず、まっすぐリングの中に転がり込む。

まずマックスの緊迫した目が、次に戦っているボクサーたちが視界に入ってきた。そのまま勢い余ってかたい肉体にぶつかり、続いて強烈な肘打ちがアビーの側頭部に命中した。

そしてろうそくの炎が消えるのと同じ速さで、彼女の世界は真っ暗になった。

頭蓋骨の中で太鼓の音がひっきりなしに鳴り響いている。その絶え間ない音は、アビーの頭をひどく痛めつけた。痛みの集中砲火から逃れようともぞもぞ体を動かし、うめき声をあげる。

　眉の上あたりに何か冷たくて湿ったものが当てられ、ずきずきする激しい痛みが鈍痛へと変わっていった。布だ。心地よい感触が、アビーを深い暗闇から少しずつ目覚めさせていく。鹿角精《ろっかくせい》（鹿の角からとった炭酸アンモニウム）のつんとするにおいでさらに意識がはっきりして、彼女はその気つけ薬を鼻にあてがっている手をいらだたしげに払った。

　アビーはまぶたを開けた。光が短剣さながらに目に刺さり、まばたきを繰り返す。視界の中に見覚えのある顔が入ってきた。顔の主は身をかがめ、アビーを見おろしていた。このかすんだグレーの瞳は知っている。御影《みかげ》石みたいに冷たくなることもある目だが、いまは心配そうにあたたかな光を宿していた。

　彼の姿がさっとふたつに分かれ、その奇妙な光景にアビーは困惑した。

「マックス？」かすれた声で言う。「どうしてあなたがふたりいるの？」

「しいっ、しゃべってはだめだ。すぐ屋敷に着く」

　屋敷というのはリントン・ハウスではなく、ロスウェル・コートのことだろう。かすかな願望が痛みの中で芽生える。ああ、あそこが自分の家だったらどれだけいいか。

　感覚が少しずつ周囲の状況を把握しはじめた。頭を枕に当ててマックスの腿にもたれていて、なぜかボンネットはなくなっている。このやわらかな振動からして、公爵家の馬車に乗っているのは間違いなさそうだ。ただ、何がどうしてこうなったのかはさっぱりわからない。

「何が……何が起きたの？」

「きみは賭け試合の最中にリングに倒れ込んで、頭を強く打ったんだ」

ばらばらの記憶が浮かんでは消えていき、その中のひとつがアビーの注意を引いた。「ブリムストーン！　そうよ、あの馬をつないだまま――」

「そうだろうと思ったから」マックスがそっけなく言う。「馬丁のひとりに連れ帰らせた」

「あの子たちは？」

「わたしたちはここよ、アビーおばさま」

ヴァレリーの弱々しい声が、すぐ近くから聞こえてきた。痛む頭を慎重に動かし、反対側の席に座っている少女たちのぼやけた姿を見る。アビーは目の焦点を合わせようとまばたきをしてみたが、無駄なようだった。「ああ……無事でよかったわ。ものすごく心配したのよ……」

レディ・グウェンドリンがしくしくと泣きはじめ、それを見たヴァレリーがハンカチを手渡した。「落ち着いて、泣きたいのはわたしも一緒よ。でも、泣いてはだめ。泣いたらおばさまの気分がもっと悪くなってしまうわ」

涙をぽろぽろと流していたレディ・グウェンドリンが洟《はな》をすする程度にまで落ち着いた頃、アビーの頭にまたしてもかすかな記憶が浮かびあがった。「ドーキンス……」

「わたしたち、彼に嘘をついたの」ヴァレリーが震える小さな声で認めた。いつもの大胆な彼女とは別人みたいな声だ。「競争をするふりをして置いてけぼりにしたわ。閣下、お願いです、どうか彼を――彼とグウェンを責めないでください。全部わたしが考えたことなんです」

「それは違うわ」レディ・グウェンドリンが抗議の声をあげる。「わたしだって――」

「もういい」マックスが言った。「その話はあとだ」

彼の威厳に満ちた声を聞き、アビーはわずかに頭を動かした。「ドーキンスのことで……ほかにも説明しないと……いけないことが……」

首を少し傾けただけで、視界がぐらぐらと揺れる。舌の先にのった言葉は、誰に伝わるでもなく四散していった。頭の中でふたたび音が鳴りはじめ、アビーは力なく頭を枕に戻した。

マックスが指でやさしく彼女の頬をなぞる。「もうひとこともしゃべるな、アビー。何を言いたいにせよ、わたしに話す時間はあとでたっぷりとある」

ほんの少し前に独立を宣言したにもかかわらず、アビーは彼に決断を任せることに安心を覚えた。うまく考えをつなげられない状態のいまは、とくにそう感じる。ため息をついて目を閉じると、彼女の意識は穏やかな無の世界へと戻っていった。

24

マックスが馬車から運び出したとき、彼の腕に抱かれたアビーはほぼ意識がない状態だった。側頭部にはこぶができ、シナモン色の髪はもつれている。目を閉じた彼女は若くはかなげに見え、青白く動かない表情はマックスの胸に恐怖をもたらした。

アビーを玄関へ運んでいくと、従僕がドアを開けてマックスたちを導き入れた。従僕は主人が人を運んでいるのを見て愕然《がくぜん》とし、すぐに両腕を突き出した。「閣下！　あとはわたしが――」

マックスが恐ろしげな形相でにらみつけると、従僕は縮みあがって引きさがり、指示を求めてフィンチリーのほうを見た。

執事が驚いて灰色の眉をあげる。「どうされたのです？　ドーキンスからミス・リントンがブリムストーンに乗っていったと聞いたときから、あの悪魔のような獣に振り落とされるに違いないと思っていたのですよ！　彼女の母親と一緒だ！」

「ブリムストーンのせいではない」マックスは声を荒らげた。「人をやって、ミセス・ジェフリーズを呼んでくるんだ。それからミス・リントンの部屋にドクターを」

医師は公爵家の馬車のすぐうしろから、一頭立ての二輪馬車でついてきていた。マックスはこうした賭け試合のとき、つねに優秀なロンドンの医師を同行させている。傷を縫ったり、軟膏《なんこう》を塗ったり、腕や脚に包帯を巻いたりといった、すぐに治療が必要な負傷が避けられないからだ。

もちろんイングランドのチャンピオンは大切にされなくてはならない。しかし今日にかぎっては、マックスの頭の中からゴライアスの体のことはすっかり抜け落ちていた——不慮の事故とはいえ、肘でアビーの側頭部を打ったのが彼だというせいもあっただろう。

マックスは大理石の床に鋭い足音を響かせながら大階段をのぼり、絞首台へ向かう罪人のようにうなだれたグウェンとミス・パーキンスがとぼとぼとそのあとに続いた。しばらくは気をもませておけばいい。ふたりの軽はずみな行動さえなければ、アビーはこんなひどい目に遭わずにすんだのだ。

アビーの姪が前方へと駆けだし、マックスの妹の部屋の真向かいにあるおばの部屋のドアを開けた。彼はグウェンが四柱式ベッドのカバーをめくるのを待ち、これ以上ないほど慎重にアビーをベッドに横たえてから、頭の下に羽毛の枕をそっとあてがった。

どうしても我慢できず、彼女の頬に手を当てる。「アビー」

閉じていたアビーのまぶたが開いた。青い瞳を困惑で曇らせ、彼女は抱いてほしがる猫のように頬をマックスの手のひらにすりつけた。「マックス？　あなた、わたしの寝室で何をしているの？　わたしたちのことを知られたら——」

彼はあわてて指を美しい唇に当てた。危うく秘密がもれてしまうところだ。馬車に乗っていたとき、すでにグウェンとミス・パーキンスは目を見開いてふたりを凝視していた。家庭教師にこうまで親しげな顔を見せるマックスをふたりがどう思っているのか、わかったものではない。

「ああ、医師が来た」彼は安堵して言った。「入ってくれ、ドクター・ウッドハル。ミス・リントンの具合がよくないんだ」

いかにも有能そうな中年のウッドハルが、革製のかばんをテーブルの上に置く。「馬車に乗って揺られていたせいでしょう。いまはこうしてベッドに寝ていますから、よくなるはずです。遅くとも明日までには落ち着きますよ」中背の医師はマックスの顔を見あげて続けた。「閣下も目の上に、ビーフの生肉をひと切れ当てておいてください。黒く腫れてきていますから」

アビーを死の淵から救い出したときに負った自分の傷のことを、マックスはすっかり忘れていた。「わたしのことはいい。いまさっき、ミス・リントンが意味をなさないうわごとを言ったのだが」

「こうした負傷では、多少頭が混乱することがよくあります。確認の意味も含めてこれからもう一度診ますが、おそらく一週間か二週間もすれば元気になりますよ」

「一週間か二週間ですって！」ミス・パーキンスが大きな声を出した。「そんな！　ひどいけがなのね、そうでしょう？」

「頭を打ったときは時間が最良の薬なのです」ウッドハルが忠告する。「脳が揺らされたわけですから、回復を焦るのはかえって危険ですよ」

ミス・パーキンスがさらに何かききたそうに口を開き、グウェンはまたしても泣きそうになっている。マックスはふたりを寝室から廊下へと連れ出した。「もう行きなさい。おまえたちとはあとですぐ話をする」

恥じ入った顔の少女たちはグウェンの部屋へと向かった。それから一分と経たないうちに、ミセス・ジェフリーズが腰にぶらさげた鍵束をじゃらじゃら鳴らしながら廊下を走ってきた。焦った表情で膝を折ってお辞儀をする。「旦那さま！　話を聞いて飛んできました！　ミス・リントンの具合はどうなのです？」

「中に入って自分の目で確かめてくれ。いまは医者が診ている」

ミセス・ジェフリーズがうしろ手にドアを閉め、廊下にひとり残されたマックスは檻《おり》の中のライオンのようにうろうろと歩きまわった。寝室に入って診察が終わりしだい結果を聞き、どんな治療を施すのかを知っておきたい。そうすべきでない理由があるだろうか？　ここは自分の家なのだ！

指がドアノブをつかんだところで、マックスの理性が常識を取り戻した。アビーは使用人のひとりであって妻ではないのだから、そもそもそんな権利は自分にはない。ただし、わたしが自らの忠実さをアビーに信じさせることができれば、彼女の立場はすぐにでも変えられる。

廊下を端まで歩いて戻る途中、マックスはアビーがリングに転がり込んでくる悪夢のような光景を思い返した。あんな恐ろしい思いをしたことはいまだかつてない。観衆がロープに殺到することはよくあり、これまでもあのような事故はたびたび起きていた。だがその場合でも、ふつうはリングの端で起こることが多く、入り込んだ者は何事もなく自力でリングから出られる。

人が試合中のボクサーのあいだに割り込んでいくところなど、マックスとて見たことがなかった。まして女性が飛び込んでいくところなど！

アビーのもとへ駆けつけるまでの時間は長くとも一秒か二秒くらいだったはずだが、マックスにとってはそれこそ永遠のように思えた。叫び声をあげ、激しく動く手足の中へ突進したことは覚えている。ボクサーたちは遅ればせながら互いに離れようとしはじめていたものの、不幸にもすでに事故は起きてしまったあとだった。

マックスは腫れた自分の目にそっと触れた。脳に損傷を受けたのがアビーではなく自分だったら、どれだけよかったか！

銀製のトレイにのせた壺や瓶をかたかたと鳴らしながら、従僕が廊下を小走りでやってくる。「閣下、ミセス・ジェフリーズに頼まれた軟膏と薬をお持ちしました」

マックスはドアをノックした。従僕が部屋に入っていくあいだに、首を伸ばして中をのぞき込もうと試みる。だが、ちょうど出てこようとする医師にさえぎられてしまい、室内の様子を見ることはできなかった。

かばんを手にしたウッドハルが静かにドアを閉めた。「ご安心ください。患者の認識機能に関する検査への反応は上々でした。ミセス・ジェフリーズが看病を買って出てくれましたよ」医師はくすりと笑って続けた。「口やかましい女性ですな、あれは。ですが、それも当然なのでしょう！ ミス・リントンはこのお屋敷の人たちに大いに好かれているようですね」

「では、彼女はよくなるのだな？」

「もちろんです。一週間か二週間休んで消化のいい食事をとり続ければ、治るはずですよ。体力を回復させる強壮剤を置いていきます。ミセス・ジェフリーズも自分の薬をそろえているようですね」

「今夜はここに泊まってくれ」マックスは命じた。

「試合会場に戻らなくてよいのですか？」

「いい。ゴライアスもここに戻ってくるから、あとで診てやってくれないか」

ウッドハルが一礼する。「仰せのままに、閣下。では、わたしはどこで待機していればいいか、案内をお願いします」

医師は従僕に連れられて階下の客間へと向かった。

しばらくのあいだ、マックスはアビーの部屋の閉じたドアの前にとどまっていた。したいのはただひとつ、ベッドのかたわらで彼女を見守ることだけだ。彼がそうする権利をとやかく言う者は地獄に落ちればいい。しかしそんなことをすればアビーに対する中傷を招くだろうし、これ以上彼女を傷つけるのなら、もう片方の目にも黒いあざをこしらえたほうがましだ。

それに解決しなくてはならない問題は、ほかにもまだ残されている。

マックスが妹の部屋のドアを鋭くノックすると、泣きはらした両目をさらに涙で潤ませたグウェンが顔を出した。だが、ここで簡単に同情するわけにはいかない。彼は心を鬼にして言った。「いますぐミス・パーキンスと一緒にわたしの書斎まで来なさい」

グウェンはつばをのみ込んでうなずき、しばらく姿を消してから、アビーの姪と連れ立って戻ってきた。当然ながら、ふたりとも落ち込んでいるようだ。自分の沈黙が少女たちの緊張をより高めるとわかっていたマックスは、廊下を進んで階段をおりるあいだ、ひとことも口をきかなかった。

あと少しで一階に到達するというところで、人の話し声が聞こえてきた。廊下の角から姿を現したのはマックスの友人たちで、みんなそろって気落ちした表情をしている。

アンブローズが言った。「ああ、ロスウェル。まったく残念なことに、ゴライアスは負けてしまったよ!」

「きみが去ってから一〇分もしないうちにね」ミセス・チャーマーズをエスコートしているペティボーンがつけ加える。「イングランド・チャンピオンが倒されたときは、オークの大木が倒れるような音がした。われわれはそろって結構な額の金をすってしまったよ」

アビーのことで頭がいっぱいのマックスは、その知らせをあっさりと受け入れた。「事故で自分を見失ったのかもしれないな。だが、ウルフマンのほうがすぐれたボクサーだった気がする。懸賞金を得るのにふさわしい男だ」

エリーズが前方に駆けだし、マックスの腕をつかんだ。「公爵閣下、その目！　そんなに真っ黒になってしまって。さぞかし痛むのでしょうね！」

「なあに、彼はその程度で参るやわな男ではないさ」アンブローズが言う。「それよりミス・リントンの様子はどうなんだい？　ずっと気になっていたんだ！」

アビーに色目を使っていたアンブローズの姿を思い出し、マックスは友人に向かって眉をひそめた。「完全に治るそうだ。ただ医者が言うには、一週間以上は安静にしていないといけないらしい。ここを出発する前に会うのは無理だろうな」

「さあ、一緒にいらして、ロスウェル」エリーズが懇願する。「その目に当てる冷たい湿布を用意させるわ」

ミス・パーキンスがマックスのうしろから進み出た。「よくそんなに冷静でいられますね、レディ・デズモンド。あなたがあんなことさえしなければ、公爵閣下がけがをなさることもなかったのを知っているくせに。わたしのおばがいまベッドで伏せっているのも、あなたのせいよ！」

マックスはすばやくアビーの姪に向き直った。「どういうことだ？」

「わたし、この人がアビーおばさまを押すのを見たんです。レディ・デズモンドはわざとおばさまをリングの中に突き飛ばしたんだわ！」

「お黙りなさい、この小娘が」エリーズがミス・パーキンスに言う。「公爵閣下のお怒りを自分の愚かなふるまいからそらそうとして、そんなでたらめを！」

「違うわ！　わたしはどんな罰だって喜んで受けます！　でも、アビーおばさまを傷つけたあなたも逃げられないわよ。あなたなんかより、おばさまのほうが一〇倍もいい人だわ」

白く燃えたぎる怒りがマックスの身を焼いた。アビーがリングに転がり込んできた動きからして、突き飛ばされたと考えれば完璧に筋が通る。てっきり事故だとばかり思っていたが、彼のアビーに対する好意に間違いなく気づいていたエリーズが下劣な手を使って悪事を働く姿が、いまとなっては容易に想像できた。

しかしマックスは、この非難によってミス・パーキンスに敵ができてしまうことも承知していた。醜聞というものを熟知しているエリーズのことだ、ミス・パーキンスが来春に社交界デビューを迎えたとき、厄介事を引き起こすかもしれない。ミス・パーキンスは賭け試合を見に行くという不品行なふるまいをしたとエリーズが何人かの耳にささやくだけで、この若い娘がおかたい上流社会から疎外される可能性はじゅうぶんにある。

姪がないがしろにされて絶望するアビーの姿など見るつもりはない。それを阻止する力が、自分にはあるのだから。

マックスは怒りを抑え込み、ミス・パーキンスに告げた。「そんな突拍子もない話はもうたくさんだ。レディ・デズモンドはわたしの客だぞ。すぐに彼女に謝りたまえ」

「いやです！」

「どんな罰でも受けると言ったからには謝ってもらう。さあ、自分で立てた誓いを守るんだ」

ミス・パーキンスは愛らしい顔立ちに頑固な表情を浮かべたまま、息を大きく吸ってしぶしぶ口にした。「余計なことを言いました、マイ・レディ。どうかお許しを」

エリーズがいかにも意地の悪そうな顔で満足げにうなずく。「わたしに関するそんな嘘は、二度と口にしないようにすることね」

ミス・パーキンスがいまにも爆発しそうなのを見て、マックスは厳しい説教をするのは先延ばしにしようと決めた。「おまえたちは階上に戻りなさい。ミス・リントンの邪魔はするなよ。わたしたちは居間に行って気分を変えよう」友人たちに呼びかける。

一行が腰を落ち着け、ブルゴーニュ産のワインを持ってこさせようと呼び鈴を鳴らしたのとほぼ同時に、フィンチリーがドアから入ってきた。クリフォード・リントンとロザリンド・パーキンスの来訪を告げ、お会いになりますかとマックスに尋ねる。書き物机に座ってアビーの負傷を家族に知らせる手紙を書こうとしていたマックスは、この偶然の訪問にひどく驚いた。

じきに執事がアビーの兄と姉を連れ、居間へと戻ってきた。クリフォードが険しい表情で前に出て、マックスに一礼する。彼は公爵の顔にできたあざを見て眉をひそめてから、前置きもなく切り出した。「妹はどこです？　けがの具合はどうなのですか？」

「頭にこぶができたが、ちゃんともとどおりに治るそうだ。ロンドンで最高の医師のひとりが、そう確約してくれた」

「賭け試合のためにお雇いになった医者でしょう」クリフォードが苦々しげに言う。「失礼ながら、閣下、わたしの妹があのような下品な催しに行くことをお許しになったあなたのご判断に疑問を抱かざるをえません！」

いたずら好きな子どものように責められることにいらだちを感じつつ、マックスは目の前の男の嘆きを理解してやることにした。「わたしが彼女をあの場に招いたわけではない。むしろ、彼女はわたしの妹とミス・パーキンスを救いに行ったんだ。ちなみに、わたしの命に背いて試合に行こうとレディ・グウェンをそそのかしたのはミス・パーキンスだ」

ロザリンドが息をのんだ。「それは本当ですか？」

「本当だ。あなたの娘もそう認めている」

「すぐにヴァレリーとアビーを引き取らせていただきたい」クリフォードが淡々とした口調で申し出た。「ふたりともわが家に戻し、わたしが保護します」

「きみの姪なら喜んで呼ぶが、ミス・リントンは医師から動かしてはいけないと厳命されている。手厚く世話をすると約束するよ」

「ですが、実の姉による世話は何にも勝りますわ」ロザリンドが割って入った。「会わせていただけますか？」

「いまはやすんでいる。明日も来るなら歓迎しよう」

マックスはこの件で意見を変えるつもりはいっさいなく、従僕にミス・パーキンスを呼びに行かせた。居間にやってきた彼女はおびえていて、ここでの滞在は終わりだと告げられると悲痛な表情を浮かべた。だが、おじと母親のしかめっ面を前にして、文句を言えるはずもない。

マックスの友人たちがミス・パーキンスに別れの挨拶をし、アンブローズが彼女の手を取ってお辞儀をした。「来年の春、ロンドンできみに声をかけることを許していただきたい。そのときには、もしかするとぼくにつき合ってダンスをする気になってくれるかもしれないからね」

わずかに元気を取り戻したミス・パーキンスが微笑んだ。「そうなれば光栄です」

友人たちの耳に入らないところで質問をするため、マックスは自ら三人を階下の玄関広間へと案内した。「なぜこんなにも早く妹さんがけがをしたとわかった?」

「馬丁が試合会場からまっすぐやってきて知らせてくれたのです」ロザリンドが答える。「閣下がよこしてくださったのだとばかり思っていましたけれど」

三人が乗った馬車が去っていくのを見ながら、マックスは馬丁を送ったのはエリーズではないかという強い疑念を抱いた。アビーを突き飛ばしたのはエリーズだ。そのあと家族がアビーを連れ戻そうとするに違いないと踏んで、エリーズは彼女を追い出す好機に飛びついたのでは?

マックスは歯を食いしばった。彼の視界から去るのはエリーズのほうだということを、本人もじきに思い知るだろう。エリーズがもう二度とアビーを傷つけないようにしよう、と彼はかたく決意した。

それでも罪悪感から逃れることはできない。底意地が悪くてずる賢く、そのためにアビーを殺しかけた女性を屋敷に招いたのは、ほかならぬマックス自身なのだ。そんな自分を簡単に許すわけにはいかなかった。

25

翌朝、アビーはベッドで身を起こすまでに回復した。太陽の光で目が痛くなるのでまだカーテンは開けられなかったが、少なくとも激しい頭の痛みはふつうの頭痛程度にまでなっている。

「さあ、もうひと口召しあがって、ミス・リントン」レディ・グウェンドリンが懇願した。

「それで全部食べ終わるわ」

アビーは薄い粥《かゆ》への不満を口にするのを我慢した。自分のためだけでなくレディ・グウェンドリンにとってもよいことなのはわかっているので、彼女が奉仕の心を実践するのを義務的に受け入れた。

ミセス・ジェフリーズがせかせかと空になった皿を取りに来た。「ミセス・ビーチも喜ぶわ。またあとで食べる分も、ずっとあたためておくそうよ」

「トーストくらいは食べさせてもらえないのかしら?」アビーは願望をこめてきいた。

「今日のところは、ドクター・ウッドハルから食事の内容を厳密に指示されているの。それをあなたにきちんと守ってもらうのが、わたしの仕事なのよ」

ありがた迷惑な気もしたが、アビーはおとなしく従うことにした。家政婦はよかれと思ってやっているのだし、逆らったところでなんの意味もないだろう。ミセス・ジェフリーズは母親のように世話を焼く役割を果たそうと決意しており、レディ・グウェンドリンは自分の過ちを償おうと懸命になっている。そしてアビーには、そんなふたりの善意を拒絶するつもりはなかった。ただ動きまわるのに慣れているせいで、ベッドに縛りつけられていると、どうしても落ち着かない気分になってしまう。

ノックの音がして、ミセス・ジェフリーズがドアを開けに行った。聞き覚えのある低い声を耳にして、アビーの体に震えが走る。彼女はマックスに会いたかった——けれども同時に、家政婦が常識を働かせて彼を追い払ってくれることを願ってもいた。

マックスが寝室に入ってきた。すぐにミセス・ジェフリーズと話すために体の向きを変えてしまったので、アビーは彼のハンサムな顔をちらりとしか見ることができなかった。濃い青の上着に乗馬用のブリーチズ、膝まである黒いブーツというマックスの申し分ない服装を目の当たりにし、自分のだらしない身なりをより意識させられる。彼女は寝間着の上に部屋着を羽織っているだけで、髪も頭に包帯を巻いているせいですっかり乱れていた。

「ミス・リントン」マックスが作法どおりに一礼する。「きみの具合を確かめに来た」

「今日は閣下がひとりにしか見えませんと言えば、満足していただけるはずですね」ベッドの足元のほうへ近づいてきたマックスの顔のあざを見て、アビーは呆然とした。「まあ、その目！」

「こんなもの、どうということはない」「兄はボクサーたちのあいだに割って入ったのよ」レディ・グウェンドリンが畏敬の念もあらわに言った。「あなたを抱きあげて安全なところへ移すのを、わたしも見ていたわ!」

「おまえがちゃんと自分の家にさえいれば、目撃せずにすんでいた光景だ」マックスが厳しい声で指摘する。「おまえには来月いっぱい乗馬を禁じるから、あのときのことを思い出す時間はたっぷりとあるぞ。それから、その間はミス・パーキンスと連絡を取るのも禁止だ」

レディ・グウェンドリンは悲壮な顔で彼と目を合わせた。「わたしを罰するのは正しいわ、お兄さま。ヴァレリーに、ただついていっただけじゃないんですもの。彼女と同じだけ責められて当然よ」

公爵の妹の潔い告白はアビーの胸に響いた。「過ちから学ぶことが大切なのよ。あなたにわたしを傷つける気がなかったのは、わたしにもわかっているわ」

「ミス・リントン、誓ってそんな気はなかったの」レディ・グウェンドリンがベッドに駆け寄り、アビーの手を握る。「正直に言うわ。あれはわたしがいままで生きてきた中で最悪の出来事だった!」

マックスが妹に近づき、ベッドから離れるよう促した。「グウェン、ミセス・ジェフリーズ、ちょっとはずしてくれないか。ロンドンへ戻る前に、ミス・リントンに話しておきたいことがあるんだ」

彼の急な出発を聞かされたアビーの胸に、失望の鐘の音が鳴り響いた。すでに不満がたまっていた心がさらに沈んでいく。彼女は内心で、あと一日か二日ほどマックスが残ってくれたらと願っていた。彼がこの屋敷にいると思うだけで気持ちが慰められるからだ。アビーにしても、ここロスウェル・コートから永遠に離れるときが迫っている。家族を愛してはいるものの、彼らのもとへ戻ると考えたときの落胆は、愛する気持ちと同じくらい大きかった。

「そんなふしだらな！」家政婦が大声をあげる。「旦那さま、未婚の女性と寝室でふたりきりになるなんてとんでもない話です」

「なんならドアのすぐ外で待っていてくれ。ドアは少し開けておいてもかまわない。ミス・リントンが弱っているのをいいことにわたしが何か不適切なことをしようとすれば、彼女の悲鳴が聞こえるはずだ」

マックスが茶化すように言ったので、ミセス・ジェフリーズも気をゆるめて小さく笑うほかなかった。彼女とレディ・グウェンドリンがマックスとアビーを残して寝室を出ていく。

ふたたびマックスがアビーに向き直り、あざを目にした彼女は改めて胸が締めつけられた。彼の顔からはかすかに浮かんでいた笑みが消え、冷淡な表情が浮かんでいる。なぜだろう？ここを去ることになったいま、もう親しみを示す必要がなくなったからというくらいしか理由が思いつかない。最悪なのは、マックスがこれから昨日起きたことの――少なくともその一部の――責任を問う気なのかもしれないことだ。ヴァレリーとレディ・グウェンドリンがあんなことをしでかすのを許してしまったアビーを、マックスはどう思っているのだろう？

彼に言いたいことは山ほどある。その中のひとつが、いきなりアビーの頭にはっきりと浮かんだ。「ドーキンスよ！　記憶が混乱しているけれど、たしか昨日の彼のことで、あなたに大事な話があったような気がするわ」

「説明はいらない。きみがブリムストーンに乗るのをわたしが許したなどという大嘘を信じたことは、もうきつく叱っておいた」

「彼はわたしを思いとどまらせようとしたのよ」アビーは馬丁をかばって言った。「わたしにあの子たちを追う以外の選択肢がなかったのは、あなたにもわかるはずでしょう」

「首の骨を折る危険を冒してまですることではないだろう！　まして、きみは馬を恐れていた。きみではなくドーキンスがそうするべきだったんだ」

マックスはベッドの足元で顔をしかめている。恐怖を乗り越えたことを褒めてくれてもよさそうなものなのに！　「あなたの妹さんを醜聞から守ろうとしたことを許してちょうだい」アビーはよそよそしく言った。「わたしの姪が彼女に悪い影響を与えたことも謝らなくてはいけないわね。レディ・グウェンドリンがどう言おうと、ひとりであんな企みを思いつくはずはないもの」

「ああ、そのとおりだ」マックスの声音がやわらいだ。「だが、あの子が生涯一度きりの無作法をしでかしたことは喜ぶべきなのかもしれないな」

「レディ・グウェンドリンはずっとここに閉じ込められていたのよ」アビーは思いきって指摘した。「昨日何があったにせよ、ただの家庭教師と、ほとんどの時間を庭で過ごしているおばさま以外の人と関わりを持つのは、大いに彼女のためになるわ」

「それはこれから正していくつもりだ」

マックスは以前にも、この公爵邸で過ごす時間を増やしたいという意向を示していた。そしていま、反応を待っているかのようにアビーをじっと見つめている。とはいえ、彼女はそれで希望を持つつもりはまるでなかった。「マックス、どうしていまになるまで戻ってこなかったの？　何がこんなにも長いあいだ、あなたをロスウェル・コートから遠ざけていたのか聞かせて」

「きみのせいだと言ってもいいのかな、アビー？」

はっきりしない答えにいらだち、彼女は声を荒らげた。「そんな！　わたしはずっと、あなたの家族のしつけが関係した何かが理由だと思っていたわ。でも、あなたは何度きいてもはぐらかすばかりだったから、本当のところはわからなかった。いったいどういうことなの？　あなたがレディ・グウェンドリンをここに置き去りにしたのは、お母さまの死を彼女のせいだと思っているから？」

アビーが話しているあいだに部屋の中を行ったり来たりしはじめていたマックスが、最後の言葉に驚いた表情を浮かべた。「グウェンのせいだって？　ばかな。なぜわたしがそんなふうに考えると思うんだ？」

「あなたのお母さまは彼女を産んだ直後に産褥熱で亡くなったのでしょう？　レディ・グウェンドリンがその不幸な頃を思い出させるのではないかと思ったの。あなたがここを避けていた理由の説明にはなるわ」

「何も知らないくせに勝手なことを言わないでくれ！」

「だったら教えてちょうだい。でないと、わたしは最悪の想像をやめられない」

「きみの想像など最悪からはほど遠い。最悪というのは――」マックスが言葉を切って頭をかきむしり、きちんと整った髪型を魅力的に乱した。アビーに目を向けたときの彼は、彼女ではなく遠い昔の恐怖を見つめているようだった。「最悪だったのは、産褥熱が母の死の真相を隠すために父がついた嘘だったことだ。母は……自害した。それが真実だ」

アビーは信じがたい思いで彼を見つめた。「ああ、マックス、なんてこと。なぜ？　どうしてなの？」

「母は精神的に不安定だった。陽気で気まぐれな状態が何週間も続いて、子どもが望む最高の母親でいることもあったが、長いあいだふさぎ込んで癇癪の発作を繰り返すこともあったんだ。そんなときは父に食ってかかったり、ドアを叩きつけるように閉めたり、ものを壊したりしていた」マックスはふたたび行ったり来たりしはじめた。「グウェンが生まれたあと、そういう症状のひとつが出たんだ。そのときの状態は深刻でね。母が何日もベッドで泣いていたのを覚えている。母は医師が処方したアヘンを隠して目的が果たせる量になるまでため込み、一度に全部のんだんだ」

衝撃的な真相とマックスが受けたに違いない苦痛に、アビーは恐怖を覚えた。しかも、それはふたりが顔を合わせていた時期の出来事だったなんて！　彼とは母親の葬儀が終わるまで、しばらく会わない期間があった。そして再会したとき、マックスは悲しみについて語るのを拒絶してアビーの体を求め、そのせいで喧嘩になってしまった。いまならわかる。彼女はよかれと思って母親について語らせようとしたのだが、まさにそれがマックスを激高させてしまったのだ。

行ったり来たりを繰り返す彼を見つめるアビーの心にあるのは、慰めてあげたいという思いだけだった。でもマックスの不機嫌そうな様子が、ふたりのあいだに氷の壁を作っているようにも感じられる。彼女は静かに尋ねた。「どうしてこの話をあのときにしてくれなかったの？」

「絶対に秘密を守ると父に誓わされたんだ。父は母の名を汚すまいと決めていた。グウェンさえも、この話は知らない」マックスが自虐的な笑い声をあげる。「結局こうして誓いは破ってしまった。わたしが約束を守る男だということが、これでよくわかっただろう」

「お父さまがあなたに背負わせた沈黙は恐ろしい重荷だわ」アビーはマックスではなく彼の父親に腹を立てながら言った。「でも、お父さまが痛みに苦しんでいたのはわかる。お母さまの幸せなとき、明るく生き生きとしていたときを知っていたなら、あなたも苦しかったでしょうね」

マックスは苦々しげな顔で遠くを見て眉をひそめた。アビーと比べて、彼の送ってきた子ども時代はどれだけ不安定だったことか。せめてもっと前にその話をしてくれてさえいれば！　重荷を分かち合っていたら、彼の苦しみも癒されたかもしれないのに。

「それであなたのお父さまは葬儀のあと、あなたとレディ・グウェンドリンを連れてここを離れてしまったのね。たくさんの思い出が残るこのロスウェル・コートで暮らすのが耐えられなかったから。それはあなたも同じだった」

マックスが唇をゆがめて奇妙な薄笑いを浮かべる。「おそらく幽霊を追い払うときがやってきたんだ。きみもそう思わないか、ミス・リントン？」

彼のかしこまった言い方が心に突き刺さる。アビーは痛みを隠して調子を合わせた。「わたしとは関係のないことだと思うわ、閣下。回復したらすぐに出ていく身ですもの」

「きみはわたしの妹から去っていくんだな」

「やむをえないでしょう」冷静な表情を作って応える。「最初から、あなたが去るときにわたしも去るという話だった。それにあなただって、汚れた女性が家庭教師を続けることをお望みにならないのでは？」

しばらくのあいだ、マックスがアビーをじっと見つめた。グレーの瞳は頭の中の考えを隠している。彼は前に進み出るとこわばった指でアビーの手を握り、甲にやさしくキスをした。

「わたしがロンドンでふさわしい後任者を見つけるまでは残ってほしい。そう約束してくれるか？」

胸が高鳴っていることがマックスに伝わらないよう、アビーは祈った。自分が彼を愛しているのと同じくらい、彼が愛してくれるのを願っていることも。「もちろんよ」

マックスは少しのあいだ彼女の手を握り続けた。その間、アビーは彼が何か愛情のこもった言葉をかけてくれるのではないかというはかない希望を胸に息を止めて待った。けれど、そんな言葉もないままにマックスは彼女の手を放し、振り向きもせずに立ち去った。

ミセス・ジェフリーズが金属製の大きなコップを手に、いそいそと戻ってきた。「厨房から持ってきたばかりのミルク酒よ。ドクター・ウッドハルの強壮剤を垂らしておいたわ」

アビーは味わうこともなくミルク酒を義務的に飲み、どうしようもなく眠いからと言い訳をして家政婦に出ていってもらった。

ドアが閉まるのと同時に、上掛けをずらしてベッドから起きあがる。少しばかり足がふらつき、立っているだけで頭がじんじんと痛んだが、それでもどうにか正面の車道を見おろす窓のそばまで歩いていった。

アビーはカーテンをわずかに引いて外をのぞいた。太陽の光が目に刺さって痛かったけれど、どうしても最後にもう一度マックスを見たいという衝動に突き動かされていた。彼がこの屋敷に戻ってくるかどうかは、神のみぞ知るところだ。そしてもし戻ってきたとしても、彼女がロスウェル・コートでマックスを迎えることはない。

マックスの旅行用の黒い馬車は、屋根のある玄関のすぐそばに止まっていた。御者が高い位置にある座席に座り、気を張った様子の従僕が立って馬車の扉を開けた状態で押さえている。ペティボーンがまずミセス・チャーマーズを車内へいざない、続けて自分も乗り込んだ。

背の高いマックスの姿が目に入り、アビーは息をのんだ。さっきかきむしったときに乱れたままの黒い髪を、陽光が照らしている。窓を開けて彼に声をかけたい。そうすればこちらを見あげてくれるのに。

けれども次の瞬間、アビーはレディ・デズモンドが上品にマックスの腕につかまっていることに気づいた。ふたりはそのまま馬車まで歩いていく。おしゃれな白い羽根飾りがついたボンネットをかぶり、ローズピンクのドレスに身を包んだ華奢な未亡人は絶世の美女に見えた。

アビーはカーテンから手を離してあとずさりした。心臓を刺されたように感じるのは間違っている。あのふたりが一緒にいる場面なら何度も見てきたのだし、一緒にロンドンへ帰るのも当然だ。結局のところ、ふたりは同じ選ばれた人々の輪の中にいるのだから。

それでも、いまの光景はマックスが以前の生活に戻ってしまうという事実を痛切に思い出させた。彼はさほど考えもせずにここへ帰ってくるようなことを言ったのかもしれないけれど、都会の楽しみから離れられない可能性のほうがずっと高い気がする。自分のためにマックスがふしだらな生き方を改めるかもしれないなど、なんて愚かな夢を見ていたのだろう！

目から涙がぽろぽろとこぼれ、アビーはベッドに倒れ込んで顔を両手で覆った。いまは真実と向かい合うのが最善の道だ。ロスウェル公爵マックスウェル・ブライスは彼女を愛していないし、これからも愛することはない。

彼はいつまでも、救いがたい放蕩者のままなのだ。

26

アビーが元気になったとミセス・ジェフリーズが考えるまでに二週間の時が流れた。彼女がよくなると、レディ・グウェンドリンが自分もアビーもあまりにも長いあいだ閉じこもっていたのだから、思いきって屋敷の外を歩いたほうがいいと主張し、村へ買い物に行くことを提案した。

アビーにとっても願ったりかなったりだった。マックスが出発して泣き崩れた日からずっと、憂鬱で無気力な状態のまま過ごしてきたのだ。彼女はミセス・ジェフリーズが用意してくれた強壮剤を従順にのんだ。レディ・ヘスターに花瓶に挿した花の礼も言った。レディ・グウェンドリンが本を読んでくれたときには頑張って耳を傾けようとしたし、子猫たちが運ばれてきたときには無理に笑おうともした。

けれどアビーの心の中は空っぽで、色を失ったように感じていた。それでも、レディ・グウェンドリンが元気づけようとしてくれているのはわかっていたから努力はした。ヴァレリーがロザリンドと一緒にケントへ戻ってしまったいま、レディ・グウェンドリンには友人が必要なのだ。

ヴァレリーの社交界デビューのため、アビーは春になったらロンドンへ行くと姉に約束している。それまでにはきっと心も元気になって、はじめての都会での滞在を楽しめるようになっているだろう。もしかすると、彼女のような年を取ったレディとでもつき合おうとする紳士とだって出会えるかもしれない。そのときにもしマックスと会ってしまったとしても、いつもどおりの穏やかな笑みを浮かべるまでだ。

ふたりが大通りを歩いていると、冷たい風が秋の気配を運んできた。レディ・グウェンドリンが衣料品店に新しい商品が入っているか確かめたいと言うので、まずはそこへ向かうことにした。店の前まで行くと中から若い女性が出てきて、いきなり立ち止まった。真紅のリボンにサクランボの房の飾りがついたエメラルドグリーンのボンネットが囲む美しい顔に、ぱっと笑みが浮かぶ。

レディ・グウェンドリンが女性に駆け寄り、喜びもあらわに抱きついた。「ミス・ヘリントン！　戻ってきたのね！」

「いまはミセス・バブコックよ。メドウクロフト農園に住んでいるの。また会えてうれしいわ、レディ・グウェンドリン。あなたにもよ、ミス・リントン。あなたが新しい家庭教師なのは知っているわ」

「いまだけよ」アビーは応えた。「家族のところに戻らないといけないの。ロンドンから新しい家庭教師が来たら、わたしはおいとまするわ」

公爵からレディ・グウェンドリンに送られた手紙によると、新任のミス・サッカリーは明日到着することになっている。そのあとで、ドーキンスがアビーをリントン・ハウスまで送る手はずになっていた。愛する家族のもとに戻れば、落ち込んでいる気分もすぐに晴れるだろうと彼女は思っていた。

「公爵閣下には、わたしが何かお力になれればこれほどうれしいことはありませんって、つねづね申しあげているのよ」ミセス・バブコックが言った。「助けが必要なときに二度も救っていただいたんだもの。閣下の親切なお力添えがなかったら、わたしはいま頃どうなっていたかわからないわ」

「まあ、それを聞けてとってもうれしいわ！」レディ・グウェンドリンが感激した面持ちで応じる。「お兄さま以上に親切で思いやりのある紳士はどこにもいないわね！」

二日前にロンドンからの使者が運んできたマックスの手紙を受け取ってからというもの、レディ・グウェンドリンはことあるごとに兄を称賛する言葉を口にし、それがさらにアビーの心を沈ませていた。兄の自堕落な生き方を知ってしまったら、レディ・グウェンドリンはどれだけ驚愕することだろう。アビーのためには生き方を変えられないマックスだけれど、妹のためなら変えられるのかもしれない！

ミセス・バブコックが去ったあと、ふたりで店の中へ入り、アビーは並んでいる生地やリボンのロールを漫然と眺めた。義姉のダフネの父親でもある店主と心のこもった挨拶を交わし、レディ・グウェンドリンがドレスを飾るレースを選ぶのを手伝う。

だがそのあいだずっとアビーの頭にあったのは、マックスを褒めちぎるミセス・バブコックの話しぶりだけだった。以前はミス・ヘリントンという名だったあの女性は、戦争で亡くなったマックスの学生時代の友人の妹だ。マックスは貧窮した彼女を自分の屋敷に雇い入れ、その後ミスター・バブコックの両親が結婚に反対したときには、ふたりのために特別結婚許可証を得てやった。そして勘違いしたアビーに責められるまで、そうした事情をいっさい誰にも明かさなかった。

それでもアビーとしては、むしろマックスはいかなる良識も持ち合わせていないと思いたかった。たしかに馬への恐怖を克服するのに手を貸してくれたし、指から棘を抜いてくれた。ボクシングのリングから助け出して、安全なところへ連れていってもくれた。だが最後には、ロスウェル公爵はロンドンでの自堕落な生活へ戻っていってしまったのだ。

買い物を終え、馬車に乗って屋敷に戻る頃までには、アビーの中にはマックスに対するしかな反感が少しずつ芽吹いていた。悩み苦しむよりも、嫌悪感を抱くほうがまだましだ。いまこの瞬間、妹のもとから去って女性の魅力に逆らう必要のなくなったマックスは、レディ・デズモンドの甘い抱擁に身を任せているに違いない。

「レディ・デズモンドがあんなことをしたあと――」レディ・グウェンドリンが何かを話している。

アビーは当惑し、彼女を見つめた。「なんですって？」

「いろいろなことがあったひと月だったという話をしていたのよ」レディ・グウェンドリンが答える。「兄のお友だちに会うのは楽しかったわ。あのひどい女性を除けばね。あの人があなたを突き飛ばしたことは一生許さない！」

「わたしを突き飛ばした？」

「ええ、賭け試合での話よ。あの人があなたをリングのほうへ突き飛ばしたのを、ヴァレリーが見ていたの。あなたも押されたのを背中で感じたはずよ！」

アビーは記憶をたぐり寄せた。レディ・デズモンドと感情的な短い会話を交わしたのはぼんやりと覚えている――それから強く押されたのだ。そのあとすべてが真っ暗になった。いままで、あのときの記憶をきちんとつなげて考えたことはなかった。誰かがそれほどまでに自分を憎むこともあるのだと思うと、気分が悪くなる。

「あの日の出来事はまだ記憶がぼんやりしていて、よく思い出せないの」

「ヴァレリーがレディ・デズモンドを非難したとき、兄はひどく怒ったのよ」レディ・グウエンドリンが打ち明けた。「すぐにヴァレリーに謝らせたの。とても不公平な気がしたけれど、レディ・デズモンドが厄介事を引き起こすのを恐れたからそんなふうにしたんだと、兄があとで説明してくれたわ」

「閣下はあの人がわたしを突き飛ばしたのを知っていたの？」

レディ・グウェンドリンの紫がかったグレーの目が大きく見開かれた。「もしかしたら、言うべきじゃなかったのかしら。だけど、てっきりあなたが覚えていると思ったから……。ミス・リントン、お願いだから兄に腹を立てないで。よかれと思ってのことなのよ。絶対にそうなの！」

「いいのよ、気にしないで。それにわたしがあなたのお兄さまと会うことは、たぶんもう二度とないわ」

アビーは自分の考え事に気を取られて、相手の表情が一瞬変化したことに気づかなかった。レディ・グウェンドリンは言葉を発しようと口を開いたが、すぐに思い直したように視線を窓の外へ向けた。

いまの話でアビーは憂鬱な気分から完全に脱し、代わりに真冬のような冷たい怒りに打ち震えた。レディ・デズモンドの悪意ある企みを知りながら何事もなかったみたいに一緒に去っていくとは、マックスはなんて図々しいのだろう！　彼が生きる道徳のない世界では、人々はこうした汚い裏切り行為をするものなのかもしれない。でも、わたしの世界では違うわ！

マックスへの厳しい非難の手紙を書くために、アビーは紙と羽根ペンを手にしたくてうずうずしていた。いままでに受け取ったどの手紙よりも、彼の心をくじくものにしてみせる！　冷たい単語のひとつひとつで彼の軽薄な魅力を麻痺《まひ》させ、公爵としての傲慢さを凍りつかせよう。頭の中で痛烈な文章を忙しく組み立てていると、レディ・グウェンドリンの声がアビーの思考に入り込んできた。

「まあ、見て、ミス・リントン！　公爵家の馬車がうしろにいるわ。ロスウェルの紋章も見える！」

アビーの心臓が暴れだし、コルセットにぶつかりそうになる。マックスが戻ってきた！

信じられない思いで、彼女はレディ・グウェンドリンの肩にのしかかるようにして窓の外を見た。ふたりが乗る馬車は地所の中を通る曲がった馬車道に沿って進み、アビーの目にもうしろからやってくる馬車が見えた。

自分の席に戻り、腿の上で手袋をつけた手を握りしめる。混乱した頭の中を整理し、氷のように冷たい威厳を取り繕うのに少し時間がかかった。これはこれでなおさら結構だわ！手紙を書く代わりに、直接公爵に厳しい非難を浴びせる機会を得られるのだから。

馬車が玄関の前で止まり、従僕の手を借りて石畳の車道におりるまで、アビーは厳しく自制した態度を取り続けた。少しして、公爵家の馬車が同じように停止する。

マックスの都合がつきしだいの面会を要求しようと、アビーは身構えた。いまとなっては仕事を失う恐怖に縛られることもないのだから、本音を控える必要もない。

ところが馬車の扉が開いて出てきたのは、地味な服装に身を包んだやや肉づきのいい中年の女性だった。ほかにおりてくる者はいない。従僕が旅行かばんをおろしたあと、御者はそのまま馬車を厩舎へと進ませていった。

レディ・グウェンドリンが女性のほうへ歩きだしたことに気づいたアビーは、少し遅れてそのあとに続いた。「ようこそ、ロスウェル・コートに！」レディ・グウェンドリンが先に挨拶をする。「わたしはレディ・グウェンドリン・ブライスです。あなたは新しい家庭教師のミス・サッカリーですか？」

女性が微笑み、レディ・グウェンドリンと握手をした。平凡で感じのよい顔立ちの彼女は、落ち着いた貴族のような雰囲気を身にまとっている。「失礼を承知で言わせていただきますが、あなたは公爵閣下がおっしゃったとおり、とても感じのいいお嬢さまですわね。それから、旅行用の馬車を使わせてくださった閣下のご親切に感謝しなくてはなりませんわ」

「兄は思いやりのある人ですから！　手紙にあった予定より一日早いけれど、きっとわたしが読み違えたのね。お会いできてうれしいわ。こちらのミス・リントンは最近事故に遭われて、ご家族のもとへお帰りになることになったんです」

屋敷に入りながら、ミス・サッカリーはぶしつけにけがの詳細を尋ねることなく、アビーにも話しかけてきた。アビーは賭け試合の一件については沈黙を守り、レディ・グウェンドリンもそれは同じだった。ありがたいことに、新しい家庭教師の関心は、古典的な光景を描いたフレスコ画を飾った大広間へと移っていった。

「大きな屋敷ですけれど、すぐにどこに何があるかわかるようになると思います」三人で大階段へと向かいはじめたところで、レディ・グウェンドリンが言った。「よければ少し休憩したあとで、わたしがご案内してもいいですか？」

アビーの喉が詰まった。ふたりがうまくやっていけそうなのは喜ぶべきことだ。レディ・グウェンドリンはたった数週間で新たな自信を得て成長し、臆病さはレディらしい優雅さに変貌した。ヴァレリーと一緒に行動して、マックスの友人たちと関わったのが、それを大きくあと押ししている。そして領民たちのもとへ連れていったことで自分もその手助けができたのだと、アビーとしては思いたかった。

階段をのぼりはじめたとき、レディ・グウェンドリンが振り返って言った。「いけない、忘れるところだったわ！　ミス・リントン、今夜読んであげたいから、図書室から詩集を持ってきていただけるかしら？エドムンド・スペンサーがいいわ」

「もう頭は痛くないから、その必要はないわよ」アビーは答えた。「それにミス・サッカリーがいらしたのだから、残った荷物をまとめて出発しないと」

「あら、そんなのだめよ！　それではちゃんとお別れする時間もないわ！　お願い、ミス・リントン、あとひと晩だけ泊まっていって」

握られた手から、その言葉が本心であることがひしひしと伝わってくる。少女のあまりにも真剣な様子に、アビーの決意が揺らいだ。「あなたがそう言うなら。家には明日の朝に戻るわ」

一瞬にして、レディ・グウェンドリンの悲しげな表情が明るい笑顔に変わった。「図書室に行って本を取ってくることも約束してくれる？」

「ええ」

なぜレディ・グウェンドリンがそうまで強く主張するのかいぶかりながら、アビーは手袋をはずして長い廊下を歩いていった。どうも乗せられているような気がする。けれどもその理由はさっぱりわからなかったので、彼女はこの屋敷を出ることについて考えをめぐらせはじめた。ここにいるのもあとひと晩かぎり。まさかこんなにも早く、これほど立派な部屋ばかりの広大な邸宅をわが家のように感じられるなんて！

憂鬱な気分になるのを避けようと、公爵宛に書こうとしている辛辣な手紙のことを思った。レディ・グウェンドリンをミス・サッカリーの手にゆだねたいまこそ、その絶好の機会だ。図書室の机には紙とペンもそろっているはず。

アビーはいくつかの異なる文言を次々と頭の中に思い浮かべてみた。〝あなたの破廉恥な人間関係……あの悪意に満ちた女狐《めぎつね》……貴族の恥さらし……〟

図書室へ入る頃までには、アビーはすっかり調子づいていた。イングランドじゅうを探しても、ロスウェル公爵よりも道徳とかけ離れた貴族はいないだろう。何しろ自分の愛人の残忍な行為を子どものいたずら程度に見なし、そのいまいましい女性を相も変わらずそばに置いている――。

アビーの足がぴたりと止まった。体の中に渦巻く怒りは、何もないところからマックスの姿を作り出すほどの力があるらしい。だが、まばたきをしてその幻影を消そうとしても、彼は変わらず血肉を備えた肉体としてそこにいた。

マックスはアビーから少し離れた場所で両手をテーブルについて立ち、マホガニー材の天板の上に置かれた紙の束のようなものをじっと見つめている。過ちとしか言いようのない欲望がアビーの奥深くで広がりはじめた。端整な顔立ちを引き立たせる白いクラヴァットに、濃いグレーの上着を身につけた彼のなんと優雅なことか。指でかきむしったみたいに髪が乱れていなければ、完璧に高貴で近寄りがたい存在に見えたかもしれない。

アビーがそこにいることに、マックスは気づいていないようだった。このまま静かに引き返して屋敷をあとにし、森を通ってリントン・ハウスへ帰ることもできる。

けれど、アビーはもう臆病者ではなかった。マックスをしおれさせる言葉だって準備してある——気まぐれな心が、あの腕の中に飛び込みたいという衝動で彼女を困らせるのをやめてくれさえすれば、それをぶちまけることもできるのだ。

断固とした足取りで前へ出て、アビーは言った。「ごきげんよう、公爵閣下。お戻りになってよかったわ！　ちょうどお会いしたいと思っていたところなの」

27

マックスがすぐに身を起こしてまっすぐに立ち、アビーと視線を合わせた。彼の目のまわりにあった黒いあざは跡形もなく消えている。その顔にはふだんの自信が見受けられず、どこか慎重な表情が浮かんでいた。

そのとき、アビーはこの遭遇が偶然ではないことに気づいた。マックスはここでわたしを待っていたのだ。妹を共犯者として味方につけたうえで。

「アビー」マックスが魅力的な笑みを浮かべて言う。「きみの元気な姿を見られてうれしいよ。気分はどうだ？」

「すっかり元気よ、あなたもご存じのとおりに。レディ・グウェンドリンがわたしの状況を逐一報告していたのでしょう？」手袋を握りしめ、アビーは一歩彼に近づいた。「ここにいるのも偶然じゃない。妹さんに指示して、わたしを図書室に来させる理由を考えさせたのね」

「きみがわたしを受け入れてくれるか、定かではなかったからな」

謎めいた言葉のあと、マックスが近づいてくる。アビーは一瞬、彼が自分を抱きしめてキスをするつもりなのだと思った。もちろん、ここは肘鉄を食らわせてやらなくてはならない――たとえ呼吸が乱れ、心臓が早鐘を打って気を失いそうになっていても。

だが、マックスはアビーの横を通り過ぎてドアを閉めに行った。彼女の鼻が男らしい魅惑的な香りをとらえる。振り返ったとき、彼の顔には厳粛な表情を浮かんでいた。肌の色が青白くなっている？　もしそうなのだとしたら、それは彼女に恋い焦がれていたせいではなく、単に放蕩三昧の生活のせいに違いない。

彼が答えを待っているのに気づいて、アビーは言った。「喜んで受け入れるわ、公爵閣下。ペンと紙を使う手間を省いてくださったわけですもの。ちょうどあなたに手紙をしたためようとしていたところだったのよ」

「手紙？　なんのために？」

傲慢そうに眉をあげるしぐさはささいなものだったが、アビーを我慢の限界の向こう側へと送り込んだ。彼女は手袋を一番近くにある椅子の上に投げつけた。あれほど慎重に考え抜いた言葉も、急流のようにあふれ出る怒りの前では無意味だった。「あなたを厳しく追及するためよ。あなたはレディ・デズモンドがわざとわたしをリングの中へ突き飛ばしたのを知っていた。なのに、何もなかったみたいにロンドンへ一緒に戻っていったわ！」

「それは違う、わたしはそんなことはしていない」

「否定しないで！　わたしは、あなたがあの悪意に満ちた女性と一緒にいるのを見たのよ。ふたりで馬車に乗ったじゃない！」

「きみは密偵としては失格だな！　もしそのまま見ていれば――おそらく窓からだったんだろうが、彼女を馬車に乗せてすぐ、わたしがブリムストーンにまたがるところを見られたのに。あれ以来、わたしは彼女とは会っていない」

喜びと不信に引き裂かれそうになり、アビーはしどろもどろになった。「でも……あの人はあんなに美しいじゃない。あなたがここで彼女を愛人にする気がなかったのはわかっているわ。だけどこの二週間は、ロンドンでずっと一緒にいるに違いないと思っていたのに」

「きみにあんなひどいことをした女性とわたしが愛を交わせると、本気で思っているのか？　きみの目には、わたしはどんな化け物に見えているんだ？」

マックスの引き結ばれた口のあたりが怒りで白くなっているのを見た瞬間、アビーは自分がひどい過ちを犯していたことに気づいた。またしても、彼のことで間違った結論に飛びついてしまったのだ。それはまるで、ヴェールがあげられて、ふたたびマックスをはっきりと見ることができたかのようだった。

希望を抑え込みながら、アビーは彼に近づいていった。自分の気持ちがよくわからず、いったん立ち止まる。「ああ、マックス、許してちょうだい。わたし……わたしだって、そんなふうには思っていないわ。ただ……あなたと去っていったあの人がうらやましかったの。最後に会ったとき、あなたがあまりにも……冷たくて平然としていたから」

彼女が話しているあいだに、マックスの表情がやわらいでいった。彼が歩み寄ってきて、アビーの肩に両手を置く。「もし冷たいと感じたのなら、それはわたしが罪悪感にとらわれだ。そのせいで、このひとときを台無しにしてしまったんだ。それどころか、きみを危険な目に遭わせたのはわたしだからね。彼女の悪意に気づいて追い出すべきだった」マックスは唇の片端をゆがませた。「それにあの一件のあとで母のことを話したとき、きみはわたしに嫌気が差したのではないかと怖くなったんだ。きみはこの屋敷を出て兄上のところへ帰る話しかしなかったから」

アビーは彼の顎を両手で包むようにして言った。「違うわ！　あなたがやっと真実を話してくれて、とてもうれしかったのよ。あなたのご両親がしたことで、あなたを悪くなんて思わない。それがこの二週間、あなたがここから離れていた理由だったのなら……」

「実はやることがあったんだ。来てくれ」

マックスが手を握ってきた。傲慢なふるまいが戻っているが、もはや気にならない。彼はアビーに会うためにロスウェル・コートへ帰ってきてくれたのだから。

それにマックスは、あの女性と一緒にいたのではなかった。

彼は先ほど両手をついていたテーブルへとアビーを連れていった。椅子を引いて彼女を座らせ、自分はテーブルの端に浅く腰かける。

「聞いてほしい。わたしはこの二週間、ほとんどロンドンにはいなかった。ずっとイングランドじゅうを駆けまわって、父の秘書だった男を探していたんだ。バクルズビーはスタフォードシャーの村で隠居していたんだが、わたしがそこへ行ったときには、タンブリッジウェルズへ湯治に出ていた。宿屋に泊まっていなかったから、彼を見つけるのは大変だったよ。だが、ついに親族の家に滞在しているのを探し当てたんだ」

アビーはマックスがこの話をする理由を考えながら彼を見つめていたが、やがて答えがひらめいた。「なくなった手紙ね！」

彼が微笑む。「そうだ。あの手紙について知っている者がいるとすれば、バクルズビーだと思った。彼には、どんなつまらない紙切れでも捨てるのが怖いというほどの収集癖があってね。結局、わたしの勘は正しかったよ。父から手紙を捨てるよう指示を受けたのはバクルズビーだったが、彼には捨てられなかった。それどころか、いつかわたしが取りに来るかもしれないと考えて、屋敷から持ち出していたんだ」

その驚くべき言葉とともに、マックスは身をひねってテーブルの上にあるものを手にした。先ほど彼が見つめていた紙の束だ。それは薄い紙に記された何通もの手紙だった。

アビーはそれをうやうやしく受け取った。一番上の手紙には、彼女自身の丁寧な筆跡でグロヴナー・スクウェアの住所が書かれている。裏返してみると、手紙はまだ蠟《ろう》で封印されたままだった。

手紙の束を胸に押し当て、彼女は視線をあげてマックスを見つめた。「読まなかったの？」

「ああ。それはきみと一緒にするべきことだと思ってね」

不安が高揚した気分を沈ませる。それが帰ってきた理由？　ただ手紙を見せたかっただけ？　では、これは古い友人同士が郷愁に浸っているだけということなのかしら？

マックスがアビーの椅子のかたわらに片膝をつき、彼女の手を握った。「アビー、わたしがなぜこんなことをしているのか説明させてくれ。母が亡くなったあと、父は人として壊れてしまった。最後の数年間は酒浸りになり、母を思って嘆き悲しんでばかりいたよ。そしてわたしには、恋に落ちるなどという愚かなまねは絶対にするなと何度も警告した」

自分の息子になんてひどい忠告を！　しかもマックス自身も傷ついていた時期に。けれどアビーの中で灯った小さな怒りの炎は、事態を理解するとともに消えていった。「だから手紙を没収したのね。あなたに自分と同じ痛みを味わわせないために、あなたが傷つかないよう守ろうとしたんだわ」

「きみはわたしよりもずっと父にやさしいな。わたしはそんなふうには思えない」マックスが怒りで声を震わせる。「わたしたちのあいだにできた亀裂は父のせいだ。わたしはそれをきみに謝罪しなくてはならない」

「その謝罪は受け入れられないわ。ほかの人がしたことの責任を取るなんて、誰にもできないもの。わたしたちが互いの手紙を受け取れなかったのは、あなたのせいではないわよ」

「それでもわたしは、成人したらきみと結婚するという約束を守るべきだった。だがその年齢になる頃には、愛は人をみじめにし、不幸にすると信じ込んでいたんだ」マックスはいったん言葉を切り、かすれた声で続けた。「実際そういう場合もある」

マックスがやさしいまなざしで彼女を見つめた。つまり彼は、わたしを愛していると言っているの？　そんなことがありうるの？　ああ、それが本当だったら！

立ちあがったマックスが、アビーを椅子から立たせて抱き寄せた。それから何度も顔にキスをしようとしたものの、ボンネットに邪魔されてうまくいかない。「いまいましい帽子だ」彼はいらだたしげに顎の下のリボンをほどき、ボンネットを床に落とした。「言わせてもらうけれど、それはわたしの一番上等なボンネットなのよ！」

「もっと上等なのをいくつでも買ってあげるよ」

次の瞬間、マックスが唇を重ねてきた。ぬくもりと愛情が伝わってきて、アビーの中に火を灯す。彼女はマックスの首に腕をまわし、心にあるありったけの愛をこめてキスを返した。マックスがわたしを、わたしだけを愛してくれると信じたい。でも、彼がふしだらな生き方をやめてくれるという希望を持ってもいいのかしら？

わずかに自制心を働かせ、アビーは身を引いて彼と目を合わせた。「図書室で女性を誘惑するのがお好きなようですわね、公爵閣下」

「まあ、ときには湖のほとりのほうがいいと思うこともある」

まったくマックスときたら、すてきな記憶の呼び覚まし方まで心得ている！　そのうえ、彼はこの機会をじゅうぶんに生かし、アビーの喉に鼻をこすりつけたあと耳を甘く噛んで、自分の巧みな技を彼女に思い出させた。

マックスの挑発的な唇に抵抗して、アビーはささやいた。「経験豊富な放蕩者の腕の中でいっときの歓びに浸るのも楽しいわ。でも、人生は情熱的なキスや目もくらむような抱擁がすべてではないのよ。少なくとも、わたしみたいなふつうの人間にとってはね」

「きみは妖精だ。ふつうの人間などではない。それにわたしは、きみをどうしようもなく愛している。きみがわたしを哀れでみじめな人生から引きあげてくれるように願って――いや、祈っているんだ」マックスが熱っぽい目で彼女を見つめる。「きみはどう思う？」

アビーはとろけそうな体を彼に預けた。「あなたを心の底から愛しているわ、マックス。そもそもあなたを愛していなければ、ベッドをともにしたりもしていない」情熱のこもった言葉を口にしながら、なおも慎重につけ加える。「わたしはあなたとは違うもの」

マックスが彼女と額を合わせた。「アビー、この世の聖なるものすべてにかけて誓おう。この命あるかぎり、わたしはほかの女性には目もくれないよ」

「それは難しいんじゃないかしら。レディ・グウェンドリンもミセス・ジェフリーズも、ミセス・ビーチもいるし、わたしの姉たちや姪たちだって――」

「ミス・キイチゴ！」マックスが笑いながらさえぎった。「わたしの言葉の意味はわかっているだろう！ わたしは結婚の誓いを真剣に受け止めるつもりだ」

心が喜びで満たされていくのと裏腹に、アビーは真剣な表情で彼を見つめた。「いまのが求婚の言葉だとしたら、雑もいいところね」

マックスが無念そうに口をゆがませる。「ああ、ダーリン。わたしはまたしくじってしまったようだな。すべて前もって考えていたんだ。ふたりで手紙を読む……あるいはきみがわたしの手紙を読んで……」彼は床に落ちた手紙を拾おうとしゃがみ込み、アビーを見あげて言葉を続けた。「きみと結婚したいと書いてあるところまで読み進めたら、そこでわたしが……ああ、もう、いいから受け取ってくれ！」

饒舌な公爵が口ごもるのを見て、アビーの中にあった最後の不安が消えてなくなった。マックスがいつもの浮ついた魅力を発揮できないのは、彼女に対する感情が心の奥に根づいた本物だからこそだ。

床に膝をついたまま、マックスが彼女の手を握った。「アビゲイル・リントン、どうかわたしに、きみを妻とする名誉を授けてはくれまいか？」

黄金のようなその一瞬、アビーは胸がいっぱいになって言葉が思い浮かばなかった。悪名高きロスウェル公爵が、家から三〇キロと離れたこともない三〇歳のオールドミスのために自由をなげうつなど、驚くよりほかにない。そして彼女の目は、マックスの中にいる現在の洗練された男性と、かつて知っていた不器用な少年の両方をとらえていた。そのふたりはひとつであり、同じ人物なのだ。

「ええ、マックス。あなたと結婚するわ」

彼がふたたびキスをしようと立ちあがり、手紙がまたしても床に舞い落ちる。キスは約束と愛に満ちたものだった。めくるめく幸福感に包まれながら、アビーはマックスの唇にささやいた。「それで、わたしが断ったらどうするつもりだったの？」

彼女をきつく抱いたまま、マックスはいかにも尊大に眉をあげてみせた。「厩舎へ連れていき、昨日タッターソール馬市場で買ってきたクリーム色の牝馬を見せてこう言う。花嫁にならないのなら、花嫁への贈り物もなしだぞ、と」

「マックス！　本当に？」その牝馬のことをききたくてたまらないのを押し隠し、アビーはとがめるような表情を装った。「わかったわ。あなたは傲慢なだけではなく恥知らずでもあるわけね。わたしを買収できると思うなんて」

マックスは彼女の手を取って唇へ持っていき、やさしさがあふれるキスをした。「いいかい妖精さん、恋に落ちるのが愚かなことなら、わたしは喜んでイングランドいちの愚か者になろうと思っているだけだ」

訳者あとがき

《シンデレラの赤い靴》シリーズが好評を博したオリヴィア・ドレイクの新シリーズ《公爵の花嫁》をここにお届けします。

田園が広がる美しい田舎の村に暮らすアビーは、あと数週間で三〇歳の誕生日を迎えます。生まれてから一度も故郷のハンプシャーを出たことがなく、結婚して家を出た兄たちや姉たちに代わって、高齢の両親の世話をひとりでしてきた彼女。社交界デビューをすることもないままで、流感のために両親がそろって他界してからは、長兄のものとなった実家で少しばかり肩身の狭い思いをしていました。きょうだいはみな彼女を頼ってくれるのですが、なんでもお願いできるお手伝いさんのように思われていることに、徐々に不満がたまっていきます。これでは自分の人生を送ることがないまま一生を終えてしまうと危機感を抱いたアビーはある日、大胆な行動に出ました。紳士階級の娘で、金銭的には不自由しない身でありながら、家庭教師の仕事に申し込んだのです。幸い、隣家で公爵の妹の家庭教師として雇われることが決まり、アビーは晴れて家を出ます。一五歳になる公爵の妹、レディ・グウェンドリンは大邸宅に高齢のおばとふたりきりで暮らす、とても素直ないい生徒でした。アビーはほかの使用人たちとも仲よくなって自立した生活を楽しみますが、大きな不安をひとつ抱えています。それは、公爵本人には彼女がここで働いているのを伏せてあることでした。ロスウエル公爵ことマックスは、実は彼女の幼なじみで、結婚の約束までした仲でしたが、彼は一五年前にハンプシャーを去ったきり、アビーの手紙には一度も返事をよこさず、その後は救いがたい放蕩者としてロンドンで悪名をはせるようになっていました。理由はともあれ、マックスがアビーを避けているのは明白で、彼に知られれば家庭教師を辞めさせられるのは必至です。もっとも、彼は公爵邸にはほとんど寄りつかないため、露見する心配はないだろうとアビーは安心していました。ところが、とあるめぐり合わせで帰郷したマックスは、図書室の片隅にアビーがいるのも気づかずに、同伴した美しい未亡人を口説きはじめ……。

一五年前のふたりが別れるきっかけとなった出来事は、初恋の甘酸っぱさとほろ苦さを思い出させます。いまでは口説き上手な放蕩者となったマックスも、一六歳の頃は体ばかりが先に成長したどこか不格好な少年で、キスの仕方もよくわかっていないところが、なんとも微笑ましいものです。公爵でありながら所領の管理は人任せにしてきたマックスに、アビーは最初反感を覚えますが、彼は決して無責任な人間ではありません。思いやりの心もちゃんとあるのに、幼い頃の家庭環境がその心に影を落としてしまっているのです。

マックスとアビーのすれ違う思いをよそに、娘のヴァレリーを公爵家へ嫁がせようともくろむアビーの姉、ロザリンドが横から茶々を入れて、アビーはますます困った立場に追い込まれてしまいます。けれども、ロザリンドとヴァレリー、このおしゃれ好きで陽気な母娘はどこか憎めず、むしろストーリーに花を添えていると言ってもいいでしょう。ヴァレリーが社交界デビューしたあとの物語が期待されます。

《シンデレラの赤い靴》シリーズの最終話、『シンデレラの魔法は永遠に』はアメリカ・ロマンス作家協会のＲＩＴＡ賞の最終選考にまで残り、この新たなシリーズもこれからどのように展開するのかとても楽しみです。

二〇一九年五月

ライムブックス

おとなりの公爵《こうしゃく》と

著　者　オリヴィア・ドレイク
訳　者　岸川由美《きしかわゆみ》

2019年6月20日　初版第一刷発行

発行人　成瀬雅人
発行所　株式会社原書房
〒160-0022東京都新宿区新宿1-25-13
電話・代表03-3354-0685　http://www.harashobo.co.jp
振替・00150-6-151594
カバーデザイン　松山はるみ
印刷所　図書印刷株式会社

落丁・乱丁本はお取替えいたします。
定価は、カバーに表示してあります。
 ISBN978-4-562-06524-0　Printed in Japan